THE LAST ASTRONAUT

最後的太空人

DAVID WELLINGTON

大衛・威靈頓—著　　葉旻臻—譯

目錄

近火點

「請大家看看這面歷史悠長的旗幟，高高飄揚的旗幟……」

「獵戶座號太空船機組員在太空中，正式祝福地球上的各位有愉快平安的國慶日。我們基於安全考量，或許沒辦法在這兒放煙火，但希望大家知道，我們沒有忘記這個日子對美國的意義。」

「沒錯，布萊恩。而且獵戶座號有兩件事值得慶祝：今天，我們飛過了月球軌道；今天，我們可以正式宣告，我們四個人的飛行距離打破了歷史紀錄。」

「美國萬歲！美國萬歲！」

「這位是任務專家阿里．丁瓦里，再過短短幾個月，我們就會把他手上拿的這面旗子插在火星上。在我旁邊這位，是航空醫官布萊恩．威爾森，他確保我們每個人都健健康康——」

「衝啊，衝啊，再拚十二分鐘就有熱狗吃了！」

「布萊恩把人盯得可慘了，但確實——你們看，跑步機上的這位是科學專家茱莉亞．歐布拉多，她在跟鏡頭揮手。我們每天得運動兩個小時，因爲獵戶座號上沒有重力。我們必須保持骨骼健康，這樣等我們到火星時，才能在上面走路，不會落得用爬的。」

「妳忘了介紹自己，莎莉。」

「喔對！好險你提醒了我，布萊恩。我是任務指揮官莎莉．詹森——」

「即將成爲第一位在火星漫步的女性，厲害！」

「哈，對——獵戶座六號的任務指揮官。我們準備吃完這頓美味的熱狗和水果潘趣酒特餐，然後回去工作。但我們今天一定要跟美國——以及地球上的每個人——報告，我們——」

「你會在和平中永恆飄揚！」

「這裡一切順利，準備迎接火星紅土上歷史性的一刻。祝所有人國慶日快樂！」

「好，獵戶座號。回到正常通訊。你們表現得很好——媒體全掛著笑臉，這是好事。」

「謝了，休士頓的各位。」詹森指揮官往後看她的組員，對他們比個讚。

「別客氣，」地面管制臺人員說。「不過——我收到一則訊息。茱莉亞．歐布拉多，妳的社群媒體都沒在更新。記住，你們全都得每天發至少三則貼文。要是地球這頭的人沒定期收到你們的消息，他們會開始擔心你們的心理健康。那樣不體面。」

「歐布拉多，聽到了嗎？」詹森問。

「我會更注意，只是……老天。我能休息了嗎？」

布萊恩．威爾森給了歐布拉多一個惡毒的笑容。「再跑九分鐘。」

不過詹森搖搖頭。還有工作得做。「別管了，妳操練結束——InstaChat的事也別管，我們還有事要辦。威爾森，我不想聽你的抱怨。休士頓管制臺，我是詹森指揮官。我跟你說過的異常讀數，你有找出原因了嗎？我面板上還是有紅燈，說是旅行艙六號燃料槽的放氣壓力有問題。」

「獵戶座號，我們認為是繼電器故障。那部分系統在這個任務階段是禁止操作的。沒有放氣請求，就沒道理亮紅燈或出現警示。其他一切正常，肯定只是個小故障。」

「我們結束軌道轉移燃燒之後，它就一直亮紅燈。我不喜歡這樣，也許是我太疑神疑鬼，但——」

「由您決定，指揮官。您告訴我您希望怎麼做吧。」

詹森環顧乘員艙內的組員。他們狀況都不錯，打電話回家的機會讓他們有點躁動，儘管只是預錄的訊息。「現在正好適合去檢查一下。我要請求許可太空漫步（註），讓我親眼確認燃料槽的狀況。可以嗎？」

「允許太空漫步。務必謹慎，指揮官。」

「明白，休士頓管制臺。」

莎莉．詹森，太空人：我們眞的要這樣？我不想談那一天。我……好吧。好吧。那時候，NASA老要我們辦記者會和媒體活動，從早到晚都在煩。獵户座號計畫耗資數十億元，他們覺得有必要讓美國納稅人看看錢都花在什麼地方。他們想要我們全變成搖滾巨星，當個電視咖。這一直都讓我很不舒服。老天。我們能停一下嗎？一下就好，讓我冷靜下來。你要知道，二〇三四年七月四日，是我這輩子最慘的一天。

要在狹小密閉的乘員艙裡跟太空裝搏鬥已經夠辛苦，還要爬過柔軟的氣閘，詹森氣喘吁吁。乘員艙模組——太空人居住和工作的空間——是由兩面軟牆構成，長達十七公尺的充氣圓柱，船上供應的水會流過牆內，依需求維持居住區涼爽或溫暖，同時在深太空的輻射環境中發揮保護作用。不過每次你撞上去，軟牆都會像充氣床墊一樣彈跳搖晃，但不是那種令人心情振奮的遊戲彈

註：也稱作艙外活動。

跳床。

居住區的氣閘是個狹窄的管狀空間，你得慢動作擠過去，每個扭轉都要事先規劃並小心執行，以免薄薄的牆面被太空裝任何堅硬的地方鉤破。柔軟的氣閘一有破洞，他們就得取消太空漫步，等到修補完成。

她成功爬到另一側，幫任務中的科學專家歐布拉多進行相同程序。歐布拉多的臉在聚碳酸酯面罩後方慘白如紙，額頭滿是汗珠。她緊張地對詹森笑了一下，抓著船身的樣子好像很怕自己跌倒。會緊張也是自然——歐布拉多在模擬中做過很多次太空漫步，但未曾在太空船飛離地球後實際踏出船外。詹森拍拍她的手臂，讓她放心。

唉，就連詹森自己都有點怕。空洞而幽暗的宇宙環繞著她們，往四面八方延伸，詹森忍住一陣暈眩。這次很不一樣，她心想。她在深空門戶太空站爲本次任務受訓時，實行過的太空漫步都和這次不同。她過了半晌才發覺箇中原因。

她底下空無一物。兩側空無一物，上方空無一物……什麼都沒有，就只是無盡的空無。

其實所謂上下方向的概念，在太空的微重力環境中並不存在。然而人腦實在太適應重力了，沒辦法放棄這個概念，你永遠都接受不了空無一物。在太空站的時候比較容易，因爲地球就在遠方，又巨大又明亮。有那顆星球的曲線在底下，你的大腦就能定位出自己的位置。能學著接受你正在飛，地面沒有急著往你衝來，因爲有東西能被當作下方。可是，現在都沒了。

飛了十五天後，被拋在後頭的地球雖然比其他星星都來得大，卻仍遙遠得無法提供任何心理安慰。詹森的腦袋發昏，拚命想找參照點——然後失敗了。

「全程都會有東西能抓，」她和歐布拉多說，後者感激地點點頭。「無論如何妳都不需要放手，知道嗎？只要找個東西抓住，然後握緊就好。」

詹森感覺自己的聲音在頭盔裡顯得很微弱，彷彿是從無線電聽到聲音，彷彿是另一個人在分享這個好建議。

她看向獵戶座號太空船，突然明白自己下一步該去哪。她的太空船有四個區域，各自有其功能。最後面的服務艙裝載太空船的主引擎和燃料供給。圓錐形的指揮艙在前方，火星任務完成後，只有這個部分會回到地球。長長的圓柱形乘員艙外頭覆蓋著隔熱的銀色絎縫布，被太陽照得閃閃發亮，而在最遠的另一頭直指著火星的，則是球形的旅行艙，支撐腳往外突出，宛如昆蟲觸角。這個登陸艇會降落在紅土上，她和阿里會共居在這個狹小的空間裡兩週，採集岩石、蒐集氣象數據。

那還要等好幾個月。她知道要是自己沒找出眼前問題——畢竟如果一切正常，紅燈爲何閃爍不止？她接下來整趟任務都會爲此心煩。最好現在就搞定這件事。

「一手起，一手放，」她告訴歐布拉多，拖著自己的身子攀越乘員艙側邊。「一步一步來。」她得留意別走太快，否則可能會把自己往船的另一邊拋。她不會跑太遠——她的安全繩會抓住她——但她並不想知道甩出船外是什麼感覺。

「明白。」歐布拉多答道。

她頭盔的無線電發出劈啪聲。只是頻道有雜音，大概是宇宙輻射，帶電粒子在他們以近乎光速飛越太陽系的同時，干擾到她的收發器。若在此時閉上眼睛，綠色風車狀的火輪會在她腦中旋轉。她們在外頭毫無防備，無形的能量充斥在狀似空無的太空中，讓她們跟裸體無異。但只要她們在一個小時內回去就沒問題。

「威爾森，我要你打開旅行艙，」她喚道。「我需要你們從內部協助我找出問題。」

「明白。」航空醫官回答。

「妳需要我去哪？」丁瓦里問。

「你到指揮艙，待在指揮席。」他能從那頭留意她們太空衣的遙測數據，並在必要時駕駛整艘太空船。發配他工作只是安全考量，但NASA最愛安全考量。「我沒看到船身外部有任何損傷，很好。歐布拉多，妳那邊怎麼樣？」

「一切正常，」歐布拉多回道。「妳覺得是線路問題嗎？連接零件……旅行艙和……」

她聽得出來歐布拉多很疲憊。在太空衣裡一舉一動都很累人。她們也許沒有重量，但依舊有質量，而每一個動作、每往前一公尺，都在和笨重的裝備角力。「別講話。力氣留著往前爬。」

「還以爲會有……星星。」歐布拉多無視她說道。

詹森看向周圍漆黑的天空，一片空無的黑絲絨有時感覺近得令人窒息，有時又讓人感覺懸在無底洞上。「妳在這裡看不到星星，就跟妳在晴朗無雲的地球上看不到星星一樣，」她說。「太陽光蓋過去了。」她的肌肉一陣疲倦，於是在原地稍停片刻，慢慢呼吸。

等她恢復夠，便再度往前爬，現在幾乎跟旅行艙處在同一個高度。

「布萊恩，你打開前氣閘了嗎？」

「正要開，」布萊恩回道。「我在調整，讓旅行艙和乘員艙的氣壓一致。」

「不用急，」她告訴他。「好。我到六號燃料槽這裡了。準備目視檢查。」旅行艙和乘員艙的連接處有大片平整金屬帶，燃料槽就像一排鈴鐺一樣掛在上方，每個都纏繞著一堆管線。

登陸艇上的燃料槽和獵戶座號的主燃料系統是分開的——機組員準備離開火星時才會使用。

登陸艇利用聯氨燃料發射回到火星軌道，和乘員艙及指揮艙重新接合，上路返家。目前這一大段旅途中，這些燃料槽完全不曾動過。相關資訊根本不該顯示在她的控制臺上，更別提出現低壓情況了。從她的位置能看到大部分的燃料槽，看上去也都好好的。不過，有幾個被獵戶座號的巨型太陽能板遮住，六號就是其中一個。她嘆口氣，打開裝在她頭盔上的燈。「威爾森，裡面如何？我等下需要你打開FPI檢測儀。」

「呃，」威爾森說，「FPI是什麼？」

「燃料壓力指示（fuel pressure indicator），」詹森說。NASA格外愛用縮寫名詞，要背的可多了。「感應器說這個燃料槽的壓力減少，這沒道理。我想要你打開FPI檢測儀，檢查裡面的線路，確認是不是感應器壞了。檢測儀裡應該有一個圖示，上面有線路正常時的樣子。只要確認線路和圖示相符就對了。」

「我人在旅行艙了，」他告訴她。「我在揮手，妳看得到嗎？」

她離登陸艇的小觀察孔太遠，看不到裡頭的狀況。「別管我，我這邊還有自己的工作要處理。我——」

她停下來。一切都變成慢動作。她目睹的事情，在頭燈光線下現形的問題——

「老大？」歐布拉多從她後面問道。

詹森舔了舔她異常乾燥的嘴唇。

慘了。

六號燃料槽裂開了。和其他部分側邊相連的位置，出現巨大的鋸齒狀開口，也許是流星撞到燃料槽，或是太空垃圾惹禍。無論如何，燃料槽如今就像被人用來福槍射穿。

一灘液體溢滿破損的區域，圓圓一團的液態聯氨靠表面張力附著在旅行艙的外殼上。

接著泡泡冒出來，在那團燃料中央猛然爆開。是從太空船內部洩出的空氣。發生外洩了——撞破燃料槽的力道肯定也撞穿船身。聯氨正洩進旅行艙的機組活動區。他們才剛把那裡放滿空氣。而且是氧氣。

「威爾森，」她喊道。「布萊恩，快離開——」

「這裡味道怪怪的，」布萊恩說著，彷彿聽不見她的聲音。彷彿她在作那種你叫別人停下來、叫他們轉身看怪物就在後面、但他們完全聽不到你說話的噩夢。「有點像清潔劑，可能是封裝這個模組空間時留下的。有點類似阿摩尼亞的臭味。」

他聞到的是原燃料狀態的聯氨，也就是火箭發動機的燃料，霧化後填滿了狹小的空間。他如今正站在一團可燃氣體裡。

賈爾斯．烏達，獵戶座號計畫燃料科技總監：聯氨是非常危險的有害物質。它是很單純的化學物質，但腐蝕性極強，只要有合適的催化劑就能自燃，比如儀表板內部的一塊鐵鏽。依我看，威爾森醫生一踏進那空間就凶多吉少了。

「布萊恩！」她尖叫。「出去！」

詹森將自己沿著旅行艙側面拉，拉到和其中一個觀察窗齊高。

「老大？」歐布拉多又問了一次。「怎麼回事？」

詹森從觀察窗目睹布萊恩在燃燒。肉眼無法見到聯氨引燃的火焰，但她能看見布萊恩把雙臂往控制臺上摔，試圖滅火。她能看見他的頭髮焦黑捲起，能看見他張開嘴，發出駭人無聲的尖叫。他往觀察窗靠近，向她伸出手，哀求她幫忙。

某種大宇宙的恩賜截斷了他的無線電，她聽不見他的聲音，不用聽著他被燒死。她看著他將手拍在觀察窗上，一次又一次，也許是想打破，想逃出來，逃離這場火——

火勢瞬間就會蔓延過艙門，往下燒進乘員艙，可能燒遍整艘太空船，直到燒光一切。得有人鎖上艙門，但唯一夠近的人就是布萊恩本人。

還有一個辦法。

莎莉・詹森受過訓練，能處理數百萬種在太空出現的差錯，各種可能的情況她都演練過無數次。她清楚如何處理這個情況，方法就在腦中等著她用，她只需要張開嘴，說出來。

如果兩個模組空間分離，各自的艙門會自動關緊，這是一種安全裝置。

這是她此生做過最艱難殘酷的事，但她是一位太空人。

「丁瓦里，」她說。「阿里，你聽得到我說話嗎？拋棄旅行艙。」

「指揮官？」他問道，聲音微弱無比，簡直就像在地球上拿大聲公對著外太空的她大喊。

「趕快行動！」她說。

「我沒辦法！布萊恩還在裡面！」

詹森沒時間浪費唇舌。她手忙腳亂地爬過旅行艙，速度盡其所能地快。她在兩個燃料槽中間找到一個快拆門，將其拆開，裡面是一個漆成亮紅色的把手，寫著「注意：緊急時請拉開」。

她使勁力氣，拉下去。

連接旅行艙和乘員艙的螺栓立刻炸開，其中一個直直朝她的臉飛來。亮光在她四周爆閃，讓她失明片刻——慘痛的片刻，她就在這時聽見自己的面罩開始破裂。她人被炸得飛離，繫著繩子往深空甩去，不停翻滾、失去控制。

她在空中翻滾，幾乎看不到任何東西，只瞥到一眼分成兩段的太空船。一大團冷凝水氣從兩個區域中向外湧溢，空氣自乘員艙洩出。門閂關緊後，雲霧馬上被切斷。

旅行艙連滾帶翻地炸離乘員艙。詹森勉強窺見柔軟的乘員艙用令人反胃的方式前後甩動。她轉呀轉，飛到安全繩的末端，然後繩子緊緊繃住，她身子對折，手腳死命揮動。她抓住繩子試著穩住，試著攀緊，並回頭望去。

旅行艙還在動，飛離他們，朝虛無的太空劇烈翻滾，支撐腳瘋狂地轉來轉去。

一雙手抓住她太空衣肩膀關節的位置，按住她推到乘員艙的側邊，銀色織布蓋住她裂開的面罩，但冰晶已經開始在眼前蔓延。

是歐布拉多，她蹲伏在她身上，保護她不被四周朝乘員艙側邊飛來的碎片攻擊。

「老大！妳做了什麼？」歐布拉多大叫，但詹森幾乎沒聽見。「妳做了什麼？」

她腦中只有一個念頭。

天主，神啊，誰都行，拜託。讓布萊恩死得快一點。

莎莉．詹森：不，不，暫停——不是這樣，我壓根不是那樣想的。我……我對此並不自豪，但如果我們要談這個，如果要坦誠以告……你知道的，我在那個時間點想到的就只有：完蛋了，結束了，我永遠也去不了火星。

遙測確認

摘自大衛．威靈頓所著《最後的太空人》二〇五七年版作者序言

我個人堅信，各位必須曉得她在二〇三四年那天的所思所感，否則無法明白後續。

我被找來寫二〇五五年發生的事件時，得到指示說我們得盡快讓這個故事登上串流。大眾需要知道發生了什麼事，以及箇中意義。這幾項目標，我至少達成了其中之一。我做了調查研究，拼湊出一個有點像小說、讀起來好像X光機使用手冊的東西，包含技術資料和已經公開的事實。不過，沒人看得懂背後代表的意義。我自己也不懂，到現在都不完全理解。

在那之後，我有幸獲得許多新資料。最重要的是，我獲准獨家採訪當事人。部分採訪片段被我收錄在這個新版本中，我另外也收錄了針對獵户座六號最後一天的簡短剖析，即各位方才讀到的部分。我認爲這對於我們理解獵户座七號任務期間發生的事情、及事件眞正的涵義，或許具有關鍵作用。

但我並未止步於此。這已經不只是一篇報導，亦非單純的重述事實。我試圖探索當事人的心理狀態，即便出於諸多原因，這是一項不可能的任務。從很多方面來說，莎莉．詹森二〇五五年的任務不僅只是在探索太空中的物體，也是探測人心的旅途。我感覺這則故事更適合啓發這樣的省思，各位可以自行判斷。

我們的故事從二十一年後繼續講述，那時全世界只有一個人了解當前事態。我盡力剖析他跳下床去搭火車那天，腦袋裡在想什麼。

桑尼．史蒂芬斯拉緊連帽衫上的拉繩。他眞希望自己爲了這場會面橫跨半個美國之前，有想到要換衣服。一切都來得太突然……ＮＡＳＡ當眞回覆他訊息的時候，他根本是不管三七二十一直接走出家門。他一直不覺得這眞的會發生，也就沒想到要做準備。

該來個實際的決定了。他還是可以抽身——說他很抱歉，他弄錯了。連夜搭車回家、上床睡覺，假裝他連想都沒想過這瘋狂的計畫，明天回去那忙碌的「蜂窩」上班，並祈禱他的信箱沒有被人監看。

或者，他可以硬著頭皮堅持。

他被帶著穿過安檢，穿過長長的走廊，在此等候。有人問他想不想要喝杯咖啡，他說好，但沒認眞在聽。如今他人在迷宮般的辦公大樓深處，坐在噴射推進實驗室裡一張黃色皮沙發上，其歷史大概能追溯至雙子星計畫。即便二〇五二年那場水災導致休士頓的詹森太空中心關閉，ＮＡＳＡ總部依舊屹立於此。

這是他打從五歲起就想來的地方。那時他想當個太空人，想得不得了，每則進到他串流的太空新聞都不放過。十歲的時候，他看著布萊恩．威爾森在太空中活活燒死，看了一次又一次。

等他十五歲的時候，美國已經不再有太空人計畫。

他心痛至極，夢想碎了一地。最後他沒有飛上太空，改透過望遠鏡研究太空，成了一個天文物理學家。他不管怎樣都要到宇宙，在群星間翱翔。等他拿到博士學位時，他已經承認永遠沒機會駕駛自己的太空船，永遠沒機會跟一百萬公里外的地面管制臺說話。他已經學會忍受這個事實，幾乎坦然接受。

但是……如今他在這裡，在休士頓。他眞的在這裡。

他很渴，也很餓，但主要還是擔心表現得不夠好，擔心沒辦法讓自己夠有說服力，甚至引不起NASA的注意。但他的資料沒錯，而且很有價値，這裡肯定有人能明白其重要性。

他只等了約莫十五分鐘，就來了一名身穿舊式西裝、繫著蝶形領結的男子，穿過樓梯走向他。這傢伙是個白人，約七十五歲上下，桑尼的媽媽會形容這種人瘦得像皮包骨。他拿著兩杯咖啡。

來吧，史蒂芬斯心想。

「史蒂芬斯博士？我是羅伊．麥克艾里斯特，探索暨運行部副部長。」他遞給史蒂芬斯一杯。

「以前是叫人類探索暨運行部門。」史蒂芬斯說。他把咖啡放在邊桌上，一口也沒喝。

「你說什麼？」

史蒂芬斯想和對方握手，但怕手心流太多汗。「你的工作。以前是叫人類探索暨運行部門。你負責管理載人太空飛行，在NASA還會那樣做的時候。你領導了獵戶座號計畫。現在你負責深空探測。」

麥克艾里斯特曬傷蒼老的臉色難以參透，但很明顯有種疲倦的煩躁。史蒂芬斯現在就已經搞砸了嗎？

「換我來糾正你了。我沒你想得那麼老。我那個時候，大家是說『載隊太空飛行』。不是『載人』。」

「是，」史蒂芬斯說，羞恥地閉上眼。「是。」

「無論如何，我相信我是你要找的人。你提供的訊息牽涉到很多事。」年長男子說道。

史蒂芬斯清了清喉嚨。「2I／2054 D1。」他說。

就這樣。頭都洗下去了，現在他回不去蜂巢了。

麥克艾里斯特的笑容頓了一下。「抱歉，我不太明白你的意思。」

「那是它的名字。它的目的地，隨便啦，」史蒂芬斯說。他知道自己在胡言亂語，但停不下來。「我還沒取名。我很確定我可以幫它取名，畢竟是我發現的。」

麥克艾里斯特點點頭，指向走廊靠後面的一扇門。「我們到我辦公室聊。」

桑尼．史蒂芬斯：NASA在獵戶座號災難後，說他們會花幾年時間來研究肇事原因。好確保悲劇不會重演。他們花了將近十年，每過去一年，NASA的預算就被砍，砍了又砍。國會轉而投資私人企業的太空計畫。四〇年代，NASA破產後，他們得拆掉第二國際太空站，把殘骸扔進太平洋裡。在那之後似乎只剩商業太空飛行有搞頭。所以我要找工作的時候，壓根沒想過要申請去NASA。截至二〇五五年，NASA已經有十年未曾訓練太空人。它還是在營運，政府機關很難消失。不過他們的任務變了，不再有太空漫步，或在月球上打高爾夫。相反地，他們的預算全都投注在兩件事上：用衛星調查氣候變遷造成的損害，還有行星的深空探測。無人太空船。若是無人機在海王星軌道上爆炸，不會有人宣布舉國哀悼。

＊　＊　＊

麥克艾里斯特在亂七八糟的桌子後方坐下，雙手交握。他示意史蒂芬斯坐在他對面。「所以你受僱於KSpace。」

史蒂芬斯洋洋得意地笑，扯了扯他的連帽衫。「我哪裡露出馬腳了？」那件連帽衫是亮橘色的——KSpace代表色——左手袖子還繡著六邊形格紋，是KSpace的商標。這個商標在NASA總部不大討喜。KSpace尊NASA爲其競爭對手，NASA則視KSpace爲妖魔鬼怪。

「我在他們的深空研究團隊工作，在亞特蘭大那邊。」

KSpace的營運總部「蜂巢」在喬治亞州，是一座占地廣大的園區。史蒂芬斯過去四年就在那兒生活、玩樂和工作。蜂巢有幾座最頂級的望遠鏡，讓他很喜歡那個地方。直到現在。「我們基本上在研究宇宙學和天文物理學。」

麥克艾里斯特點頭。「你傳給我的訊息裡有某個東西的軌道根數，那是……小行星？彗星？之類。一個正在飛過太陽系的物體。我派人看了一下，他們激動萬分。」

「我還有更多。我有更多數據能給你們，」桑尼說。

史蒂芬斯追蹤2I已經一年多了。他有好幾TB的相關數據，他曉得反照率、質量——他有光譜學和光度曲線分析結果。他已經在這個項目上耕耘好長一段時間。

他把資料拿給他在KSpace的主管時，對方表示這挺有趣的，公司會深入了解。那已經是三個月前的事，之後他沒聽說任何消息，毫無回訊。得有人做點什麼，得有人派太空船去看看。要是KSpace不肯，那麼史蒂芬斯肯定NASA會。他們必須這麼做。

然而，從麥克艾里斯特的表情看來，NASA似乎不必然這樣想。

「史蒂芬斯博士，你要給我的資料是受專利保護的工作成果。」麥克艾里斯特說。他靠回椅背。「我不確定KSpace那邊是怎麼辦事的，但我想你爲他們產出的任何研究都是受僱著作，沒有例外。」

史蒂芬斯點頭，往下看自己的雙手。他知道這會有問題，當然。但這資料——

「這代表你要是把資料交給我，就可能被告違約。而NASA會因收受贓物而觸法。」麥克艾里斯特皺起眉，在空中揮了揮手。「一般狀況會是如此。」

「我曉得。」桑尼說。

「那你何不告訴我你來這裡的目的？你想要NASA給你什麼？」

史蒂芬斯深吸一口氣。「工作。」

「工作。」麥克艾里斯特複述道。

史蒂芬斯張嘴要接著說，但只發出一陣笑聲。不是好玩的笑聲，而是絕望的笑聲。

「我們一直都在找優秀的天文學家，但你若想應徵到NASA上班，我就幫你轉介到我們的徵才窗口——」

「我想離開KSpace，來這裡工作。」史蒂芬斯說。「這……有點複雜，因爲我在亞特蘭大還有工作合約。我想要解除那份合約。因此我需要有人保護我，保護我不被KSpace的法律團隊追殺。你知道的，」史蒂芬斯皺起臉。「那個法律團隊很厲害。我想要合理的薪水，但那個，你知道，還有協商空間，還有健保，加上兩週左右特休。我還有一項要求，有點超過但——」

「你有一項要求。」麥克艾里斯特面容變得嚴肅冷淡。「史蒂芬斯博士，我想你沒搞懂。我剛才說沒辦法接受你的資料。意思就是，我沒辦法僱用你。很抱歉你因此大老遠跑來。」

他準備站起身。

史蒂芬斯有最後一個機會。就這一次掙扎的機會。該亮王牌了。

「它在減速，」他說。「是自發的。它在自發性減速。」

史蒂芬斯拿著資料跑來NASA的風險很高。他原本期望能跟他們的科學家談，而不是長官。他現在只能祈禱這位滿臉曬傷的官僚有足夠的軌道力學知識，懂他在講什麼。

麥克艾里斯特沒有起身。他沒有睜大眼睛，沒有倒抽一口氣。但他伸手搔了搔鼻翼，好像史蒂芬斯脫口而出的話讓他稍稍思考了一下。終於他說，「好吧。也許我們能想辦法。」

或許，或許他眞的懂。或許他明白這件事多重要。

麥克艾里斯特沉默地審視桑尼片刻。「也許你該把那件運動衫脫掉，我們再繼續。」

史蒂芬斯兩手抓著橘色連帽衫。「呃，我底下什麼也沒穿。我今天放假。你傳訊息要我過來，我就直接衝去搭車了。我沒想到衣服的事。」

麥克艾里斯特舉手，按下戴在他耳朵上的通訊裝置。

他應該是在打給助理或誰。「這邊是麥克艾里斯特。是。你能不能幫我個忙，到哪裡找件男用上衣？我知道這要求很無禮。拿來我辦公室就是了。」

幾分鐘後，一位職員帶來一件全新上衣——噴射推進實驗室紀念品店的白色T恤。上面有他們的舊標誌，一道紅色弧線劃過海軍藍的圓盤。

「歡迎來到NASA。」麥克艾里斯特說。

重返

滑翔角度標準。燃料餘量百分之二。太陽能板充電效率百分之八十一。

數據閃過霍金斯的意識表層，沒進到他腦裡。他的脈搏和呼吸微微加速，但還在可接受的範圍內。他鬥志滿滿，戰鬥很快就要如願開始了。

跟俄國間諜衛星比速度並不容易。那些俄國人學會飛在幾乎毫無道理的怪異軌道上，每隔四十七天才和目標相遇一次，或者是繞行到位置異常低的軌道，讓你不得不掠過大氣層追逐。就連要找到他的獵物都很困難，衛星蓋著一層奈米碳管黑體（註）外皮，比炭還黑，無線電波會被吸收而無法反射。他好像在追捕狙擊手，尋找著獵物眼中的閃光——它的相機鏡片。

戰爭正在高懸的宇宙軌道上開打，一場關乎算計和數學精準度的戰爭。

距離兩公里，逐漸靠近。干擾敵方的Ka波段和毫米波通訊。部署武力。

霍金斯的武器平臺X－37d，看起來像沒有窗戶的迷你版太空梭。酬載艙艙門被甩開，一隻單關節機械臂獨自展開，宛如螳螂捕食的腿。這架太空飛機已經在軌道上運行長達九百天，執行各式各樣的任務，機上配備的微型導彈老早就發射。武器正布署在地球夜晚的那側，沒辦法提供高能雷射足夠的電力。這回，霍金斯打算用他的機械臂逮住獵物——將之碎屍萬段。

他慢慢靠近，不疾不徐。這顆柴卡衛星若發現他，可能會跑走。它搭載的三軸推進器可以更

註：Vantablack，目前已知世上最黑的物質之一，可吸收高達百分之九十九點九六的可見光。

改軌道，要是現在跟丟，可能再也找不到。不過看來是沒發現，它的鏡頭正往下對著阿拉斯加一座軍事基地。

霍金斯將機械臂往前伸，抓握的爪子大開。只要再往前一些。他用掉少許殘餘的燃料追上。也許柴卡衛星感覺到他引擎排氣的聲音，也許它有某種微妙的感知能力，能察覺掠食者在接近，它因而點燃推進器，加速遠離他。霍金斯挫敗低吼——旋即收回手臂使勁一甩，讓爪子砸在衛星的機體上，使其失控旋轉。他的手感覺到那股勁道，後座力直衝他的腕骨。柴卡衛星滾離他，而就在他將ΔV（註）拉得更高時——

他四周的燈被打開。宇宙消失無蹤。

霍金斯眨眨眼，擤擤鼻子，打了個噴嚏。他人正坐在猶他州的一輛拖車裡，周遭堆滿軍用級虛擬實境裝置的黑盒子和觸控設備。他已經連續工作了十七個小時。他突然聞得到體味，感覺到腳有多麻。這臺機器沒有腳，他甚至快忘記自己有。

有人敲了敲身後的門。他小心翼翼地從椅子上爬起來應門。鹹鹹的空氣吹進他空調良好的領地，他往外瞇眼望向大鹽湖。「幹麼？」他低語，半顆腦袋還迷失在軌道上。

接著他立刻回過神來。「長官，」他說。「很抱歉，我剛剛——」

「稍息，」卡利沙基斯將軍道。「少校，有人來見你。我希望你全神貫注。」

一位頭戴草編牛仔帽的老人站在將軍身後，身上的栗子色西裝顏色暗沉，瘦得跟竹竿一樣。霍金斯的視線還沒聚焦回真實世界，但他曉得自己從沒見過這位男人。這人乍看是個平民。

瘦削的男子看了看霍金斯，接著轉向將軍。「這就是你推薦我的人選？」

「他是我手上最優秀的。」卡利沙基斯說。

霍金斯忍不住站挺身子，胸膛再往外推了一些。

削瘦的男子點點頭，伸出一隻手。「你好，小子。我叫羅伊．麥克艾里斯特，我有新的任務要交付你。你被轉調了，命令即刻生效。」

霍金斯彷彿仍未離開太空，滿腦子都還想著追捕柴卡衛星。他進入放空狀態，遵照他二十年來在軍隊所受的訓練，倏地行了個舉手禮。

「長官，是，長官，」他說。「請求在出發前沖個澡？」

麥克艾里斯特笑了笑。「請求獲准，少校。」

溫沙．霍金斯少校，美國空軍第十三聯隊：X－37系列無人飛行載具是可重複利用的流線型太空載具，能在軌道上運行更久，進行多項任務。我們在加州隆波克市外頭的范登堡空軍基地發射，並從多個太空部隊基地進行遠距遙控。沒有聯合太空控制中心的直接許可，我最多就只能說這麼多。

帕敏德．拉奧怒髮衝冠。

麥克艾里斯特副部長人不在辦公桌前，所以她別無選擇，只能在他辦公室外頭的走廊來回踱步。她時而交叉雙臂站立，時而雙手垂在身側，但拳頭緊握。她時不時拿出口袋裡的便利貼，再一次怒視。上頭寫的東西沒變：**請立刻來找我討論新工作的事**。就這樣。

註：在天文動力學中用來表示「方向和速度的變化」。

他用一張紙條開除她。到底誰還在用便利貼啊？噴射推進實驗室內部網路的人力資源窗口就是設來聯絡這種事的。他們有衝突解決管道，還有申訴表格可以塡——

建築物大門打開，她見到麥克艾里斯特往她的方向走進來，那一刻她用盡全力才沒衝上去，朝他狂丟問題。他經過的時候向她點點頭，像是知道她來意。他最好要知道！

「請進，」他和她說，並在他桌後坐下時問道，「拉奧醫生，妳爲我工作多久了？」

「五年，」她說。「我人生中五年的歲月。全爲了一個計畫，泰坦快車任務。」

事實上，拉奧的一輩子都在爲快車任務鋪路。她學生時期努力念書，最終拿到醫學和天文生物學博士雙學位。接著她拚老命才拿到噴射推進實驗室這份工作，就只爲了打造泰坦快車這項行星探測任務。她若能幫快車找到資金，單單是建造探測器就要花上五年，然後得再花三年才能抵達土星最大的衛星——全太陽系裡除了地球以外，唯一地表上有液體湖泊的場所。探測器會放一艘小船到其中一座湖裡，觀察能否在液態甲烷中篩出微生物存在的跡象。要是任務成功，這就會是史上首次在地球大氣層外發現生命。這會是無比重大的科學發現，也將是她職業生涯中最耀眼的成就。

然而泰坦快車計畫今早被取消。

沒有事先通知，沒有討論。她的一生心血就這樣被取消了。

「我一進來就發現我的工作站被關閉了。所有數據、筆記、快車的初步藍圖——全消失了。」發生這種慘劇，拉奧心想，發火總比在公共場合崩潰大哭好。在她看來，她的選項就是這兩者，她選發火。「你哪來的膽子？你知道這花了我多大力氣嗎？多少文書作業？跟多少人應酬？」

「我知道。」麥克艾里斯特告訴她。「妳想不想坐下？」

「不，」她說。「不，我不想坐下。我想聽你解釋。他們跟我說你一整天都不在，有人說你跑去猶他州了。你有什麼好理由不在八個小時前就跟我解釋嗎？」

「有，」麥克艾里斯特說。「拉奧醫生，我明白妳感到挫敗。如果妳肯坐下，我應該能給妳點理由。或許沒辦法有完整解釋，暫時還沒辦法。但我要派給妳一項很特別的任務，我覺得——」

「你要調動我的職務？問都沒問過我的意見？」

他笑了。她縱然很氣，脾氣也很嗆，他還是看著她笑了。而且她很確定——百分之百相信，那代表他非常興奮。

帕敏德·拉奧和羅伊·麥克艾里斯特在同一棟大樓共事了五年，她不曾見到他動怒、面紅耳赤，甚至是煩躁過。這種心不在焉的微笑、略略恍神的目光，她肯定看都沒看過。

她乖乖坐下來。

「我這兒有一些資料，」他告訴她，按下耳朵的通訊裝置。她自己的裝置同時發出震動，那是她母親給她的小鼻環。他傳給她一份很豐富的檔案。她眼睛往下看，一個畫面疊影在眼前，呈現出一排接一排的數字。

「這些是什麼？軌道參數？這是石頭，還是……」這些數據裡有事情不對勁。這說不通——有些數字實在高得嚇人。「你給我看這個做什麼？我是天文生物學家，不是天文學家。」

「但妳看出來了，對不對？」麥克艾里斯特問。

下一刻，她領悟了。

這些數字如果沒錯——

「哇靠！」她說。

「妳現在明白爲何把妳調出泰坦快車了？爲何要派給妳一份超適合妳的新工作？」

「嗯哼。」她說。因爲她說不出別的話。她所有的腦力都忙著檢查再檢查這些數字。不管怎麼檢查，結果都一樣。這些數據錯不了。

而這改變了……她心中的一切。

帕敏德．拉奧，NASA天文生物學家：當時我甚至不曉得那東西叫什麼名字，或者它是由誰發現的。我只知道，最重要的是，它在減速。物體在太空中只有靠外力才能移動。那是牛頓力學的基礎。行星、彗星、小行星都在其軌道上等速運行，只有被重力吸引或被拉扯的時候才會減速或加速……這物體自發性地在減速，代表它是靠自己的力量在放緩速度。這不是什麼死氣沉沉的石頭，翻滾過太陽系。這是一艘太空星艦。

地平線上沾染了一抹碧綠，在一層烏雲底下露出一絲苟延殘喘的陽光。風暴肆虐後揚長而去，留下暴雨的天氣。烏雲以十四公里的時速往海岸移動，準備要毀了某個傢伙的週末。現在是三月，佛羅里達州，二十一世紀後半葉。颶風的季節。

十二位潛水員坐在風扇艇上。它原本屬於一家做海牛觀賞行程的公司，現在則爲泰特斯維爾市所有。潛水員的老闆邱伊帶上了他的家人，太太艾絲梅和兒子赫克特。赫克特站在船頭，注視著海浪在船首附近碎開。他媽媽一手擺在他褲子腰間的位置以防他跌倒，但那孩子至今四年的歲月裡，大多時間都在海上生活，沒人眞的爲他擔心。

莎莉・詹森在船尾檢查自己的裝備。每名潛水員都帶了自己的裝備，其中有些人還在用大型水肺和呼吸調節器。貼滿膠帶、悉心照料的老舊軟管，以及磨損的機器。大部分人跟詹森一樣，使用循環呼吸器，尺寸不超過一個小型帆布包。她套上面罩，測試有沒有封緊，然後跟自己點了點頭，並確認過她的配重帶沒有磨損得太嚴重。接著她再把所有東西重複檢查一次，老習慣了。

到淺灘的路途並不遙遠，卻讓她有些提心吊膽。船駛過梅里特島北海岸，該島有一半被永久淹沒，緩緩地移入沼澤地，被淹沒的房屋頂端站著成群白鳥。若是留心觀察，還是能看出水面底下的矩形灰影——太空梭以前就是降落在那塊狹長區域。再往南那邊，就只剩往日回憶了。舊裝配大樓和高聳的龍門式起重機，好似挺立高塔的骨骸，如今被爬藤植物和鳥巢給覆蓋，幾乎難以辨認。老舊的建築長年受暴雨沖刷，被鐵鏽和雨水溶解，宛如燭蠟。整個過程卻發生得很慢，喔，緩慢至極。

這讓人很難受。即使過了這些年，見到卡納維爾角淪落至此依舊令人難受。*我大可搬走*，詹森心想。*我有這麼這麼多年的時間能找別的地方、別的洞躲起來*。但那陳舊的痛楚就好像一雙太緊的鞋子，還是繼續穿下去，穿到鞋子都壞了，然後說服自己那很舒服，不會有比這更舒服的了。

「好啦，」邱伊從船艇前側喚道。「我們到了。」

她往後朝他揮揮手，不想在船切斷電源的同時大叫壓過引擎的巨吼。終於，船停下來，四周除了船身上啪、啪、啪的水聲以外萬籟俱寂。

她就是在等這個信號。詹森往後躍入溫暖如血液的水中，感覺一團團銀白色的泡泡自四面八方湧上。她閉上雙眼，而片刻間，在這完美寂靜的片刻之間，那股感覺又出現了。

這熟悉且令人嚮往的感覺——失重感。就像在無垠的宇宙中自由穿梭。彷彿成眞。

她張開眼。其他潛水員在四周躍下，個個像在太陽附近猛撞的彗星，拖著一條泡泡尾巴。該上工了。

莎莉・詹森：我從太空回來的時候，他們給了我一個太空人辦公室的工作機會，坐辦公桌的工作，有退休福利、有健保，聽起來還不錯。我撐了兩天。我感覺好像那些眼睛、那些人都在盯著我看，都在我背上燒出洞來了。我就是那個輸掉第二場太空競賽的女人，是吧？等中國登陸火星之後，美國放棄太空之後——算了吧。我沒辦法。我走出那扇門的時候，有很多人落淚，想跟我握手。大家都很友善。但我感覺我走了他們應該很開心。

在卡納維爾外海的海床緩緩下降，潛入一片荒蕪。這邊海底只有六公尺深，海水被暴雨攪動過，能見度不大好，但隨著潛水員們踢水游過一道道搖曳的陽光，詹森還是輕輕鬆鬆就能看出渦輪發動機。數百臺發動機外型縮成一球，好像一群在泥濘上放養的水牛。每臺發動機寬三公尺，罩子上長著叢叢蓬鬆的海藻。罩子裡薄如刀片的扇葉有氣無力地轉動，靠著自墨西哥灣往北流的暖流提供動能來發電。很不錯的能源，過程也沒污染，但發動機需要經常維護。只要你有潛水證就能在這兒餬口，確保那些發動機沒被垃圾卡住、能正常運轉就好。

他們今天出班，是因爲大半的發動機在暴雨過後，被回報無法運作。詹森立刻就發現了問題所在：一張舊漁網意外掛在發動機上，好像巨大的蜘蛛網困住了機具。那網子想必已經在海底隨著海潮漂流了好幾年，才卡到這些機器。厚重的網子塞著途中撈起的小垃圾，幾塊老木頭、魚骨，還有人類的廢棄物。

清掃是件既漫長又需要高度專注的工作。爲了不傷到發動機，他們得一縷一縷地將漁網割下。那粗厚的塑膠繩是設計來鋪開，而不是讓人扯破的，你得一手緊抓，同時用另一手鋸開。她將好幾大堆的網子聚集起來，綁成一大團，纏在一塊，讓他們工作完成後比較好拖走。

她努力不讓自己因爲那幾卷漁網裡卡了多少人類垃圾而難過。無數的舊洋芋片包裝和沒電的電池和多到不行的塑膠、購物袋，還有優格杯跟蛋盒、被人丟棄且八成有毒的油漆罐，以及有毒的智慧型手機。顏色都還那樣鮮豔，再過一千年都不會褪去。

就讓洋流帶走她推開的垃圾吧。多成這樣，根本不可能蒐集來好好做廢棄物處理。她清理著發動機的表面，努力不看它們漂走。

但她接著看到某個讓她心臟漏跳一拍的東西——旋即讓她在面罩底下笑出來。一對小小的手臂伸向她，哀求她的協助。小小的棕色塑膠手臂。她把那雙手臂的主人解救出來，盯著看了一會兒，然後塞進其中一個口袋。她可以晚點再細看。此刻她需要全神貫注在漁網上。

他們工作結束後，她在船艇疾駛回岸邊的途中擰出短髮上的鹽水，往後一靠，重新適應呼吸眞正的空氣。有人遞了瓶啤酒給她，她舉手表示感激，等她想到要檢查口袋時，已經喝掉半瓶。

她找到非常舊的玩具模型，一隻半熊半猿、臉長得像狗的棕色小生物，厚厚的毛髮做工精緻。胸前掛了一條子彈袋，其中一隻腳上有道嚴重的割痕，可能是撞到發動機的扇葉。它有一雙明亮專注的藍眼睛。

她感覺好像有人盯著她看，抬頭看見赫克特盯著手裡的玩偶。「你認得這傢伙？」她問。

「他跟你爸爸算是同名喔。」她說。

「他的名字叫做耶穌？」赫克特問。

「丘巴卡（註一），」她說。赫克特無比認真的表情使她微笑。「這是丘巴卡。」她舉起小模型，讓它跳舞給他看。她嘗試模仿武技族（註二）咕嚕咕嚕的吼聲。赫克特瞇起眼睛。

「那是什麼？」邱伊上前問道。他蹲在她旁邊，拿起模型，在手中翻來翻去，然後吹了個口哨。「這是好東西喔！」他說。「妳知道妳可以拿去網路上賣，對吧？這種老玩具，有些能賣到很高的價錢。很高的價錢，知道嗎？」他拿下棒球帽，揉了揉前額，再用一個熟練的動作將帽子戴回去。「那些有錢人，只要東西夠舊，幾乎什麼都買。」

赫克特還在盯著。

「你給他看過《星際大戰》的電影嗎？」詹森問。

「電影？他自己就有串流可以看，」邱伊說。「他看那種老骨董幹麼？」

詹森點點頭，把模型遞給赫克特。她直直看進他眼睛，他似乎能明白——這是個禮物。他皺眉接過，跑去找正在船首發三明治的母親。

詹森坐起身，讓海風吹乾她的頭髮。邱伊在她身邊坐下，沉默但不令人尷尬。她把喝了一半的啤酒遞給他，他望著海浪，大口飲盡。

「妳晚上想過來吃晚餐嗎？」他問道。「我們要做泰式炒河粉。艾絲梅甚至還去那間新開的高級雜貨鋪買了眞正的糯米。」

詹森搖頭。他每次都會問。十次裡有一次她會接受邀請。他在橡樹園那帶有一棟小巧可愛的牧場式住宅，後面的露臺往外延伸，她可以坐在那兒和他的小孩玩，或者——最近比較常是看他們戴著厚厚的眼鏡，觀賞虛擬實境節目，雙手在身體兩邊抖動。她會確保他們沒晃到後院——他們試圖這麼做的時候，她的手會輕輕擺在他們肩膀上，幫他們轉身。然後艾絲梅會出來，兩個女人會閒聊一些冗長又沒意義的對話，大多都是在分享太空的事。她很喜歡那樣的夜晚時光。這些日子以來，邱伊算是在她母親過世以後，最接近她家人的人。夠接近了。

生命有多少是由「夠接近」和「幾乎一樣」所構成的？她暗忖。也許絕大部分都是。但今晚她想自己一個人渡過。

「妳還好嗎？」邱伊問。他問的時候沒有注視她，但他是真心地關心她，而她笑了笑。

「我很好。」

「好，妳很好。」他鼓起臉頰說道。他是個好人。「嘿，妳知道有人打給妳，對吧？」

詹森低頭看她腳邊的裝備袋。黃燈在薄薄的尼龍布底下閃爍，那是一副太陽眼鏡的鏡腳發出來的，她實在該換掉這副老舊的擴增實境太陽眼鏡。通知燈告訴她，有一封未回應的緊急訊息。通知已經閃了將近兩天。她檢查過傳訊者之後就一直設法無視，想說通知終究會停。但沒有，讓她很是惱怒。

「等我到家再回。」她撒謊。

結果她並沒有機會等。

他們離岸邊還好遠，艾絲梅就在船首站起來，往海的另一頭指，所有人都看了過去，只見一架小飛機朝他們滑翔，起落架差點把人劈成兩半。機體配有三個導罩螺槳和玻璃泡型艙罩，不過隨著愈飛愈近，便能察覺機上沒半個人。飛機停在他們旁邊，三具大型旋翼把空氣吹得滾滾翻

註一：《星際大戰》系列電影中的角色，其名「Chewbacca」的第一個音節與「邱伊」的發音相近。

註二：《星際大戰》中丘巴卡的種族。

攪。邱伊停下船，憂慮地望向詹森。

飛機機身上有NASA的標誌。不管NASA淪落到什麼程度，他們的飛機依舊是最酷的，詹森心想。機鼻上有盞燈亮著黃光。

「詹森，」飛機用中性的聲音說道。「給莎莉．詹森的訊息。」

其他人的目光簡直要鑿進她脊椎裡，所有人都在看。她伸手入包，拿出太陽眼鏡戴上。

然後她見到羅伊．麥克艾里斯特的擴增實境影像站在海浪上。

「妳一直在躲我。」他說。

電腦生成的圖像讓他跟著船的節奏上下浮動，他的腳就像來回輕點佛羅里達的海面。

拜託，羅伊，她暗忖道。敏銳一點。我就只想——

她甚至沒辦法在腦中說完這句話。他笑了，臉上的每一寸皮膚、皺紋都因而移位，她才第一次認出他變得多麼蒼老。老天，他肯定至少七十歲了。

「嗨，羅伊。」她說。音調細小微弱。

「我有事情需要妳幫忙。在加州。」

他說加州，指的就是噴射推進實驗室。NASA總部如今就位在那兒。這是一份工作邀約。這不是第一次了。羅伊．麥克艾里斯特多年來都努力想彌補她。她離開NASA時，他試圖讓她到波音上班，然後是某間科學機構。這些工作都持續不長。這次又會是什麼？

「就幫我個忙，」麥克艾里斯特說。「在妳拒絕前先來趟加州。讓我給妳看個事情。」

往事如寒意湧上她心頭。他們帶她到華盛頓國會大廈的那天，參議員們圍成一個半圓，往下盯著她看，問她問題，好多好多問題。問她當時是不是有其他方法能拯救獵戶座號。問她本來要如何完成她的任務。問她有什麼方法能救布萊恩・威爾森一命。

她坐在那張木桌前，三支麥克風往她臉上戳，甚至沒人想到要問她需不需要一瓶水。她感覺無處可逃，危機四伏。彷彿她要是開口，動了一下或清個喉嚨，禿鷹就會衝下來將她碎屍萬段。而羅伊・麥克艾里斯特在桌子底下伸手過來，握住她的手。

她越過肩膀回頭一看。赫克特正盯著她，那張稚嫩的臉龐讓人無從解讀。艾絲梅一手擋在他胸前保護他。

詹森微笑。「邱伊，」她說，「幫我看顧我的行李，好嗎？」

「好，」他說，抿起的嘴唇消失在鬍鬚底下。「當然沒問題。」他說，一隻手放在棒球帽上，或許怕帽子會被那架小飛機的螺旋槳尾流吹落。

飛機的艙罩敞開。她跳上去抓住手把，爬入機內。

飛行前檢查

同樣的報告，史蒂芬斯已經做了好幾次。第一次是在他跟麥克艾里斯特的上司碰面的時候——NASA的署長，最高層的負責人——那次花了九十分鐘才成功。等他跟NASA的顧問團隊、還有稍後跟任務部門主管和工作人員發表同一份報告時，整個過程已經被他控制在二十分鐘內。然後有一天，他們叫他站在一臺3D相機前，跟他說他將和美國總統直接對話。那次他只有五分鐘。

現在，他要再報告一次，他們保證這是最後一次。他前往噴射推進實驗室六號教室，把檔案都傳到講臺螢幕上，他從頭到尾緊張到不行。他們這次還能請到何方神聖？聯合國祕書長？

整間教室能容納一百二十人。今天只有四個人進來，坐在大型體育館風格的椅子上。其中兩位坐在中間那幾排，彼此相隔幾個座位。一名穿羊毛衫的東南亞裔女性，和一個制服正面別滿徽章的軍人。他脫下帽子，小心擱在身旁的座椅上。史蒂芬斯和那名女子對上視線，並笑了笑。她回以淺淺一笑，簡短緊繃。接著她身子往前靠，抱住膝蓋，似乎非常緊張。可能她心裡有底他要說什麼。

另外有兩個人走進來，在最前排的位子坐下。是羅伊．麥克艾里斯特，和一位中年女子，戴著廉價的擴增實境太陽眼鏡。史蒂芬斯過了一會兒才意識到他眼前這位是何許人也。

「等等，」他說。「等等——她是——妳是——」

「顯然你認得詹森女士，」麥克艾里斯特說。「那麼容我來介紹一下。各位，這是桑尼．史蒂芬斯。他在我們的行星科學部門工作，是一位天文物理學家。他或許很年輕，但可不能以貌取人。他拿到第一個諾貝爾獎的日子指日可待，獲獎原因很可能就是他今天要跟你們分享的發現。」

史蒂芬斯點點頭，幾乎沒在聽。是她，莎莉．詹森直勾勾地盯著他。

那女人害死了布萊恩．威爾森。那女人輸了登陸火星的競賽。她搞什麼，怎麼會出現在這裡？這是最高機密，不是每個過氣NASA太空人都能冒出來硬參一腳──

「我們時間有點急迫，史蒂芬斯博士，」麥克艾里斯特說。「也許我們能趕緊開始？」

史蒂芬斯點頭並深呼吸。他有點措手不及，但沒問題，他對報告內容瞭若指掌。他只希望──他希望詹森能把那副太陽眼鏡拿下來。現在誰還在戴擴增實境太陽眼鏡啊？那副眼鏡讓他沒辦法看到她的眼睛，沒辦法讀出她的思緒。

不過，她對他來說，就只是多一個要說服的人。史蒂芬斯曉得他的報告至關重大。他點了點講臺螢幕，準備開始。

燈光從他們上方打下來，半空中出現的像素聚合成一幅擴增實境圖像。

「這個，」他說著指向他們頭上，「是名爲1I/2017 U1的天體。又名『斥候星』，在夏威夷語中代表『初訪者』。」

在擴增實境中，天體繞著短短的軸心緩緩轉動。老實說看起來不怎麼樣，就是一塊暗紅色且形似雪茄的岩石。畫面像素感非常重。「我們一直沒有機會好好觀察。很久以前，它進入太陽系，那是二〇一七年的時候，我都還沒出生，而且，呃……」

他突然發現他的聽眾中有人年紀大到還記得二〇一七年。他們坐在那兒，看起來也像是一塊塊大岩石。他揮開這個念頭，繼續說下去。

「它就只是一塊石頭，沒錯，一塊太空垃圾，沒大到需要我們擔心。」畫面周圍出現量尺，顯示斥候星寬三十五公尺，長二百三十公尺。「那個時候，他們甚至不曉得這是什麼，到底是小行星還是彗星。然而，有一點引來很多人注意：它不是來自我們太陽系。」

畫面拉遠以顯示斥候星繞太陽運行的軌道。它從深空冒出來，幾乎垂直於黃道平面——圍繞太陽赤道的平面，每個行星都繞其運轉。它的移動速度之快，繞著太陽甩了一下再往新的角度射出去，越過內行星，最終回到深空。

「我們依舊不曉得它從何而來。也許是織女星附近。但沒錯——這是從外頭來的。外頭的銀河系，」史蒂芬斯在暖身的同時，得拚命忍住在臺上跳來跳去的衝動。事情就是從這邊開始有趣。「這穿過星際空間——在外頭可能已經存在了十萬年，或是更久。接著非常短暫地經過我們的太陽系，再出發回到黑暗。當時我們的望遠鏡沒那麼好，幾乎看不到蹤跡。但這個存在改變了——嗯，改變天文學界好多好多事情，讓我們第一次認真思考外頭有什麼。」

他點下螢幕，斥候星便隨著一條白色曲線繞太陽離開。他再點一下螢幕，第二道曲線出現。

「在天文學上，如果看到新型態天體的一個樣本，你會曉得你一旦繼續找，就能找到更多。宇宙如此浩瀚，非常少獨一無二。我們得假設這不是太空中絕無僅有的一塊星際岩石。一七年的時候，KSpace還在想辦法送第一艘火箭上太空，但他們那時就已經對天文學有強烈興趣。他們用無線電望遠鏡進行探勘，尋找更多的I天體。我大約在三年前接手計畫，具體來說，我創造了一個新的搜尋模式，把重點放在斥候星一開始出現在天空的位置。我想說，如果有一顆岩石從那個方向過來，也許同個地方會出現更多個。結果我想的沒錯。」

第二條白色曲線幾乎跟第一條有著一模一樣的弧度。「這是2I／2054 D1。」他忍不住對寥寥無幾的觀眾得意地露出笑容。「我的寶貝。」

他轉身看向那兩道白色曲線，沒有一次不著迷於這對宇宙雙胞胎。

「如果說斥候星很怪，那2I也不遑多讓，還怪得一模一樣。是同樣暗紅色，同樣普通的雪茄狀外型，但長寬都各大上八倍。這就足以引起我的興趣了。接下來我用光變曲線分析，好進一步了解大小。」

一張斥候星的圖冒了出來，細小狹長的外型浮在螢幕前方，只是一小團模模糊糊的低解析度像素。2I出現在上方——斥候星立刻相形見絀。

「2I大概比斥候星大上三百五十倍。各個方面一模一樣，只是尺寸大了非常非常多。我估計十公里寬、八百公里長，而它正以每秒二十六公里的速度朝我們狂飆。」

莎莉．詹森咳了咳引他注意。「那聽起來很快，」她說。「太快了。」

史蒂芬斯對她試探性地笑了笑。至少她有在聽。

「喔沒錯，」他說。「這也是2I超有趣的原因。這兩個，斥候星跟2I，都以相同速度朝我們前進。星際速度，這麼說吧。大部分的彗星，就連速度真的很快的幾個，秒速最高大概就五公里。史上速度最快的太空船——航海家二號——移動速度爲秒速十五公里。不過有個地方不一樣。彗星、行星跟所有自然物體基本上永遠都會維持等速，對吧？我們知道物理學的定律如何應用在飛越太空，巨大笨重的天體上。斥候星遵守了所有的定律，它以超高速飛進來，接著加速繞過太陽，這很合理；它利用太陽的引力取得彈弓效應，幫自己加速。起初，」他說著，指向他頭上的那道白色曲線，「我們以爲2I也一樣。繞過太陽，累積足夠的動能，然後調頭飛回星群，速度快到我們看不見。我是這樣預期的——大家都這樣預期。但這沒有。」

他按下螢幕畫面。心臟在胸口猛跳。這才是他需要解釋的事情，重複同份報告的原因。

「它慢了下來，」史蒂芬斯表示。「減速了。我上次確認的時候，速度降至每秒二十一公里且持續下降。這沒有道理。我是說，當然有理由會讓一個天體減速，例如受引力拉扯或是跟其他天體相撞或……之類的，但沒一個理由說得通。2I表現得不像普通的太空岩石，但那是什麼意思？它接著自己替我們回答這個問題。它改變了路線。」

螢幕上的白色曲線往內彎折，遠離太陽。「沒有物理解釋，它就開始往我們預期外的方向移動。」白色曲線以精巧優雅的弧線往黃道平面——以及眾行星的軌道前進，特別對準其中一顆行星而來。

「這正在往地球移動，」史蒂芬斯說。「如果維持當前路線持續減速，約莫會在六個月後進入月球軌道內。屆時速度會降至每秒十一公里以下，換句話說，低於地球的逃逸速度。」

「在我看來，」史蒂芬斯又說，「這是典型的霍曼轉移軌道。」他朝螢幕揮手，軌跡繼續以直線狂飆。畫面拉近，讓他們能看到曲線在地球表面附近彎折。「這只是推測，但我認為這最終將再改一次路線，ΔV量下修到極少。用最小的推力輕輕一推，就能進到地球的繞極軌道。」

詹森從座位往前靠。擴增實境的模擬效果絕佳，史蒂芬斯能看見她太陽眼鏡的黑色鏡片後來回交錯的白色曲線。

「彗星和小行星不會這樣移動，」她說。「你現在說的——」

史蒂芬斯此刻快要開始興奮地跳上跳下。他雙手插進口袋，因為不曉得該拿兩手如何是好。

「它不是彗星或小行星。它是太空船。一艘靠自體動力移動的太空船。」

「如果它從深空來的——那代表它是一艘星艦，」麥克艾里斯特輕聲道。「外星星艦。」

羅伊·麥克艾里斯特，NASA探索暨運行部副部長：我們用過所有已知方式，試圖和2I進行接觸。我們請來SETI協會的團隊設計一系列無線電訊號，用來表明我們在這裡、展示我們的智慧，以及傳達我們對溝通的渴望。我們用上全世界最強大的無線電發射器來發送訊號，每天重複好幾百次相同的訊息。毫無回音，就連確定外星人收到我們呼叫的表示都沒有。我們必須知道——盡其所能越快越好——它的來意爲何。這不是學術上的提問。2I有可能打算要在地球附近繞軌運行。它也有可能是被派來直直撞上我們。一個如此巨大的天體，以這樣高的速度移動，能把地球上所有生物消滅殆盡。我拿著史蒂芬斯博士這份報告，找上了所有政府科學單位、國家級機構，只要他們肯聽。蠻多人都有意了解——就算不是天文物理學家，也能明白此事的重要性。

帕敏德·拉奧奔出教室，整個人欣喜若狂。她渾身顫抖，必須一手撐在外頭走廊的牆上。她得恢復呼吸。下一位出來的人不知道是軍人還是飛行員，他朝她走來的同時，一邊調整他軍禮服的袖口。「我懂他們爲什麼想找太空部隊過來了，」他說。「這還眞是驚人。」他的平頭在鬢角處轉成鐵灰色，她心裡估計他大概四十歲。他皺著眉，臉上似乎很常做出這個表情。他將帽子抓在手裡轉來轉去。「抱歉，」他說，將帽子夾在手臂底下，好伸出手和她握手。「溫沙·霍金斯。第十三聯隊。」

她完全沒概念那是什麼。「帕敏德·拉奧，」她告訴他。「天文生物學部門。我覺得現在就說是星際入侵有點言之過早。」

「我擔心的不是這件事，是——」

「不好意思，」她打岔道。教室門再次打開，桑尼．史蒂芬斯走了出來。她往他衝去，一把抓住他雙手。「你敢肯定嗎？」她說。「百分之百肯定？」

史蒂芬斯笑了，那大大的燦爛笑容讓她也好想笑出來。此時此刻，萬事萬物都更爲燦爛，顏色更鮮明。她觀察史蒂芬斯每一個小動作、每一個臉部肌肉變化，因爲一部分的她仍感覺這可能不是眞的。最後會發現這只是個惡作劇，或是某臺電腦模組發生故障。

「沒辦法到百分之百，我猜，不過——百分之九十九肯定？」

拉奧克制不住，緊緊抱住他。「我找外星人找了一輩子，」她說。自從她在國中暑假讀了艾西莫夫、克拉克和萊基的作品後，這就一直是她的夢想。「我一直在火星岩石和泰坦湖裡尋找細菌，但這……如果他們能建造星艦，那他們一定是智慧生物，」她說。「他們一定是要來和我們對話的。」

「但目前毫無反應。」史蒂芬斯指出這點，但她不在乎。她想把臉按在他肩窩上喜極而泣。

接著教室門再度打開，走出兩個人，拉奧不得不鬆開擁抱，往後一站。麥克艾里斯特和詹森走了過去，看都沒看他們一眼。莎莉．詹森什麼都沒在看——好像迷失在自己的思緒。

史蒂芬斯等他們走遠後湊上前。「她在這兒做什麼？」他問。「妳知道那是誰吧？差點登上火星的女人。」

拉奧詫異地抬頭看他。「這樣講有點無情吧。」

「她害死了布萊恩．威爾森。」霍金斯說。

拉奧瞇起眼睛。「並救了另外兩位太空人。」她指出。

史蒂芬斯搖搖頭，重新露出他大大的笑容。「都是陳年往事了，各位，聽我說，麥克艾里斯特要我們下午再找他聽一次簡報。我不確定原因，但我猜我們——我們三個人，」他向太空部隊的傢伙點頭道，「之後會一起共事。要不要去吃午餐？我們可以多聊聊2I的事。」

「我們不該公開討論任何事，」霍金斯說。「我們應該叫外送。拉奧女士，妳在這棟大樓裡有辦公室嗎？」

她懶得糾正他——她是拉奧博士，但此刻她才不在乎別人怎麼稱呼她。她要跟外星人說話了……

霍金斯清了清喉嚨。

她低頭看見自己的一隻手還擺在史蒂芬斯臂上，輕柔撫摸著。史蒂芬斯看起來並不介意。興奮過頭了，她心想道。他們全都很興奮。「當然，」她說。「嗯，往這邊。」然後她開始往她的辦公室走。她邊走邊轉過身，往後看向兩名男子。

「竟然是外星人！」她悄聲說。

她好想衝到頂樓，對著天空大叫。

麥克艾里斯特帶詹森到噴射推進實驗室深處，一間她未曾親眼看過但久聞其名的房裡。他們一同注意一小群技術人員把大型包裝木櫃，從實驗室裝卸區移到二五呎太空模擬器前廳。男男女女從頭到腳用紙包著，穿著特製的不沾毛絕緣鞋，以極其緩慢的速度將貨櫃移向大門的位置，小心避免推擠撞擊。

二五呎太空模擬器——實際上是二十七呎寬，政府辦事就是這樣——是ＮＡＳＡ最負盛名的資產。這是國家歷史名勝，且完全不愧對這個頭銜。以前從遊騎兵到航海家，還有之後十來艘太空船的太空探測器都是用這來測試。不鏽鋼材質，高八十五呎，圓筒狀，門厚得跟銀行金庫一樣。只要把一件太空硬體的零件放進去，並關緊大門，圓柱內可以被改造成各式各樣的煉獄。氣溫能升到好幾百度，或遠低於零度。圓柱空間內可以抽掉空氣，形成高眞空。圓柱內的物體能暴露在游離輻射長達好幾個小時，乃至數天，就爲了證明受測零件夠安全，能帶上太空。

技術人員把大型木櫃抬高到模擬器門口，接著拆箱。

「這件事有誰知情？」詹森問道。

麥克艾里斯特跟她說過他的計畫有多機密，也說除非ＮＡＳＡ能拿出明確的資料，否則千萬不能讓一般民眾得知２Ｉ的事。他還是沒說她被找進來的原因。

「目前我們盡量控制消息範圍。少數幾個帕薩迪納的人知道，還有國會和總統。當然啦，KSpace知道，因爲史蒂芬斯是在他們那兒工作時發現的。俄羅斯人也知情了。目前爲止，他們都挺樂意讓我們冒全部的險。中國那邊也已經準備好一臺載具要升空，」麥克艾里斯特說。「不過細節口風很緊。我們不確定他們是要送太空人上去，還是單純派探測器。或是核導彈。」

她轉過來質疑地望著他。

麥克艾里斯特聳聳肩。「採取不理智的回應有很偏執嗎？對方可能是來消滅我們。太空部隊也準備好要發射自己的武器了。要是２Ｉ帶有敵意，我們沒多少時間採取對策。寧可帶武器上去，做好戰鬥準備，也不要去了才發現我們需要武器，卻爲時已晚。」

「這是初次接觸，羅伊。」她說。

突然間——她明白了那意謂著什麼。

莎莉．詹森上過太空。她往回觀察過地球，知道地球多麼脆弱，多麼孤獨。她曾穿梭於空虛的光年，感受星群之間令人讚嘆的距離。她從來不相信飛碟，從來沒想過人類可能偵測到另一個世界傳來的訊息，哪怕是無線電訊號。然而現在……

你要怎麼和那種東西交手？怎麼會有人能處理這般龐然大物？你怎麼有辦法不乾脆切斷一切思考、臣服於恐懼？

她曾經是個太空人，該死。她知道答案是什麼：全靠你受的訓練，就你所知且確定的觀點來檢視問題。羅伊．麥克艾里斯特將眼前狀況視爲一系列的問題：國家安全問題、工程問題、他得解決的問題。

她試著照做。這件事對她個人有什麼影響？這對她來說代表什麼？就連這個問題她都答不上來。他們在討論的事情是如此巨大，她一陣暈眩。

「這恐怕會是歷史上最重大的事件。人類歷史上。」

「我知道，」他告訴她。「這也是爲什麼我到國會的時候，和他們說我們需要組織自己的載人任務。我們需要派美國的太空人上去，跟對方面對面。」

詹森盯著他。「自己的……載人任務。ＮＡＳＡ的機組。出任務。」

「沒錯。」他說。她看得出來他在緩緩引導她，試著讓她徹底理解每一項新資訊。不過，從他不停折手指這點看來，她也曉得他需要她快點進入狀況。

「國會幾十年來一直跟ＮＡＳＡ斤斤計較。老天，就是他們讓我們再也沒有任何太空人的。他們對此有何反應？」詹森問。

「他們開了張支票給我。數字比我原先要求的少，但夠用。」

她瞠目結舌。那——那是前所未有。自從最後一趟阿波羅任務起飛後，NASA一直到處哀求，爭取哪怕一點點的錢。被中斷的登陸火星計畫就花上他們數十年的積蓄，他們預算有限省吃儉用，花上好幾年處理會議和企劃書、爲了撰寫企劃書召開會議。只要新總統或新國會上任，NASA就得重頭來過。如今——羅伊跑去華盛頓報告這件事，他需要的錢就全到手了？

顯然這就是金主們一直在等的任務。

「當然，給我再多錢，也沒辦法讓一項任務奇蹟似地憑空啓動，」麥克艾里斯特告訴她。「我們得撤掉一大堆無人機探索計畫，把資金、人力和設備都轉到這邊。我們現在沒了卡納維爾和休士頓，就得借用太空部隊的發射臺，然後在噴射推進實驗室這頭管理任務。我們沒有設備訓練太空人——我們得重建一大堆我們失去的資源，幫新的訓練模擬器寫程式碼，僱回我們十年前解僱的人，把待在倉庫裡好幾十年的火箭和太空裝拿來回收利用。我得用盡一切資源，讓這個計畫如期完成。就像這樣。」

在他們下方，模擬器地面上的木櫃終於打開。裡頭的太空船受到完善照顧，儘管塵封二十一年仍保存良好。船被小心裝進巨型鋼製貨櫃，櫃子另外焊接密封，細心程度令人咋舌，內部灌滿非活性氦氣，以免生鏽或腐蝕。幾十年來，這一直被擱在嚴密監視的倉庫中，武裝士兵日以繼夜看守。

技術人員拿著撬棒和電動扳手進來，將貨櫃隔板拆下，頂蓋則由吊車小心翼翼地移開。完成後，重見天日的太空船停在那兒，就跟她上一次見到時同樣嶄新耀眼。

塗裝也是新的，「獵戶座七號」的船名精心印在美國國旗下方。她沒有說話，因爲她曉得自己要是開口，聲音可能會破音。這不是獵戶座六號，這不是她的船，但如此相像。

圓錐型指揮艙上頭覆滿方型的黑色保護磚。放了氣的乘員艙擱在指揮艙上頭，好像大型鬆垮垮的銀色甜甜圈，用黃色尼龍繩固定住以防移位。這艘太空船沒有連接火星登陸艇——這就是這艘船和她差點飛去火星的那艘最大差異。

「我們倉庫裡有三艘——七號、九號和十五號，所以如果這艘有問題，可以拆另外多的兩艘零件來用。」他往前站一步，跟她比肩而立。他碰她的手臂，但她動也不動。「我們沒時間設計製造新的太空船，得拿現有的庫存將就。」

詹森不意外。ＮＡＳＡ從來不丟任何器具——其中一項指導原則，就是永遠都別白費力氣。獵戶座號的技術直接奠基在將近一百年前送人類上月球的舊阿波羅任務。經過實際證明可行的技術。獵戶座號同時是ＮＡＳＡ建造的最後一批載人太空船。二十一年過去，他們還是沒別的辦法送人上太空。

「老實說，」麥克艾里斯特說，「狀況比我預期好多了。我們得換掉電池和反應輪，更新星體追蹤儀，安裝新的空氣淨化器……但大致上，這可以直接上場了。」

她明白這件事的重要性。麥克艾里斯特的任務有死線，得考量現實，條件有限地做事。她懂。技術人員開始把七號太空船搬進模擬器的時候，她轉過身，沒辦法再看。

她曾經是個太空人。他們把獵戶座六號交給她——那曾經是她的船。他爲什麼要給她看這個？爲什麼要瞞著全世界，卻告訴她２Ｉ的事？該死，他是想要她怎麼樣？

麥克艾里斯特不是個殘忍的人。他瞥了她一眼便領她離開觀察室，穿過走廊來到一間閒置的會議廳，以便兩人講話。

羅伊．麥克艾里斯特：世上沒人比莎莉．詹森更熟悉那艘船，她駕駛過它飛到火星半途再飛回來。我信賴我的員工、科學家和工程師，但在這件事情上，我需要她。很多人反對我拉她進來，但我肯定：這樁任務要是少了她，就是白搭。就算發生了這些事，我依舊如此深信。

「我想跟妳討論組員。」他告訴她。他按下耳朵的通訊裝置，擴增實境視窗在她面前跳出來，顯示出好幾份人事資料。

她按下最上面的那份。相片和服役紀錄在身邊一個個跑出來。溫沙．霍金斯。美國太空部隊少校，第十三聯隊，她讀道。

「是個軍人，」詹森說，嘴角挑起微微一笑。「外星人要是從2I一湧而出，拿雷射槍大開殺戒，你就有人替你作戰了。」

麥克艾里斯特露齒而笑。「才不是。獵戶座號的任務是要進行接觸，不是開戰。太空船上不會有武器——那樣可能會招來誤會。不過假如發現外星人來意不善，我們也會準備好回擊。霍金斯的職責是軍事分析。妳看看這裡，就會發現他資歷極爲優異。是五角大廈親選的人。」

「不是你親自選的？」詹森訝異地問。

「國會批准預算的一項條件，是要我和軍方直接合作。他們多疑慣了，很難改。不過我同意他們的人選了。霍金斯在太空中執飛的經驗有一千小時。」

詹森瞥他一眼。「你是指他們的無人太空飛機？」她稍微了解，那是形似迷你版太空梭的無人太空船，不過沒有窗戶，據說是用來殲滅敵方衛星。她沒十足把握——任務內容全是機密。

「他飛那個武器？窩在內華達州地下室裡玩搖桿，跟坐在太空船裡駕駛差得可多了。」

「其實是猶他州，而且現在都是用觸覺回饋虛擬實境來操作了。別那樣看我，他應該非常優秀能幹。」

「是喔。」詹森冷冷地說。她滑開霍金斯的資料，來到下一位。帕敏德・拉奧，醫生／博士，她讀道。照片裡是位留著黑色短髮、面露笑容的年輕女子。「醫學和天文生物學博士。她這個人肯定閒不下來。看起來好像才十八歲。」

「這年頭人人看起來都不滿四十歲了，」麥克艾里斯特說。「醫學更進步、營養更豐富……與此同時，我們這些二十世紀長大的傢伙全是乾巴巴的木乃伊。」他露出笑容表示自己在說笑。他太少開玩笑，需要提醒別人才會明白笑點。「拉奧在實驗室這兒和我共事。我認識她好多年了，我對她有十足的信心。」

詹森滑開檔案——然後驚訝地停在下一位組員。

桑尼・史蒂芬斯，博士

「妳今天見過他了，」麥克艾里斯特說。「妳覺得如何？」

詹森大半輩子都在接受太空人的職業訓練。她曉得什麼樣的人適合這份工作，誰又會早早淘汰。這種事她看多了，史蒂芬斯不是做這行的料。

她神情猶豫地望向麥克艾里斯特。

羅伊聳肩。「他很出色。是真的。當時2I還只是天上亮晶晶的一顆星星，沒人想到要注意。搞不好等到人家出現在門前了，我們都還沒注意到。他至今已經做了超過一年的研究。」

她猜那是蠻了不起的，不過……

麥克艾里斯特聳聳肩。「史蒂芬斯最初帶著他在KSpace的數據來找我，跟我說他有條件。他想要一份工作。具體來說，他想要當太空人。他說他打從五歲起就想成爲太空人。」

「全美國哪個小孩不是，」詹森點出。「但現在不是了，對吧？他們現在都想當串流明星。」

「等等。你是說——他跟你討價還價，要在這艘船工作？」事情不是這樣搞的。詹森費數年工夫讓自己有資格角逐任務，她可是拚了老命。這傢伙就這樣跑來提出要求，還手到擒來？

「沒有他的數據，就沒有任務。」

「他是在敲你竹槓。不，是勒索——算是吧。」詹森惱火地說。

「我選擇用另一種角度來看。我手上有世界頂尖的天文物理學家，同時也有稱得上最了解這艘星艦的專家。」麥克艾里斯特聳聳肩。「人生有時由不得選。有時你手上有什麼就得用什麼。」

「我現在懂了，」她說。「你帶我來這裡的原因。你手上的團隊沒有實戰經驗。學歷和證照一堆，但沒半個人能讓人放心把太空船交給他。」

「我們找來的都是全國最頂尖的人，」麥克艾里斯特說。「很遺憾，這年頭——我們沒有太空人班底給我們從裡面挑人了。」

「所以你想要我訓練這些人，是吧？教他們如何當太空人？我們沒多少時間。」

「四個月。」

詹森搖搖頭。在她的時代，太空人訓練要花二到三年——還只是學基本功。之後，你可能要再花一年學習，爲你分派到的任務準備。光是學會如何在火星上行走就花上她十八個月。要讓他們準備好在深空中工作和生存？四個月根本癡人說夢，還不如連訓練都別訓練了，直接上場。

「我盡我所能，但……哇喔。這完全是在自掘墳墓，你也很清楚，羅伊。你需要一個團隊來跟外星人溝通——結果你只能生出這種團隊？」

麥克艾里斯特嘆氣。她突然間察覺他肩負著沉重的壓力、爲此多麼拚命。「有些事我實在沒辦法。我沒時間做更多訓練。我沒辦法花好幾個月尋找合適人選——我得將就手邊現有的。而我手邊沒太空人，再也沒有了。這也是我接下來要談的，我需要獵戶座七號上有人眞的知道如何駕駛。我不是想要妳當教官，莎莉。我想要妳當我們的第四位隊員。任務指揮官。」

她全身僵住。這種感受沒別的方法可以形容，她整個人動彈不得，肺部被擠壓得無法呼吸。二十一年來，她努力接受獵戶座六號發生的事，接受自己親自親手殺死了布萊恩・威爾森。她爲何這麼做不重要，原因從來都不重要。那代表她太空人生涯的句點，代表她永遠上不了火星，代表她再也去不了太空——她這輩子最深愛之處。

現在，他想要她回來。就這樣。

他現在所拜託她的——

他怎麼能拜託她這種事？

老天爺，她眞想一拳揍向他的下巴。她想要抓住他，把他拉過來靠在他外套領口哭泣。該死的，這不公平。

這一點也不公平。

「我知道這請求有點過分。」

她詫異地哼了一聲，豈止是有點過分。

「要是還有別人……」

「茱莉亞・歐布拉多。或阿里・丁瓦里，」她提議道。「他們都飛過獵戶座六號。你需要的能力和訓練他們都有。」

「他們沒人當過任務指揮官。再說——阿里四年前過世了，在舊金山被一輛自駕車撞死。至於茱莉亞，她現在在墨西哥做高檔陶器。她有老公和三個小孩。」

詹森明白他的意思，歐布拉多有家累，而這是趟危險任務，或許是自八十年前登月以來最危險的NASA任務。要是詹森在上頭死了——誰會想念她？邱伊和艾絲梅？

「我需要的能力妳都有，妳比任何人都更了解這份工作，我手上沒有其他人符合資格。莎莉——我們本以爲一切都結束了。我們以爲再也不會有載人任務，現在卻出現這個。我們需要妳，我需要妳。」

血液湧上腦門，使她雙頰發燙。她感覺顱骨彷彿愈來愈緊，擠壓著她的頭腦。

「我在給妳第二次機會。世上有多少人有這種機會？」

她吐出卡在胸口的那口氣。

她說不出心裡想說的話。**我殺了布萊恩·威爾森**。她說不出這幾個字。反正她也曉得羅伊會有何回應；他會說她在過程中拯救另外三條生命，他每次都這樣講。於是她轉而說出反對這項提議的第二個理由。

「羅伊，我五十六歲了。」

「身體狀況還比他們隨便一個人都好，」他指著她面前的資料說。「況且，事實是，沒人比妳更了解獵戶座號。」

「我不知道。我不……我跟你說，上次已經夠慘了。你選了我，一個女人，當獵戶座六號的任務指揮官。新聞媒體是殺紅了眼。我們甚至還沒升空，我的社群媒體就已經被仇恨言論灌爆。

任務取消後，我不得不把所有網路帳號都刪掉。」

「我記得。我有讀到幾篇提到女性駕駛員的貼文。」麥克艾里斯特僵硬地說。

「你有看到那些死亡威脅嗎？」她回答。

那甚至不是最糟的。就算到現在她都不想告訴他，那些白癡是如何鉅細靡遺地詳述自己打算怎樣對她下手。他們說她是罪有應得。

麥克艾里斯特一臉震驚，卻只是搖搖頭。「我不在乎那些無知的笨蛋。我也不在乎妳是女是男、是黑是白——我不在乎妳幾歲。妳依舊是我訓練過最優秀的太空人。」

詹森抹了抹臉。「羅伊！羅伊，你他媽在做什麼？你想要我怎樣？」

「我在問妳是否仍有那個能耐，莎莉。妳是否仍是當初被我選爲人類史上第一位火星登陸者的那個太空人。我認爲妳是，但只有妳自己才**知道**。妳要是現在跟我說妳無法勝任，那好，沒問題。我會找別人，看要上哪找。或妳可以回答是，然後妳就能回到太空。」

她的手在發抖。她控制不了。

第二次機會。一個將功贖罪的機會，好證明自己眞的是他相信的那個太空人。或是她會再次搞砸，跟所有人證明自己究竟是什麼貨色。

「妳的答案是什麼，莎莉？我現在就要知道。」

接近

羅伊．麥克艾里斯特：九月份，獵户座七號在Block 2太空發射系統上方，從范登堡空軍基地六號發射臺發射升空，當日天氣晴朗無雲。這次發射由我本人親自擔任飛行管制員以及座艙通訊員，也就是太空人們唯一會聽到的來自地面的聲音。發射過程一切正常，第一和第二階段分離很順利，軌道插入也沒有任何問題。我們需要一切完美進行。NASA從不曾像這樣把整個未來押在一項任務上。不，不只是NASA，全人類都是。

帕敏德．拉奧人生中見過的虛擬實境串流，跟身在太空看著地球相比，都完全相形失色。一切瞬息萬變：雲層陰影以迷人的緩慢速度飄過阿爾卑斯山，陽光突然映在河流和湖泊上，折射出炫目光影，入夜地區的城市好似閃閃發亮的蜘蛛網。

她懸浮在穹頂艙裡，一個聚碳酸酯材質的小圓頂窗，用金屬框安裝在獵戶座七號前方。趁現在還正對著家鄉，她深深看了最後一眼。一顆流星劃過澳洲上空時她屏住呼吸，那道光如弓箭直直射出，燃燒後消失無蹤。

太美了，她心想。

接著畫面故障，一大塊一大塊的像素宛如瀑布沖過地球表面，摧毀了那幅美景，提醒她這不是眞的。

她按下裝在她顴骨上的成對通訊裝置——兩個塑膠小圓環。她剛剛正在看地球的擴增實境影像，且處在望遠鏡視角。她關掉影像疊層後，見到地球此刻眞正的面貌。就只是一顆亮藍色的圓點，獨立於一片漆黑景色，距離他們好遠好遠。她甚至不見星星。他們升空距今已三十三天，她還以爲自己會習慣這種空無，這種無窮無盡的空虛。但她沒有，她反倒是全神貫注地盯著那顆藍點，宇宙中唯一能參照的那顆圓點。

只不過——那不是她唯一看得見的景像。她發現自己頭一次看見外面有另一個點，讓她的呼吸卡在喉嚨。微小且分外陰暗的暗紅色，彷彿不努力集中注意看，它就會消失不見。

2 I。他們的目的地。

外星人。

她肉眼就能看見。興奮之情席捲全身，彷彿有人將二氧化碳打入她的血流中。她應該去告訴其他人。她轉身推開隔在穹頂艙和乘員艙之間的塑膠布，進去就是太空船的主要空間。她知道其他人會趕忙衝過來。他們過去一個月用望遠鏡觀察許多次，但這可是非比尋常的一刻，很重要的——

她探頭進乘員艙裡，被華語超世代流行音樂震耳欲聾的節奏給轟炸，吉他和鼓機的聲音迴盪不斷。蹦蹦蹦、沙卡、拉卡。蹦蹦蹦、沙卡、拉卡。

「現在每個人都要來跳舞。」有人說。

「獵戶座號，這裡是帕薩迪納，」羅伊．麥克艾里斯特喚道。「我們在你們的聲學遙測饋送聽到一些雜音。船上一切都還好嗎？」

等他們的回覆傳過來，需要五十二秒。麥克艾里斯特從座位站起身，在他的控制臺前來回踱步。他有自己的大椅子，但控制室裡還有其他十幾個人跟他待在一塊，全都望著房間另一頭一排排巨大螢幕。最大的那幾面呈現出獵戶座七號通往2I的路線，形成一條問號形狀的彈道，在2I往地球衝來的同時，這條寬廣的弧線會帶領獵戶座號跟上2I的速度。太空船已經快來到鉤狀弧線的相交點，現在——只要再一週左右就會抵達目的地。

他最近幾天晚上都沒睡。他知道，在他們眞的抵達外星星艦之前，他都無法休息。當然，他傻了才會覺得這時候還睡得著，這趟任務背負的責任過於龐大。無論獵戶座號在上頭發現友善的外星人，還是一心要大開殺戒的武器，都將永遠改變世界。

「跳舞、跳舞、跳舞。」

「帕薩迪納，這裡是獵戶座號，」詹森開口讓他縮了一下。他差點忘記自己有呼叫詢問他們狀態。「上頭一切都好。史蒂芬斯只是在發洩體力。」

蹦蹦蹦、沙卡、拉卡。蹦蹦。

整個乘員艙都跟著節奏晃動。

獵戶座七號最大的模組空間基本上就是個大型氣球，還有兩面強化膠布構成的牆。他們可說是生活在一座搖搖晃晃的城堡。乘員艙內爲數不多的幾樣家具——他們的睡袋、用餐的小桌子、螢幕和儲物櫃和設備——全固定在柔軟的牆面上，以至於他們一旦放音樂或播電影，所有東西都會跟著震動、嗡嗡作響。

蹦蹦蹦。

霍金斯在跑步機上，隨著節奏慢跑。他在拉奧進到空間時擺了個臭臉，旋即翻個白眼表示他沒在生她的氣。他抓住跑步機扶手，緊到指節發白。他的手老是會嚇到她，皮膚很粗糙，凹凸不整，指節扭曲。拉奧當醫生夠久了，曉得那代表什麼。霍金斯成長過程中想必到處和人打架。從他鼻子稍微歪斜的樣子來看，她知道這是被打斷太多次，再也沒辦法整回原位。打從初次碰面起，他待她一向彬彬有禮，毫無例外。但她跟他相處一直不大自在。

她按下裝置，確認他還要在跑步機待三十九分鐘，才能結束他排定的伸展活動。「繼續跑，」她大吼蓋過隆隆作響的音樂。身爲任務的航空醫官，她得確保他們每個人每天都要在這酷刑機器上跑兩小時。若不小心，在微重力環境下生活一個月，可能讓你的骨頭變成一坨爛泥。「加快速度，說不定能破紀錄啊！」爲了鼓勵他們遵守運動計畫，她建了一份紀錄表，登記每人每天跑多少虛擬路程，挑戰他們打破彼此分數。

這個主意並非人人喜歡。

霍金斯只是再度翻了個白眼並皺眉，後方區域被牆隔開，供他們睡覺和梳洗。桑尼——她應該要叫他史蒂芬斯，他們現在全是以姓氏互稱——人一定在後面，她想。

「現在每個人都要來跳舞。」

「需要毛巾嗎？少校。」

霍金斯在ARCS——他們的全自動機組支援機器人——乘著一小團空氣靠近時縮了一下。拉奧知道他一向不喜歡那個機器人，她不得不說這有時也把她嚇得不輕。機器人整體只由三條塑膠手臂構成，沒別的。每條都接在同一副肩膀，且尾端都長著白手掌，外型跟人手相似到反感。那些機器手從傷兵義肢改造而來，這也解釋爲什麼還模擬了手指及指節上微微突起的假毛。它一隻手抓住跑步機一側的上方支架固定，另一隻手遞出白色的超細纖維毛巾。

霍金斯抓過毛巾抹在臉上和頸部，擦乾汗水，以免汗滴下來在周遭亂飄。「不知道妳曉不曉得，」他問拉奧——隔著音樂她聽不清他講話——「音樂要大到什麼程度，才會傷到人耳？」

「不如你告訴我吧?」她問。她當然知道——長時間暴露在八十五分貝中,或一百分貝的話,所需時間就更短——但她猜測這是那種別人假裝提問、然後自己給你答案的情況。

「我覺得現在這樣就夠傷耳了。」他咕噥道。

「如果那能讓史蒂芬斯腦袋正常,」詹森指揮官從他們頭上說,「我完全沒意見。霍金斯,電影之夜輪你選片,你只看二戰紀錄片的時候也沒人抱怨。」

拉奧往上看,只見詹森飄浮過弧形天花板,像條魚在水管表面載浮載沉。任務指揮官正一塊一塊地拆解一臺氧氣機。她每移除並固定一個元件,就會用食指在空氣中戳一下,大概是在拉奧看不見的虛擬寫字板上做標記。

如果組內要比賽誰最一絲不苟、嚴守紀律,詹森一定會贏。那女人無時無刻不在工作。拉奧對此感到近乎同等的敬佩與懼怕。

蹦、沙卡、拉卡。咿喀。咿喀。

拉奧踢離一側柔軟的牆面,抓住乘員艙裡隔開就寢區的布簾。她一般會清喉嚨或咳嗽表明自己要進入,但以這音樂的聲量,史蒂芬斯不可能聽得到,所以她直接擠過布簾,進到昏暗的寢室裡。現在是史蒂芬斯輪休的時間,但他人不在睡袋裡,而是飄浮在小寢室中間。他的手臂前後甩動,搖擺臀部。

至少他有運動到。

她要拍拍他的肩膀。旋即將手抽回,不想太冒昧。不過,他肯定是感覺到她伸手找他時空氣的流動,因爲他轉過身,用無比嚴肅的表情盯著她。有那麼一會兒,他就只是懸在那兒,緩緩飄離。他和她四目相接,然後挑起一邊眉毛。

「來跳舞。」咿喀。咿喀。

拉奧感覺自己雙頰開始發燙。史蒂芬斯還在盯著她。

「妳聽見那傢伙說的了。」他說。

「你說什麼?」

史蒂芬斯抓住她的手，讓她在空中旋轉。她驚訝地叫出聲，又笑了出來，想蓋過自己的驚呼。他一手放在她臀部，兩人跳著舞。拉奧往回望，確保霍金斯跟詹森都看不見他們。

咿喀。咿喀。

「那是什麼鬼?」她聽見霍金斯大喊道。也許他努力想讓聲音不被音樂蓋過，但沒有必要——詹森關閉了播音系統，現在他們唯一能聽到的就是重複的刺耳聲響。

咿喀。咿喀。

「是警報器的聲音，有東西接近我們。」詹森回答。

「那群人他媽的是在想什麼?」麥克艾里斯特一拳捶在控制臺上質問道。

控制室裡每個人都懶得回答他。

獵戶座號的航道在大螢幕上呈現出一條藍色曲線。另一條橘色的曲線同樣被投影在上頭。那是和藍色交錯的曲線，就是這觸發警報。

是KSpace。麥克艾里斯特本來就曉得，這個商業航太集團要派自己的團隊上2I。他一直在緊密監視他們的進度——通常是一邊監視一邊咬牙切齒。雙方進度一直很接近，但他成功讓獵戶座號比KSpace的火箭提早整整一週升空。他原先在規劃時設想NASA能在競爭對手抵達前獨占2I一週。

他眼看著橘色曲線和藍色線相交，意識到那是不可能了。「他們好像猛虎出柙。」他說。他叫來飛行動力官。女子睜大眼睛抬頭看他。他努力想記得她的名字，但他壓力實在太大了。「他們怎麼有辦法飛這麼快？」

「他們採用加壓電漿引擎，低比衝，從升空開始就一路運轉不停，拉高速度。」飛行動力官搖搖頭。「但這沒道理——他們的飛行剖面圖顯示這太浪費資源。他們抵達2Ｉ時要燒上更多燃料來煞車，好跟上這麼快的速度。」

「馮賽卡，」麥克艾里斯特道，突然想起來她的名字。到他這年紀，連這麼點小成就都值得慶祝。「這完全有道理。那代表他們會第一個到。」

「那簡直是直接朝我們的船撞過來。」霍金斯說。

他們四人在虛擬實境裡頭，飄浮於無垠太空。詹森在顯示器上放大畫面時，兩艘船的移動軌跡一下子衝過他們身邊。

想當然，她還來不及叫出顯示畫面，一切便閃瞬即逝。以兩艘船的航速來說，KSpace的太空船已經飛越他們的軌道，衝向深空中不知何處。「ＮＡＳＡ說他們全程都在追蹤對方動態，沒料到他們會進到離我們一千公里範圍內，」她說。「他們發現時已經太晚，來不及警告我們。」

「他們剛剛離我們多近？」拉奧問。

「大概十六公里。」詹森搖搖頭。他們多少都受過軌道力學的訓練。以他們當前的速度來說，兩艘太空船間隔那樣的距離實在近得太危險。

「他們故意改變航道來惹我們。」霍金斯意味深長地點頭，彷彿這個商業航太集團剛剛親自向他宣戰。

「那是他們企業文化的一部分，」史蒂芬斯指出。「KSpace從不甘心屈居第二。」他伸手操作顯示畫面，使其往前倒轉。時鐘的數字一邊往前轉，他一邊推斷KSpace的航道。「看起來他們至少會比我們提早一天抵達。」

拉奧知道那代表什麼。那代表初次與外星生命接觸的榮譽將會屬於一間私人企業——不屬於美國或聯合國，不屬於NASA。

「嗯，靠。」她說。

＊　＊　＊

帕敏德・拉奧：我成年後整段職涯都潛心研究可能存在的外星人、假設層面上的外星人。我調查過泰坦的甲烷湖或火星地表深處的洞穴是否可能有生命存在。那些都不重要了。我即將跟眞正的外星生命體碰面，親眼見到他們。我們得接受KSpace會首先抵達這件事，但我承認——那打擊了士氣。我們只能屈就爲史上第二組和外星人碰面的團隊。

＊作者註：基於獵戶座七號任務重要的歷史意義，NASA要求四位太空人忙中抽空紀錄斷斷續續的「自白」，表達他們的情緒狀態和對任務的反思。他們只要有空獨處，就得爲這份口述歷史貢獻內容。其中幾位比較積極參與。我盡可能依照我認爲這些內容在任務期間被紀錄的時間順序，將之置入故事之中。

停滯/行進

拉德爾・努南，航務官：2I抵達地球軌道的時間，比眾人期望的快上許多。我們能想到的訊號都發過去了，但它依舊沒有回應。要跟KSpace競爭讓我們很困擾——那是當然的——但這改變不了什麼。獵户座號有自己要遵守的任務行程，飛行剖面圖無法更動。任務還是要繼續。

「大家抓穩。我們又要有重力了——一點點而已，」詹森說，「而且只有一下子。」她抓住裝在穹頂艙牆上的扶手。

ARCS的其中一隻機械手抓住她身旁的扶手。「準備好加速了，詹森指揮官，」它說。

「好極了。」她說，接著打開螢幕顯示獵戶座號的引擎控制。

又過了一週——只有難吃的冷凍乾燥食物，和地球聯繫少之又少的一週。不過，現在可沒人抱怨。他們終於抵達了。

穹頂艙的大小恰好夠四人同時擠在裡面。空氣混濁潮溼，但窗戶有抗冷凝的功能，至少不會因爲他們呼吸而起霧。他們距離2I還有一百公里，並且緩慢地繼續靠近。任務計畫指示他們盡可能和平接近。最後一天，他們持續慢慢前進。

如今只剩這麼一點距離。她按下觸控螢幕，獵戶座號後方的服務艙應聲甦醒，火焰自引擎噴出——就一會兒。太空船往前推進，直到2I本體占據整個視野。她感覺到輕微的拉力將她往乘員艙推，但她的肌肉撐住了。

２Ｉ已經進入肉眼可見範圍好一陣子，他們好多時間都在觀察這顆紅點變得愈來愈大。這是他們首度接近到足以眞正看清楚，注意到細節特徵。

詹森注意到的第一件事情是，２Ｉ的體積很大，非常大。她知道在太空中，缺乏參照點的情況下，很難衡量物體的尺寸，但當你看著２Ｉ時，就能感覺到它的龐然身型。這已經巨大到能一口吞下獵戶座號——如果它有嘴巴。

２Ｉ的顏色，正如史蒂芬斯推測，是暗紅色。它只有〇點〇九的反照率——這代表太陽光照在表面時只有百分之九會被反射，跟瀝青差不多黑。那個紅色不是２Ｉ原本的顏色——是物體在星際空間穿梭，長期暴露在宇宙輻射下褪色後的結果。

形狀跟預期中一樣狹長——不過不是像史蒂芬斯最先描述的「形似雪茄」，而是像紡錘那樣中間粗厚，往兩端變得愈來愈細。不過這有點難說，因爲它的外型被船體上大量的表層建物遮蔽。２Ｉ表面每一寸都覆蓋著形狀極其複雜的物體，好像金字塔或圓錐塔或……脊椎？角？刺？其中有些長達五十公尺，直接自２Ｉ表面凸起——然而密度高到無法判斷範圍多廣。每座尖塔的表面都被縮小版的尖塔覆蓋，圓錐體呈螺旋狀攀附在尖塔每一寸表面，毫無中斷。那些小塔自己也被迷你版的小塔覆蓋。他們在望遠鏡上用各種倍率放大檢視過那些表面結構，發現無論看得多深，同樣的模式都一再重複。形狀、角度、螺旋狀的曲線不斷複製，永無止盡。

「是碎形。跟謝爾賓斯基三角形一樣，」他們研究了一會兒以後，拉奧說道。詹森和霍金斯困惑地回頭看她。她聳聳肩，盡量在不給他們上數學課的情況下解釋清楚。「一種靠不斷重複簡單規則創造出來的近無限複合結構。你如果想打造一個物理上盡可能有最大表面積的物體，結果就會是這樣。非常了不起。」

「這完全不像我見過的任何一艘太空船。」詹森說。

「這個嘛，也很合理，不是嗎？」史蒂芬斯答道。「外星星艦不是人類建造的，不會是妳預期的樣子。」

詹森搖搖頭。「但還是有規則的。物理學定律、空氣動力學定律。船身要盡可能呈流線形。就算從頭到尾只會暴露在星際氫原子中，你的船還是要夠光滑，才能讓垃圾直接彈開，而不會卡到上面那些——我不曉得——刺。」

「除非它的目的就是要東西卡上去。特別是星際氫原子，」史蒂芬斯說。「讓那些表面區域聚集越多氫原子越好，就能拿來當燃料。」

「也許。」詹森說。她當下沒在考慮科學層面。

「我沒觀察到任何動武跡象，」霍金斯道，似乎讀出她在想什麼。「沒有槍管，沒有導彈發射器。」他睥睨似地哼一聲。「不過就算他們帶著各式各樣的槍砲和嚇人玩意，我也不知道從何分辨。」

噴射推進實驗室的控制室裡鴉雀無聲。裡頭一派寂靜，只有遙測追蹤器紀錄時間偶爾發出的嗶嗶聲，以及首張2I影像自百萬公里的太空傳送過來時，無線電訊號受到干擾而嘎嘎作響。

羅伊．麥克艾里斯特站在巨型螢幕前，仔細檢視每個細節。他看著這艘星艦近身飛過，看著船身的紅色尖塔，尋找能夠理解的部分，找尋跡象來證明這艘交通工具是由智慧生命體所造——他們能夠理解的生命體，能夠溝通的生命體。

他轉頭和卡利沙基斯將軍相望，對方負責管轄此次任務在軍事上的大小事。卡利沙基斯比麥克艾里斯特矮上一吋。他三十年前是戰鬥機飛行員，在飛行員真的要進駕駛艙操控飛機的年代，要幹這行身高不能超過一定上限。他緊繃地盯著螢幕，尋找攻擊跡象。

他們都很清楚，2I可能一見到獵戶座號就開火，詹森和全體組員可能被這艘巨艦給打到九霄雲外。所有人都相信它具備的科技能不費吹灰之力將他們殲滅。若真如此，卡利沙基斯會立刻接手，把麥克艾里斯特推到一邊。到時這項任務的目標，將不再是初次接觸。而是保衛地球。

「帕薩迪納，這裡是獵戶座號，」詹森的聲音出現在無線電上，讓控制室裡大夥都跳了一下。「我們密切關注2I的動態。目前沒有變化。我要帶我們再靠近一些。」

卡利沙基斯向麥克艾里斯特微微點了頭。麥克艾里斯特按下耳朵上的裝置。「獵戶座號，收到。」他說。

他們和獵戶座號的距離太遠，遠到他的聲音要將近一分鐘才能傳到太空人那兒。儘管無線電訊號以光速傳送，但在這樣的距離，還是慢到折磨人。要是出了差錯，地球上的人光是要曉得發生什麼事，都要等上整整一分鐘。

2I變得愈來愈大、愈來愈近。詹森開始擔心對方會在他們接近的途中改變路線，直直撞上他們。這恐懼很不理性，但她很難揮開這個念頭。目睹這麼巨大的存在，實在很難不想像這朝你滾過來，壓在身上，將你撞個稀巴爛。比起加速，這個念頭更讓詹森的肚子翻攪不已。

重點倒不是可能立刻喪命，她心想。「立刻」這一點挺好的——你知道自己不會感覺到疼痛。不，她之所以害怕被2I撞死，是出於另一個原因。她害怕它甚至不會注意到自己殺死了她。她會撞上去，變成其中一根尖刺上的污點——而它永遠都不會發現她在那兒。

該死，他們是要怎麼引起這怪物的注意？他們就像在水牛角上飛來飛去的小蟲子。最多就只能期望讓對方不悅地甩甩尾巴。

她發動獵戶座號的反推動力以停止加速，兩道煙霧往前劃過穹頂艙的視野。爲了完全消除漂移，她射出幾道不足一秒的定位水霧，接著打開反應輪避免水珠滾走。待她完成後，獵戶座號靜止不動地懸在空中，一旁是同樣靜滯的2I。兩者彷彿被拴在一起，然而將它們緊繫成對的就只有牛頓運動定律。

麥克艾里斯特發話想確認她已完成操作程序。「獵戶座號，我們需要停滯和行進確認。」

「帕薩迪納，」她說，「我們目前是停滯。」

她最後往外看一眼，舉目所見皆是暗紅。她帶眾人駛到離最前方尖刺兩公里處，約在2I全長一半的位置。而他們就要在那裡停留，至少停一會兒。

「『如同畫中的船閒置，在畫中的海上。』」霍金斯喃喃道。

「嗯？」

「抱歉。我在引用柯立芝的詩。」他告訴她。

「《老水手之歌》。」史蒂芬斯補充。

詹森知道這首詩，講一名水手失去他的船員。她不曉得霍金斯是否在挖苦她。她決定心胸寬大一點，假設他沒那個意思。她沒說話。很長一段時間都沒人說話，眼前要看的東西太多了。

「哈，」拉奧說。「那裡——妳有看到我看到的嗎，長官？」

詹森點頭。「妳眼力不錯。」

爲了讓其他人也看到，她指出浮在2I其中一側尖端附近的橘色光點。那僅是昏暗的紅色背景下一顆微小光點。「我一開始以爲是星星，或許是天狼星，」拉奧說。「但這後來從一座高塔上頭飛過去。」

詹森叫出一張擴增實境疊圖分享給其他人，是穹頂艙一扇窗戶放大後的影像。橘色光點愈來愈清楚，有點像西洋棋的卒兵，圓柱形船身上有個巨大圓頂，後面則像短裙般往外開展。

整艘船都被漆成亮橘色，圓柱體上還密密纏覆著六角形紋路。他們能看到印在球形模組上的企業名稱，船名用不同字體印在底下：KSPACE。

漫遊者

KSpace太空船附近沒有活動跡象。詹森試圖用無線電呼叫，但沒有回音。「他們已經在這裡至少一天了。我希望有辦法說服他們分享數據。」她說。

「不太可能，」史蒂芬斯告訴她。他很了解前東家。「他們從來不免費送人東西。」

「如果掌握到有用資訊，」詹森說，「如果他們找到和2I溝通的方法——就讓他們出價吧。」

麥克艾里斯特感覺有人碰他的手肘，他緊張到全身轉過去面向卡利沙基斯，這位太空部隊的將軍雖然面帶微笑，眼神還是充滿提防。「看來立即性的危機解除了，」他說。「如果外星人沒朝KSpace開火，我覺得他們也不會對我們的人動手。把你蒐集到的表面結構數據全備份給我，好嗎？我需要生出應變計畫。」他拿起放在控制臺的帽子。「目前我先當任務按計畫進行。我會閃一邊去，要是情況有變化，特別是如果2I表現出敵意——」

「我會第一個告訴你。」麥克艾里斯特告訴他。

「我們太空部隊有一句話，」卡利沙基斯道。「『要信任，但也要查證。』」他點點頭，最後環顧一次控制室後往門口離開。

他人一離開，麥克艾里斯特便沉進椅子裡，往上望向顯示著獵戶座號攝影機畫面的大螢幕。2I占據整個畫面，光線照過怪異的螺旋狀上層結構，使得尖端一個接一個閃閃發亮。

控制室突然間人聲鼎沸，大夥兒相互祝賀。有人傳來一袋花生──噴射推進實驗室的老傳統，說是吃花生代表好運，也用來標誌任務中的關鍵時刻──眼前肯定就是這種時刻。

花生傳到麥克艾里斯特手上時，他拿了一些，雖然他的醫生警告他應該避免攝取鈉。他提醒自己記得訂無鹽花生──接下來還會有更多這種時機。

「好了，」麥克艾里斯特對外星星艦說道。對它的機組員、或任何把它開到這裡的生命說道。「你大老遠跑來這裡。你一定有話想跟我們說。那就說吧。」

梅莉．阮，NASA物理學家：接觸是和2I溝通的第一步，那也是獵户座號最首要的任務。我們需要傳送一個訊號，並且讓外星人回應那個訊號，證明他們至少知道我們在那裡。那樣我們就跨出了第一步，接著就要搞清楚他們爲何而來。

「KSpace漫遊者號。拜託請答覆。這裡是NASA獵戶座號。請答覆。」

詹森自抵達起便一直試圖聯繫KSpace的太空船，但對方未回應。拉奧感覺到此情此景之諷刺。鄰近地區有三艘太空船，卻沒有一艘肯跟對方溝通。

但她不是很擔心這件事。他們還有工作要做。當前任務是要組裝NASA設計好用波長取代無線電聯繫2I的專用設備。地球已經努力想傳送無線電訊號給2I好幾個月了。好幾座巨型無線電望遠鏡網路都把碟形接收器對準外太空，希望能得到回應──任何回應都好。

什麼都沒有。所有無線電頻段都毫無反應。所以NASA拿了一堆非無線電溝通的實驗品給獵戶座號。這些實驗品設備整齊裝入特製木櫃，自升空後就沒人碰過。爲了節省空間，它們被拆成零件裝箱，需要組裝後才能使用。

組員們分散開來，盡可能騰出位置。在沒有重力的情況下，他們不需要工作檯或桌子，卻也使得包材和空盒、鬆開的螺絲釘和五金零件占據所有可用的空間。霍金斯和詹森待在乘員艙前面較寬敞的活動室，他們正在組裝多波長天線，這組大型碟形接受器從微波到伽馬射線都能播送，以防2I只聽得見較長的頻率。

這組天線有很多小零件需要組裝。霍金斯打開一只裝滿螺帽和螺栓的塑膠袋，這些小東西瞬間不受重力控制地到處亂飛。

「狗娘養的！」他低吼道，旋即尷尬抬頭，對上拉奧的目光。他正從牆上彈開，試圖抓回所有浮在空中的五金零件，避免卡進通風口，她拚命忍住別大笑，甚至別露出笑容。

她推著身子回到寢室，史蒂芬斯正在那兒組裝一個看起來像火箭筒、尾端還有七彩鏡片的可調式雷射裝置。他把組裝說明書傳給她，顯示在她的擴增實境視野中。「這根本是世界上最大的雷射筆。」她一邊研究著圖表和指示，一邊說道。

「要是2I裡有隻巨貓，」史蒂芬斯說，「我們就中大獎了。」拉奧發出自己剛忍住的笑聲。笑得有點太大聲了。他們最近常這樣，笑得太大聲或彼此爭論，或只是盯著太空。2I離他們太近——太真實——讓他們個個神經緊繃。

「這是什麼？」史蒂芬斯拿起一個大圓筒問道，其中一端有個小小的孔。

「微中子槍，」她說。「也許別直接往孔裡面看比較好？」

史蒂芬斯笑了出來。「妳在開玩笑嗎？微中子幾乎不跟物質交互作用。隨時隨地都有幾十億個飛過地球，再從另一頭飛出去，連個彎也不轉。」

「一樣啊，」她說。「我喜歡你的臉，別讓你的好奇心炸花了。」

這是自漫遊者號飛過那天，他們一起在空中跳舞後，兩人頭一次獨處。這是她頭一次不得不思考和他獨處代表什麼意思。

目前爲止，那代表她看著他，看著他在乘員艙裡移動和飄浮。然後每當他發現她在看的時候，他會將目光別開。那代表著，每當他們在獵戶座號狹小的空間裡撞到對方時，過於誇張的笑聲。那代表把彼此當專業人士看待。認眞嚴肅的專業人士。

拉奧知道自己想從他身上得到什麼。她同時也知道，在眞的需要專注的時候，她非常非常擅於克制自己的衝動。大多時候。

她伸手到他們的摺疊式淋浴間，拿回一只飄遠的螺栓。史蒂芬斯在她回來時，雙手搭在她肩上。他湊上前親吻她的脖子。她心裡早已有譜，於是繃緊身子。

「嘿，」他說。「這樣……可以嗎？」

拉奧笑了出來。「這樣……非常可以。眞的，」她說。「但桑尼——我們在工作。」見他沒立刻鬆手，她便轉身輕輕推開他。她努力想講些什麼緩和氣氛。「你想必是跟我一樣迫不及待要跟外星人見面，別騙我。」

「很多事情都讓我迫不及待。」他用純然無辜的表情說道。那讓她再度微笑。他們已經離開地球很長一段時間。跟他如此密切相處，還經常睡在身邊。她甚至不想隱藏對他的好感。

他嘴巴緊湊到她耳邊。「妳是在認眞告訴我，妳不想當第一個在太空做愛的人嗎？」他說。

她睜大眼，倏地抬起頭看他的臉。過分天眞無邪的笑容出現在眼前，讓她放聲大笑。他是在開玩笑，他只是在開玩笑。

「跟我這種凡事都要搶第一的人，可不能這樣講。」她可是花了很大的衝勁才有今天的成就。只要她能打破什麼紀錄，或是拿到比別人高的分數，或是——老天爺啊——成爲史上第一位做某件事的人——

他抓住她的肩膀，無比輕柔地將她拉近。她笑了，然而這次是出於緊張。一條長氣泡袋飄過兩人之間，被她從他面前揮開。如此荒謬的景象令她噗哧。

他微笑，但沒出聲。他近來也變得嚴肅一點。

她深呼吸，一陣震顫流淌至腰背。然後她清清喉嚨。「我覺得，」她說，「我現在頭腦不是非常清楚。或許是因爲要跟外星朋友碰面讓我太興奮，讓我比較沒辦法做出正確的決定。但我很清楚，要是被詹森指揮官發現，我們就慘了。」

她抓住他的手。拇指在他手背上撫蹭。說實話，從沒見他像現在嘟起嘴的樣子這麼可愛過。

「我們不久就要回地球了。不是都說忍一下會更棒嗎？」

他臉上的表情讓她融化，想要屈服——但她未受動搖，轉身回頭工作。

她剛好能聽到詹森人在指揮艙裡說道，「KSpace太空船。拜託請回答。拜託打個招呼。」

新設備每個部分都極其精密又脆弱。因爲太容易損壞，無法裝在船外承受獵戶座的高G力操作，於是一路上都被裝在艙內。然而，設計全都無法在乘員艙的厚牆內運作，這代表有人得出去將它們全部安裝起來。

詹森選擇自己進行太空漫步。身爲任務指揮官，一般應該要派別人。但她是全體組員中唯一執行過太空漫步的人，而她沒時間訓練其他下屬。

她穿上她的水冷透氣裝——基本上就是用裝滿水的塑膠管做成的一件式連身短褲，能幫她在太空中維持體溫恆定。接著她戴上史努比帽，一個搭載耳罩式耳機和麥克風的貼身頭套，讓她可以在外頭用無線電和他們溝通。然後她就能穿眞正的太空裝了。

詹森記得在她那個年代，要擠進太空裝有多辛苦。每一次都要跟硬邦邦的上半身裝備拚命，然後一頭撞上頭盔內部。以前為了避免因太空裝未減壓而導致減壓症，太空人得先做長達數小時的預呼吸準備。

NASA最終解決了太空衣著裝的問題——他們將太空裝本身改造成一艘迷你太空船。他們的太空裝背後有閘門和端口，可以直接連接乘員艙牆上的氣閘。那代表詹森只要打開門，腳先踩進去就能穿好太空裝了。但還是不太容易，她得把腳放好，接著將手臂稍微往袖子裡推，再把頭縮到胸前，直到她能塞進頭盔裡。過程不是很舒服，但只花了她幾分鐘，而不是將近一個小時。她進去之後，只需要將太空裝後面關緊——同時關上後方的氣閘——然後脫離乘員艙，就跟太空載具一模一樣。

不過她得先等待許可。「帕薩迪納，這裡是詹森。我準備開始太空漫步。請確認許可。」

隨著2I和地球逐日接近，訊息來回的時間延遲降到各二十九秒。不過，她還是得等上整整一分鐘才能得到回覆。她只能坐在那兒，讓手腳懸在面前，背卡在獵戶座號上。期間她努力不要看2I。當然是沒成功，她面前一半的天空都被2I占據，好似觸手可及。儘管史蒂芬斯和她說過這是個壞主意——若是伸手嘗試，它的碎形表面會將你活剝見骨，就像把手放在砂輪機上。她試著改而看向懸浮在2I一端附近的漫遊者號橘點。相隔四十公里——幾乎是遠在月球另一頭。她這輩子很少感到如此孤獨。

麥克艾里斯特的聲音鑽入耳機中，她努力克制自己不要因突然的聲響而本能地縮起來。

「詹森，妳可以進行太空漫步。注意安全。」

「是。」她說完伸起一隻手到胸前。太空裝硬挺的上半身——胸前無法活動、很像胸甲的部分——滿是裝備、螢幕和控制器。她找到了她要的那個旋鈕。鈕本身設計得夠大，讓戴了手套的手指也能輕鬆轉開，但她得掀開一個透明的塑膠蓋才碰得到。她努力維持呼吸正常穩定，同時將旋鈕往左轉到底。

她背後的太空裝閘門嘶地一聲解開連接。自己往前飄浮了少少幾公分。

她離開了船體，自由飄浮在離地球八百萬公里的上空。兩公里外就是一座外星巨型建築。

「太空裝反應正常，」她說。「內部氣溫是宜人的攝氏二十一度。」太空人在執行太空漫步的期間，會不間斷回報狀況是有原因的。不是爲了回報給ＮＡＳＡ，他們離得太遠了，如果出什麼錯他們也無能爲力。這是爲了幫他們專注在工作上。如果一直講話，就不會想到要往下看。

此刻，往下指的是地球方向，澄藍的新月在她底下如此遙遠，看起來好渺小，提供不了任何慰藉。特別是跟２Ｉ相比。

她抓住獵戶座號側壁上的扶手，轉過來面向她的船。她迅速進行一次目視檢查——太空漫步期間的標準措施。看起來獵戶座號長途跋涉下來並無受損。

這一刻讓她憂慮了很久。她上一次執行太空漫步是二十一年前，那天她害死了布萊恩．威爾森。她有點預期自己會恐慌發作。然而眼前只有工作任務。她可以的。

訊號設備的零件一個個通過乘員艙側壁的氣閘傳來。她從氣閘拿出每個零件，再用栓子拴緊，確保不會飄走，接著再拿下一個。

理想情況下——比如說，在地球的水平地面上——連小孩子都有辦法安裝這組設備。太空裝讓這項任務變得很累，但沒到艱難的程度。這組新設備全都設計有可滑進乘員艙外部插座的標準化連接器，她只要壓一下就能組裝。微中子槍被拴在靠近穹頂艙的圓領上，轉了好久才鎖上去。多波長天線的碟型接受器處理起來有點麻煩，但那單純是太大了——幾乎有一公尺寬。就算現在沒有任何重量，依舊有質量，她得拚了老命擺到正確的位置。不過一旦放上去，她就只需要把兩組跳線插上去，一組接訊號，一組接電源。可調式雷射是最容易的。它需要裝在乘員艙正面一個複雜的萬向接頭上，讓它能指向任何方向。接著她得將之直接連上獵戶座號的主饋電迴路——它打開時會吃掉大量電流。

她的工作結束了，準備要報告自己可以回去。連這短短一趟太空漫步，都讓她全身又痠又累，能回到裡面把這堆裝備從背上拿下來會比較舒服。

不過——

她人都已經出來了，這可能是唯一機會。

她看向KSpace的太空船「漫遊者號」，它就那樣在十公里外飄浮著，跟2I一樣，自成一格，神祕費解。

在她完全到得了的距離內。

她打開太空裝通訊套件上的高增益收發器。「KSpace太空船，」她喚道。「請回應。我已經試圖聯繫這個頻率……十五個小時了。拜託給我一點表示，告訴我你們有在聽。」

沒有回應。

什麼都沒有，一個字也沒有。史蒂芬斯說那就只是KSpace的行事風格——說這間大公司和同業處不好。但詹森一直甩不開另有原因的念頭。

或許他們遇到麻煩，或許他們有設備故障，或許……

她想都不願想，但要是他們已經死在裡面了怎麼辦？漫遊者號在望遠鏡上看起來沒問題，但有非常多可怕的事情能在太空船完好無傷的情況下，發生在機組員身上。他們可能失去加壓，然後全體窒息。又或者2I不喜歡被人打探，他們可能在獵戶座號抵達前就遭到攻擊。

她在獵戶座六號失去布萊恩．威爾森，因爲太空本身就危機四伏。因爲有太多種方法能將你殺得措手不及。太空人要活下來，就只能小心留意。一旦出現可疑現象和異常讀數，太空人就要衝上去處理。

她需要知道。她需要知道KSpace爲什麼沒回應呼叫，那會徹底改變她保護自家組員安全的方式。她絕不會再任由一個太空人喪命，特別是現在。她的第二次機會全靠現在了。

「帕薩迪納，」她說。不要徵詢許可，她暗忖。晚點再求他們諒解。「帕薩迪納，我要延長執行太空漫步，約莫一個小時的時間。我同時要解開繫繩。」

伊莎貝爾．梅倫德斯，太空漫步官：太空人不會解開安全繩，無論如何都不會，那樣實在太危險了。我們在八零年代STS任務期間實驗過。我們給我們的人MMU，機動載人裝置（Manned Maneuvering Unit）。它們看起來就像高科技的扶手椅，讓你可以像超人一樣飛來飛去。太空人愛死那樣了，宇宙無敵愛到不行。太空人會自願坐上裝滿極度不穩定的液態燃料的火箭，然後被射進太空。太空人都很瘋。我們很快就把MMU丟了——它們危險到荒謬的程度，又太令人難以抗拒。

詹森的手往下伸，解開連接著她跟獵戶座號的安全鉤，她深呼吸，即使太空裝使用規章建議別那麼做。她仍舊是個人類，而她被嚇個半死。她同時下定決心，她的裝備經得起跑這一趟，這點她很確定，因爲有SAFER系統：簡化版太空漫步救援設備（Simplified Aid for EVA Rescue）。她的太空裝肩膀和膝蓋上有噴射器，能讓她在開闊的太空中飛行，本來只有在緊急狀況才能使用，以防她的安全繩莫名斷開，但它們很常意外啓動。她每呼吸一次，太空裝就會吸走她的二氧化碳，儲存在特別的罐子裡，可以給太空裝拿來作噴射器的燃料——而她呼出的二氧化碳會與時俱增，所以不會有燃料用罄的危險。

所以這是可行的。可行，但不建議。

但她如果要這麼做，就得現在動身——她很確定自己若改變主意，就這樣回去獵戶座號，她不會再有別的機會。

她按下按鈕，將二氧化碳從太空裝噴嘴噴出，並往橘色太空船的方向加速，全速前進。片刻間，一切完美無比。

她所有的顧慮、所有的恐懼都被擱在一旁。她又回到了太空，如此完美。這是全世界最美妙的感覺——終極的自由。她閉上眼睛，單純感受身體無拘無束地飛過空曠的太空。潛入佛羅里達海岸跟這相比差了十萬八千里。就連開飛機，都無法和飄浮在太空時純粹抽象的自由感相提並論。她的呼吸平穩下來，然後她想——她可以的，她會沒事。她會過去敲敲漫遊者號的艙門，然後KSpace的組員會隔著窗戶跟她揮手，然後大夥兒會笑成一塊。一切會沒事的。

接著，她的無線電啪滋作響，讓她立刻回神，意識到自己正在執行未批准的太空漫步，目標是可能裝滿屍體的鬼船。

她很清楚麥克艾里斯特要說什麼，還有他的語氣。他很冷靜，非常得體。「詹森，這裡是帕薩迪納。我們發現妳在太空漫步期間，執行一項未經批准的操作。妳能否確認屬實？」

他很清楚她在做什麼。他手上有遙測數據，從她腋下流多少汗，到她噴射器裡有多少燃料。她敢肯定他也知道理由。他在給她機會跟他說，說他搞錯了，說她腦中有截然不同的盤算。

她不會騙羅伊．麥克艾里斯特。

「我要去鄰居家裡一趟，」她說。「漆滿六邊形的那個。我要敲門，跟他們借一點糖。」

他過一分鐘再度出聲。與此同時，她飛離獵戶座號將近有一點五公里。她頭盔的構造讓她不可能轉頭，往回看安全的家離她有多遠。也正是因此，她太空裝的一隻袖子上才黏了一個後照鏡。她故意不用。

「莎莉，」麥克艾里斯特說，「這不在妳的太空漫步計畫中。妳知道我們沒有批准。」

她伸向鍵盤，打算讓自己停下來，並轉身飛回家。她已經因抗命而感到內疚了，她不會丟臉到跟上級造反，要是他叫她回頭，她就會回頭，立刻、馬上。

「我覺得這不是個好主意。」麥克艾里斯特說。

但他沒叫她回去。

她現在離獵戶座號五公里遠，到半路了。現在回頭不會讓情況變得更安全。燃料槽還很滿，她喘氣喘得太用力——因爲害怕——燃料使用的速度大概跟她補充的速度不相上下。

「我很擔心他們，羅伊，」她說。「要是他們病倒在裡面，或受傷了怎麼辦？要是獵戶座號裡有人需要幫助，我們也會期待他們伸出援手。」

時間滴答流逝，她等待著要她飛回去的指示。然後他再度開口。

「他們沒有發送求救訊號，」麥克艾里斯特答道。「我在地面這邊一直有在和KSpace總部聯繫。他們很有禮貌，但不太願意提供協助。他們不會想要妳這樣做。」

「眞可惜。」詹森說。感覺心臟在胸口怦咚猛跳。KSpace的太空船在她面前變得無比巨大，沒有像2I那樣，但大得足以令她身體反感。她的大腦深處告訴她，她在墜落，她會直接撞上那艘橘色太空船，速度快到會粉身碎骨。

她戳了下鍵盤，太空裝正面四個噴嘴將瓦斯噴出，將她往後推，抵銷往前的衝勁。劇烈，接著慢慢減速。她的膝蓋和肩膀猛地往後，屁股卻持續往前飛，她得做出一些誇張的飛行姿勢，以免自己甩出去。

她穩住身子，接著按下指令，進行幾次短噴射來接近太空船船鼻的圓形部分。

「我已經到了。」她說。

＊　＊　＊

莎莉．詹森：不需要大家一天到晚比誰的老二比較大，太空本來就危險得要命。如果KSpace遇難，那我就要去幫忙。我滿腦子只有這個念頭。

即使表面漆成橘色，KSpace太空船的設計還是讓莎莉．詹森一眼就能辨認。跟獵戶座號是奠基在舊阿波羅號的科技上一樣，漫遊者號則是自舊的聯盟號太空船延伸出來的產品。

她是該認出來。她搭乘的第一艘太空船就是聯盟號。當然，那時她完全是乘客身分。她的第一趟太空任務是到第二國際太空站待一小段時間，完成她的太空人訓練。她搭乘聯盟號飛上第二國際太空站，再乘指揮艙返回地球。那是二〇三〇年的事了。那時俄國還會和美國的太空計畫合作，那時美國人還能獲准登上俄國的太空船。

聯盟號是漫遊者號的原型，這件事本身不令人意外。這是史上穩定性最高的太空船——各式各樣型號執行過數百趟任務，把俄國和其他國家的太空人送來送去，送到低軌道再送回來。

然而，這卻令她對KSpace的機組員感到同情。他們的船沒有乘員艙——沒有專門的機組員模組，絕大部分是由一個大型的服務艙及引擎所構成，而後者沒有機組員能待的空間。再往前有一個指揮艙，大小只夠三個人躺在躺椅上，另外有一個球形太空艙，但裡頭也沒多少空間。KSpace的三名太空人想必在這些狹窄空間裡生活好幾週，而NASA的機組員則有空間能活動筋骨，還有舒服的地方能睡覺。漫遊者號前往2I的路途對其機組員來說，肯定是十分艱困，他們現在想必都快瘋了。

假設他們在裡頭還活著的話。

漫遊者號不像獵戶座號有扶手，所以她能抓什麼就抓什麼，把自己沿著橘色太空船的側壁拉，直到她來到太空艙上像是舷窗的窗戶邊。

她小心移動，打開強力鹵素頭燈往窗內照。她看進去。

裡頭黑成一片。室內燈光完全關閉。

也許KSpace機組員只是在睡覺。這個嘛，若是如此，她就要來叫醒他們了。

她把自己拉過船鼻，往氣閘方向前進。詹森知道怎麼打開。她差不多三十年前受過這項訓練，閘門本身被設計成穿著笨重的太空裝手套時，也能輕鬆打開。她向艙門伸出手時，想到會不會鎖著，這念頭讓她一陣恐慌——但不對，沒有人會做能從內部上鎖的氣閘。要是你被關在外面，沒法回去怎麼辦？

艙門順利甩開。

這如果是中國的任務或俄國的太空船，她現在的行爲恐怕等同是宣戰。然而，KSpace不是政府單位，它是一家私人公司。這代表她的行爲只是非法入侵，這還算划得來。

她推擠著進去，再將身後的艙門關上。狹窄的氣閘恰好裝得下她和她的太空裝。她啓動內門，空氣塡滿氣閘的同時，一陣巨大的聲響隨之湧來，接著門被關緊。

再過去是一片黑暗。

她做好心理準備。要是眞出什麼事，要是機組員眞遇上麻煩，他們現在八成死透了。要是有——什麼生命——也在裡面怎麼辦？要是有怪物登上他們的船，把他們大卸八塊？2I的組員可能已經登上漫遊者號，可能有噬血的外星人還在裡面——沒人曉得外星人長怎樣，更別提他們對人類如此接近自己的星艦會有何反應。要是他們已經登上漫遊者號，將機組員趕盡殺絕怎麼辦？

她告訴自己別傻了。

話雖如此。是時候該呼叫獵戶座號，讓他們知道她接下來的行動。

「獵戶座號，請回答，」她說。「我現在要進到KSpace船內。那邊狀況都還好嗎？」

「這裡是霍金斯。我們很好。麥克艾里斯特要我把獵戶座號開到妳的位置，這樣妳結束後就不用大老遠飛回來。這樣妳可以嗎？」

「小心點就好。你要是撞凹我的船，可要從你零用錢裡扣。」她告訴他。開點玩笑稍微有幫助，比較不像要一頭栽進鬼滿爲患的地下墓室。

她推擠出氣閘，進到太空艙內。單靠她太空裝的燈光很難看出什麼，但這地方亂到不行。工具和設備的空紙箱在四周飄來飄去。一條食物管彈到她面板，看起來像義大利麵醬的東西噴出來遮住她的視線。她用右手手套後面的軟布擦乾淨。

她聽得到聲音。那代表這裡有空氣——聲音無法在眞空中傳遞。她順著聲音找到一個笨重的設備盒裝在牆上。側邊冒著煙，整個盒子前後劇烈震動，彷彿想把自己從牆上扯下來。她透過正面的透明塑膠殼往內看，發現那是一臺3D印表機。正在製作她無法立刻認出的設備。或許是某個零件壞了要換新。

為什麼我們沒有3D印表機？她想。KSpace的船或許是奠基在老舊的太空船設計上，但她舉目所見全是亮晶晶的高科技，私人企業所能買到的最頂級裝備。

太空艙裡沒有屍體。爲防萬一，她很謹愼地搜查過。但她確實發現有事情不大對勁。室內牆面上蓋著薄薄襯墊和白色塑膠遮布，在通往指揮艙的氣閘旁邊，有人用紅筆在襯墊上畫畫。她起先以爲是留言——也許是哪個絕望的機組員以防有人找到他們的棄船而留下的？她準備來讀死去太空人的遺言。

接著她發現上頭沒有文字。只有幾幅不堪入目的塗鴉，畫的是一個胸部大得驚人的女子，旁邊還有一根陰囊毛茸茸的巨大陰莖。

她大笑出來。

「怎麼了？」霍金斯問她。「妳找到他們了？」

「沒有，」她回答。「只是——嗯，他們來的路上一定無聊死了，就這樣。我現在要檢查返回艙，隨時跟我報告你操作狀況。讓我——」

她住口無語。她剛伸手要開太空艙和返回艙之間的艙門，摸都還沒摸到，那就動起來了。看起來和人類頭骨長得一模一樣的生物從艙門探出頭，豔藍的雙眼盯著她。

好。

好……

它沒有一處跟人類頭骨一樣，比方說它是塑膠製，而且沒有鼻腔或牙齒。它裝置在一根細瘦脖子上，用來推開艙門的手臂骨瘦如柴。它**只是**是一個設計得很像人類的機器人，四肢非常細，節省重量和材料。這也解釋了爲什麼沒有腳，只有粗短的上半身。

「我的名字是ＧＲＡＭ，常務機器人助理暨衛生兵，」機器人告訴她。「佛斯特指揮官及其組員現在不在太空船上。您要留言嗎？」

聯合行動

節錄自KSPACE行銷素材資料

KSpace爲CentroCore集團旗下的子公司，由全亞洲首位萬億富翁雷納．慶於二〇二一年成立，爲私人機構及各個第一世界國家發射衛星。KSpace所營運的三座軌道工廠，爲了創造那些受地球重力影響而無法生產的藥物和原料而設立。KSpace，爲大家的未來，永不停歇；KSpace，小蜜蜂勤做工！

麥克艾里斯特搭乘磁浮列車前往亞特蘭大，到蜂巢拜訪。

CentroCore集團的美國總部在亞特蘭大外邊，占地數百英畝。好幾座城鎮都被企業員工的住宅和辦公室接手。總部眞正核心是一座半公里寬的網格圓頂建築——名列全美最大的建築物之一，僅稍次於五角大廈。另外蓋在上頭的兩座圓頂，賦予了鮮明的蜂巢形象。每座圓頂的表面都被細分成十尺寬的六角形。一般是透明的，但裡頭的人如果想要隱私或陰影，也能獨立做偏光處理。整棟建築本身就是一座汲取著喬治亞陽光的巨型太陽能電池。

麥克艾里斯特繫緊他的保羅領帶，從兩排巨型塑膠蜜蜂中間穿過，往正門走去。

一名女子在大門入口處等他。她年約四十，穿著風格保守的套裝，但剃了半邊頭髮，刺上一幅非寫實的龍紋身。麥克艾里斯特走過去，那頭龍憤怒躍起，在她的太陽穴上噴火，令他措手不及，身體縮了一下。

這或許就是那幅圖所要的效果。

她微笑伸手。「夏綠蒂．哈利維，」她說。「我是KSpace載人運行部的副部長。」換句話說就是他的同級。「十分感謝您——」

「這位是麥克艾里斯特嗎？」一名男子問道，跑過來見他們。他身穿深藍色襯衫搭西裝外套和緊身褲——但沒穿鞋子。他看上去大約五十歲，但顯然做過大量整形手術，所以也很難說。

NASA現在的服儀規定，和牛津襯衫及口袋保護套時期相比已經放寬很多，但此情此景還是讓麥克艾里斯特大開眼界。他是個老人，他覺得年輕人往往令他心累。「我是，」他說。「能否請問——」

「慶雷納。或雷納．慶，隨你方便。我們在韓國是姓在前面，但這裡是美國。對吧？」

夏綠蒂．哈利維和他點頭確認。

「我們要感謝您大老遠來這兒一趟，」她說。「我們曉得您非常忙碌。我們邀請您的時候還不確定您是否赴約。」

麥克艾里斯特和女子握手。「我基於同行禮儀，最起碼也得赴約。」他說。

慶雷納笑出來。「同行禮儀！老天，我真是愛死跟公部門的人合作了。他們無時無刻都超他媽有用！」

他幾乎是用吼的。麥克艾里斯特環顧四周，見十幾人在大廳裡，但大家全都連看都不看一眼。他們大概習慣了。

「抱歉，抱歉。抱歉，」慶說。「我得從新加坡飛過來，還沒有時間睡覺。感謝老天我們現在不是非睡不可。來吧！這邊有我的辦公室，這裡是上圓頂，對吧？」哈利維點頭。「對。這裡視野最棒。來吧。等等——你有想要咖啡還是什麼嗎？」

「不用。」麥克艾里斯特說。

「很好。」慶一手甩到他脖子上，幾乎是用拖的將他拖進電梯裡。

節錄自維基百科頁面：〈KSPACE〉，二〇五五年十一月十日

KSpace是跨國企業CentroCore旗下五間子公司之一，除此之外，還有KMed、KHome、KTelecom和該企業的餐飲分公司KLife。KSpace雖爲五家公司中獲利最低的一家，但據引述〔據誰引述？〕慶雷納本人表示，他視其爲他對未來最重要的貢獻。慶先生因其投資數百萬〔共幾百萬？〕的個人資產在低軌道興建KStation而聞名。這家全球首創的軌道飯店在二〇二八年至二〇二九年間營運，時因預期外的系統故障導致脫軌，營運時間遠低於原定的生命週期。

蜂巢頂部的辦公室景色絕佳，不過慶進去時揮手將大部分的透明圓頂轉爲全黑。「生理時鐘。每次都把我搞死。」億萬富翁走去坐在一張長三公尺的一枚板木桌後方。整張桌上只有一副拋棄式裝置——慶黏在兩側鼻翼的兩顆小橡膠。

麥克艾里斯特記得，就是這個男人，基本上靠著低價賣出幾十億副穿戴式電腦，成功說服了全世界不要再叫智慧型裝置爲「手機」。他在五年內就打敗了絕大部分的競爭對手。就連麥克艾里斯特耳朵上用的都是他們家產品。

「命運眞奇妙，是吧？要是史蒂芬斯那愛偷東西的垃圾沒跑去找你——嘛。要是他沒偷走我的東西，沒有人會知道這個外星星艦。你跟我此刻也不會在這裡講話。眞奇妙。」

「我想是這樣沒錯。」麥克艾里斯特說道，試圖表現得圓融。

「夏綠蒂會跟你報告所有事情，好嗎？她有讓我跟上大致上的最新進展，但她知道整體發生什麼事。夏綠蒂很棒，」慶說。他按下裝置，雙眼呆望。他顯然是神遊進虛擬實境了。「別擔心，我還能聽到妳說話。」

哈利維笑了笑。笑容裡沒有一絲緊繃。她看起來對她老闆沒有半點不爽。「我和您簡單報告我們目前進展，」她說，「然後再來討論我們的選項。行嗎？」

麥克艾里斯特點頭。沒人請他坐下。他決定挑張椅子坐。七十五歲的他可不喜歡久站。

哈利維邊講邊在圓頂建築內四處走動。她時不時會舉起一隻手，影像在她四周憑空浮現，最後化爲一格格透明的光影圍繞身旁。她首先叫出三張相片。上頭的年輕人面露笑容，著橘色KSpace連帽衫——就是桑尼·史蒂芬斯第一次拜訪NASA時穿的那件。「這是指揮官威廉·佛斯特、任務專家泰瑞安·霍姆斯和珊德拉·查納榮。我們的同事。如您所知，他們接近了2I/2054 D1——我們稱其爲『天體』。我知道你們選擇用它暫時的名稱，2I。他們大約在五十二小時前抵達『天體』附近。漫遊者號抵達時的狀況良好。我們所有的遙測數據都顯示太空船系統狀態絕佳。佛斯特指揮官回報說他們身體很健康且志氣高昂，等不及想動工。他們盡可能把他們跟『天體』的距離縮至一公里，並立刻嘗試接觸。大約十九小時前，就在獵戶座號預計抵達前不久，他們執行了太空漫步。」

「他們全部人？同時執行？」

哈利維好像很驚訝他會那麼問。「那本來就在他們的任務計畫中。」

NASA絕不會幹這種事。「我們做法不同。請繼續。」

哈利維點頭。「佛斯特和其組員直接朝『天體』前進，他們在那裡……進行了表面接觸。我本來要說他們著陸，但想當然其表面重力低到沒人能站在上面。佛斯特指揮官回報表示一切順利，以及他們準備前往檢查『天體』其中一側末端點的氣閘。」

一幅簡化過的2I影像浮現在她面前，麥克艾里斯特已經研究他自己的2I圖譜夠久，能認出那些尖刺從船體突出的模樣。

2I表面只有兩個地方沒有結晶狀的尖刺，分別就在它的末端——NASA稱之為極。在南極的那個——指向地球反方向的那端——是長十公尺的薄薄隙縫。隙縫邊緣的形狀不太規則，彷彿曾經在某個時間點打開，現在又關緊。北極那邊——他們發現漫遊者號的那附近——不規則的範圍更大。它本身外型是寬約五十公尺的半球形圓頂，最頂端有一個形狀不規則的開口。

NASA的影像分析師相信那兩個不規則的地方就是氣閘，進入2I內部的通道。不過那也只是初步分析——詹森和她的組員兩邊都還未仔細探索過。

夏綠蒂．哈利維分享給麥克艾里斯特的畫面一直旋轉，直到北極出現在中央。「主氣閘」幾個字懸浮在影像上，一個箭頭指向圓頂。

「漫遊者號的機組員進一步親眼檢視該區域。他們做了些實驗，以確定氣閘如何運作。它是全自動系統——只要有人從該處開口進入，整個圓頂就會旋轉到面向內部。他們回報表示他們身體狀況良好，準備要探索『天體』。」

麥克艾里斯特謹慎地咳了咳。「抱歉。您是說他們就這樣——進去裡面?他們沒有先派任何探勘器或無人機?」

「那由佛斯特指揮官自行決定。我們KSpace鼓勵個人創意及行動。」夏綠蒂．哈利維說。

他成功忍住別翻白眼。「我們ＮＡＳＡ深信安全第一。」

「這就是我們在這場太空競賽裡領先的原因。」慶說道。

麥克艾里斯特和哈利維雙雙轉頭看向這位億萬富翁。然而他沒再多說，就只是坐在椅子上，似是盯著眼前的空無一物。

哈利維接著說。「我們的太空人進到『天體』內執行進一步探勘。那是我們最後一次和他們聯繫。看起來，不管『天體』由什麼材料製成，無線電波都無法穿透。無法和裡面聯繫。」

２Ｉ氣閘影像被放大，直到好似巨大的紅色眼珠，直盯著麥克艾里斯特。很像小蟲子的東西出現，聚集在氣閘附近。他眨眨眼，才明白他看到的景象——這是一支影片，估計是從漫遊者號拍攝的。那些小蟲是人。三名太空人飛進那顆眼珠的瞳孔裡，直到他們被黑暗吞噬。幾秒後，眼睛開始移動。瞳孔緩緩向左——接著消失在平地邊緣。

圓頂在一片結構複雜的深紅色樹林中，化成完整無缺、暗紅色的半球體，大約耗時一分鐘。接著眼珠的瞳孔再次出現——這次是在圓頂右側。它平穩移動，直到回到眼睛中央。

小蟲子沒有回來。

「他們要執行多久的太空漫步？」

「六個小時，」哈利維說。她低頭望向雙手。「他們現在已經逾時不只十二小時了。」

麥克艾里斯特點頭。「我明白你們爲什麼想和我碰面了。這情況……很棘手。」

你要怎麼跟別人說他們的人八成死了？

「三天份的消耗品。」慶動也不動地說。他突然出聲讓麥克艾里斯特跳了一下。

「您說什麼？」

「夏綠蒂，跟他講消耗品的事。跟他講他們還活著。」

哈利維點點頭。「他們帶了三天份的食物、水和氧氣在身上。我們相信他們能再存活五十六小時。他們隨時都可能從氣閘出來，對我們這麼擔心感到大惑不解。」她搔了搔下巴。「當然我們全都希望是如此。」

「我們KSpace沒在跟你希望，」慶熱切地說。「我們**相信**。」

麥克艾里斯特不理他。

「我們曉得ＮＡＳＡ前往『天體』的任務至關重要，」哈利維道。「全世界大概沒有人比我們三個更明白。我們曉得你們的機組員出勤時若稍有耽擱，將會面對什麼樣的危險。」

麥克艾里斯特點頭。所以這就是他們找他來的原因了。他決定別讓對方哀求。那太有損他的格調——他一輩子都致力於提倡安全的人類太空探索。「我們願意盡可能提供協助，協助你們的機組員平安返家。」他說。

夏綠蒂．哈利維咬住下唇。她好像很想講什麼，卻不敢開口。

「他沒聽懂，」慶說。他拿下臉上的裝置，從椅子上跳起來。他怒氣沖沖地走向麥克艾里斯特，雙手高舉。「他根本什麼都沒聽懂。夏綠蒂，告訴他。告訴他我們想說什麼。」

哈利維深呼吸。「我們非常感激您想協助。但KSpace對此的官方立場是，我們的太空人沒有生命危險。」

「沒有生命危險。」麥克艾里斯特重複。KSpace的機組員在太空漫步時超時十二小時。要是他的太空人逾時到那樣且聯繫不上——老天啊。他會衝去找任何一個能幫得上忙的人。他頭上所剩無幾的毛髮都會被他扯光。

「該死的，我們誰知道，」慶說，「他們說不定在裡面跟外星人喝茶聊天。我們市場開發是派誰去？珊蒂——珊德拉・查納榮？噢，她很強。她說不定已經在跟外星人談生意了。」

「你們的人實在不太可能和2I的機組員溝通，更別提跟他們談生意。」麥克艾里斯特點出。

「你知道要怎麼在這世界發財嗎？」慶問道。「無視所有跟你說某件事不太可能的人。因爲他們說的不是『不可能』，是吧？」

麥克艾里斯特起身。「抱歉。你讓我大老遠跑來這裡，是叫我別管你們的人？叫我閃開？」

「你熟悉有關太空天體開採的法規嗎？」慶問。「它們說我們找到什麼，權利就歸我們。主權權利。」

麥克艾里斯特不是法學家，但大致有概念。聯合國一直堅守立場，認爲地球大氣層外的一切均屬全人類共同資產。不過，美國在過去幾十年採取另一種立場。比方說，目前有法規明定，允許像KSpace這樣的商業太空機構爲了資源侵略小行星——並擁有全數獲利。

2I不是小行星。但慶的意思很清楚。要是NASA嘗試侵犯KSpace主權，就等著面臨曠日廢時的巨額官司。

「你們大可傳個簡訊就好。」麥克艾里斯特說。

夏綠蒂・哈利維給了他一個不明所以的笑容。「我們想和您面對面商談此事，以示友好。按您的說法該怎麼說？這是同行禮儀。」她說。

慶似乎覺得這話好笑到不行。他發出毫不間斷的大笑。

節錄自二〇五四年巴黎航空太空展一份現場發放的文宣品

近期重新設計的漫遊者NX是KSpace家族中最爲先進的太空載具。其部分構造可回收利用，且符合業界對飛航安全及駕駛員舒適度的所有要求。漫遊者可依據不同任務搭載各種各樣的火箭助推器，包括現有的美國、俄國及歐洲火箭。

「確認，帕薩迪納。」詹森道。她伸手按通訊裝置，接著轉身看她的組員。她沉默好一會。

「拜託，莎莉．詹森，」史蒂芬斯說，一手敲打在乘員艙牆上。他意識到自己的失控，頓時停下動作。「麥克艾里斯特跟妳說了什麼？你們講了很久。」

「漫遊者號的人進去2I了。照理在十二個多小時前就該出來，但沒有。」詹森說。

「執行太空漫遊時逾時那麼久，並不正常對吧？」霍金斯問。

「對。」她答道。

「但那不——我是說，也沒有久到我們能假設他們死了。」霍金斯說。

「沒錯。」

史蒂芬斯飛過乘員艙，前往詹森的方向。「就因爲他們是KSpace，不代表他們就是壞人，」他說著，試圖直視她的眼睛。他確定自己知道麥克艾里斯特說了什麼，而他難以接受。

「佛斯特我不認識。泰瑞安．霍姆斯，我以前都叫他泰瑞，他和我幾年前在一個搜尋地外文明計畫的探勘任務共事過，我們什麼都沒找到，但他教我怎麼衝浪。還有珊德拉——」

他打住。

三名KSpace機組員的肖像顯示在乘員艙其中一個螢幕上。笑臉盈盈，穿著橘色的KSpace連帽衫。看上去迫不及待要探索宇宙。蜂巢的某間辦公室裡，也曾掛有一張史蒂芬斯擺著相同姿勢，穿著同一件運動衫的照片。在他辭職跑去加入NASA之前。

「珊德拉，」他說。照片裡的她剪了短髮。她左耳垂上有一顆痣。她一直沒去點掉。她以前老說要點……

「怎麼了，桑尼？」拉奧一手擺在他肩上問道。

他回頭看向她，不想把話講出口。「她在市場開發部工作，不是我的領域，但我們在派對上認識，然後有段時間我們，妳知道。交往過。我們——」他搖搖頭。「我們還是好朋友。」

他預期拉奧會把手收回去，或是說聲「喔」別過頭，但她沒有。她捏一下他肩膀，往前飄浮到他正後方，貼近他。

「我們必須找他們，」他說。史蒂芬斯感覺腦袋裡有口鍋子即將沸騰，眼球要從頭裡炸開。

「詹森——妳如果不想過去，我去。我現在就去。」

「等一下，」詹森語氣一貫平穩地告訴他。「麥克艾里斯特對此有他的看法。我們的原始任務不包括登上2I，至少不會這麼早就登船。他在這件事情上態度很明確。」

「該死的！我們得救他們！」

詹森雙眼倏地回過神，彷彿她剛離開虛擬實境。她直直看向他。

他稍微縮了一下。但他確定自己是對的。「妳不能放他們去死。妳不能就這樣——」

「停。」她說。

史蒂芬斯把自己從跑步機旁邊推開，盡可能遠離她。他發現自己剛準備要動手抓她。搖晃她，他心想。那可不是明智之舉。

「你給我安靜幾秒。」她告訴他。

詹森按下最靠近她的螢幕。史蒂芬斯看得見她在做什麼——她沒要藏。她把他們的無線電關了。地球上沒人聽得到他們接下來的話。

「是，」她說。「對。我們要過去。」

＊　＊　＊

莎莉．詹森：我知道他們會怎麼說。我曾失去過一名太空人。他在我手上死的。有某種想贖罪的渴求深植在我心底。我當時想的不是這個。我只知道，我一看到漫遊者號，就感覺事情不對勁。我得做些什麼。說我是在贖罪也好，隨便你。說我太偏執也好，我一個屁也不在乎。

史蒂芬斯歡呼，充氣牆被他打得搖搖晃晃。「讚啦！讚啦！」

「等等，」霍金斯說。「給——給我等一下！」

詹森不理他。她來到距離最近的螢幕，開始幫太空漫步的裝備進行暖機。

她是這趟任務的指揮官。她決定的事，沒興趣聽他有何意見。很顯然他無法接受。他一路踢過乘員艙，抓住她的手臂。

「妳瘋了嗎？」他問。「妳不能拿我們的命去賭，就因爲——」

「放開我。」她告訴他。

他收手，好像投降似地抬起雙手。不過，她能從他的表情看出來，他完全無法接受。

拉奧還遠遠地待在另一頭，碰著史蒂芬斯的背。此刻，她離開他，就那麼一點點。她在開口前表情複雜地看向史蒂芬斯，但她很明顯也想發表意見。「我們奉了命，」她說。「ＮＡＳＡ對這件事的態度非常明確——我們不應該碰２Ｉ。我們不應該比現在再更靠近。這樣的行爲在地球上可能被視作侵略，而且——」

「我們現在不是在地球上，」詹森道。「麥克艾里斯特沒料到現況。他沒有針對太空人失蹤做任何計畫。」

霍金斯怒瞪向她。「難道就只有我敢說？認眞的？」他苦笑一聲。「他們死了！」

史蒂芬斯發怒。「你不能這樣說！」

霍金斯不看他。他太熱中逼迫詹森改變心意。「他們死了。他們闖進一艘外星星艦，外星人把他們殺了。妳怎麼會看不出來？」

詹森努力無視他，但他還沒完。

「這是唯一合理的解釋。但……妳的選擇跟漫遊者號的人無關。對吧？」她嘗試要轉身，但他跟上來堵在面前。「是妳。妳想當英雄。妳想彌補以前犯的錯。」

也許，她暗忖。也許。

但這依舊是正確的選擇。

詹森瞪視他。「我是本次任務指揮官，」她說，意圖讓話題打住。「史蒂芬斯。」她喚道。

「我不要蹚這趟渾水，」霍金斯和她說。「我拒絕幫妳自殺，而且妳還可能順便帶我們所有人一起上路。」

「那好，」她告訴他。「那你就待在這裡，我去。史蒂芬斯。桑尼！」

史蒂芬斯驚動了一下抬起頭，彷彿想事情想到失神。「嗯？」

「我現在就要過去了。你要跟嗎？」

他沒有立刻回答她，反而看向拉奧。她咬著嘴唇，明顯很焦慮。明顯很恐懼。她眼神在史蒂芬斯眼中猶疑片刻。然後別開。拉奧抱住自己，誰也不看。

「嗯，」史蒂芬斯說。「我跟。」

伊莎貝爾．梅倫德斯，太空漫步官：所以我們短暫失聯，這本身就夠糟了。接著我在儀表板上發現，有兩套太空漫步裝離開了獵户座號。這代表我們有兩個人出去執行計畫外的太空漫步。那……那可說是我最大的噩夢，我的太空人會就這樣出去散步，連講都不跟我講一聲。當然，我有打給麥克艾里斯特部長，但他還在從亞特蘭大回來的路上。他要我別亂跑。我他媽完全不曉得發生什麼事。抱歉我罵髒話。

羅伊．麥克艾里斯特一從亞特蘭大回來，就趕忙衝回控制室坐鎮。他面前每一臺螢幕都在顯示同樣畫面——獵戶座號船身外部的攝影機畫面。上頭是兩組背對他們、緩緩飛遠的太空裝。每個螢幕的上半部都只是模糊的暗紅色，2I的北極因攝影機跟焦在太空人身上而失焦。

「詹森指揮官，」麥克艾里斯特說，「這裡是帕薩迪納。請回答，詹森指揮官。請收到，拜託。」

控制室裡每隻眼睛都盯著麥克艾里斯特。地面上的夥伴個個屏住呼吸。他們都想看他下一步要怎麼做。他要等上快一分鐘來得到答覆。那就是他的下一步。

他知道莎莉在做什麼。截至目前爲止，沒有人明確叫她別這麼做。就跟上次她解開安全繩調查漫遊者號一樣。疏忽之罪。他不會再犯同樣的錯。

「收到，帕薩迪納。」詹森終於回覆。

「指揮官，妳現在的太空漫步不在計畫內。我們底下的人都要被妳嚇死了。我要妳調頭。」他決定不等她回應，繼續說下去。「我們討論過，莎莉。我們討論過讓妳過去，我也跟妳說了，我覺得那是個壞主意。」

他努力維持呼吸平穩，等待著她的回應。

「你沒有明確下令叫我不要去。」她說。

麥克艾里斯特坐下，搓揉他的前額，努力想壓住頭痛的感覺，但曉得他避不了。「這樣，我現在就命令妳。調頭，莎莉。KSpace講得非常清楚，他們不想要妳的幫助。妳帶史蒂芬斯博士離開太空船是在置他於險境。」

這招很賤，麥克艾里斯特想。他知道布萊恩．威爾森的死帶給詹森很大創傷，知道她會不擇手段來保護她的人，也知道自己在操弄她的情緒。但是她先開始違抗他的。他沒辦法置之不理。

三十秒過去。六十秒。依舊毫無回應。

「詹森指揮官——」他開口，但旋即被她打住。

「裡面那些人可能還活著。」她說。

麥克艾里斯特咬牙切齒。「指揮官——」

「長官，」有個人說。麥克艾里斯特抬頭，準備把那傢伙的頭扯下來。

是加藤，執掌他們和獵戶座號所有無線電通訊的通訊追蹤官。

「長官，」他說。「詹森指揮官已切斷地面通訊。她聽不到你說話。」

太空漫步官梅倫德斯站了起來，越過她自己的螢幕往前傾。「我這邊還有收到遙測數據和兩件太空裝的生理數據，」她說。「我們要怎麼做？」

麥克艾里斯特雙手搓著臉。「怎麼做？我們什麼都做不了。」技術上來說，那不是眞的。他們可以遠端關閉詹森的太空裝電源和維生系統，讓她窒息，期望她明白他們的意思，然後回去。不過他想她夠聰明，能找到辦法蓋過他們的遠端指令。

他們可以呼叫獵戶座號，和霍金斯少校對話，讓他移除詹森的指揮權。那可能也不夠。以現實狀況來說？他們無能爲力。麥克艾里斯特將手從臉上移開，看向他身邊一大票人期待的表情。「我們坐好，等她腦袋恢復正常。」

短程探訪（一）

艾咪．塔貝里安，航空心理學家：在升空前，獵戶座號的四名太空人都接受過詳盡檢查。我們想確認他們在心理上足以應付即將到來的壓力。我們知道莎莉．詹森受過去的創傷經驗所苦，但她像鋼鐵般堅毅——復原力很強，臨床上應該這麼講比較對。眞要說的話，我們認爲她在中斷的火星任務期間痛失一名隊員的經驗，會讓她更堅定保護自己手下人員安全無虞。她會將這種類似母愛的意志擴及到漫遊者號的機組員，我們不意外，但我們沒有預料到她會直接抗命。

「喔靠，靠，喔靠。喔幹你媽的靠北啊。」

詹森懶得回頭看背後發生了什麼事。

「冷靜，史蒂芬斯，」她說。「快點——告訴我怎麼了。」

「我，呃，滾了一下。」他說。

「我們針對這個做過訓練。怎麼處理翻滾的情況？」

「噴射器。太空裝的噴射器。對。只要按一下……好，變得更糟了。詹森——詹森，我上下顛倒了！」

她按下手套上的按鍵，轉過身來，用了點燃料好靠近他。他正緩緩旋轉，雙腳往上翻過他的頭。「記得第一條規則。」她告訴他。

「沒有上，沒有下。」他說。

「沒錯。只因爲你現在看覺得我上下顛倒……」她抓住他雙臂，將他穩住。「來。好了。」

「謝謝。」他說。她從無線電聽見他在喘氣。

她得讓他分心。「所以，」她丟去這個話題。「你跟拉奧是怎麼樣？」

成功——她聽見他倒抽一口氣，而且，雖然他人在太空裝裡很難判斷，但她感覺他還臉紅了。「我不曉得妳在講什麼。」他說，語氣故作嚴肅。

詹森大笑。「你曉得獵戶座號到處都有攝影機吧？而且我們講的每個字，任務控制臺都在聽？」她知道這點非常容易忘記。「還有——我不會直接點名，但相信我，你不是第一個。不過爲什麼是她？如果你不介意我問的話，畢竟我們人在外頭這裡還算有點隱私。」

他按下噴射器，直到他倆正對著彼此。這代表他是倒著飛行，看不見２Ｉ。或許這樣最好——他如果要撞到東西，她還能來得及抓住他。「妳是指除了她是船上唯一……年齡跟我相襯的女性以外？」

詹森笑出來。「死小子，我可要宰了你。」

「我們是科學家，小帕和我，我們有共同語言，我猜事情就是這麼開始的。但天啊，你沒辦法決定要喜歡誰，對吧？莎莉．詹森，妳難道要告訴我，妳沒在錯誤的時間點喜歡上別人嗎？」

「其實，我的交往經歷差不多都是如此。」她坦承。

「喔，是嗎？」

詹森嘆氣。「在我被選上獵戶座六號的時候，嗯，我經常登上新聞串流。我當時跟某個人很好、很硬派的傢伙在一起。巴克斯特，一個空軍駕駛員，但他沒辦法接受我突然間比他還紅這件事。嗯，錯誤的時間點。接著，我回來之後……交往過一個女生，那感覺挺好，有人能聊的感覺。或許要是我再等久一點，那段關係就能成。我當時狀況實在很糟。瑪莉盡力了，但到頭來她比較熱中於幫我做心理分析，而不是跟我上床。而如果有人嘗試在你還沒準備好的時候把你治好——」她意識到自己或許講太多了。「聽著，只要——如果你們兩個把我的太空船搞得亂七八糟，記得清乾淨就好。」

「什、什麼？」

「有些東西卡在空氣濾網上可沒人想清。」

他直直盯著她。她別開視線——接著他放聲大笑。

「看，」她說。「如果沒有換氣過度，太空漫步就輕鬆多了對吧？」

「對。對，講話很有用。只是——這症頭肯定有個名稱，各式各樣的恐懼症全都有名稱。恐貓症是對貓咪的非理性恐懼，十三恐懼症是對數字十三的恐懼，對吧？」

「當然了。」

「要怎麼稱呼害怕自己會飛進宇宙，再也回不來的恐懼？」

「理智。」她告訴他。

羅伊・麥克艾里斯特：我應該對詹森更強硬點。我大可在她拒絕回到獵戶座號時威脅要告她。可是，老天在上，我覺得我是同意她的。我同意我們有責任要去救KSpace的太空人。我提出我該有的反對，照規則來。但後來我還是讓她去。當然，我保留等她一回到地面就送她去坐牢的權力。

他們往外星太空船靠近時，史蒂芬斯用噴射器轉身，第一次近距離察看2I的表面。他幾乎立刻就後悔了。四面八方都聳立著高大的尖塔，巨型的毛茸錐體自各處升起，雖然他知道不是，但他忍不住覺得這些建築物來自某個古老的巨石城鎮，那裡的人把巨型圓頂當作廟宇，奉獻給遠古神明。

史蒂芬斯無法想像踏入那莊嚴之地，但詹森二話不說就穿過那個形狀怪異的開孔，然後失去了蹤影。片刻間他孤身一人，在這片抑鬱的地景上失重飄浮。他很害怕他們會在2I裡找到什麼，但自己一個人待在外面這個念頭，又令他更爲反感。他按下手套背面的鍵盤，啓動噴射器跟上她，進入黑影中。

氣閘內是純然的黑暗，詹森太空裝上的燈光成了唯一的光源。她將燈光往氣閘內壁照去，讓史蒂芬斯看出這裡大到什麼程度。完全能讓獵戶座號和漫遊者號並排停在裡面沒問題。內部很平滑圓整，沒什麼特徵，就是一個球形外殼，沒有可見的控制器、感應器、或是——有東西穿過光線，嚇得他尖叫出來。但那只是一個空的鋁箔紙袋，其中一邊皺巴巴的。他抓住，看見其中一邊印有KSpace的六角標誌。「螢光棒，」他說。「螢光棒的包裝袋。」裡面是空的。

「我們現在該怎麼辦？」他問。

「我們就等，」詹森說。他們都看過漫遊者號機組員進入這個氣閘的影片，但還是很不確定如何運作。「麥克艾里斯特認爲，這設定成只要有人進來就會自動轉一圈。沒人曉得它怎麼知道我們在這裡，我沒有看到感應器。」

「這讓妳不放心。」他說。他能從她移動燈光的方式看出來，光線在其貌不揚的氣閘內晃來晃去，從沒停下來過。莎莉．詹森，這位老練的太空人，她緊張了。

這可無助於他控制自己的恐懼。

「我們一旦觸發，」她說，「2I就會知道我們在這裡。我不曉得。也許它一直都在盯著我們，也許我們一抵達它就掃描過我們，但在此之前，我感覺我們是隱形的。沒被發現。現在我們踩到人家家門前。不知道會在裡面發現什麼，而且——」

她轉身的動作中斷，身上的光線射過他們身後的孔隙，消失無蹤。他自己的燈光照到的事物就只有她的太空裝。

「怎樣？」

她一指，他看見氣閘開始轉動。孔隙往右轉向地面邊緣，外頭太空的景色逐漸關閉縮小，猶如虧月。「獵戶座號，」詹森呼叫道，「我們將進入無線電靜默狀態。給我們十二小時。一分鐘也不超過。」

「收——」

氣閘轉動到開口完全遮蔽，霍金斯的聲音登時被切斷。

「收到。」霍金斯說。他轉頭望向拉奧。他們倆在穹頂艙內觀察2I，彷彿眞能看得出端倪。霍金斯一直等到氣閘完全關緊才開口。

「他們很快就會回來，」他說。「我們還有工作要做。我們得繼續和2I聯繫。」

拉奧不看他。最後他離開穹頂艙，猜想她如果準備好了就會跟上。

氣閘安靜停止，孔隙剛剛轉動整整一百八十度後停下來，正對2I內部。詹森看進洞口——什麼也沒看見。裡面沒有光。只有黑暗，比太空更深邃巨大的黑暗。她太空裝的燈光照在她前方，形成兩道圓錐形的光線，什麼也沒照到。

她讓眼睛適應，同時看見好像是數以千計的小彗星，在她的光線底下飛來落去。

「那是什麼，水蒸氣嗎？」史蒂芬斯問。

她往下看她的衣服，布料微微擺動，彷彿被一陣微風吹皺。她幾乎才一注意到，那陣擺動就停了下來。

那跟一般氣閘平衡壓力時，突然衝上來的氣流完全不同，但她肯定兩者原理是相同的：氣閘朝太空打開時，裡頭是什麼也沒有的眞空狀態；現在它轉向，就會重新塡滿2I內部既有的空氣，不論氣體種類爲何。

她往下看裝在上軀幹硬殼前面的微量氣體分析儀。一條綠光劃過小螢幕，接著一堆符號和百分比往上滑出。「氬，」她說。「量不多，大約占空氣中百分之十五。有一點水蒸氣，對。」蒸氣微粒吹過她眼前。「你覺得有任何生物能呼出氬氣嗎？」

她的意思是，比如說外星人。但她小心不用那個字眼，特別是在這裡。說曹操曹操就到。

「我不知道，」史蒂芬斯說。「天文生物學是拉奧的專長。我們可以回去再問她。」

「好。」詹森說。

她很害怕。她通常會想辦法不讓史蒂芬斯發現——一方面基於她是他的任務指揮官，另一方面她不喜歡讓別人覺得她軟弱。現在她完全不在乎了，他要是沒跟她一樣害怕，那算他蠢。

「這可不好玩，」她說。「對吧？」

「我都快尿褲子了。」他說。

「那就是太空人在太空裝底下穿極大吸收服的原因，」她告訴他。「好了。接下來只會更辛苦。」她踢在氣閘牆上，向著如今直通2I內部的其他開口出發。她雙手抓住開口兩側——接著猛地將它們往後拽。

有發亮的東西從她身邊一飛而過，某種固體。

這個嘛——其實不算一飛而過，它動得非常慢，但節奏很穩定。她用太空裝的燈照過去，發現開孔邊緣有個看起來像金屬把手的存在。一條亮橘色的安全繩綁在上面，延伸到視野之外。

繩子遠離她——面前開孔再過去的一切事物都繞著洞口移動、旋轉。她過了一秒才明白這是怎麼回事。她探頭進開孔內，把燈轉了一圈。她見到開孔深處的空間，是一個近四十五度角、朝她反方向延伸出去的圓錐體空間，她就像置身在四面陡峭的攪拌機底端。橘色安全繩沿著表面往上，延伸到她燈光所及範圍之外。

她計時，發現眼前空間每三分鐘會轉完一圈，也許再短一點。要她爬上牆面，抓住繩子並不困難。她拉著繩子，彷彿跳上了旋轉木馬，抓住一隻馬的尾巴。

她回頭一望發現史蒂芬斯的頭盔，臉消失在太空裝的強光之中。他滑離開她，一直旋轉到他上下顛倒。不對，她心想。是她在旋轉。他人在靜止不動的氣閘裡站得好好的。

「來吧，」她說。「看來我們從這裡開始要用爬的了。」

桑尼・史蒂芬斯：我看到2I的入口在旋轉，心裡差不多就有底。2I太小了，無法形成你在地球上會有的那種重力。這個太空船內部是一個大型的鼓狀離心機，透過旋轉來產生向心加速度。我們在旋轉的中央感覺不到任何重力，但隨著我們往下進入2I，離軸心越遠，就感覺到愈來愈多的重力。我們當下沒辦法判斷最終會感覺到多少重力。我需要知道圓筒空間的半徑，還有旋轉的速度。我們只能推測。

兩人一離開氣閘，它便開始旋轉回原先的位置。沒過多久，開孔轉走，留兩人望著眼前圓筒空間盡頭平滑的弧面。詹森可不笨。他們開始爬之前，她測試過他們要如何回去。所幸這挺容易的，原來只要輕輕往氣閘背面一碰，它就會再次轉動，直到開口出現他們能進去。等時候到了，他們會有辦法回去。

等他們找到漫遊者號的機組員。

＊＊＊

一開始，他們得一手一手沿著繩子前進。

詹森確信KSpace正是爲了這個目的才將繩子留在那兒。繩子細薄如筆，以克維拉纖維編織而成，是亮橘色——跟她在漫遊者號上看到的一樣，KSpace的代表色。從她的視角來看，這條繩子並非垂直懸掛，而是有點微微的弧度，就算單看被她太空裝光線照亮的那一小部分，都能看出來它明顯往左偏。她估計是科氏力的作用。感覺很怪——這個地方哪裡不怪？——但就只是物理現象。很好、很正常、可預期的物理現象。

繩子被綁在一個岩釘上，佛斯特和他組員將其敲進表面。她不得不說他們很有種，他們完全不曉得2I被人敲了根釘子上去會有什麼反應，只想著他們需要一條攀繩，所以就裝了。

這個空間暗得徹底。唯一的光線來自她太空裝的頭燈，她讓燈的位置維持在繩子上，好讓她看清自己要往哪走，但那也代表她看不到除此以外的任何景象。黑暗籠罩住她，從四面八方包圍。在空中跳動的水微粒顯示她只有約二十公尺的能見度——再過去可能什麼都沒有。

空間如今不斷往下延伸，坡度隨著他們往前愈趨平緩。他們好像螞蟻，從空的汽水瓶瓶口爬下，渾然不知前方。這個地方的幾何結構讓她糊里糊塗、失去方向感，很快她便不再感覺到這裡是孤型空間，好像她不過是走過極其平坦、極其水平的牆面。那是錯覺，卻很難不這樣覺得。

她希望自己有辦法擺脫錯覺。她感覺已經不像在一個擁有堅硬結構的物體內——反而像被傳送到平凡無奇、一望無際的星球表面。黑暗往四面八方無盡延伸。太空不曾讓人感覺如此空洞、如此絕對。她起初試過用她太空裝的無線電來呼叫佛斯特和他的組員，嘗試取得聯繫。但對方沒有反應，她最後不再呼叫、不再講話。像這樣拚老命抓著繩子將自己往前拉，實在很費力。她能聽見自己頭盔裡沉重粗糙的呼吸聲。

史蒂芬斯在她後面。也許這對他來說比較容易——他就只需要跟著她。詹森沒想多問。她只是不停往黑暗前進。

最終，她發現靴子鞋尖碰到了地面。她停一下，試著站起身。有點難，但她成功讓自己維持平穩。她想把靴子往牆上——現在變成地面了——磨蹭，但她知道那樣做可能會讓她往空中飄。

飄離繩子。

她伸手探進太空裝的口袋，取出兩枚像是登山扣一樣複雜的小裝置，兩個上面都有齒輪，其中一頭裝了一個小小的發動機。她從漫遊者號那兒拿來的。她闖進他們太空艙時，3D印表機在做的就是這件裝備。她那時候還納悶KSpace要攀岩設備做什麼，現在她明白了。

這些登山扣是確保器。電動上升器，設計給登山客使用，防止他們從繩子上摔落。發動機也會幫你往上爬回去，比用自己的肌肉出力輕鬆多了。

她轉頭跟史蒂芬斯示範怎麼把確保器扣到他太空裝的D型環上，接著穿過繩子。要是他們開始墜落，要是他們往任何方向動得太快，這個裝備就會收緊、固定在繩子上，讓他們停下來。發動機直接連結他們太空裝的供電，但目前被她拔掉了。等他們回程得一路爬回氣閘時，電力更能派上用場。

至於現在——她往前踩一步，靴子小心翼翼踏到表面上。她不確定船身內裡由什麼做成，但它足夠粗糙，能提供她些微的摩擦力。她抓緊繩子，再踏出一步。

她回頭看史蒂芬斯，看見他頭盔裡的臉。他的前額滿是汗水，眼看就要流下雙頰。

她點頭，他也頷首回應。她頭轉回面向繩子，再跨一步。

沒過多久，他們便能輕鬆行走。腳下踩在斜坡，她感覺到底下有股輕輕的推力，彷彿有隻手抓住她的腰帶，將她往前拉入黑暗。

那只是重力。重力很好。

她努力控制呼吸。一步。再一步。

就在前面，有東西被她的燈光照到，不只是同一條繩子的延伸。她急忙往前，腳滑了一下。

橘色的繩子停在那裡，距離他們出發的地方約五百公尺，綁在另一枚岩釘上。

就在前面一點的地方，有第三枚岩釘。第二條繩子固定在上面，落入黑暗。

莎莉．詹森：我們在黑暗中越是往下，斜坡感覺就好像愈來愈陡。其實坡度沒有改變——只是重力愈來愈強烈，所以我們感覺好像要是鬆開繩子，就會直直掉下去。重力增加還有另一個後果，我開始覺得噁心反胃。我立刻就明白爲什麼，我在微重力環境下生活了將近一個月，我體內的器官全部爬到我胸腔裡，現在它們要衝回它們原來的位置，而我的胃在最底下。我知道我受得了，我不會吐在頭盔裡。但我有點擔心史蒂芬斯就是了。

他們看到第二條繩子底下還有第三條時感覺很糟。等他們看到第四條繩子，史蒂芬斯厭惡得無力搖頭。

第五條繩子大概是最困難的。

他們每往下一公尺，重力都隨之增加。他感覺好沉重，好像太空裝裡裝滿了石頭。他開始腳滑——要不是有確保器，他們會直接往下滑，滑進那片水霧，滑進黑暗……

即使他嘗試想別的事情，這個念頭仍然揮之不去，不斷在他腦中浮現。他嘗試在腦中算數，算出星艦內部可能大到什麼程度。他想到陀螺的動態，想到2I的船身外部勢必跟這裡呈反方向在旋轉。但外頭的世界感覺是那樣遙遠。面前的繩子近在眼前。

如果他解開上升器，就這樣放手……

他先會滑落，然後隨著他加速，他會開始翻滾，屆時他會無法停下來。他會持續加速。他會以倍速墜得愈來愈快、愈來愈快，被飢渴的重力吸入黑暗的水霧中。這裡的氣壓不足以提供任何明顯的拉力——他幾次淺呼吸，努力集中精神在攀爬上。詹森在他們碰到第六條繩子時，堅持要停一會，除了休息以外，也再次用無線電嘗試和漫遊者號的機組員聯繫。能休息應該要讓他很高興才是，長時間走下坡，每踏一步都戰戰兢兢的壓力讓雙腿發疼。然而，等休息結束後，他發現還有新的折磨在等著他。

詹森決定從這邊起，他們要倒著往下走。

重力已經強到他們不算是走在斜坡上，而是爬下陡峭的山坡。剩下的路程，他們要用雙手和確保器來下降。

他們讓自己轉過身。他們得解開D型環上的上升器一秒，也就代表那一秒之內要純靠肌力支撐。史蒂芬斯試了三次，才將上升器扣回去。

詹森往前拍他的靴子，示意他準備上路。

往下，下到黑暗裡，一手接著一手抓住繩子。上升器支撐住他大部分的重量。但他的手臂還是不到幾分鐘就痛起來。

這很糟，漆黑的環境更是雪上加霜。

先前他跟在詹森後面，能看見她的燈光在前面，能看見下面是有東西的。如今他舉目所見只剩下他們剛走過的一小塊斜坡，他自身頭燈照出的兩道光暈。燈光搖曳，四處晃動。大部分時間他能看見自己抓著的繩子，偶爾則否。

他親身感受到圍繞在他四周的黑暗多麼龐大，籠罩在他上方，他的兩側。那裡可能藏著什麼存在：可能有某隻巨獸靜靜向他伸爪，或是有外星人用非人類的感知能力在盯著他，等待時機撲上來，將他從斜坡上抓走，不停尖叫著把他往上抓，抓進虛無。

他們找到第七條繩子。然後第八條。

他們越往下，水霧就越濃重。他們的頭燈往前照了大約十公尺，再變成五公尺。發光的水霧後方……什麼也沒有。他試著想想珊德拉。她曾經從這裡拉著同一條繩子往下爬。她是否一路上都在想著，放手會是什麼感覺？

不，她不是那種人。他不認爲她這輩子有過半點負面念頭。珊德拉一直是活潑快樂又好玩的人——他們的約會都是小小冒險。一次，她帶他騎腳踏參觀北加州的釀酒廠——一整天騎車、喝酒，醉到騎不了車，她摔下來卻還笑個不停，覺得有趣得不得了。而當他跑上前幫忙，她便把他拖到酪梨田還是什麼田裡，脫下她的單車短褲，當場就在藍天之下、田野的香氣之中打起了炮——珊德拉還在這裡，在某處。或許她死了，或許她身受重傷，沒辦法爬回繩子。

他無法清楚想像那樣的景象。她那種人不可能存在這片永恆的黑暗。

他想起帕敏德，不曉得有沒有機會再見她一面。

第九條繩子最令人難受——他錯了，不是只有五條，他當時還以爲這段路程會有結束的一刻。他以爲底下會有安穩落腳處，讓他們有點奮鬥的目標。

他一點一點滑下第九條繩索，準備好讓腳碰到光滑的地面。他腦內滿是黑暗，不再有任何理性。他的腦袋黏在頭顱底部，他只能滑、停、滑、停，因爲那就是他此刻在做的事。滑、停。聽詹森下滑的聲音，等繩子穩定下來，然後換他。滑、慢下來、停。等詹森。踢牆。滑。慢下來。腳踩到牆上。做好準備。

他的手臂彷彿從關節上硬生生扯下。

踢牆。滑。慢下來。停。

只有水霧……

第十條繩子。當然還有第十條繩子。不可能沒有第十條繩子。

踢牆。滑。

他閉上雙眼，就那麼一會兒。不要緊，上升器會拉住他，減緩他下墜的速度。如果他鬆開手，這一切就會快點結束，他只需要解開扣子，剩下就交給重力。

踢——滑——慢下來——停——腳踩——準備——等待——踢——

他們滑至第十四條繩子底部時，詹森伸手抓住他的靴子。他意識到她剛剛在講話，她開始跟他講話好一陣子。他太過沉浸在失神狀態裡，她的聲音聽起來來自非常、非常遙遠的地方，最初他還聽不懂她在講什麼。

她張大嘴巴，隔著面罩大吼。

「我們到了。」

莎莉．詹森：十四條繩子。爬下來的過程很……那可不好玩，那……總共有十四條繩子。總路程七公里，一共十四條繩子，每條長五百公尺。十四條繩子，然後……十四條繩子，然後我們到達底部。十四條。

＊　＊　＊

斜坡沒有眞的結束，只是變得極爲平緩，詹森彷彿走在水平地面。等她確定不會跌落，便從最後一條繩子上解開，往前踉蹌了大約一公尺，接著跌在地上。

老天，膝蓋好痛。長年慢跑讓她小腿剛健如鐵，卻把膝蓋軟骨磨壞了。好像有人拿釘子往她左腿敲。她肩膀緊繃得誇張，而她的背……

她在原地躺了一下，只管呼吸，把精神集中在自己的身體上。她的大腦還需要點時間跟上狀況，她慢慢失去方向感，有時候像是在往上而不是往下爬，有時候又會太清楚意識到自己不是站在某個行星表面上，而是旋轉的空間內。她開始覺得自己彷彿上下顚倒，像蒼蠅一樣在反倒的表面爬行。

她看過去，只見史蒂芬斯正面著地，雙手緊抓著地面，好像很擔心自己會飛進太空裡。他閉著眼睛，嘴巴在動，但她一個字也沒聽見。

「你在禱告嗎？」她問他。

「算數學，」他抽氣道。「角動量。這說不通。外船身應該也在旋轉才對。守恆……」

她不管他了。

她爬起來，用她太空裝的燈光檢查最後一個岩釘周邊的地面。KSpace似乎在那裡紮了營。她找到一堆他們太空裝用的氧氣瓶——全都灌滿，隨時可用。它們和NASA的太空裝不相容，所以她留著沒動。她找到一盒各式各樣的攀岩用具：大頭槌、岩釘、更多的繩索，還有看起來像是可以裝在太空靴的冰爪。十幾支螢光棒散落在補給品四周，推測是爲了讓漫遊者號機組員回來時能順利找到這個位置。

螢光棒晦暗無光，應該只能亮十二小時，現在時限早已超過。KSpace的人進到2I後，肯定還沒折回來這裡過。

這代表什麼意思，詹森心裡有個底。她不在乎。在看到屍體前，她必須假設佛斯特、霍姆斯和查納榮都還活著。

裝備擺得整整齊齊，鋁箔袋和塑膠盒都沒動過。這至少是件好事——這代表沒有外星人來過這兒。就算是友善的外星生命體，也應該會檢查那些裝備，是吧？他們應該會純粹出於好奇心，把所有物品打開檢查才是。但這些看起來在KSpace離開營地後，就沒被碰過。除了一面橘色旗子，那倒在幾公尺外的地面。乍看是一塊裝在金屬架上的方形膠布，像被匆忙丟落。她撿起來研究——發現架子上繫了某件物品。一小片約兩公分長的記憶卡。

她插進上軀幹硬殼通訊面板側邊的插槽。裡面只有一個檔案，一支影片。她迅速眨了兩次眼，裝置便在擴增實境視窗中打開該檔案，直接投影在她的頭盔內側。她立刻蹙眉——影片損毀嚴重，只剩亂七八糟的雜訊和假影。她以爲自己看到一個戴頭盔的人影，卻立刻又消失。音訊品質差不多爛，但她能聽出幾個字。

影片檔逐字稿（一）

泰瑞安．霍姆斯：……下降……我們……

威廉．佛斯特：〔無法辨識〕

佛斯特：……漫遊者號。我的組員身體狀況都很好，而……還沒進行接觸，如果裡面眞的有人……沒有跡象。什麼都沒有？

霍姆斯：他們肯定是……不想說話。到目前爲止很明顯是如此，並且……或是……

珊德拉．查納榮：初步掃描看起來……沒多少能……等我們更靠近會更清楚〔無法辨識〕

佛斯特：好。以防萬一，我要把錄影留在這，留在基地。我們接下來一個小時……吃頓飯，然後再……

佛斯特：我們找到東西之後，我會再做一次紀錄。我現在要點個信號彈，以確保我們沒有……

佛斯特：〔無法辨識〕

詹森播了三次，仍無法聽出更多KSpace組員的對話。

這一切都太惱人了。這檔案跟垃圾一樣，一點內容都沒有，但裡頭所暗示的……

不行。她不能操之過急。

她大概浪費十分鐘，用太空裝的無線電嘗試呼叫失蹤的太空人。她突然想到，2I上的外星人同樣可能聽到，這讓她恐慌了一下。接著她想起那就是她原先來這裡的原因：進行接觸。

當她人在外頭，安全待在自己的太空船上時，這個念頭聽起來比較吸引人。

反正也沒差，沒有外星人跑出來抓他們，沒有任何人回應她的呼喚。

她把通訊設備的增益調到最強，唯一聽到的只有無線電干擾，和一個遙遠詭譎的碰磅聲。持續而規律的劈啪聲愈來愈大，然後淡出，卻不曾眞正消失。

「你有聽見嗎？」她問史蒂芬斯。

他翻過身來，呈仰躺姿勢，目光越過頭盔的面罩看向她。「有。」他說，彷彿是想要她別煩他，才選了一個最簡單的答案。

她聽著那個噪音好長一段時間，希望能化作人聲，或是某種指引也好。

有些時候，你幾乎聽不見那些劈啪、碰磅的聲響。又有些時候，音量大到她得將增益調低，否則可能失聰。她眞的很希望那些聲音背後有意義，她希望那是來自漫遊者號組員的訊號。

但聽起來太過普通，本身的性質太過自然，不是人類造出的聲音。

「漫遊者號，請回答，」她對著環境噪音說道。「這裡是詹森，NASA獵戶座號太空船的指揮官。我們是來幫忙的。請回答。」

沒有回應。

她走到史蒂芬斯躺的地方。他倆抵達地面之後，他就動也沒動過。她只用腰部彎下身子——她的背部發疼，膝蓋更完全鎖死動不了——伸出一隻手。史蒂芬斯握住她的手，喃喃抱怨了一下，讓她把他拉起來。她檢查過太空裝正面的數據。「過來花了兩小時。我們保守一點，假設回去氣閘的路程，就算用電動上升器，也要三小時好了。」

「喔，那是什麼意思。」

「這樣我們有七個小時能找你的朋友。準備好了？」

他的表情在面罩後方變得嚴肅。「好了。」他說。

桑尼．史蒂芬斯：我很想找到珊德拉、泰瑞安和佛斯特指揮官。是啊。我很擔心他們。不過，在我們看到那些東西，又無法用無線電跟他們聯繫後，我不知道。或許我慢慢接受了，霍金斯才是對的。在那個當下，我蠻肯定我們在找的是屍體。

莎莉．詹森渴望過登上火星。她自幼以來的夢想就是行走在另一個世界上。這是她這輩子最接近夢想的機會，她很清楚。但願她能感到興奮，她想要感覺一陣狂喜流淌過脊椎，想感覺腹部糾結成一團，思考她要講什麼。偉大探險家講出來的第一句話。

然而，她在那一刻沒有太多感受。大多只是恐懼和憂慮。

2I船身內部是暗沉不會反光的灰棕色，一種不是顏色的顏色。詹森讓太空裝上的一盞燈往下照在正前方的地面上，好讓她看得到走在哪。這其實沒必要。他們走過的表面平整且毫無縫隙，微微的粗糙提供了不錯的摩擦力，方便他們行走，但又沒粗糙到需要擔心她若跌倒會不會刮傷手套。

「多孔性。」史蒂芬斯說。

「什麼？」

「我剛剛在想地板爲什麼沒被水布滿。水霧應該覆在上面才對，不是嗎？但乾燥到不行。這裡的地面有多孔性，盡可能用最快的速度把累積的水量吸走。」

「了解。」

她讓另一盞燈維持前後移動，尋找漫遊者號組員的蹤影。但她沒有新發現。在他們下來的路上，混濁的霧氣好似溼毯子披在他們身上，現在已經散了一些，能見度上升到大約三十公尺。如果外星人從黑暗中跳出來攻擊的話，她心想，他們至少會有時間反應，只要他們當下看的是正確的方向。

沒有燈、沒有地標實在很難辨認方向。所幸她的太空裝面板上有內建慣性導航系統。上頭顯示他們從KSpace基地直直往前走，路徑跟2I的軸心平行。她沒把握假定佛斯特和組員就是往這個方向走，而非往右或往左前進，但她總得踏出第一步。

她約每五分鐘會暫停一次，不僅是爲了重新測試無線電，也因爲步行太過累人。若說他們的裝備在微重力環境下已經很龐大笨重，那它們在設計時肯定從未考慮過在重力穴底部的使用情境。爲了生存，他們額外各揹三十公斤的重擔，每踏出一步都耗去她的一部分精力。

「下坡七公里代表往下標高五公里，」史蒂芬斯說，或許是爲了塡補沉默而在算數學難題，「我在氣閘時沒想到要記旋轉週期，但感覺是兩分半鐘轉一次。所以向心加速度應該是——」

「〇點八G。」她比他還快說出來。

「對，」他說。「沒錯。妳怎麼……？」

「我是太空人。各種不同重力是什麼感覺我們都要學。幫我個忙好嗎？力氣留在走路上。」

但他當然辦不到。

她猜人人各有不同的方式面對恐懼，她的方式是專心手頭工作，高度專注在每個步驟上，規律地檢查她的導航系統、確認無線電、將燈光往前後照。重複的動作，每次都完全相同的結果，讓她在2I無盡的黑暗中感到安全感。

史蒂芬斯是個科學家。這代表他面對未知世界的方式，就是試著理解、測量、對其駭人之處提出假說。詹森在她的年代認識過許多科學家——她對他們並不陌生。

「氣溫從我們進來到現在，上升了幾度，」他說。「當然，假設星艦內部是一個巨大連續的空間，這地方應該是有自己的氣候。」

「氣溫在上升？」她問道，突然很感興趣。「多高？很危險嗎？」

「呃，不會。我們進來的時候大概在零下五度左右。現在大概是兩度。」

「如果溫度再升高的話跟我說。」她說。她之前沒感覺到氣溫。她的太空裝裡裝設了長達數公里的小水管，能確保她在極度的寒冷或滾燙的高溫中都維持舒適——兩種情況在太空中都可能發生，取決於你人在太陽下還是陰影中。

不過，現在被他提醒了這裡有多冷，她就沒辦法不去想。如果她的太空裝沒電了，這片霧氣籠罩的黑暗冷到足以將她凍成冰塊。真是謝謝他的提醒哩。

她舉起一隻手，警告他要停下來。她再確認一次無線電。

什麼都沒有，只有那個劈啪聲出現又消失，先是淡出，旋即提高音量在她耳內嗡嗡響，大聲到讓她想把無線電關掉。但她沒關，那陣雜音可能藏著求救訊號，她關了就會聽不見。沮喪幾乎要將她淹沒，她努力壓制情緒繼續聽。

偶爾會出現短暫的顫音，微弱如幽靈般的聲調，她知道那什麼都不是，跟人類的聲音卻像到令人火大，好似被加速一百倍的人聲。

「靜電放電。」史蒂芬斯告訴她。

「什麼?」

「這麼大的物體，隨隨便便就能累積電荷。不管這個地面材質是什麼，八成是良好的絕緣體。只要空氣稍稍在地板上磨擦，就會產生靜電放電。因爲這裡沒有東西能把電荷帶走——這裡沒有良導體——電荷就不斷不斷累積。到最後地板承受不了更多電力，必須設法放電。」

「像是……打雷?你是說這裡有雷暴，我沒聽錯?」

「不太可能，」他告訴她。「如果是那樣，我們會看到閃光，不會只在無線電上聽到。不，我覺得一定有其他抽乾電荷的方法。也許是空氣裡的氬持續在被離子化，但那樣的話——抱歉，詹森，我不知道，但我覺得我們短時間內都不會被電死。」

「我猜這是好事吧。」她告訴他。

她再次嘗試呼叫佛斯特和其他組員。

無音無訊。

「所以，這解釋了那個尖響。劈啪聲又怎麼說?」她問。「你一定有聽到，不是只有我。那是什麼?」她問。

史蒂芬斯舉起雙手，再垂下來。「某種高速震盪的電磁場吧。我跟妳一樣，只能用猜的。」

詹森點頭。她想到一件事。「電磁場能干擾無線電訊號，對不對?」

「當然。」他說。

「所以可能佛斯特和他的組員聽不見我，我的訊號可能被蓋住了。」

「這……也許。」史蒂芬斯說。

她的頭燈照到他面罩邊緣，讓他眨了眨眼，蹙著眉舉手遮住光線。

「抱歉。」她跟他說。她猛地轉回頭，把燈往外照向黑暗。

她能接受「也許」。人生中充滿了「也許」，有時會變成肯定，而——

突然一股疲憊湧上，讓她強烈需要坐下。她不像以前那樣年輕了，在太空中待了一個月，接著在真正的重力環境下扛著要命的重量，這種程度的操勞讓她的身體難以適應。她開始在液體冷卻通風衣內流汗。她笑出來。滿懷希望會消耗人的精力，這可不是她負擔得起的。

「聽著，我們得好好休息一下。二十分鐘。」

「嗯，好啊。」他說。

他們一同坐在地上，背靠背支撐彼此坐挺，以防有人偷襲。

雖說那也不太可能。要是2I裡的外星人想接近他們，想必早就這麼做了。是吧？

詹森把頭燈設定爲固定前後探照的模式，所有能照的地方都照了，照著一無所有的外界。

她頭盔裡有一條裝滿水的小管子。她吸了吸，直到此刻才意識到嘴裡多麼乾燥。

她往外望著黑暗和水霧。

她看不到史蒂芬斯。她什麼都看不到，只有前後擺動的燈光照耀出一片虛無。

此刻她孑然一身在廣大虛無的太空裡。她反而感覺不到廣大，而是渺小。渺小無比。

她呼喊著，呼叫KSpace組員的名字。就在那一刻，她很確定他們聽不見她的聲音。沒人聽得見，永遠都不會聽見。她甚至不覺得KSpace的組員已經身亡，反倒覺得他們根本沒來過這裡，覺得這全是殘忍的惡作劇，覺得她被帶來這裡就是要讓她感覺如此孤獨、如此渺小。

她開始被想像力影響。他們太空人訓練裡教的一件事就是避免杯弓蛇影，別讓自己任由腦中幻象擺布。你得仰賴你能證明的事物、自身感知提供的資訊，其他全都拋下。

因此，當她看見遠處出現一下閃光，她第一時間還不肯相信那是真的。一定是幻覺。接著她的燈再掃過去一次，然後——在那裡。對。他們前面有細小晦暗的微光，幾乎看不見的光芒。

「過來，」她匆忙站起身說，「過來！」

詹森往前跑，奔向那道光。

她能聽見她的靴子重重踩在船身堅硬地面的聲音。她累得肺部發疼，肩膀被裝備的重量往下壓到劇痛。她軀幹上的D型環噹啷作響，彈來晃去，在她聽來好像鈴鐺——2I內的空氣已經濃到能傳送聲波。

她邊跑邊伸手調整太空裝的照明燈，讓光線指向正前方。她半是預期上面那絲光線會消失，預期自己會發現那不過是幻覺。但變得愈來愈清晰，愈來愈明亮。

那可能是KSpace組員太空裝上的燈，可能是前來迎接他們的外星人軍隊，可能是……

一道反光。

她自己的燈光反照向她。

她的靴子在腳底滑了一下，險些跌倒在地。她往兩側揮動雙臂以求平衡，往前打滑了一公尺左右。

她氣喘吁吁，穩住自己，看向前方，只見一面冰牆。

冰。她看到的就是冰。她的燈反映在結冰的水面上。

她剛才滑過的地方，表面也結了薄薄一層、僅一公分厚的冰。正前方的冰層更厚，成群成堆的冰山和冰丘，以及條狀的、拱形的、穴形的冰，以各種詭譎迷幻的形狀在四周升起。宏偉的弧形冰塊拔地而起，瞬間凍結的巨浪懸在冰層，根根冰錐如龍牙般長在上面。

她的燈照在百萬個明亮的表面上，彷彿是巨型鑽石切面。幾塊閃得她差點失明，有些只是晦暗的微光。每塊冰的尖端和彎處都滴著融化的水，聚積在窪地和洞穴，流淌過腳邊。她能聽見水滴落下，節奏有些不規律，每滴水落下的速度都慢了那麼一點點才打在地面。

冰。有些薄透如玻璃，有些異常厚實，如此碧藍，如岩石般堅硬。

她往前踩，越過冰牆前覆蓋地表的薄冰。她每一步都得小心翼翼地踩，以防滑倒。她轉身，示意史蒂芬斯別過來，待在乾燥的地面。他再樂意不過。

一步，再一步，第三步，她抵達牆邊。她碰一根長長的冰鐘乳石，它掛在她上方的岩礁，連接處和她的腰一樣粗。手套隔溫效果良好，感覺不到冰冷，但她可以想像得到，那塊冰若直接碰在手指上會多痛。

她往上看，發現這塊岩礁不是水平的——有一邊往下斜。她走到左邊，接著往上伸手找支點。冰層表面粗糙，足以讓她抓牢。她用力往上拉，將發疼的腳往上甩以攀過邊緣；接著她極其小心緩慢地爬上去，直到站上冰牆頂端。

她的燈打在前方，水霧散得差不多，能見度有幾百公尺。冰牆再過去是……更多的冰，往牆壁另一邊延伸爲長長的緩丘和冰谷，有液態水積蓄在低處。潔白地面綿延不斷，上頭沒有岩石或植物或生命跡象，更別提智慧生命。她想起南極的冰谷，在那兒完好佇立數百萬年，頭一次被人類探險家發現。壯闊荒涼、了無生機的凍土。

她回頭望史蒂芬斯，他站在身後十幾公尺外明亮小片的光輝中。她看不清他頭盔底下的臉，但讀出他的肢體語言。他滿懷希望、引頸期盼，等著聽她說她在冰牆頂端發現的景像。

她胸口傳來強烈且不由自主的抽搐，後背跟著顫抖。不是啜泣，但很類似。有種悲痛和情緒一湧而上，難以忽視、發自內心的感受。

她往腳下的冰一踢，好幾塊冰飛到空中。她又踢一次，整個人差點翻倒跌向後面的牆壁，但她及時穩住。她再踢一次冰塊，又一次。

「詹森？」史蒂芬斯喊道。

她起身站直。她希望自己能抹抹嘴巴，但有頭盔擋在中間。她朝冰上狠狠地踢最後一下。

「這裡什麼都沒有！」她哭喊。

握手認證協定

羅伊．麥克艾里斯特：詹森和史蒂芬斯進入2I期間，我們全程與獵戶座號保持聯繫。儘管她的抗命使我感到挫敗，我還是急於得知她在其中的發現。我知道卡利沙基斯將軍也跟我一樣期待。這也許是我們最好的機會，可以查明2I上的東西對地球有何目的。

他們跑到哪裡去了？拉奧看了看時間。詹森和史蒂芬斯只離開幾個小時，但是……為什麼花了這麼久時間？他們杳無音信的每一分鐘都像折磨。如果他們出了什麼事——要如何有人知道？他們會消失，其他人束手無策。她曉得霍金斯不會冒險找他們。

如果拉奧全程待在穹頂艙，一面看著2I一面等待他們歸來，她就會輕鬆多了。她非常想要這樣做，但拚命阻止自己，反而調頭回到乘員艙的寢室區塊，在那裡，她比較不會受到誘惑往窗外眺望。

她試圖重新專注於獵戶座號的首要任務，使用在乘員艙前端架起的可調式雷射儀器做了一連串實驗。實驗背後的設想是，2I的建造者也許不用無線電波溝通，所以要嘗試以多種顏色的可見光來傳送訊號。

最主要的問題——至少是最讓她無法藉此分神的問題——這實驗幾乎自動化。雷射光在2I表面畫出一連串圖形：圓形、三角形、若干圓錐形。那些是自然界中從來不存在的完美形狀，只有智慧生物能夠辨認。為了得到對方的反應，他們不遺餘力地嘗試。畫完這些圖形之後，雷射光變了顏色——目前是光譜中的綠色波段，波長大約五百奈米——然後再從頭畫一次。她就只需要看著雷射的輸出紀錄，以及確保儀器沒有故障。於此同時，乘員艙外壁的攝影機來回移動，掃視著2I對這場燈光秀有無反應。

什麼反應也沒有，她也不期待反應。她滑動瀏覽攝影機的紀錄，尋找2I的反射光線變化，即使再微小也不放過，可是一無所獲。數據有變化，但沒有意義，而且——

「送湯來了。」

她猛地一縮，力道大得聽見脖子發出喀喀聲。拉奧轉過身，睜著迷惑的雙眼，見到霍金斯將頭伸進活動室和寢室之間的軟牆通道。

對了。史蒂芬斯和詹森離開後，已經過了好幾個小時，現在一定是到表定的用餐時間。

「我不是故意要嚇妳。」

「沒事，」她說。她起身，將思緒推到一旁。「抱歉，我馬上就過去。」她儲存手邊原本在處理的分析數據，跟著他進入活動室。ARCS已經加熱兩條食物管，現在一隻手抓住扶手，另外兩手各握著一條管子。她隨便抓了一條，開始踢著牆回寢室。

但經過活動室其中一臺螢幕時，她發現了異狀。螢幕上滿滿都是隨機組成的字符。

一開始，她覺得那應該是霍金斯的多波長天線實驗輸出資料。但不對，如果是的話，應該會有跟可調式雷射儀器相似的時間紀錄。老實說，這比較像貓踩過鍵盤按出的符號。

她踢著腳上前，碰觸螢幕，叫出診斷程式，但她才進行到一半，霍金斯就揮手趕她走。「那是我的地盤。」他說。

有事情不對勁。霍金斯是那種以自我控制爲傲的人，堅持喜怒不形於色。但現在，他的眼神狂亂，發光失控，而且前額蒙著薄汗。

一定發生了什麼，她心想。不可能是關於詹森和史蒂芬斯的消息，他不可能喪盡天良到瞞著她這種事。那，還會是什麼事？

「這是什麼？」她看著螢幕問道。「亂七八糟的。」

「那是加密過的。是聯合太空行動指揮部傳來的訊息。」

她皺起眉頭。「你指太空部隊嗎？我們對外聯絡不是應該全部透過ＮＡＳＡ嗎？」

「這個除外。這個是——是我職務的一部分。我的特長。」

他伸手過去，將螢幕清空。

她遠離他，打算回寢室繼續工作。就算沒有這個新謎團，她心頭的煩惱也夠多了。

「拉奧，」他說。「等等。」

她停在通道門口，回頭看他，靜默無語。

「聽我說，我們知道我們一直不是很——」

「請不要說『親近』。」她對他說。

他給了她一個哀傷的微笑。「好吧，老實說，我們整趟任務下來跟對方幾乎講不到十個字。但妳需要知道這件事，我認為妳必須聽我說。」

從他臉上的表情，她看得出他眞正的意思是指他必須找個人傾訴。不管他從地球上得到什麼消息，都深深打擊了他，讓他的硬漢外殼碎裂開來。

這讓她迫不及待想聽聽這個消息。

有些電話就是非接不可。

在控制室待數日下來，麥克艾里斯特渾身發臭。他眞的很想洗洗澡、刮刮鬍子。他需要睡覺，迫切需要進食，儘管他的腸胃已經因爲憂慮絞扭一團。然而，他沒有時間。

卡利沙基斯將軍發起一場遠距會議，所有人都被拉了進去，包括聯合指揮官、麥克艾里斯特的老闆兼NASA行政總長、國家太空諮議會的幾位成員、國家安全顧問。

所有人。

這代表一定是壞消息。

麥克艾里斯特跌坐在辦公室裡的椅子，摸摸耳朵的通訊裝置，叮咚一聲提示音宣告他已加入會議。會議只用音訊進行，嚴格保密。所有人都搶著說話，個個聽起來都嚇壞了。

「將軍，您保證過，您會早早想出可靠的計畫。」國安顧問說，聽起來像個經理，幫員工的績效評估打了超低分。

「給他講話機會！」他猜說話的是國防部長。後來，他不再嘗試辨認不同人的聲音。

「你對這些數字代表的資訊確定嗎？」

「沒有人可以確定任何事！但我們不能就這麼——」

「我們需要比這更好的數據。」

「我們有數據了！我們需要結果！」

突然之間，所有聲音都沉寂下來，被某個控制議程的人轉成靜音。傳來一個按鍵聲，還有一系列不同聲調——麥克艾里斯特知道那是測試，爲了確保連線安全無虞。

然後是一個新的聲音，非常平穩沉靜，宣告美國總統本人現在加入會議。

麥克艾里斯特在桌前坐直身子，雖然沒有人看得到他。

總統沒有發言。大家都知道程序，卡利沙基斯會盡量簡潔明瞭地報告消息，等待總統提問。

「總統先生，長官，」卡利沙基斯開口，他聽起來和麥克艾里斯特一樣累。「我代表聯合太空行動指揮部。在這個名爲2I的物體接近地球途中，我們全程監控，以防具有敵意目的。今天，我們針對以核武直接攻擊該物體的結果完成了模擬。」

卡利沙基斯清了清喉嚨。他是在拖時間，還是讓自己鎮定下來？麥克艾里斯特本來就沒有期待聽到好消息，但現在他更擔心起來，簡直是懼怕。

從他一開始計畫獵戶座號的任務，就有一件事是確定的：如果他的組員無法和2I進行接觸，或是對方具有攻擊性，那麼卡利沙基斯就會出手，等著拿出一份反擊的計畫，在2I接近地球前就摧毀它。

現在——

「總統先生，我們的模擬結果全都一致。以核武攻擊2I的效果會是微乎其微。」

麥克艾里斯特的心臟在胸中狂跳。他無法接受。不，卡利沙基斯一定是搞錯數據，或者——

「我們進行了幾種不同的模擬，全都奠基於NASA最即時的資訊和最清楚的地面影像。這就是我們的發現。2I船體的上層結構能夠以高效吸收能量，即便是氫彈爆炸產生的能量也不例外。我們最大的彈頭可以對2I造成傷害，但無法保證擊穿船體。多方砲擊的模擬結果也好不到哪裡——最初一波攻擊只會製造出由軌道殘骸構成的大片積雲，使得後續攻擊的威力減弱。」

線路上沉默數秒鐘。卡利沙基斯或許在讓眾人消化他話中意涵，也或許他只是辭窮。麥克艾里斯特不禁同情起那可憐的傢伙，這樣被召喚到最有權勢的人面前，不得不告訴對方他的權勢有其極限。

「當然，我們沒有放棄，我們正在尋找替代武器。我們在考慮替代的武器系統。雖然核武似乎是首選，但現在我們也在模擬動力撞擊、粒子束和THEL，指的就是戰略型高能量雷射，長官。我們甚至嘗試將其他國家的武器納入模擬——具體來說，中國有一具電磁軌道砲正在運轉，它的高速酬載超越了我們目前水準，但是——」

卡利沙基斯的聲音戛然而止。麥克艾里斯特知道，那代表總統想提問了。

「將軍，請問您究竟在說什麼？」

「我是說，」霍金斯用非常緩慢的語速告訴她，彷彿連他也不相信自己的話，「我們目前並沒有能夠摧毀2I的武器。」

拉奧飄浮在乘員艙中央，她突然清楚意識到，她正被廣袤無垠的太空包圍。

「你是說，如果2I攻擊地球——如果就這麼往中西部猛力下衝——我們完全無能為力。我們無法自保。」

「我們還是會尋找解方，」霍金斯說著，緊抓住面前的控制機臺。「沒人會輕易投降。但是——情況並不樂觀。」

她從來沒有認眞想過2I可能抱有敵意。這對她而言只是個遙遠的概念，不曾眞正讓她費心思量。但話說回來，2I勢不可當地朝著地球移動，完全不回應他們的通訊。在這種情形下——她有這麼天眞得無可救藥嗎？

「那麼……我們要怎麼辦？」她問。

「我們來嘗試外交手段，」他皺皺眉頭，彷彿發覺這實在太像在講風涼話。「抱歉——聽我說，獵戶座號的任務一直都是這樣，對吧？與外星人接觸，說服他們和我們對話，也許順便叫他們別把我們全殺了。」他轉身看向側邊，拉奧知道他看向２Ｉ，看向詹森和史蒂芬斯前往的方向，儘管那只是他心中認爲的方位而非實際位置。

「我們不知道那邊的現況，」他說。「也許他們成功進行了接觸。也許KSpace這段時間一直都在和外星人講話。」

「也許吧。」拉奧說。

這是有可能的。

表面接觸

「KSpace漫遊者號，請確認收到訊息。」

「佛斯特指揮官，請回答。」

「我是詹森，來自NASA的獵戶座號，請確認收訊。」

「我們位在冰層的不連續面，在你們基地的前視方位上。可以告知你們的所在地嗎？我們是來幫忙的。」

「漫遊者號組員，如果你們能夠以任何形式發訊——請發出閃光信號、傳訊到我們的裝備。如果聽得見我們的聲音，請喊個聲。如果你們無法回應……」

詹森低著頭，閉上眼睛，陷入純粹絕望的片刻，任思緒飄蕩。

然後，她深呼吸，重新睜開雙眼。

「請回答，漫遊者號組員。拜託，請回答。」

艾咪．塔貝里安，航空心理學家：針對長時間身處黑暗環境造成的心理影響，已經有過不少研究。預後並不樂觀。我記得我在大學時期讀到過「囚人戲劇」的現象，這個詩意的名詞描述的是囚犯遭到單獨監禁、完全缺乏視覺刺激，而在幾個鐘頭後開始出現幻覺。我們的演化結果適應了照明充足的生活方式，一旦失去這樣的環境條件，我們就會迅速退化。

「他們是想怎麼樣？」詹森問道。

史蒂芬斯從一條在他頭盔中蜿蜒扭曲的軟管裡吸吮糖水。他們進入2I將近五個小時，他餓得要死。糖水不太能緩解飢餓，但至少補充一點卡路里。

他們倆又休息了一下，這次是彼此面對面。

「誰想怎麼樣？」

「外星人，」詹森說。「建造2I的那些人。他們規劃了一項耗時好幾千年的任務。他們把這艘船送進銀河，顯然是期望漂流到……某個地方。某個美好友善的星球。爲什麼？他們把這艘空船送來給我們，到底是想達成什麼目的？」

史蒂芬斯直盯著她。「妳覺得我眞的會有答案嗎？」

詹森搖頭。她撥弄著太空裝胸前的旋鈕，調整無線電。一秒之後，她發出挫敗的咕噥聲，再度站起。

「聽著，」史蒂芬斯說。「我有個想法。我想我們應該回去。」

「你的意思是放棄吧。」

史蒂芬斯掙扎著起身。「不，不，不是——我是說，暫時回去。只是暫時的。但是，如果我們回去，我們也許能有些成果。我在想一個——呃，別說是實驗好了，應該是策略。尋找漫遊者號組員的策略。」

她沒有對這個點子嗤之以鼻，至少沒有立刻這樣反應。

「我們可以把可調式雷射儀器拿進來，」他說。「架設在氣閘旁邊。我們可以利用它掃描整座星艦，留意任何符合人體形狀的——」

「你覺得他們已經死了。」她說。

史蒂芬斯擠眉弄眼了一下。「我可沒說！看吧，不如我們——我是說，我有別的點子。漫遊者號有臺3D印表機。我們可以製造小型機器人。探勘機器人，就像NASA派去火星的那種，是吧？小型的探勘機器人，代替我們搜尋。那樣總好過我們一面到處走動，一面盼望遇到他們。」

詹森走回冰牆那邊，再度爬上牆面。她站在牆頂，轉過頭俯瞰著他。「我們的太空裝裡還有充足的空氣和水，可以在這裡再待三個小時。」

「妳到底有沒有在聽我說話啊？」他說。「我們不可能把這裡搜遍的！」

史蒂芬斯的心往下沉。她**沒有**在聽。

「在下面待著吧，多休息一會，」她對他說。「我要在上面這邊再呼叫看看佛斯特。一分鐘後就重新行動。」

「當然好，」他說。「妳是老大。」

艾咪．塔貝里安，航空心理學家：關於長期穴居者的實驗紀錄，讀起來就更令人膽寒了。一旦沒有光線，我們的日夜節律很快就會失準，讓我們完全喪失時間感。你可能會睡上一整天，但覺得自己只是打了個小盹；你可能在地下待了好幾個月，卻誤以爲只有幾週。人造的光線並沒有幫助，因爲你可以自主開關燈。剝奪日與夜的分野，就是將人類心靈逼向瘋狂邊緣的起點。

「漫遊者號，」她呼叫道。「佛斯特。聽得到我的聲音嗎？」

史蒂芬斯終於安靜。她得一直轉頭回顧，好確保他還在後方。

她想到和平號太空站上的蘇聯太空人。那是全世界第一個眞正的太空站，一九八〇年代的事了，早在她出生之前，俄國人當時將太空人兩兩一組送上和平號。就只有兩個人，往往一上去就是百餘日。他們有一條規定：不管你身在太空站的哪一處，都要讓你的同伴看得見你身體的一部分——就算只是一隻手、一條腿也行——這樣對方才不會覺得自己在太空中完全孤獨。

詹森想像自己單獨探索2I，這個念頭嚇壞了她。少了史蒂芬斯意識流式的獨白，2I是如此寂靜，靜得充滿壓迫感。她聽見的聲音，就只有持續不斷的按鍵聲，還有高頻電流聲——她稍早發現的無線電噪音。聽起來好奇怪又不對勁，這不是人類應該聽見的聲音。

她知道他們不久後就得回去。但回頭——即便只是暫時的——就代表敗退。每經過一個小時，他們找到佛斯特和他同伴的機率就愈來愈渺茫。她在2I外面渡過的每一分鐘，都是錯失的搜索機會。她——

她的思緒被一陣劈啪聲打斷，音量比之前聽到大得多，讓她驚跳起來，雙腳在冰上滑移，發出摩擦聲。

「詹森？」史蒂芬斯喊道。

「噓。」她對他說。

她將光線投射向白色平原，強光令她瞇起眼。那裡有些……什麼嗎？她感應到了些什麼。或許有。

她的眼睛派不上用場，但當她聽見最後一聲劈啪響時，某種其他的、更幽微的感知能力被觸發了。

或許是霧氣飄動的方式改變了。又或許只是直覺。太空人多半都痛恨直覺。太空是個徹底違反直覺的地方——在高眞空環境下，沒有任何事物會跟地上一樣。直覺會害你送命。但她無法否認，她感應到了——

劈啪聲再度傳來，這次沒有之前那麼大聲，但她敢發誓，冰原上掠過一道閃光。不只是她太空裝燈光的反光。一旦想像出那個畫面，她就不由自主地感應到。有某個存在，陰暗龐大的東西在那裡。非常巨大，埋伏在霧中。但她找不到。閃光不再出現，而她看到——也許看到——的那道光，微弱得快被自己的燈光淹沒。

她舉起顫抖的雙手關掉燈。

「詹森？」史蒂芬斯問道。「詹森，妳到哪裡去了？」

「安靜。」她說。

史蒂芬斯繞著圈子走。詹森停下來把燈光關掉了。該死，她在想什麼？

他自己的燈光沒照出新東西，沒有變化，只有四周的水愈來愈多。其實，他現在正站在結了滑冰的地上一層兩公分深的冰泥。他往旁邊看，那堵冰牆閃閃發光，滴著水珠。他看到一半，一排冰柱從上方鬆脫，一一在地上摔得粉碎。

他檢查自己太空裝的顯示螢幕，溫度是攝氏九度。溫度還在升高，從他們剛抵達時的冰點以下，升溫到等同於地球上的早春晴日。

他抬頭看，正巧一陣大水從冰牆一側傾洩而下，大聲濺灑，讓他驚跳起來——他開始打滑。他抓住一根粗壯的冰石筍，以免撲倒在地。但就算他抓著堅固的柱子，努力想重新站穩，雙腳還是不斷在光滑的冰上溜動。「救命，」他說。「救命，救命，救命——」

他的頭盔裡響起輕輕的叮咚聲。他低頭察看螢幕，讀到他的微量氣體分析讀數仍然顯示大氣幾乎由氬氣組成，伴隨少量水蒸氣，但現在空氣中還有非常微量的氧氣。他看著螢幕的當下，讀數閃了一下又改變了，氧氣的成分消失。彷彿是一陣微弱的含氧氣流從他身邊拂過。

他置之不理，繼續注意腳步。他拚命站穩的期間，又聽到了三次叮咚聲。雙腳落地之後，他將膝蓋向前移一點點，手臂伸向兩側取得平衡。他試圖讓完全失控的呼吸平緩。

然而，傾盆大水仍然沒有止歇，如果要說有什麼不同，水勢反而還更強。史蒂芬斯必須遠離這條由水和半融冰泥聚成的河流。他必須找到堅實的地面。

他環顧四周，想看能否找到堅固冰層，此時他的燈光照到旁邊牆上的洞穴。光束直直穿透凹洞深處，片刻之間，他在裡面看到某種暗暗的東西，某種不是冰的東西。然後他在光滑的地面上打了個轉，差點跌倒，光線移位。

他讓自己鎮定，伸手調整燈光，讓光線照進洞裡。他好像找不到剛剛看見的東西。一定是光影效果的把戲，是他的頭腦在惡作劇——

然後暗暗的東西動了，從光束範圍逃開。

它動了。他肯定看到它動了。

「詹森！」他呼嚎著。

桑尼．史蒂芬斯：升高的溫度、突然通過的氧氣氣流——如果狀況原本還不夠明朗的話……

好吧，2I的內部起了變化。很迅速的變化。

詹森嘗試屏除所有使她分心的雜念，包括史蒂芬斯的聲音，還有自己的心跳，聽起來比太空裝無線電傳來的滴答節拍還要響亮。她讓雙眼放鬆，不聚焦於任何事物。她開始看見小小閃光，她知道那只是因爲她的頭腦努力想摸清這一片黑暗。她要找的不是那個。

水流過靴子，但她置之不理。呼吸在耳裡迴響，於是她屏住氣息，直到胸口灼痛。

快點，她心想。快點出來。

那個物體，她感應到的巨大物體，藏身在陰影之間的陰影。她看不見，只能在感官的最低閾限感覺……但她確定它就在這裡，她面對著它，等它又亮起來的時候——

然後又一次地，一道小小的灰色閃光出現，那陣劈啪聲緊隨在後，在她耳機裡響起。閃光出現僅有短短幾毫秒，她面前的物體只被照亮一小部分。但她看見了，親眼看見了。

那座建築結構非常龐大。因爲不確定距離，不可能估計實際大小，但眞的很巨大，至少一百公尺高，也許比這還高得多。即使隔著一段距離，還是高高聳立在她面前。建築形狀大致呈卵形，底部比頂端寬，有著圓弧自然曲線，表面粗糙，下半部覆蓋著一層像蕾絲的網狀物——是根？還是卷鬚？——延伸到底下冰層。她看到那道閃光、那股電流，一路爬上交叉如網的頂篷。

在那座巨物現形的短短一瞬間，她發現它動了，像被電流擊中一樣抖動。

詹森瞪著眼前，心中除了恐懼，再無其他感受。那是一股絕望且令人顫慄的驚恐。她努力對抗懼意，緊緊閉上眼睛，儘管那道光早就消失了，那座結構物已再退入黑暗。在她的心靈之眼裡，她還是看得見，像是看見殘像，還有某種別的事物。

那道光讓長長的影子投在冰河谷地上，還有低緩起伏的小丘周圍，在那短短的一瞬間猶如水般四處溢流。光也照出了某樣存在，有著奇怪稜角、她未曾預期的事物，相對於廣闊空曠的平原，體積非常小，而且看得不太清楚，但有某種原因讓她覺得那東西是屬於她的世界。不是2I的神祕產物。

她重新打開燈光，已經適應了黑暗的眼睛對突然的照明提出抗議，她猛力眨眼。她的視力恢復時，冰上有個小小的橘色色塊在漂動。

橘色。

那漂浮在一窪愈來愈深的積水上，被湧向她靴子的水流夾帶而來，左右搖晃。她彎腰試圖撿拾，它的路線原會跟她擦身而過，離她戴著手套的手指大約一公尺遠。當那迅速流過時，她往前一撲，雙膝跪地發出恐怖痛苦的嘎吱聲，但她抓住了那個橘色小東西，拉出水面。

那是一面旗子，一小片邊長約十公分的光滑布料，裝在一條硬鐵絲上，就跟她在KSpace基地發現的一模一樣。旗子上也用一圈鐵絲綁著一枚記憶卡。

「詹森！」史蒂芬斯大聲哭喊。她太過專注，沒聽清楚。她又花一秒鐘研究手中物。

「詹森！救命！」

她猛然轉身，燈光射向冰原的邊緣，她才意識到她往內走了將近五十公尺，遠離邊界，遠離史蒂芬斯。

她將旗子塞進口袋，起步奔跑。

躲在洞穴裡的東西出現了，長長軀體在冰泥上伸展。

那是某種卷鬚、或是根、或是……什麼東西？觸手？手臂？動的樣子像蛇，在地上蜿蜒而過，外形則像樹的枝幹——整條都布滿分岔和新枝嫩芽。

它不是單槍匹馬。

從融化冰牆中各處凹洞和裂隙裡，它們紛紛向外爬出，延伸開展，彼此接連，隨時都在長出新枝。整團糾結成網的卷鬚在冰上交錯擴散，覆蓋地面，長出肥厚如蚯蚓的枝幹。

增長的範圍穩定頑強地朝他逼近。卷鬚抓住冰層，一面移動一面分岔延展，形成不斷波動起伏的茂密地毯。

史蒂芬斯退後遠離，雙腳瘋狂打滑。他的手臂在周圍揮舞，試圖控制動作、保持平衡。在他背後，卷鬚增長速度比他更快，很快就要碰到他，爬過靴子前端——

他轉身奔跑，盡可能狂奔。

他才跑了三步，左腳的靴子就踩碎一窪薄冰。左腳一被絆住，他的右腳就失足往外滑，右腳腳踝扭了一下，一陣劇痛竄上他的腿，讓他驚駭地感到從腳跟到臀部之間每束肌肉筋腱的存在。他哭喊出聲，跌跌撞撞往前，把膝蓋僵硬的傷腿當成拐杖一樣揮出，但他已經失去平衡。他將手臂向前甩，但如此也無濟於事。他的面罩撞上地面，過了百萬分之一秒，他的臉就砸向面罩材質，鼻子被撞到一側，牙齒痛苦敲擊。

他好痛，痛得要命，但沒有時間擔心了。他扭身抬頭，往下看見自己的身軀，枝條正不斷快速擴張。

詹森跑回她留下史蒂芬斯的地方，雙腳在溼滑的冰上幾乎找不到著力點。她往下一看，心臟爲之停擺。

她的兩盞聚光燈照見他身陷一團肥厚油滑的卷鬚裡。他單膝跪地，背對著她，雙手前伸，同時新的卷鬚卻繼續繞著他的肩膀生長，長到他的上臂。厚厚的卷鬚已經長滿他的雙腿和背部——僅有頭盔倖免於難。

她一眼就認出牆腳下卷鬚覆蓋地面的生長模式，跟她在冰原上看到的黑暗結構物周邊所圍繞的，是同一種東西。

詹森滑向地面，靴子重重踩踏正在蔓生的卷鬚。衝擊力讓它們抖縮著避開她的位置，但為時甚短。她剛抬起腳步，它們就又動起來，在她腳下匯聚。

恐懼令她腸胃翻絞。如果她允許自己思考眼前所見，她會驚聲尖叫、逃之夭夭。她必須對抗逃亡衝動，她必須自我控制，才能救史蒂芬斯。

她往前衝，不讓那東西有機會抓到她，她趕到史蒂芬斯身邊，試圖抓住其中一條卷鬚，把那從他背上拉掉。它死命抵抗，彷彿跟他的太空裝焊接在一起，觸感硬如岩石，但在她的碰觸下逐漸萎縮。

她急切拍拍口袋，尋找刀子、武器、或能充當棍棒的武器。什麼也沒有。她低頭發現地上散落著堅硬的大塊冰磚。她抓起其中一塊，但沾滿溼滑的冰水，從手中飛出。她咒罵著抓了另外一塊，將手指撐開，以便握得更穩。

她把冰高舉過頭，往史蒂芬斯的背上砸，砸向他太空裝上軀幹硬殼的玻璃纖維。兩條卷鬚縮起，從撞擊的部位退開，她砸了又砸，直到它們鬆開他的手臂。

它們撤退後，在他的太空裝留下微小洞孔，像是足跡。她一次又一次搥擊，擊退愈來愈多卷鬚。她不敢往他的腳砸——如果太大力，可能會弄斷骨頭。她改而跑到他面前，抓住他雙臂。

她大喊他的名字，但他沒有回應。隔著面罩，他的眼睛沒有跟著她動，似乎馬上就要在眼窩裡翻白。他休克了——也許純粹是因爲恐懼，也許是因爲受傷……她往下看，驚覺一條卷鬚盤踞在他上半身的下緣，穿過太空裝的布料鑽進肉體。

噢，上帝啊，不要，她心想。她抓住那條卷鬚，拉了又拉，肩關節因爲施力而嘎吱作響。她又是呻吟、又是吐口水、又是生氣，更用力拉扯，那條卷鬚終於鬆了，在手中蠕動。她將之拉開，末端沾著一層猩紅鮮血。它在她手中嘶嘶作響、扭來扭去，末端冒煙起泡，就像沾了強酸。

腎上腺素在體內流竄，她從手臂處攬起史蒂芬斯，將他拉出糾結的卷鬚團，直到突然一陣晃動讓他順利脫離，兩人都踉踉蹌蹌。千鈞一髮之際，她勉強站穩，他們沒有跌在地。

「詹森，」史蒂芬斯喘著氣說。「詹森。」

「史蒂芬斯！醒醒！我們得快點移動！」她喊叫著回應他。她撐著他站起來，但他搖搖晃晃，眼看就要再次倒地。

她匆匆瞥背後一眼，聚成網狀的卷鬚還在地上蛇行，朝他們移動、朝他們生長，迅速蔓延。

「醒醒！」她對他大叫，然後把肩膀撐在他腋下，將他往前推，盡速跑過光滑的冰層，遠離冰牆，遠離黑暗中的龐然巨物。她的光線在地上狂亂跳動，劃過他太空裝側邊，劃過黑暗天際。

「詹森，」他悄聲說。「救命。」

逃生演習

伊莎貝爾・梅倫德斯，太空漫步官：當氣閘恢復循環，顯示我們的太空人從2I裡出來了，我們全都鬆了一口氣。儘管我們看到只有兩個人，而不是五個，代表他們沒有救出KSpace的組員，我們還是很高興自己人回來了。然後，史蒂芬斯太空裝的生物遙測資料開始回傳進來。狀況……很不妙。

「獵戶座號，這裡是詹森——準備來接我們。史蒂芬斯受傷了。他被——他被攻擊了。現在沒時間解釋，把太空裝連接端口準備好就是了。」

「桑尼！」拉奧喊道。「怎麼了？發生什麼事了？」她一路推擠通過寢室和活動室之間的軟牆艙門。霍金斯打開了其中一個端口，正把自己的雙腿塞進太空漫步裝備。

「你在幹麼？」她質問道。「你聽到訊息了。他們正要回來，而且史蒂芬斯——桑尼——」

霍金斯將手臂塞進太空漫步裝。「留在這裡，」他對她說。「我要去幫他們一把。妳只要——只要留在這就好，監測我們的狀況。」他低下頭，擠進太空裝的上軀幹硬殼和頭盔。艙門在他背後關上，他就這麼走了。

拉奧穿過室內，到最近的觸控螢幕旁，叫出乘員艙的外部畫面，正好看到霍金斯從端口脫離，牽著安全繩，從獵戶座號旁邊飄離。

羅伊・麥克艾里斯特：我們當下只有一個考量——我們想知道史蒂芬斯的狀況，我們想知道該如何協助。但太空人們遠在二十七光年之外，我們能做的並不多。

＊ ＊ ＊

「要命，血壓是八十/六十，心跳超過一百二十，血氧濃度急降——快點！我們要把他帶進來，穩定他的狀況。拜託，詹森，快一點！」

拉奧的聲音像蚊鳴般在霍金斯耳裡嗡嗡作響，他考慮要把她的頻道調成靜音。他眼看詹森拖著史蒂芬斯走近。史蒂芬斯一動也不動——詹森就像拖著一件空盪盪的太空裝。當她接近，霍金斯舉起一隻手，警示她停下。

「等等，」他喊道。「我們得想想這件事。」

「別擋路，」詹森告訴他。「我得把史蒂芬斯連接到端口上。你到底在這裡幹麼？」

霍金斯往旁邊移動了一點點，身體擋住了她通往連接端口的去路。「他不能進來。」他說。

「什麼鬼？」拉奧大吼。「你他媽的在說什麼？他就快死了，你還在浪費時間！」

霍金斯縮了一下，但拒絕讓步。「妳說他被2I裡面的東西攻擊了。某種外星生物。」

詹森靠得很近，他可以透過面罩上的黃金塗層看見她的臉。她不太高興。

他已有所準備。「妳對我們其他人有責任。」

「霍金斯，你要是不肯閃邊，我就要把你搬開了！」她低吼道。

「他的太空裝完整嗎?」

詹森就只是瞪著他。

「告訴我他的太空裝是完整的。」霍金斯逼迫道。

「太空裝有破孔。」她咬著牙承認。

「他可能感染了外星病毒。如果妳帶他進來,妳可能會害我們全都被感染。」

「什麼屁話!」拉奧喊道。

「拉奧醫生,我知道妳和史蒂芬斯博士的關係,而且——」

「狗屁!才沒有什麼外星病毒。你只是在宣示權力。史蒂芬斯怎麼可能感染外星人的疾病?我們跟2I上的任何東西都沒有互通的DNA,更別說對應的生理系統——」

「拉奧,安靜一下,」詹森說。「也許霍金斯說得有理。」

尤瑞克.德本斯,防護官:雖然我們對於潛在的外星微生物從來不敢大意,但拉奧醫生的評估可能沒錯。地球上的細菌、病毒、寄生蟲這些病原體,都是演化來攻擊特定的宿主。他們利用宿主細胞內特殊的化學環境來求生,能夠跨物種傳染的病毒極爲罕見,即使只是跨越同屬於哺乳綱的兩種生物。在不同的世界演化出的有機體,會有根本上相異的生理化學性質、不同類型的組織與細胞構造。若要說有病毒能同時感染人類和外星人——那就像你對著一株鬱金香打噴嚏,然後認爲它會被你傳染感冒。

「妳得聽我說,」拉奧透過詹森的無線電說。「我是這趟任務的隨船醫生,該死的,而且也是在場唯一的生物學家。我知道我在說什麼！妳看看他的生命跡象！如果想讓史蒂芬斯活下來，他現在就要接受救護。如果妳不打算讓他進入獵戶座號，那麼妳的計畫到底是什麼？」

詹森直視霍金斯的雙眼，她看得出他不會屈服。

而且如果他說得沒錯呢？

他們需要將史蒂芬斯隔離，單獨安置在能夠接受醫療照護的獨立處所，而不讓獵戶座號暴露於任何風險。他們離最近的醫學中心大約有八百萬公里遠。但他們可以帶他去一個地方。

一個還有醫療機器人待命的地方。

「漫遊者號。」她說。

「正是漫遊者號。」霍金斯說著，在頭盔裡點了點頭。

帕敏德．拉奧：史蒂芬斯陷入循環性休克，可能導致終端器官灌流不足、細胞功能喪失、以及低血氧症。若不接受治療，可能會演變成器官衰竭。休克是創傷性傷患和重症病患的致死主因之一。我們必須迅速行動。

他的意識一直忽閃忽滅，不斷——

史蒂芬斯的眼睛猛然睜開。「等等，」他說。「這是哪——」

黑暗，他的四周都是黑暗。他回到2I內部了嗎？回到黑暗中，回到那片廣大黑暗中，回到那個地方，有卷鬚、繩子、冰——

他的耳裡傳來嗶嗶響，音量刺耳。他面目扭曲地試圖翻身繼續睡。他人在氣閘內，但這沒道理，他不想待在氣閘。他想窩進睡袋，也許和——和帕敏德一起，這個念頭讓他微笑——

他聽見她的聲音。「他的呼吸狀況如何？有太快或太慢嗎？呼吸有急促嗎？給我一點資料判斷！」

史蒂芬斯發現詹森的臉懸在他上方，她一臉擔憂。不知道爲什麼，這嚇著了他，感覺就好像——好像——噢對，他的確是——

「割開！不得不這樣做了。」拉奧大喊。割什麼？要把什麼割開？他感覺自己體內一陣撕裂，將他開膛剖肚，他放聲尖叫，但當他往下看，只見他們已經卸下他的太空裝，正在割開蓄熱連身衣，將他脫得精光。欸，哈囉，各位，他想說，但他說不出話，嘴巴動不了。

他的胸腔感到一陣恐怖的、擠壓般的痛楚。視線萬物都是一片紅。

他甦醒過來，對上機器人的臉，是GRAM機器人，他認得出來，那是KSpace的產品。常務機器人助理暨衛生兵。GRAM爲什麼在他面前？這不合理，獵戶座號上沒有GRAM。「我們在哪裡？」他問。「我們在哪裡？」

卡拉．烏茨，生物醫學工程師：即使他們脫下了史蒂芬斯博士的太空裝，我們仍然可以透過腳踝上的生物監測環檢視他的生理活動數據。例如，我們可以在百萬公里以外看到，他的血氧飽和度降到百分之七十九左右。正常人的飽和度則是介於百分之九十到一百之間。

要不造成傷勢惡化地將史蒂芬斯移送到漫遊者號，著實費一番工夫。幫他脫掉太空裝更是噩夢一場。詹森低頭看見自己的太空裝也濺上血跡。如果他們能脫下裝備、赤手操作的話一定會容易許多，但那實在……實在不是好主意。

疲憊和恐懼拖得她快重重倒地。她不停冒汗，虛弱不堪，但她知道需要專注。

「快救他啊，你這白癡。」她一面抓著那個機器人搖晃一面說。

「他需要輸液。」拉奧說。她還待在獵戶座號上，透過虛擬實境指揮救護程序。

霍金斯將史蒂芬斯按在漫遊者號太空艙的牆面上，在他四肢抽搐扭動的時候固定住他。他開始痙攣了。

「救救他！」她對機器人大叫。

「抱歉，我只獲准治療KSpace的員工。」機器人說。胸前六角形發出的微光由紫轉綠。

「天殺的，他快死了，」詹森說著抓住那機器人的一條細長手臂。她覺得自己只要想動手，就能把那條手臂扯下來。這個念頭相當誘人。「如果你不救他——」

「等一下！」霍金斯說。「他**就是**KSpace的員工——或者說是前員工。」

詹森點頭。沒錯——沒錯！他們可以騙這個機器人幫幫忙。「他的姓名是桑尼．史蒂芬斯——」

「如果沒有KSpace的員工證或是其他受僱證明，我恐怕無法提供協助，」GRAM說。

「非常抱歉。」

詹森低聲怒吼，雙手緊握成拳頭。但史蒂芬斯的眼睛猛然睜開。雖然他半失去意識，但一定是聽到他們對話。「桑尼．史蒂芬斯，」他說。「我的員工編號是……K6235……DA1。」

「歡迎登船，史蒂芬斯博士。」GRAM說。

「詹森，」史蒂芬斯說。他雙眼大張，突然間非常清醒。「詹森，妳對我做了什麼——」

ＧＲＡＭ狹窄胸前的面板打開，一條伸縮手臂的針頭刺進史蒂芬斯的手，黃色液體從塑膠管裡輸進血管。史蒂芬斯痛得倒抽一口氣。

「檢查他的腹部，」拉奧說。「我需要你們看——我只能看到你們太空裝攝影鏡頭所見的範圍。找找看傷口。」

詹森將史蒂芬斯腹部殘餘的液體冷卻通風衣拉開，內層已經積了大片大片的血，在無重力環境下，血滴形成完美的紅色半球體。乾掉的血和體毛糾結在一塊，她在他皮膚上什麼也沒看見。

「請讓我來。」ＧＲＡＭ說。它在傷口上灑了點水，清除乾掉的血，然後伸出一條抽吸管，將水和血一起吸除。儘管清理傷口的動作迅速，史蒂芬斯皮膚上被刺出的一道凹溝還是新湧出殷紅鮮血。

「喔，可惡。」拉奧說。

「怎麼了？」霍金斯問。他在詹森的視野中上下顛倒，仍然按著史蒂芬斯的手臂。

「我要升高這裡的溫度，」ＧＲＡＭ說。「來應對失溫症狀。請不要驚慌。」太空艙內的通風扇開始轟隆運轉，史蒂芬斯被割開的通風衣在強風中翻飛。穿著太空衣的詹森感覺不到風，只聽得到聲音。

「有內出血，」拉奧說。「ＧＲＡＭ，你可以封閉傷口嗎？這是我們該做的第一步。」

「馬上處理。」ＧＲＡＭ說。胸前又伸出兩條長臂，開始在史蒂芬斯體內鑽來鑽去。

「喔幹，老天爺啊！」史蒂芬斯尖叫。「天啊，好痛！好痛！」

「我要施用輕微鎮定劑。」ＧＲＡＭ說。

「詹森！」史蒂芬斯尖叫道。「詹森，妳——妳把我自己丟在那下面，妳把我丟下來——妳就那麼他媽的急著想找到——想要——」

「盡量不要說話，」拉奧說。「保持體力。GRAM，你有近場光譜儀可以做快速毒理學篩檢嗎？我們需要找出入侵的異物或是他可能接觸的化學物質——」

「不！他媽的。」史蒂芬斯說。他的頭往前靠，怒瞪著詹森。霍金斯輕輕扶住他的額頭，將頭部按回原位。史蒂芬斯似乎已無力抵抗。

「這都要怪妳，」他說。他的目光不肯離開詹森的臉。「這都要怪妳。妳被詛咒了！每個人在妳身邊都不安全。妳害死了布萊恩．威爾森。現在我也要他媽的被妳害死了！」

帕敏德．拉奧：我只想要跟他在一起，握著他的手。他們甚至不讓我離開獵戶座號。我……算了。他的核心體溫降到攝氏三十一度左右，很糟糕，心跳飆到一百二十四，也很糟。我看了那些數據一個小時，知道他隨時可能呼吸中止，知道他可能會毫無預警地死掉。但他好轉了，GRAM穩定住他的狀況，我們止住了內出血。急迫的危機解除了。

霍金斯離開漫遊者號，正在返回獵戶座號的路上。詹森選擇留守，她把史蒂芬斯移動到漫遊者號的返回艙，她可以將他固定在乘員座位。至少在那裡，他會比被箍在太空艙的牆上舒服。

拉奧審視GRAM提供的掃描和X光照片，試圖理解史蒂芬斯究竟遭遇什麼。

「這個……卷鬚？我們要這樣稱呼嗎？它切進了他的肝臟，」她說。「掃描顯示出清楚的切口，長約十公分。」

「天啊。」詹森透過無線電說。

「不，這其實是件好事。狀況本來可能更糟，如果它刺穿肺部或是傷到主動脈，他可能在被妳帶回來以前就死了。」她嘆了口氣，抹抹臉。她汗如雨下，也許還有點哭出來。她很高興單獨待在獵戶座號上，沒有人知道她眼見史蒂芬斯生死難測時多麼慌亂，多麼絕望。

「即使失去大量肝組織，還是可以安然無事，」她繼續進行術後推估。「你可以光靠大概百分之十的肝活下去。他還沒有脫險，但……既然我們沒有發現別的問題，他可能就沒事了。我們能期望的最好結果就是這樣。」

「好。」詹森說。倒不是她有吸收進拉奧說的內容，比較像在重複同樣字眼。她的聲音聽起來微弱遙遠。拉奧也能看到詹森的健康數據，完全不令人振奮。

「妳得想辦法睡一下。至少要回來睡個一會，」她說。不僅史蒂芬斯，獵戶座號全體組員的健康都是她的責任。「妳已經出現重度疲勞的典型症狀。」

「我沒事。我想陪著他。」

「那答應我，妳要放輕鬆。」拉奧說。

沒有回應。

「詹森，」她說。「妳在那邊——在2I裡面，妳看到了什麼？那裡面是什麼樣子？」

詹森花了很長一段時間才吐出回答。

「詭譎至極。」她說。

組員交接

羅伊．麥克艾里斯特：拔除詹森的指揮權，對我們而言是個艱難的決定。我詢問過卡利沙基斯將軍，他也同意我的看法——也許同意得有點太快了。我知道他一直不樂見由平民身分的人來擔當大任。總之，此事已成定局。我相信莎莉．詹森的能力，我認爲她是指揮這項任務的最佳人選。但我們不能無視她讓下屬身陷險境的事實。

最終，她還是睡了一下下。她也沒有多少選擇——她的身體已經靠腎上腺素硬撐了幾個小時，而依賴腎上腺素總是會帶來重大代價。

四個小時後她醒過來，依然昏昏沉沉，聽見醫療設備發出嗶嗶響，通風扇輕聲運轉。她這才發覺她把自己虐待得有多慘。她的背沿著脊椎彷彿化成柱子，其中一條腿從臀部以下毫無知覺。但微重力環境對肌肉痠痛具有神效。她只有移動時會痛，只要躺著就好好的。

天啊，她眞是討厭變老。她還記得二十歲時的宿醉，帶著頭痛滾下床，吃一頓油膩的早餐就原地回血，又準備好可以跑趴了。這個念頭讓她露出笑容，回憶起好久以前的春假。然後她想起現在置身何處。

她用安全帶將自己綁在漫遊者號返回艙的駕駛座上。史蒂芬斯在遠處的座位安靜休息。這個空間比不上獵戶座號的指揮艙那麼大，裡面還有GRAM到處移動，隨時檢查史蒂芬斯的狀況，艙內感覺相當擁擠。但是她一點也不急著離開。

在他們幫他縫合之前，他在短暫的清醒片刻對她說的那些話……

她閉上眼一會兒，任臉因羞恥脹紅。她用了兩分鐘感受自己的失敗。她終於有時間可以自厭。別人相信過她。羅伊．麥克艾里斯特相信她能辦好這件事，保護她的下屬安全。而她失敗了。她讓史蒂芬斯白白涉險，只爲了嘗試一項沒有人在乎的救援任務。

史蒂芬斯——桑尼——他說得沒錯。

她被詛咒了。

她這輩子唯一想要的就是登上火星。她接受訓練，努力在太空人團隊裡爭取到一席之地。她花了好多年做準備，就只爲了在那片紅土上漫步。然後布萊恩．威爾森死了，通往火星的地毯就這麼從腳下抽走。

在那之後的歲月中，她只能姑且認定人生就是如此：心懷夢想，努力奮鬥，接下來——某件壞事發生了，一切就這麼付諸流水。這二十一年來，她知道自己的人生重心已不再是科學或探索——而是懺悔和歉疚。然後，麥克艾里斯特給了她第二次機會。

看看她幹了什麼好事。她看向史蒂芬斯，看向他沉睡中的身軀。

這是她造成的。就像布萊恩．威爾森的慘劇重演。她在腦中回顧每一個決定，一次又一次，質疑著自己到底做錯什麼，她是在哪一步忽略異狀或下了錯誤的判斷。

她知道終其一生都會不斷在腦中重播同樣事件。她肯定知道，因爲過去二十一年來她就是這樣過的。

現在，她的良心上背負了兩個太空人的重量。她不知道能否學會挑起這份重擔。

她滿腦子想的都是：她失敗了，根本不應該得到第二次機會。

最後，她再度睜開眼睛，望著史蒂芬斯的方向。GRAM正拿著一塊海綿擦拭他的臉。機器人注意到她在看，便抬頭望著她。「詹森指揮官，我能幫妳做些什麼嗎？」它問。

「不，不，我……」她搖搖頭。

天啊她好累。天啊她感覺好痛。天啊，一切的一切都錯了。

「他不應該在這裡的。」

直到字句脫口而出，她才發現自己在說話。那些字詞飄浮在她面前的微重力環境，彷彿印在空氣中。

她用力眨眨眼，試著讓頭腦恢復清醒。

「抱歉，詹森指揮官，我不明白。」機器人說。

她挫敗地看著它。「他不應該當上太空人。他得用勒索才能登上獵戶座號，」她說。「但是，該死，我不能逃避。我不能假裝這不是我的錯。我是任務指揮官。任務途中發生的每一件事，我都有責任。他會受傷，是因爲我讓他受傷。」

「聽起來您想要提出正式投訴，」機器人輕快地說。「這我能幫忙。」

詹森嘆著氣朝它揮揮手，示意退下。有些時候機器人似乎具有智慧和自我意識，但其實只是精密的程式。這東西聰明的程度不過就跟綿羊差不多。

她舉起手，想要揉眼睛，但當然辦不到。她還戴著頭盔。

她想要嘲笑這一切多麼愚蠢，笑她的人生眞是天大諷刺，笑自己還以爲這次發展會不一樣。

她將雙手放下，其中一隻手碰到太空裝的側邊，發出了一個她沒有預料到的聲音。她的其中一個口袋裡有個東西，她原本忘掉的東西。

她戴著手套的手伸進口袋，拉出一面髒髒皺皺的橘色旗子和一片記憶卡。是她的戰利品。她不顧史蒂芬斯的呼救，就是因爲她這麼執著地要找到這個。如果她乾脆放棄，如果她把心力放在他身上……

但她沒有。反而，她賭上一切就只爲了這張小小的記憶卡、末端有閃亮金屬插頭的小小塑膠。這根本不值得史蒂芬斯的性命。

也許只是爲了自我懲罰，也許是爲了不擇手段地讓自己分神、擺脫腦中思緒，她決定看看記憶卡裡有什麼，看佛斯特留給她什麼訊息。她在通訊面板側邊找到插槽，滑進記憶卡。跟之前一樣，只有一個檔案，儲存成影片格式。她點擊檔案播放。螢幕被喚醒，閃現雜訊和黑暗。

「我們來瞧瞧，」佛斯特指揮官的話語迴響在艙內。GRAM抬起塑膠做的頭，也許認出了主人的聲音。她調整音量，以免吵醒史蒂芬斯。「溫度升高到負十九……」

影片檔逐字稿（二）

威廉．佛斯特：我們來瞧瞧，溫度升高到負十九度，氣壓增加了將近百分之三百。天氣狀況惡化了，但我有信心，我們能找到回去的路。看了我們見到的事物之後，我不確定環境變化是不是在我們進入天體時開始，或者更早之前就已在進行。不確定「天體」是否在對我們做出反應，或是察覺到我們的存在。

泰瑞安．霍姆斯：掃描完成。

佛斯特：很好。讓我看看……珊德拉，別走太遠。

珊德拉．查納榮：別擔心。我在這裡幾乎看不見你們，我不會跑遠的。

佛斯特：看一下掃描結果就好……等等，它還在載入。該死，這解析度是很棒，但是處理速度慢得要命。在此同時……我們都漸漸累了，但士氣高昂。我們在這裡的發現……顯然跟預期中不同，但就像泰瑞安一直告訴我們的，這不是一個爲人類打造的地方。建造者是思考方式跟我們不同的生物，生活方式可能也非常不同。也許外星人的家鄉就是這個模樣。雖然我不禁覺得我們看到的是某種原始狀態，正在變成——

霍姆斯：看這裡，螢幕上面。這就是我之前看到的。

佛斯特：很好，很好，我們可以確認了。在這裡面，連要搞清楚我們在找什麼都很困難，但我們用光學雷達成像儀繪出了一部分的內部地圖，看起來我們已經找到了第一個關鍵點。冰層對面約二十公里處有一個大型的低密度物體。這是我們在「天體」內首度看見類似建築物的形體。珊德拉，過來看看。

查納榮：這是什麼？

佛斯特：那就是我想回答的。但聽我說，你們兩個——我安排了十二小時的太空漫步。看起來我們需要更長一點的時間來探險。你們覺得呢？如果就在這裡面過夜如何？

查納榮：我很好。餓了，有點累。我可沒把這當成踏青遠足！

霍姆斯：是啊，是啊，我想親眼看看那個東西。你知道嗎？也許外星人就在那裡，也許在等我們去找他們。

佛斯特：好。我們直接過去。這個地方啊，某些程度上挺美的，對不對？可能有點嚇人，但有種壯闊的感覺。不知道薛克頓（註一）和阿蒙森（註二）的感覺是否也是如此。

霍姆斯：老大，你說了算。

影片停止播放時，詹森轉向其他人。他們都在獵戶座號的乘員艙裡——她一看到影片就飛回去了。她必須讓其他人看一看。現在，她等著他們表示理解，他們看到的跟她一樣。

「我們知道他們在哪裡了。他們很可能還活著。」

霍金斯搖搖頭。「妳在說什麼？」

「他們沒有在裡面迷路，」詹森說。「他們有計畫地偏離時間表，他們完全知道自己在往哪去。我目睹到一樣的景像，那棟建築結構物。我親眼看到的。我知道要去哪裡找他們。」

霍金斯和拉奧交換了一個眼神。

詹森並不喜歡那個眼神。

「我認爲他們還活著。也許被困住了——也許他們回不到氣閘那邊。我可以回去，」詹森說。「我可以幫他們，找個辦法。」

爲什麼大家就是不懂？

「聽著，這次我會單獨前往。我懂你之前的意思，霍金斯，你說這是賭上整個機組去找可能已經——已經死掉的人。我懂。我不會要求任何人一起去，你們不知道那裡有多危險。但我得回去。只要我還有哪怕一點點機會能找到他們。」

他們還是直盯著她，彷彿沒聽進她講的一個字。

霍金斯深吸了一口氣。「詹森，」他說。「妳在漫遊者號上的時候，帕薩迪納傳了一條訊息來。他們做了個決定……我知道妳不會喜歡。」

她瞪視著他，納悶他爲什麼還是沒搞清楚重點。他沒看到那段影片嗎？

「他們的決定是，妳被解除任務指揮官的職位。我會接替妳的職務。即刻生效。」

詹森瞪著他。「等等，」她說。「你說什麼？」

霍金斯沒有再複述一次。

「才怪，」詹森說。「這是我的船。」她磨著牙。「我是這艘船的任務指揮官。你不能就這樣片面宣稱歸你管。」詹森知道自己正在失去自制力，正在屈服於怒火。她努力不要提高音量。「該死，」她說。「我不允許。你不能天殺的搶走我的職位。」

「我已經這麼做了。」

ARCS偏偏選在這一刻朝他們飄過來。三隻手裡各拿了一根加熱的食物管。「容我打擾，」機器人說。「你們都已經超過十二個小時沒有進食，而——」

詹森把食物管從機器人該死的手裡打飛。機器人急忙追那條管子，以免把重要的設備弄髒。她想尖叫。想撲向霍金斯，挖出他的眼睛，讓他血流滿地。他不能這樣對她。這應該是她第二次機會，這應該是她經過二十一年的失敗後自我救贖的機會。她想打架、亂踢、大吼大叫。但她是專業人士，一個太空人。她退而求其次，用眼神對他射出匕首，雙臂在胸前交抱。

「我們現在得重新聚焦，」他對她說。「記得我們一開始啓程的目的，是爲了和外星人溝通。我們沒有餘裕再派人回到那裡——尤其我們現在知道那地方有多危險。」

「霍金斯，」她說話的同時試圖保持冷靜。「KSpace的組員還在那裡，你不能就這麼讓他

註一：Sir Ernest Henry Shackleton，英國探險家，曾五度以徒步遠征或航海方式前往南極。

註二：Roald Amundsen，挪威探險家，於一九一一年率領探險隊首度抵達南極點。

們死掉——」

「我們考量行動時，應該要假定他們早已死亡，這已經決定了。」

決定了。也許是五角大廈裡某個將軍的決定。也許是霍金斯自己的決定，爲了自保。

她雙手舉到胸前，十指交握，像在祈求。「我們不能現在喊停。我們不能就這麼放棄。我們需要完成這個行動。」

「我看得出來，是妳需要。」他說。

她意識到眼前的事真的發生了，心跳瞬間停擺。

「不是——完全不是這樣，你這是在——」

「我是在怎麼樣？」

她努力逼自己不要說出腦裡想的話。

她待在這裡已經無濟於事。她踢著牆往寢室區前進，只想離他愈遠愈好。

當然，他跟過來了。

遙測靜默

史蒂芬斯很痛。

他全身每處都在痛。他好熱、渾身是汗、很不舒服，該死的機器人還一直纏著他。

這理應會讓人非常難受，但他們給他打了大量止痛劑。對此他是滿心歡迎。

他所知的一切事物、一切的痛苦、一切的恐懼，都暫時擱置在遠處，這其實很神奇。他知道自己終究得面對現況。這些痛楚，總有一天他都會感覺到。但不必是今天。

在那個當下，他也沒什麼好做的。他甚至不用思考。這很好，因爲止痛藥讓他的思緒全像雲朵飄過腦海，他想抓也抓不住。同時，藥物也確保了他不會爲此太過困擾。

他能在面前螢幕上看見拉奥的臉。她人在一公里外的獵戶座號，但她答應和他保持聯繫。他們把他的通訊裝置拿走，讓他沒辦法在虛擬實境模式中看到她，但他能注視她的臉。他好希望她的表情不要那麼害怕，但只要看到她，他就知足了。

「我的胃糟透了。」他告訴她。

「你會噁心反胃嗎？」

「不會，比較像……像有東西在推我的胃。很詭異。妳說現在換霍金斯指揮了？」

拉奥翻了個白眼。「我甚至搞不懂目前那有什麼意義。別管他們了。你會不會餓？」

「不會，」他說。就連食物這個概念本身都讓他感覺更痛。「帕敏德——別再檢查了，跟我說說話吧。妳還好嗎？」

她回答前停頓了一下。就短短一下，但他聽到了。

「我很好，謝謝你。倒是你開始出現高免疫反應的跡象，我不是很樂見。我們該來檢查你的縫線，看復原得順不順利。GRAM，能麻煩你讓我看史蒂芬斯博士的腹部，特別是傷口嗎？」

「當然，拉奧醫生。」機器人說道，身上的六角形轉爲綠色，用細長的雙手抓住史蒂芬斯的被單。史蒂芬斯吸了一口氣，準備好要暴露在冰冷的空氣中。

「這會有點噁，」拉奧說，「但別擔心，我是醫生。人體能被搞成什麼樣子我都看過了。」

史蒂芬斯笑了出來——好痛。「我想說第一次讓妳見到我裸體應該要有趣一點。帕敏德，拜託，親愛的。妳有什麼方法能過來這裡陪我嗎？就算妳得穿太空裝也好？」

「我不行，你自己也知道。我很想，可是——」

她表情僵住。

「帕敏德？」史蒂芬斯皺起眉。他試著拍了拍控制臺側邊，彷彿可以藉此讓畫面不再卡頓。他虛弱得連摸都沒摸著。「我覺得妳的連線有延遲，聲音好像被卡掉了還是怎樣。」

「沒有，」她說。「我還在這。」她的聲音非常微弱。訊號好像被拉長了，他心想。

又或者她只是過度驚駭了。

「喔，靠。」他說，因爲他不笨。他閉緊雙眼，而那只讓他注意到那股臭味。他肯定一直都有聞到，但大腦顯然把氣味封鎖。

他睜開眼睛，往下看自己暴露在外頭的胃。

下頭開了一個洞，在一個百分百之百不該有洞的位置。縫線消失了，他的胃一半好像跟著消失無蹤。洞的邊緣發炎紅腫，洞裡全是灰色，布滿奇怪的白絲。

「帕敏德，」他說。「帕敏德。」

「我……我在這裡。」她沒看他的臉。

「看我的臉。」他說。

她眼睛緩緩上移過螢幕，直到他倆差不多四目相接。

「感覺很痛，」他說，「但沒有妳預期那麼痛。這是好事吧？」

「那是因爲神經已經死了，」她直接了當地告訴他。「它們不見了。」

他頭暈起來。他不想聽到這個消息，但別無選擇。他得了解狀況。因爲了解是解決問題的第一步。

「我不覺得自己快死掉。」他告訴她。

「你沒有要死。你……」她嘴唇微微顫抖。「你會沒事的。」

卡拉．烏茨，生物醫學工程師：傷口已經壞死了。我們不曉得爲什麼。壞死的部分擴散過他的組織，在擴散過程中，吃掉史蒂芬斯博士愈來愈多的細胞。如果它擴散到心臟或他任何一邊的肺——距離原始傷口沒有多遠——他就會死。對壞死傷口的標準治療方法是清創，也就是手術移除壞死的組織。

妳能辦到，拉奧告訴自己。**妳能**。**妳只需要集中精神**。

她按下裝在她顱骨上的通訊裝置，切換成全虛擬實境模式。突然間她進入GRAM的視角。

顯示畫面沒經過最佳化處理——史蒂芬斯顯得很巨大，比他的正常體型大上一倍，而且GRAM

的彩色視覺完全失真，讓他看起來是紫色的。更糟的是，GRAM一直在動——這臺機器人輕到會被漫遊者號的通風系統吹來吹去。雖然只是前後微微晃動，畫面被放大後，感覺就好像拉奧整個身體都在晃動。

我辦不到。

她的手準備伸向裝置，想離開虛擬實境空間。GRAM舉起手到臉上，模仿她的動作，她看見它漩渦般的雙眼映在手術刀，她差點當場嘔吐。

我辦不到。

「帕敏德？」史蒂芬斯說。「是妳在機器人裡嗎？嘿，怎麼回事？我以爲我們要進行手術還什麼的。」

她張嘴想說什麼，卻發現無話可說。他要是不開刀就會死，但——天啊。那傷口太可怕了，壞死的組織變成死白，層層剝落。她萬分慶幸不用聞那個味道。壞疽發生得太突然。擴散速度快到超乎常理——地球上沒有任何生物能引起這樣的反應，不管是棕色遁蛛的毒液還是工業化學物質都一樣。史蒂芬斯體內被2I注滿某種前所未見的劇毒。

如果你手上有病患要照顧，這就會是你最大的噩夢。

她打開GRAM的設定，強制機器人維持不動，好抵銷吹過漫遊者號返回艙的微風。她重設視野大小，並考慮把連線限制在視窗模式就好。但不行，她需要真正的虛擬實境，她需要緊靠在傷口前面才能區別壞死跟健康的肌膚。

她移動GRAM，讓它幾乎坐在史蒂芬斯的脖子上。或許不看他的臉會好一些。

「帕敏德。」他喚道。

「閉嘴。」她告訴他。

她移動自己眞正的手臂，讓ＧＲＡＭ跟她同步，將手術刀伸出。她碰了碰史蒂芬斯的肉，一小滴血跟著湧出。ＧＲＡＭ已經有局部麻醉的術前準備。史蒂芬斯不會有感覺。

她辦得到。

她深呼吸一口氣。

接著她將手術刀用力往下壓，劃過皮膚，輕鬆切開。她沿著感染區域劃了個圓，一條細細的血水跟著切口流出。這樣的清創手術只切除壞死組織是沒有用的。你得切下整個感染部位——這代表健康的組織也要切除，留得愈少愈好。

她在史蒂芬斯腹部切下一大塊圓形皮膚，用ＧＲＡＭ空的那隻手撕下，好讓她能處理底下的血肉。她會需要縫合所有主要血管，然後移植新的皮膚。感謝漫遊者號的３Ｄ印表機，一塊淡粉色的圓型塑膠皮片已經備妥。不甚完美，但能撐到史蒂芬斯回到地面再換成眞皮。

一個一個來。她備好一只大型塑膠採樣袋。她要把切除的皮膚放到袋子裡封起來。接著所有器具都要消毒——手術刀、ＧＲＡＭ的手、史蒂芬斯的皮膚——再來進行顯微手術。採樣袋開起來有點麻煩——ＧＲＡＭ的手指沒有指紋，會在塑膠上滑來滑去——但她成功了。她關上袋子、封緊。然後她轉回去處理傷口。ＧＲＡＭ有放抽吸管以防血液流進去——血液晚點還要分析，確保裡面沒有——

「喔幹。」拉奧說，聲音輕如耳語。

「親愛的？」史蒂芬斯問。「我能看了嗎？」

她切除的範圍已經深到把壞死組織都移除了。儘管如此，她很肯定自己沒有割進腹壁。她不覺得有。然而，她看著傷口，看到史蒂芬斯被劃開的肌肉組織，還能清楚看進他的腹腔。好像有一整窩蛇在裡面。她起先還以爲是他的腸子，但那如蛇般蠕動的東西顏色不對，是死氣沉沉的淺灰色。而且有意識地在動。

她看著，其中一隻尖端從傷口裡翹出來，好似小蟲自溼地探出頭。它左探右查一會，接著開始往上滑行，穿過史蒂芬斯的胸口。不對，她意識到，這不是在爬。這是在生長。一邊移動，一邊長出新分支。細長卷鬚蜿蜒過他的胸毛，纏繞在他乳頭上。

「帕敏德？發生什麼事？」他問。「怎麼回事？」

愈來愈多蠕蟲從傷口出現，五隻，十隻。全都沾著血，在冒出來的同時把史蒂芬斯的臀部和胯下抹得一片血污。到處探索生長、像張網子將他緊緊抓牢。

拉奧把麥克風關了。她不能讓他聽見她的尖叫。

詹森聽見尖叫聲的當下還在跟霍金斯爭執。她立刻轉身踢牆離開寢室——

拉奧聽起來彷彿在外頭慘遭酷刑、被大卸八塊。

拉奧飄浮在活動室半空，雙手像要擊退猛獸那樣在面前來回揮動。詹森一眼就明白現況。拉奧深陷在虛擬實境裡，八成是連接到漫遊者號的機器人ＧＲＡＭ。

詹森飛到最近的螢幕，叫出拉奧眼中的畫面。

影片一開頭就是播到一半的恐怖秀。ＧＲＡＭ持解剖刀的手次次揮過螢幕，割進那些四處蔓延、遍布史蒂芬斯身體的卷鬚。那又粗又堅韌，手術刀根本劃不開。深色的液體自切口滲出，幾乎立刻就硬化，再度將切口封起。

GRAM繼續切，繼續砍，直到一根卷鬚從史蒂芬斯的身體抬起，包住纖細的金屬手腕。機器人試著將手抽離卻被抓住，甩也甩不開，完全動不了。緊接著，上百條新生的卷鬚爬上手臂和軀幹，旋即生長到一隻眼睛上，將畫面一切爲二。

畫面跟著GRAM被往後推，緩緩地、極慢地移動。它撞在漫遊者號指揮艙另一頭的牆上，影像劇烈晃動，卷鬚抽打在軀幹和臉部，緊緊抓牢機器人後，它們便不再移動。

她從GRAM還堪用的眼睛見到史蒂芬斯，至少是他殘存的部分。他被覆蓋在一團蠕動的粗壯卷鬚底下，它們持續自他腰部長出，在無重力環境下旋轉升空，然後打在牆上，往四面八方延伸，持續不斷生長、分支。它們抓住空中的物體，再將那些物體結成深色的密實繭蛹。它們爬過模組內每一面閃爍著紅燈的螢幕，艙內觀察窗被淹沒。它們消失在通往太空艙的艙門，將每一個角落蒙上微微脈動、黯淡無色的網。

最終，它們長到GRAM另一隻眼睛，畫面瞬間轉黑。

拉奧仍在尖叫，即使機器人已經無法模仿她的動作，她的雙手依舊在空中揮砍。「該死，她人還在那裡。」詹森說，踢過空中去捉拉奧，抓住她抱緊。霍金斯上前幫忙扯下拉奧臉上的裝置，切斷她跟漫遊者號的連結。

拉奧在詹森懷中前後搖晃，臉埋在詹森的鎖骨處，滾燙淚水將上衣浸溼。她的尖叫似乎永無止盡。

提前關閉

「這不是妳的錯。」霍金斯說。

拉奧還縮在詹森懷裡，整個人沉默不語又了無生氣。詹森繼續在她背上拍拍，因爲她不曉得還有什麼能做。

「什麼?」拉奧問道，她的聲音如此微弱縹渺。

「我說，這不是妳的錯。」霍金斯又說一次。

詹森感覺到拉奧繃起身子，像受到衝擊，肌肉縮得死緊。「誰說是我的錯?」她質問。

詹森試圖和霍金斯使眼色，叫他別插手，但他沒在看她。他盯著拉奧的臉。

「妳沒什麼能做的。」他嘗試道。

「我知道。我是個醫生，我很清楚我的極限，眞是謝謝你了。」拉奧把自己從詹森懷中推開，讓兩人分別往反方向飄。拉奧飄到乘員艙另一頭的牆邊，踢腳往就寢區方向移動。

「我知道妳跟史蒂芬斯互相……有……感情……」

霍金斯支支吾吾。詹森幾乎爲他感到同情。她搖搖頭，他還是沒接收到她的暗示，於是她一隻手劃過喉嚨。住手，她心想，好像他有辦法讀心一樣，閉嘴就對了。

「他是個好人。」霍金斯結結巴巴地說。

拉奧雙眼開始閃爍淚光。「如果可以的話，我要梳洗一下。」她說完消失在寢室艙門後。

霍金斯轉向詹森求助，但她已經踢腳往乘員艙前進。她推過艙門，發現拉奧緊抓著淋浴間的牆。這裡本身設計得宛如好幾個分開的塑膠袋，在沒人用的時候可以摺疊收起。拉奧看起來好像很努力想打開，但門閂沒有反應。

詹森滑上前，伸手將門閂打開。淋浴間應聲彈開，自動擴張成完整大小。

拉奧懸在空中，盯著面前。

「我得把自己刷到流血為止，」她輕聲說，雙手緊抱著身體。「我感覺自己滿身是血。我沒有眞的在那裡。我什麼都沒碰到，妳懂嗎？我很乾淨。但感覺——感覺自己被感染了。」

詹森一手擺在拉奧肩上。她沒甩開。過了一會兒，突然一陣啜泣自她胸口湧出，一股深沉巨大的悲痛。

「我非常抱歉，長官，」拉奧啞著嗓子說。「我非常抱歉。」

「噓，」詹森說。「妳有什麼感受都是很自然的。沒關係。」

「不，」拉奧說。「不。我不能——我不能讓**他**看到我這個樣子。他會把我當成服喪的寡婦，對我感到憐憫。」

詹森能理解。

「我會讓他離妳遠一點。」她保證道。

拉奧感激地望向她，接著按下她的裝置，並來到附近一面螢幕，上頭顯示一大排遙測紀錄。

「妳在做什麼？」詹森問。

「GRAM在手術期間蒐集到的資料都在這裡。我要從頭看一遍，試著釐清發生什麼。」

回去工作。拉奧剛失去了一個她在乎的男人，現在她已經準備好回去工作。

詹森沒辦法完全理解，但她曉得人們哀悼方式各有不同。她輕揉拉奧的上臂一會兒，離開寢室，拉上艙門。獵戶座號太小了，沒什麼眞正的隱私，但她會盡可能給拉奧更多空間。

帕敏德．拉奧：大概六年前，我祖父過世的時候，整個家族都聚集在他床邊。我媽和我爸和我的堂親表親，房間塞滿了眾人緊張的情緒，奶奶就坐著輕撫爺爺的手，一次又一次問他有沒有遺言，雖然我們都曉得他已經沒那個機會了，他早已說不出話。我呢？我在走廊尾端的護理站，跟他們爭論液體泰諾止痛藥夠不夠，還是我們難道就不能給他一點該死的嗎啡，反正他現在也不會有成癮問題。然後我就錯過了，我錯過他生命眞正結束的那一刻。我後來氣死我自己了，但你知道，這就是我們會做的事，這就是我們醫生做的事：做出區隔。我們把事情區隔開來，找出能我們解決、能改變的部分。我知道我語無倫次了，但你得理解這一點，這世界上沒有東西能救回史蒂芬斯。但除非他們把你拉走，否則你不會停工。不是因爲你覺得還有機會成功，而是因爲你如果讓自己停下來，哪怕只停一秒，你都會開始思考「失去一個人」意味著什麼。而你一旦開始思考，就永遠也停不下來。

「我們相信詹森指揮官在移除史蒂芬斯肝臟的卷鬚時，還留了一小部分在患部裡。」

「這是唯一合理解釋。」

「它在體腔這樣低含氧、溫暖的環境裡持續生長。我們無法解釋它怎麼會在一進到含氧空氣後，成長速度就跟著失控。」

「你是指現階段無法解釋。」

「沒錯。它的代謝機能很，呃，陌生，也沒有出現在相關文獻中，但——」

「我們在想辦法了，我們在研究。若能拿到剖檢樣本，會有很大幫助，但應該沒什麼機會。」

「遺體勢必是無法帶回的。」

羅伊・麥克艾里斯特在控制室裡，靠在椅背上，指尖按著眼皮。有人在對他說話，就在他旁邊。他努力不去聽，但當然了，人沒辦法把耳朵關上。

「獵戶座號的系統回報都是綠燈，良好，極佳。我們手上漫遊者號的遙測數據很有限，但從外部看來，該艘太空船大抵無損。」

「我們應該致電KSpace。單純基於同行禮儀——致上我們的慰問。」

「但我們得確保沒有法律責任的問題。」

「總統想親自表達慰問。他要親自邀請史蒂芬斯博士的家人到白宮。面談得私下進行，他也不能和他們透露有關任務的事，但他會說史蒂芬斯爲國捐軀。」

「是爲全人類。」

「但他不能那樣說。」

「不，當然不能。」

「有人檢查過詹森指揮官的生理數據嗎？她跟史蒂芬斯博士同時在2I裡，我們得確定她是否也被感染。我們得確定剩下的——我是說，另外三位太空人都沒事。」

「當然。只是——他們要求進入一小段無線電靜默期。以示尊重。」

「我不確定我們能否同意這項要求。」

「我已經開始調查是哪個環節出錯，以及事發經過。我有拉奧醫生完整的初步病歷，還有史蒂芬斯博士的檢測結果，但我還需要弄到漫遊者號在KSpace那邊的專有數據。長官？能請您批准嗎？我需要您簽核才能要求他們提供數據和——」

「長官。」某人說道。

「等一下。」麥克艾里斯特回答。

死了一個人。

他知道這是他工作一部分。他得專心，他得思考他們該怎麼進行。他該不該叫獵戶座號返航地球，以保護剩下三名太空人？雖然那就等於在沒有備案的情況下放棄，宣告投降，但他們究竟期待自己能在天上做什麼？他們就只能白白送死，然後——

「長官！」

他張開眼睛，在位子上坐挺。一位身穿藍色針織衫的女性站在他面前，神情慌亂。

「妳是烏茨，對吧？」他問。

「沒錯，」她說。「長官。你必須看看這個新的遙測數據。」

他不相信那會是好消息。「等一下。我需要思考，烏茨。我需要——」

「長官！」

就在此時他聽見警鈴響起。尖銳短促的嗶嗶聲，敲出一陣緩慢節奏。他抬起頭。大螢幕顯示出漫遊者號內部，但此刻面目全非。卷鬚蔓延過每個表面，分岔又相接，織出一張由灰色粗繩構成的蜘蛛網。它們用難以察覺的姿態在脈動，和那惱人的嗶嗶聲用相同節奏在鼓脹，然後收縮。

大螢幕旁邊出現第二個視窗。上頭有五個波圖。其中三條完全呈一直線衝向螢幕右側，沒有偏移。其中一條上下波動，但幅度非常小。第五條正常跳動，警鈴每響一次、卷鬚每抽動一次，它的波動就會飆高。

他過了一秒才意識到自己目睹什麼。這是桑尼．史蒂芬斯其中一張生理數據波形圖。在他身亡後，還沒人想到要關閉測量儀，連接在他身上的機器仍在紀錄生命徵象，即便那些數據已沒有用武之地。脈搏、呼吸和血壓完全呈一直線。就像你預期死人會有的樣子。

呈不穩定波動的那張圖是他的血氧含量。健康的人體應該在百分之九十以上的區間，史蒂芬斯的則降至約百分之十。

他指向活動正常的第五張。「那是什麼？」他問。

「神經振盪。」烏茨說。

麥克艾里斯特搖頭。「不，不可能。那是腦波？見鬼了，那是什麼意思？」

卡拉．烏茨，生物醫學工程師：意思是，在某種非常限縮的定義下，以某種基本神經學的角度來說……史蒂芬斯博士還活著。

拉奧飄過乘員艙。她得工作。

不是說她抱有多少期待。她受過專業訓練，曉得人體如何運作。她不相信奇蹟。

她按了幾下進入通訊界面。身爲航空醫官，她能讀取獵戶座號上所有太空人生理數據。她也能打開視窗，播放她在漫遊者號內的錄影，那會提供她更多資訊，但——不。她不想看。

她螢幕上的訊息就夠嚇人了。「他的心臟沒在跳。」她告訴大家。

「可能是判讀錯誤嗎？」詹森問，她的聲音在拉奧聽來彷彿處於好幾公里外。對她來說，除了眼前的數字和圖表以外，其他都不重要。

拉奧咬住嘴唇。「不，」她說。「不，這是正確的。沒有錯。」

她發現，生命中最令你心痛的消息往往是最正確的。要小心的反而是讓人充滿希望的事情。

「他有腦部活動的跡象，」霍金斯說。「那是好事，對吧？如果只是一條水平線——」

他突然打住，也許是詹森叫他閉嘴。拉奧沒有抬頭。

「這是……」她突然感覺一陣暈眩。各種情緒要將她淹沒。她不會屈服。她抓住螢幕側邊，直到頭暈止住。「這是nu複合波。你偶爾會在陷入昏迷的病患身上看到。那只是海馬迴在活動罷了。」*快點，桑尼，*她心想。*快點。證明我錯了。給我看Δ波，讓我知道你還活著。*

「拉奧？那是什麼意思？」詹森問。「我們不是醫生。我們聽不懂。」

妳怎麼覺得我就會懂？拉奧暗忖道。從來沒人見過像這樣的事情。從來沒人被這種會先殺了你再把你救活的外星寄生蟲感染過……她甩開這個念頭。她是個醫生，她就要表現得像個醫生。

她盯著圖表高低起伏，想找出變化跡象。「他的腦袋在跟著動，但沒有意識，他沒有——」她眼角的淚水呼之欲出。她不能哭，不是現在。「他的腦得到了供氧。別問我怎麼辦到的——肯定是那些卷鬚提供的。它們肯定是刺穿了他的頭顱，或是，或是——」這一切恐怖到她感覺自己要爆炸了。「它們在維持他腦部的生命。那——那到底要怎樣才可能辦到？」

詹森沒回答她。太好了，至少有個人懂得判斷一個問題是不是修辭性反問，拉奧心想。

「它遍布他所有組織，」她說。「他的血含氧量爬回百分之五十——遠低於人體正常值，但一定有東西在供氧到他的細胞裡。「他的肺沒在動，他的心臟……他的心臟……」

「拉奧？」

她被螢幕上的資訊嚇得六神無主。「腦波。腦波——頻率是一樣的，可是振幅——」

螢幕上波圖的波峰原先像池塘上的漣漪那樣微小，現在愈來愈高，波谷則維持低處。「訊號愈來愈強，」她說。她沒講出腦中想法。**這不可能**。但事實顯然相反。「它愈來愈強。」

「這見鬼的是什麼意思？」麥克艾里斯特質問。

他們帶了一批新人馬進控制室。帕敏德．拉奧在噴射推進實驗室部門底下的醫生和天文生物學家、加州理工學院的神經內科學家，任何他們能找到且可能有辦法回答他問題的人都被找來了。大夥全擠在房間的一個控制臺旁邊，頭也不抬，沒人發表意見。

大螢幕顯示出漫遊者號返回艙內部的影像。很難看出端倪——卷鬚已經蓋過太空船內的攝影機，大部分的燈光也被遮住，整個畫面僅剩微弱的棕色光芒。僅存還能運作的攝影機拍出桑尼．史蒂芬斯的鼻子到肚臍。他的身體被覆蓋得徹底，只剩一小部分可見——一小塊胸毛，一邊手肘內側。

他張開嘴，卷鬚蜿蜒過他的嘴唇，直至喉嚨。但他不知怎地還是有足夠的氧氣能喘息。那動作很微弱，斷斷續續，但麥克艾里斯特看得出來他的胸口一次又一次起伏。

「他在說什麼嗎？」麥克艾里斯特質問。這不可能吧，有可能嗎？「把音訊叫出來。」

控制室天花板上的音響甦醒過來。史蒂芬斯發出的噪音轟隆作響，在眾人腦中流竄。那不是文字，聽起來不像人類的聲音——就只是肺部塌陷後呼吸的氣體爆出來的重複聲響。

「啪。啪。啪。」

「長官。」某人說道，並抓住麥克艾里斯特的手臂。他低頭看見史蒂芬斯的腦部活動圖。波峰還在增強。接著就出現一個峰值，高到直接跳出畫面。

瞬間十幾個警鈴同時大響。螢幕亮起紅燈，工程師紛紛後退，無法相信眼前所見。大螢幕整個刷黑，接著切成全新畫面。

「我的天啊。」麥克艾里斯特說。

畫面本身是灰階的。上頭顯示出２Ｉ形狀的黑色剪影，但小到他認不出個別結構。２Ｉ本身無比巨大，但畫面顯示的新事物比它大多了。那就像優雅細長白圈所組織成的圓翼，從外星星艦展開並向後揮翅，又在本體中央重疊，宛如蝴蝶羽翼……

「那——那是什麼？」麥克艾里斯特問。

「那是磁場——２Ｉ在產生磁場。」

麥克艾里斯特低頭發現一位年輕女性，她正坐在其中一個控制臺前面。她姓阮，他暗忖，是他們的物理學家。

他盯著她，不曉得自己見鬼的是要拿這項資訊怎麼辦。

「我認爲它在回應史蒂芬斯博士的腦波。」他甚至還沒想出正確的提問，她便如此道。

麥克艾里斯特迅速眨眼。「２Ｉ能聽見他的思考？」

「史蒂芬斯的生理數據被我們廣播在公開的無線電頻道上——我們的遙測都是用那個頻道。我應該關掉嗎？長官——我需要知道我該不該關閉頻道——」

「長官！」另一個人大吼說。「２Ｉ突然在加速！」

咿喀……咿喀……咿喀……

這聲音讓詹森的血液整個石化。她杵在原地，即使她知道得動起來。她現在就得動起來。霍金斯還在那兒隔著拉奧的肩膀看她的螢幕。現在他仰起頭，詹森注意到他的表情。純然的恐懼流過他的臉龐，他認得這個聲音。他之前聽過——他們都聽過。

那是獵戶座號的異物接近警報。

她的手不由自主開始動作，完全出於肌肉記憶而抬起，按下顴骨上的通訊裝置。她切成全虛擬實境，全部景像跟著消失，空無的宇宙湧現。巨大宏偉的暗紅色2Ｉ就在她正前方，占據她絕大部分視野。

2Ｉ變得愈來愈大。

不用檢查設備，她就知道發生什麼。突然她又能控制自己。她跳出虛擬實境，環顧乘員艙的環境，很快檢查過有什麼設備沒拴好、要是她啓動獵戶座號的引擎，有什麼物品會亂飛。

她立刻看到兩個東西。兩個人。「找東西抓住！抓穩了。」她大喊說。霍金斯立刻動身，踢腳到牆邊抓緊扶手。拉奧整個人還黏在螢幕前觀察史蒂芬斯的生理數據。

「霍金斯，」她吼道，「去幫她！」

他向前一手抓住拉奧，把她緊緊拉在胸前。拉奧努力掙脫，明顯很不高興從螢幕前被抓走，但詹森不在乎。她叫出擴增實境視窗，發射獵戶座號的減速火箭，按下緊急燃燒。

太空船猛地往後，沒固定住的工具、食物管和垃圾飛往位於船鼻的穹頂艙。ＡＲＣＳ轉呀轉穿過乘員艙——機器人飛過詹森頭上時，她能聽見它正用輕柔聲音發出嚴肅警告。它撞上穹頂艙艙門旁邊的軟牆，三隻手朝著任何能抓住的東西亂揮亂撲。

霍金斯和拉奧從扶手上被甩出去，懸掛在六公尺高的半空。詹森感覺肩膀撞到硬物，她才意識到自己犯了一個以駕駛員來說最愚蠢的錯誤——她在操作前沒想到要固定住自己。當下時間不夠——她往下看撞到什麼，並緊抓住跑步機突出的外框，努力握緊。

前進／留守

「獵戶座號，這裡是帕薩迪納。請回答。獵戶座號，拜託請回答。」麥克艾里斯特的手在顫抖，汗水正從後頸的頭髮滴落。他同時開著三個畫面顯示2I周圍的太空視角。每樣數據都在變化，他根本沒辦法跟上動態。「獵戶座號，請回報。」他再次呼喚，雖然他必須等上將近一分鐘才能收到回應。

其中一個螢幕顯示出2I的磁場。持續在變形，具有力量的線條不斷扭轉，再倏地化作全新形態。他甩不開稍早的聯想——這好像蝴蝶翅膀，開始準備振翅而飛。

「這是這艘星艦的移動方式嗎？」他問道。

那位姓阮的物理學家用手指揉捏下唇。「這讓我想起某個東西，我們之前實驗過的。一個……一個……我忘記叫什麼了，一個——」

「電動帆。」有人插話。

麥克艾里斯特轉過頭。是馮賽卡，他之前忘記名字的那位飛行動力官。他現在記起來了。

「E帆，我們最後叫E帆，」她說。「它跟船帆在海上運作方式完全相同，不過不是用帆布接收氣流，而是用磁場接住太陽風。這就是它移動方式，長官——這就是2I的推進系統。」

麥克艾里斯特不在乎細節，只要磁場不是武器就好。「這會強到損害獵戶座號嗎？」

馮賽卡深呼吸，再吐氣。「不。不，我不——我不覺得會。磁場夠強的話，能把太空船大部分電子設備切斷，甚至影響我們夥伴的腦波，引發癲癇。我不覺得這個磁場有那麼強。但我不——我不能完全確定。」

「去搞清楚。」他對她怒吼。他瞥向另一個螢幕，上頭是後退的獵戶座號，靠噴射動力遠離2I以免撞上。癲癇發作的駕駛員沒辦法那樣操作。麥克艾里斯特緩慢地坐回椅子。好消息再小都要心懷感激，而且——

天啊。他這才想起一件事。

「我們還有什麼方式可以追蹤漫遊者號？」他問。「誰能幫我叫攝影機畫面出來？我們手邊有什麼？」

他面前彈出一個螢幕，恰巧來得及讓他目睹漫遊者號喪命的剎那。

KSpace的太空船上沒人操作引擎，沒人能駕駛船逃開。2I沒有加速得特別快，但質量可觀。一撞上漫遊者號，那小船根本毫無勝算。服務艙從返回艙上應聲脫開，瘋狂旋轉著飛進太空。球狀太空艙像鋁罐一樣被壓扁，空氣和燃料自斷裂的管子和燃料槽噴出。殘骸閃起亮光，瞬間消失無蹤。

桑尼．史蒂芬斯還躺在返回艙裡，綁在一張機組員座椅上，而那裡直接被2I表層的巨大尖牙扯碎。窗戶裂開、爆炸，金屬碎裂四散。麥克艾里斯特一隻手遮住嘴。他迅速瞥螢幕一眼，注意史蒂芬斯的生理數據。如今全變成水平線了。

至少這人不必再受苦。

「老天爺。」麥克艾里斯特說。不是禱告，僅僅緊張到脫口而出。

「長官？長官——2I回到原本航線了。獵戶座號還是沒消息。」

「遙測數據正在回傳。長官——長官！」

「長官，」梅莉．阮說。她蹲在他旁邊，跟他同高，一手擺在他肩上。「長官，我知道現在不是時候，但我們必須考慮——」

眾人都想引起他的注意，但他無法集中精神回答任何一人。他眨眨眼看向她。他感覺靈魂出竅，在椅上飄浮。

然後他聽見無線電發出雜音，精神立刻被拉回來。

「帕薩迪納？」

是霍金斯的聲音出現在無線電上，回應麥克艾里斯特的呼叫。

「帕薩迪納，我們上面一切安好——剛剛有點顛簸，但沒有人受傷。我們實在很希望有人能跟我們解釋，剛剛見鬼的是發生什麼事。」

「我沒事。」詹森抗拒地說。拉奧一直在戳她肩膀。會痛，但她沒事，真該死。

「沒骨折，」拉奧說。「也沒脫臼。」

「我沒事，」詹森說。「只是撞到而已。拜託妳可不可以——」

然後她審視拉奧的臉，她辨認出那個表情。拉奧需要找事情做，讓她不想漫遊者號發生的事情——桑尼．史蒂芬斯的屍體被KSpace太空船斷裂的船桅輾到2I表面上。

「我們醫藥箱裡有止痛膏，對吧？」詹森問。「也許那會有幫助。」

拉奧點頭，轉身前往補給櫃。

霍金斯踢著乘員艙牆面經過她身邊。「了解，帕薩迪納。」他說。

然後他往軟牆揍了一拳，力道使牆面陣陣波動。

「他說了什麼？」詹森問。

霍金斯一副想再揍一次牆的樣子。一拳又一拳。他花了點時間呼吸才開口。

「他叫我們靜候指令。」霍金斯的手指耙過他的平頭。他轉身，背靠著牆。「靜候。準備好然後待命。」

詹森明白他的挫折，她希望說些什麼來幫他緩解。她希望有人也能跟她說些什麼。

羅伊．麥克艾里斯特按下耳朵的裝置。他轉接加入的會議，也許是畢生最重要的電話會議。他一聽到好幾十個聲音同時說話便蹙起眉。有人在大吼責任歸屬的事——說KSpace百分百會因為漫遊者號的損毀對政府提告。有人想知道，若2I撞上地球，將重要政府資產移至地下庇護目前有什麼計畫。

大部分都只是在提問，問沒人能夠回答的問題。

麥克艾里斯特特別專注在一個聲音：卡利沙基斯。太空部隊的將軍正在用低沉講理的語調向某人擔保，說問題出在他們最初就把獵戶座號交由平民掌控。現在霍金斯成了任務指揮官，可望看到非常不同的指揮策略。

麥克艾里斯特深感自己被暗中捅了一刀。卡利沙基斯正把錯怪到NASA和莎莉．詹森身上。他得承認確實很適合當代罪羔羊。

「他上線了。」有人悄聲道。麥克艾里斯特以為他們在說他，提醒卡利沙基斯講話小心。但緊接著對話中出現一連串迅速的喀噠聲，麥克艾里斯特便明白悄聲說話的人指的不是自己。

「各位請靜候，我們在確認總統的連線是否安全。」低語者說道。總統加入通話時經過慎重的變聲處理，使其在會談中的音調被調低成嗡嗡作響的合成音。

「各位，情況嚴峻，我們必須高度嚴肅看待此事。我知道太空部隊有話想說。」

「感謝您，總統先生，」卡利沙基斯道。「軍方的立場是我們此刻應視2I為敵方，對地球的居民形成根本威脅，有必要立即採取軍事行動。」

聽起來好像會談中所有人同時吸了口氣，且全都想回應。但那些聲音立刻被切斷，等卡利沙基斯再次開口時，就只有他的聲音，清晰明亮。

「該外星艦殺害了史蒂芬斯博士。摧毀了KSpace的載具，漫遊者號。它或許也有意摧毀獵戶座號，但任務指揮官詹森因其敏銳果決的行動，成功拯救了她的船艦。」

至少他肯認可她這點功勞，麥克艾里斯特暗忖。

「太空部隊的霍金斯少校已接手任務指揮。我們已經努力一段時間，想找出摧毀2I的方法，或至少使其失能。如您所知，我們已排除核能武器。經審慎思量後，我們判定動力撞擊器會是最佳方案。」

麥克艾里斯特的視線模糊，接著意識到自己被卡利沙基斯帶進虛擬實境串流。總統和與會者都在望著同樣事物。

這個虛擬空間是白色的——沒有牆、地板或天花板，就只是無限延伸的白。空間中央出現三維模型，展示著一架麥克艾里斯特很熟悉的載具：X－37d。太空部隊的無人太空飛機，沒有窗戶的迷你太空梭，和霍金斯以前駕駛的是同一臺。

這架太空飛機的酬載艙艙門無聲開啓。一隻機械臂從裡頭伸展，握著擱在酬載艙內的軍火彈藥。彈藥被壓縮成六個長長的圓筒，每個都搭載小型火箭引擎。

「這些叫做擊殺載具，」卡利沙基斯道。「這是前一段時間，為防我們可能需要殲滅他國在月球建設的基地而設計出的武器系統。」

其中一架擊殺載具在虛擬空間中展開，內部零件被拆開，讓人能更清楚看見組裝細節。卡利沙基斯一邊指出該系統各部位，一個懸空的箭頭同時在純白空間中出現。「這裡，這是彈頭。」圓柱外型就跟電線杆一樣平凡無奇。「核心裝滿耗乏鈾。利用搭載在背部的火箭引擎，它的核心能驚人地加速。想像它是極其巨大堅硬的子彈。鑑於2I朝我們前進的速度相當快，若把速度和擊殺載具相加，可能高達每秒一百公里。」

麥克艾里斯特深呼吸一口氣。那種衝擊能釋放出的能量，都能剷平整座城市。

「這怎麼會比核武優秀？」總統問。

卡利沙基斯飄浮的箭頭回到彈頭上。「這是命中度而非單純火力值的考量。核爆的能量足以擴及整個爆炸半徑——這是為什麼2I的表層有很強的防禦力，因為它們能吸收施放在大範圍表面區域上的能量。擊殺載具會攻擊非常精確的位置。能量都會打在一個約等於人孔蓋大小的剖面上，可以打穿2I的船身。如果我們能直接瞄準這艘外星星艦的船橋，或者它的引擎，我們就能造成非常大的傷害，或許足夠使2I癱瘓。」

「我不想聽到『或許』，」總統說。「給我個概率。」

「我們推估有百分之七十的成功率。然而，有個問題。我們不曉得2I的船橋或引擎室在哪。我們需要更多數據才能布署擊殺載具，為此我已有計畫。我們需要派人回到船內。」

麥克艾里斯特就算看不見，也感覺到手在顫抖。派人回船內？在桑尼．史蒂芬斯遇害後？

「當然，這是趟危險任務，」卡利沙基斯說。「2I內部是敵軍領土。但這份數據對我們來說至關重要。我們需要內部地圖，還要有人找其弱點。我們需要知道子彈要往哪裡射才能殺了這頭巨獸。」

「我們顯然得行動。」總統說道。

「這是最好的選項，長官，」卡利沙基斯告訴他。「我希望能獲准即刻開始第二趟短程探訪。時間寶貴。」

「等等，」麥克艾里斯特說。他很可能被消音了，沒人能聽到他說話，但他不在乎。「等等！我們還有更多得考慮的事！我們得——得——」

「那是NASA在發言嗎？」總統語帶不耐地問。

麥克艾里斯特額頭開始冒汗。他們聽到他了。「是的，先生。」

「你有話想補充？」總統問道。

麥克艾里斯特講得飛快——他知道不會再有第二次機會。「長官。我想提出一個可能性，即2I的行爲可能不帶任何敵意。」

卡利沙基斯嗤之以鼻，但麥克艾里斯特必須把話講完。

「我們對外星人的了解實在太少，無從理解發生了什麼事，爲什麼2I要摧毀漫遊者號。我們實際知道的是——是——」他努力思考接下來要說的話。「先生——我們看到的，是獵戶座號成功完成任務。」

「他們失去了一名太空人。」卡利沙基斯難以置信地說。

「沒錯。對於這樁悲劇，沒有人比我們NASA更感痛心。但獵戶座號的首要任務是和2I進行接觸——他們也做到了。2I行爲的時間點不是巧合。史蒂芬斯博士在生前最後一刻和2I

聯繫。而它回應了，移動了。」

「他們回應的方法是殺了他！」

「夠了，將軍。讓他說完，」總統說。「你的提議是什麼，麥克艾里斯特？」

「我們應該嘗試建立進一步接觸。實際和2I的機組員溝通。」

「你要怎麼辦到？將他們暴露在——我們現在是把那些武器叫卷鬚嗎？犧牲更多生命？」

「不。當然不是。」麥克艾里斯特雙手在身側握拳。他要說嗎？他最不希望的就是這個。這是他能想到最糟的主意。但是他唯一能想到的方案。

「2I裡面有人，或有生命，對史蒂芬斯博士的企圖溝通作出回應。我們也許——必定——有可能找到對方，並開啓對話。卡利沙基斯將軍提議我們派人回去裡面，找出這些假設性的弱點。我提議，我們派人進去和2I的機組員談。我提議我們派人溝通，不是大開殺戒。」

老天保佑我，他心想。**我這是把底下的人抓去送死了嗎**？

「那麼，我們手邊有兩份行動提案，」總統說。「而且，聽起來它們暫時相容。」

「先生……」卡利沙基斯道，但被總統打斷。

「有誰能提出任何理由，要我們只能從中擇一嗎？」

通話再次開放——被消音的聽眾突然間都能再次發言。眾人把握機會，會議充滿高聲喧譁。

羅伊．麥克艾里斯特：不管他們有沒有像詹森那樣受過多年訓練，或只有幾個月，他們都是太空人。是NASA的員工。我們對他們的職責，從頭到尾、自始至終，都是要保護安全。我知道他們的任務非常危險，但是，我此刻對他們所提出的要求——我到死都無法釋懷。

他們三人圍在螢幕前飄浮，看著2Ｉ展開電磁翅膀。毫無疑問，2Ｉ之所以移動，是因爲桑尼．史蒂芬斯不知怎地叫它這麼做。問題在於，他是怎麼辦到的。

他們聽了帕薩迪納傳來的命令。麥克艾里斯特重複兩次，確認每個人都聽懂。現在換身爲任務指揮官的霍金斯將命令付諸實行。

他將三人聚集到他們用餐的小摺疊桌。「所以我們要回去了。妳的願望實現了，詹森。」

她搖頭。「不行。」

「不行？我們接到命令。在我的指揮下，我們無權決定喜不喜歡命令。行動已經決定。」

拉奧盯著她的手指。她一直在搓揉著手指，彷彿不乾淨。霍金斯連她有沒有聽見麥克艾里斯特說的話都不確定。

「我會回去。就只有我，」詹森說。「那一直都是我的計畫。我會去——一個人——看我能如何和2Ｉ溝通。我在那裡的時候，我也會找KSpace的組員，然後——」

霍金斯往桌子用力一拍。拉奧縮了一下往後退。

他有點抱歉自己打擾到她，但他得把規則攤開來講清楚。

「我們沒有要投票表決！」他說。「我不是在徵求自願。」

詹森當然不肯退讓。「你得讓我試試看。」

霍金斯點頭。接下來要說的話她不會喜歡，儘管他基本上是在讓她稱心如意。「是啊。妳會回去。」他嘗試和拉奧對上眼。失敗了。「我們全都要去。」

「什麼？」詹森問。她從桌邊推開，最後飄浮在上面，從上往下盯著他。她以爲這樣嚇唬一下就能讓他改變心意?「不行,」她說。「這太危險了!不——聽著——我犯了錯,我懂。我搞砸了!但沒理由讓⋯⋯讓我們全部人⋯⋯」她觀察著拉奧,而霍金斯明白她的意思。

這位天文生物學家近乎失能。自史蒂芬斯死後,她沒吃沒睡,說的話只有寥寥數語。但霍金斯已經決定。眼前有太多風險要承擔。如果阻止不了2I,他們的性命不值一顧。他願意犧牲所有人換取保衛地球的機會。「那邊很危險,」他說。「妳以為我不曉得嗎?所以我們全都要去,因為人多好辦事。就這樣。」

她張開嘴,於是他也把自己推到空中,直直瞪進她雙眼,看她敢不敢開口質疑他的命令。

「就這樣。」他重複一次。

詹森翻遍乘員艙內每個儲藏櫃和置物櫃,把沒用的物品往後丟,翻找能幫他們在那兒保命的裝備。他們如果要去——目前確實如此——就得準備好。

她抬頭看到霍金斯踢腳經過她,但沒停下手邊的動作。「我們最需要的就是燈,」她說。「我從漫遊者號那偷了幾包螢光棒和一些信號彈。這些本身會自氧化,就算在氫氣中也能用。」她檢查過從漫遊者號3D印表機拿來的上升器。都能正常運作。「我們會需要大量的水,和手上所有氧氣瓶。我們不曉得會在那邊待多久。」

她打開工具箱,裡面的工具原本是留給獵戶座號在太空中受損時修繕用的。她覺得他們用不到任何槍柄式工具或船身補釘,但裡面很多安全纜和登山扣,攀爬時能派上用場。還有好幾個工具包和背包,都是設計成可以裝在太空裝手臂上,讓他們載運裝備。

她出發穿過艙門回到指揮艙。她把求生包拿來——包包裡滿是隔熱毯、瓶裝水和基本醫療用品，確保他們能夠維生，以防他們回到地球時降落在某個偏遠地區，ＮＡＳＡ的搜救隊需要一些時間才能找到他們。漫遊者號的機組也許會需要那些物資。假設他們還活著。

她曉得他們很可能已經身亡。她一直都曉得。她投身搜救他們，就算救出的只是屍體也無妨。要是有拯救他們的機會——

「我去準備太空裝。」霍金斯說。

霍金斯來到控制臺處理太空漫步的裝備，並在那兒進行事前檢查。她試著要從他背後偷看，確保他知道自己在做什麼。他核對過檢查清單，彷彿同樣的程序已經做過上百次。這個嘛，他也的確有——在地球上的模擬器裡。她逼自己相信他。

她得提醒自己，她已經不再是指揮官了。她只能學著接受。她是ＮＡＳＡ太空人，這種事情她受過訓練。如果一位指揮官被拔除職務，機組員就必須擁護新的領袖。這個概念在她訓練期間，在腦中刻印了上百萬次。太空任務太過危險，沒有讓個人情感干預指揮的空間。

她從沒想過那種事會發生在她身上。她一直當獵戶座號是她的船，她的任務。但失敗了，不是嗎？她害死了史蒂芬斯。也許現在她該接受自己不適合指揮。該開始以隊友的角度思考，不要堅持當老大。

接著她轉頭望著拉奧，後者正在乘員艙中間飄著。就只是飄在那兒，盯著外太空。她拿著一堆氧氣瓶，但人沒在動。

霍金斯是指揮官，她沒意見。也許她能承認自己並不總是懂最多的，但她沒辦法就這樣站在一邊，讓他置拉奧於險境。她得試試看。

「也許我們有一個人留守比較好。」詹森說。

這話連在她耳裡聽來都很絕望。

霍金斯抬頭看她。「獵戶座號能照顧自己，」霍金斯說。「我已經設置自動駕駛，跟2I維持距離。外星人如果有動作，獵戶座號會退開。」

詹森抓過螢光棒，著手塞進一個尼龍袋。「帕敏德。」她說。

年紀較輕的那名女子沒有抬頭。她好像深陷在虛擬實境裡，但詹森知道不是這樣。她是陷在自己的腦海。

「拉奧！」詹森大喊。

「是？」對方終於抬頭——但仍然不看她。

「妳不必這麼做，」詹森告訴她。「妳可以拒絕。沒人會說妳膽小。」

拉奧一臉怒容。「我要去，」她說。「我們全都要去。」

「那裡很危險。我——就因爲我叫史蒂芬斯去，我們失去了他。那是我的錯。我無法承受可能也失去妳。妳確定妳想這麼做？百分之百確定？」

拉奧抓住扶手，接著把自己推過乘員艙裝有軟墊的曲狀牆面，往一面螢幕靠近。「出發前我得寫些筆記。只要一分鐘，但我有一個理論。當成假說好了——」

「我問的問題不是這個。」詹森點出。

此刻拉奧認眞盯著她。直接了當。「我們有工作要做。」

她轉過身，著手進行。

莎莉・詹森：我知道我們需要她。她是我們的天文生物學家。霍金斯跟我，我們負責打頭陣，確保任務能順利進行，就這樣。史蒂芬斯過世後，她是我們唯一的科學家。要是有誰能找到和2I對話的方法，那非她莫屬。最後演變成這般局面，我們要承擔這麼多代價，我們別無他法——羅伊．麥克艾里斯特是個很棒的人，我永遠都這麼認爲，但他手上唯一的選項，就是把人活生生丟到問題上面，期待有哪個人活得夠久，能找出解答。

短程探訪（二）

他們等待氣閘旋轉的期間，詹森將燈光照向霍金斯，他在中空的球體中間飄浮。她不得不稱讚他——他看起來不怎麼害怕。但話說回來，他還沒見到2I內部，完全不曉得接下來的局面。

拉奧看起來也很冷靜。不過那是詹森很熟悉的冷靜，那是當人深陷在自己的思緒、恐懼根本不得其門而入時會有的表情，你心不在焉到會做出傻事時的表情。也許他們開始爬之後她就會回神，詹森暗忖。拉奧被指派任務時都很臨危不亂。前方還有一大堆艱苦體力活等著他們。

「我們大概要爬七公里，才會抵達地面。」詹森道。

霍金斯在頭盔裡點頭。他眨眼後瞇起望向她強烈的燈光，他在看那奇形怪狀的氣閘開口在他們身後關上。

開孔轉向內部，朝2I廣闊的空間敞開。詹森開始往前移動。然而在她抵達之前，一陣強風吹動她太空裝的布料，將她自開口往後推。

這……倒是頭一遭。那道氣壓只持續半晌，氣閘內的空氣便和2I內部的大氣調均，但她上次除了一小陣微風外根本沒感覺。她往下觀察微量氣體分析儀，發現此地的氣壓已上升至將近十分之一標準大氣壓——即使是在空氣最稀薄的這頭。

更奇怪的來了，將近五分之一的空氣由氧氣組成。上一次這裡完全沒有氧氣，只有氬。

「詹森，妳很吃驚。怎麼回事？」

「這裡的大氣變了。變濃很多。」

霍金斯在面板後皺眉。「變濃。」他說。

「對啊。」她搖搖頭。「之前空氣中還有很濃的霧氣，源自表面結冰的水氣。現在沒了。」她的燈順暢無阻地往遠處照出兩道清晰的光暈，光線所及之處仍只有黑暗——這點沒有改變。無線電雜訊也還在。他們靠近氣閘開口時，雜訊湧進耳機，大到蓋過詹森自己的思緒。

「老天！那是什麼鬼？」霍金斯問。「無線電上的——」

「對，」詹森道，她提高音量好讓對方聽見。「我們上次有聽到。」2I永不止息、起起伏伏、劈啪作響的雜音。「不過現在更糟了。更吵。也許那是翅膀的聲音。你知道，那個磁場。那個帆。」

「我根本聽不見妳講話。」霍金斯大喊回道。

詹森調整太空裝無線電的設定，讓劈啪聲僅在腦後作響。

「天啊。」霍金斯說。他雙手擺在頭盔兩側，好像那樣能將聲音隔絕在外。

她嘗試要教他調整無線電，但碰到他的太空裝時被他拍開手。詹森舉手以示服從。「我只是想幫忙而已。我們來布署機器人吧。」她手伸過肩膀，抓住ARCS。方才一直攀在她太空裝背上的機器人，如今甦醒過來，一邊執行例行檢查，一邊伸展手指和拇指。

史蒂芬斯先前提議他們用機器人探索2I。他認爲他們能用3D印表機印一堆探測器，放在星艦內亂跑，畫出整個地區的地圖——並找出佛斯特和他的組員。可是他們沒時間製作探測器，3D印表機跟著漫遊者號爆炸了，於是他們拿手頭現有的器具將就。

ARCS非常不適合作探測器。理論上，它能用手腳沿著地面爬，但這個功能的設計在微重力下使用效果最好。幸運的是，2I內部有處不存在重力問題，就在星艦中央的軸心上，重力完全付之闕如。只要機器人待在中間那條路徑，吹個幾下加壓空氣，就能讓自己順利移動了。

「你知道自己該做什麼，對吧？」她問機器人。

「是的，詹森女士。我要以安全速度沿著軸心移動，同時我會用我的光達測繪系統繪製2I內部地圖，並將搜查結果傳到你們的太空裝。我準備好了。」

詹森很猶豫。她知道機器人沒有自己的腦袋，無法理解她剛交付的任務有多危險。但一樣——將本質上是機器人管家的存在送進伸手不見五指的2I，有點像在背叛它。「祝你好運。」她說。那是她能想到最好的回應了。

ARCS沒有動。就只是懸在氣閘中央。「我需要任務指揮官確認。」

「我已經——」

「那是指霍金斯。」拉奧輕柔地說。

對。對。核准架構應該更新過了。也許有人從帕薩迪納更動。

「確認。」霍金斯和機器人說。

ARCS駛出氣閘，進到裡頭，連聲再見也沒說。不到一分鐘便離開他們光線範圍，消失無蹤。詹森雙手握緊。她還是無法接受換人指揮。這一直都是她的任務，她的機會……但她是個太空人。現在和霍金斯爭權會害他們全都沒命。她得融入大夥，乖乖配合。

這一向不是她的長處。

「大家都準備好了？」霍金斯問。

他帶他們走出氣閘，進到旋轉的內部空間開始出現繩子的位置。繩子還在那兒，依舊牢牢固定在岩釘。「我弄給你們看上升器要怎麼用。」她告訴他們，同時扣上第一條繩索。

「我們在基礎訓練時用過類似的工具，」霍金斯說著將他的上升器扣進D型環，熟練地將繩子穿進上升器裝備裡。接著他動手幫拉奧。「我很感激有妳的經驗，詹森。我很高興我們有妳在這裡幫忙適應環境。但我需要妳記得——現在，任務是由我指揮。」

莎莉・詹森：2I內的氣溫升到將近攝氏二十度了。幾乎是室溫，而且還在往上升。空間內部潮溼成那樣，我想我就以爲那些黑色生長物是某種快速滋生的黴菌。那就是我們一犯再犯的錯誤，我們一直想用我們在地球上所知的知識來理解2I內發生的事情。但我們看到的，沒有一樣符合常理。

「看，」詹森說著往頭上的星艦牆面指，上頭有一塊不規則的黑色污漬。「之前不在這裡。」其實就是一塊變色表面而已，大小不比她手掌大。她感覺中間有一些小泡泡，但她得靠近才能確認。

但完全不想再過去。她用燈光掃視四周，發現還有兩塊類似污點。她完全不曉得那是什麼，只能希望那不重要。

「那裡還有更多。」拉奧說著在繩子上停下來。詹森往上調整頭盔的燈，在離繩子不到六公尺的牆上，照出大片變色黑漬。這片生長物非常寬大，寬達約二十公尺，呈現出三道寬線條，幾乎有如一直線，但和他們下降的角度一樣有偏斜。生長得最濃密的部分自牆面浮起，厚實得有如黑葡萄，不過其中幾坨外凸的球狀物跟哈密瓜一樣大。

他們在牆上目睹好幾塊黑漬。每一塊都比上一塊更大、輪廓更鮮明。

「保持距離，」霍金斯說。「我不覺得它能穿透太空衣傷害我們，但安全第一，對吧？」

他們來到要垂降進入黑暗的位置。跟上次比起來，這次沒那麼令詹森緊張。稍微沒令她那麼緊張。

詹森的膝蓋不痛了，這應該是好事，不過也沒辦法彎曲，幾乎僵住，讓她一直處在半蹲的姿勢。垂降時還沒問題，但她不曉得若再需要走路時會發生什麼事。她盡可能不想。

無視問題能有效幫助你面對這片漆黑和攀爬中的不確定性，至少在失效前撐一段時間。她頭盔的結構讓她很難觀察後方。袖子裝有後照鏡，但在她的燈往前照的時候沒什麼用。

她在離底部約一公里的位置撐腳一推，滑下繩子，直到確保器的摩擦力將她拉住並站在崖面，比她在完整重力下會有的速度來得稍慢一些。

她右邊靴子踩到某個溼溼滑滑的東西，差點跌個四腳朝天。她雙手緊抓繩子，害怕自己跌落，害怕上升器莫名失靈，讓她一路往下滾。那些事都沒發生，上升器盡責地將她拉住。她左靴撐在牆上，牢牢踩住。

她這才往下看。

大片變色的黑漬遍布斜坡，四條生長物平行延伸，每條都由團團厚實球體組成。生長物覆蓋過繩子，點點黑漬濺在橘繩。

詹森不小心踩到其中一坨，被她的重量壓得爆開。黑色黏液沾滿她右靴，弄髒雙腳。一點一點的黑漬出現在眼前，慢慢往下滾出她的燈光外，進到黑暗。

「妳的太空裝有破嗎？」霍金斯問。

「執行診斷！」拉奧喊道。

「我沒事，」詹森說，她主要是感到丟臉。她應該要好好看路。「只是黏液而已，之後就會洗掉——」

「拉奧說得對。執行診斷，」霍金斯說。他讓繩子稍微滑過他的上升器，邊朝她的方向往下蟹行。他睜大眼睛。「這是命令。」

她的衣服如果破了，耳機會傳出刺耳警報。她沒聽到任何警報。不過，主要是讓他高興，她還是伸向太空裝正面控制面板，按下按鈕執行全面系統檢測。這會花大概十秒鐘的時間。「我沒事，」她再說一次。「你們爲什麼這麼——」

拉奧一手握著繩子，一手往詹森背後指。

她小心轉身，以免踩到更多的球狀生長物。她拿燈四處照，看是什麼東西讓其他人這樣恐慌。她一下就看到了。往下探入黑暗的繩子被厚厚一層溼答答的黑色黏液覆蓋，好像泡進原油，就這樣消失在詹森下方約兩公尺處。

那黑色的液體不管是什麼，都將醯胺梭織繩蝕穿，只留下綻線的尾端。他們底下，在詹森燈光照到的範圍內沒有任何繩子了。

哈洛．格洛斯特，材料分析師：太空人在２Ｉ看到的、遭遇到的大部分事物，我們至今都還搞不清楚有什麼功用。關於黑色黏液，我們有個……連理論都稱不上，就說是據理推測吧。２Ｉ在星際漫長的旅途中，很可能會有各種垃圾卡進氣閘，並想辦法進到星艦。那個酸性黏液是用來中和並溶解任何外來物質，趁它們還來不及進到地面前。可能啦。如我所說——只是個推測。別引用我的話。

霍金斯沒提議要他們轉頭。他們已經快到深處，詹森決定下到冰層，盡快找點水把衣服上的黑色黏液洗掉。沒人知道她撐不撐得到那裡，或是黏液會先層層侵蝕衣服布料，讓她暴露在２Ｉ的大氣。

要是那樣——不，她承受不了這個念頭。

當然了，往下走——往前走——如今意即不靠繩子往下爬。他們三個穿過漆黑變色的牆面，盡可能往下趕路。偶爾他們的靴子會在平滑表面上滑刮，讓他們得彎腳抵抗愈來愈強的重力。更多時候，他們背著地往下溜，靠伸出雙臂來減低下滑速度。

他們太空裝的材質堅硬，有防撞和耐熱的設計，勢必撐得住。

他們偶爾會發現尚完好的繩索，行進起來便輕鬆許多。只不過他們得一路提心吊膽——看著底下的繩子，隨時預期會在某處沾上黏液。詹森更擔心黏液會在他們繫在繩子上的同時，拚命侵蝕某處，而繩子隨時可能斷掉，讓他們往下墜。

她一路都仔細留意著她太空裝的雙腳，看被潑黑的地方是否冒煙或有黏液滴落。

等斜坡稍微平緩，讓她曉得他們快到底部時，她告訴霍金斯和拉奧說她會衝去找點水，他們應該在最後一條繩子底下紮營，留在那兒等她。霍金斯沒有反駁，或試圖拿位階壓制。

結果她不用走多遠，便找到了水。抵達底部時，她發現KSpace的基地有大半淹在冰水池。失效的螢光棒在微微水波中浮沉，補給箱整個被水浸溼。

詹森跳進水裡清洗雙腳。她一邊搓洗黑色黏液，一邊拿燈照過曾經一片乾燥的地面。冰融化了。她的光照在厚厚浮冰上，好幾塊寬達幾十公尺的冰四散在漆黑平靜的湖面。就連最大的那幾塊冰都在融化，就在她觀察的同時逐漸縮小。

根據她的太空裝，星艦內的氣溫已經上升到熱帶地區的二十四度。黑色黏液被她一搓就輕鬆擦掉，在靴子和衣服腳上留下黑色殘留物，她也能看出最外層的布料有一部分被不明物質分解。但她覺得還算安全。就目前來說。

莎莉．詹森：我本該是我們的在地嚮導，對2I內部環境有經驗的那個人。但我們一到地面，我就知道自己完全派不上用場。好多事物都不一樣了，我才離開不到二十四小時，這段期間就產生了這麼多變化。那簡直是全新的世界，我根本不曉得哪裡是哪裡。

＊　＊　＊

眼前一片黑不見底。拉奧的燈光照在前方，但只照出周遭少許環境。黑暗在他們的燈光之外等候，凝重得好似空氣凝結成塊，深沉到足以遮蔽一切。

也許——也許燈光在幫倒忙。她伸手，小心將燈關上，瞬間落入比太空深淵還要深邃強烈的虛無中。她的眼睛難以承受，來回閃動，迫切想看到光線——於是她的腦袋做出回應。她看見四周出現微小閃光，小小的火花。它們跟著她轉頭一起移動，隨時都在她正前方的位置。這是大腦缺乏視覺感官輸入而產生的幻覺。

這——這——她突然感覺頭好暈。

我在過度換氣，拉奧心想。

她把燈開回去，接著逼自己慢慢地、淺淺地呼吸。她試著冷靜。

這不容易。

詹森跟她說過這地方很嚇人。她當時不曉得意思，現在她則不確定嚇人這個描述是否足夠精確。嚇人指的大概是這個地方一直想把你殺了。但這地方就只是——如此迥異，異於過去已知的事物。

拉奧終其一生都想到這裡，到一個像這樣的外星領域。她從沒想過它會自己找上門，同時還奪走這麼多——

她閉上眼，用嘴巴呼吸。

她唯一能看見的就是那窩在史蒂芬斯腹中翻攪的蛇。好噁心，彷彿那些卷鬚是爬在她身上，像網般將她裹住。

她逼自己張開眼睛走上前。她的燈光照到詹森，後者正在漆黑的水中把自己潑乾淨。那位太空人抬起頭，眼睛因爲被拉奧的燈光照在臉上而瞇起。

此刻，拉奧必須待在這裡。

她可以晚點再爲史蒂芬斯傷心。她要先搞清楚他身上發生了什麼事——然後她才會哀悼他。

霍金斯將營地設置好。說來好笑，對於穿著太空裝的人而言，紮營根本沒有多大意義。他從斜坡往回爬一小段，遠離深色積水，接著卸下他們帶在身上裝備。他折亮一對他們從漫遊者號搜刮來的螢光棒，就著光檢查兩件從獵戶座號乘員艙外殼拆下來帶到這兒的特殊設備。

第一件是微中子槍。地球上某個聰明的傢伙發現NASA在帕薩迪納蓋了一座專用望遠鏡，設計來接收並分析微中子。這把槍發射出的粒子能輕易穿透2I船身——堅固的鉛層也能穿透。他們只能單向傳輸，頻寬慘不忍睹，但至少羅伊．麥克艾里斯特會知道他們在2I裡發現什麼。就算他們全都回不去獵戶座號，NASA還是能取得一些資訊。設置非常簡單——他只要打開一個擴增實境視窗，快速鍵入幾個指令。這把槍有它自身的供電，能獨自處理訊號。他很快傳送了一則訊息測試。

溫沙．霍金斯：我們下降的過程比預期來得麻煩了點，但沒有人受傷或遭遇明顯困難。準備開始進行初步實驗。

於是他轉向第二件他們從獵戶座號拿來的設備。他謹慎拆開多波長碟型天線，擺在面前的地板上，讓碟狀天線指向2I內部深處。那跟他們太空裝無線電內建的天線相比，實在強太多了。即使他們滑下來的路上狠狠撞了幾下，仍順利存活，沒有損傷。

接下來發生的事可能會非常危險，卻非做不可。他將他們想發送的訊號上傳。

他的手指懸在發送訊號的按鈕上。片刻間，他猶豫了。他看向拉奧。他看不見她的臉——她太空裝的燈光直指著他，他幾乎看不清她頭盔輪廓，但他猜她也在想同樣的事。他們沒人知道發出這則訊息後會怎樣。

他按下按鈕。

他聽見訊號傳出去，蓋過無線電上因靜電干擾時起時落的短促雜音。那是史蒂芬斯臨終前的生理數據，他們在他神經活動飆升時，最後紀錄下的訊號。就是這個訊號讓2I展開雙翅。

「啪，」訊號說道。「啪。啪。」

史蒂芬斯想表達什麼？他真的想講哪個詞嗎——也許是拜託？或只是垂死的語無倫次？

霍金斯將訊號完整傳送三次。第三次發送時，詹森跌跌撞撞地回到他太空裝照明的範圍。他能清楚看見她的表情。他趁她不在的時候進行傳送，讓她很不開心。

「要是這成功了，然後2I被你搞得又加速一次，我們就會像汽水罐裡的螞蟻一樣被甩來甩去。」她告訴他。

霍金斯伸手關掉多波長天線。

「那我們可真走運。這沒成功。」

一點回應都沒有。或許未露面的2I機組員知道他們想幹麼。或許那些外星人能分辨瀕死之人最後哭喊和錄音的差別。又或者他們全都想錯了。如果他們能知道自己嘗試溝通的對象是誰，那會很有幫助。要是有哪位2I的外星人機組員願意現身就好了。

懦夫，霍金斯暗忖。他微笑，小心不被別人看見他的表情。沒用的臭爛懦夫。他感覺自己很像西部片裡的牛仔，在塵土飛揚、烈日蒸騰的街上，挑釁某個看不見的黑帽客來和他單挑。拔槍啊，他心想。

以防萬一，他又傳送了一次訊號。外星人沒有上鉤。

溫沙・霍金斯：初步實驗的初步結果沒有成功。我們得試試其他方法。

「我想試著聯繫KSpace機組員，」等大夥一致同意實驗失敗後，詹森說道。「也許我上次來的時候，無線電雜訊太吵，他們聽不到。」她碰了碰巨大的多波長碟型天線。「也許這能蓋過去，把訊號傳到佛斯特他們那邊。」

霍金斯聳聳肩。她知道他對自己這麼渴望找到KSpace機組員有何看法。

「也許你是對的，他們已經死了，」她說。「但若眞如此——我們又有什麼好損失的？」

「那會浪費電池。」他說。

拉奧幫她說話。「佛斯特和他組員這段時間都在這裡，」她說。「假設他們都還活著。2I回應史蒂芬斯訊號的時候他們就在裡面，也許有看到什麼——知道我們不知道的訊息。」

霍金斯不屑一顧，僅僅揮了揮手表示隨便她們。

詹森把天線的訊號饋送插進她的太空裝。「KSpace，」她喚道。「這是NASA獵戶座號。我們是來支援的。請回答。」她重複三次，就跟他們在發送實驗訊號時一樣。

接著她坐下來等待回應。

他們三人坐在那兒，聽著詭異的劈啪、滴答聲，還有偶爾被天線接收到的刺耳雜訊，她努力別感到灰心。她重複第四次訊息，接著拔下天線。她讓碟型天線以低耗電模式保持開啓。要是KSpace組員回傳訊息，這個天線可以繼續作爲接收器，不論他們回應的機率多小。

「接收範圍應該很廣，」她說。「這是設計來在幾千公里的距離下發送訊號的。這艘星艦任何一個角落都應該在訊號範圍內，如果他們人在這裡，就會聽到。」

霍金斯沒有說話。他只是從頭盔內的吸管吸了點水，望向一片漆黑。

「我們要在這待一會兒，」他說。「多傳幾次訊號實驗。不管怎樣，我是不太想再往前走，至少等到都休息過。我們可以輪流睡，這樣就會一直有一個人是醒著的，以免有什麼……」他聳聳肩。「意外。」

「你想睡覺？」拉奧問。「在這裡？」

霍金斯朝她看去。「目前還沒有外星人嘗試要把我們殺了，但不知道繼續走下去會有什麼。什麼都有可能。最好在那之前休息夠。」

「這話沒安慰效果，」她告訴他。「你本來是想安慰我們嗎？」

羅伊・麥克艾里斯特：我們提議讓獵户座號用微中子槍和地球聯繫的時候，沒人敢說那有沒有用。頭幾批數據一從2I內部傳來時，整個控制室是一片歡聲雷動。我們手上有外星星艦的聲音和畫面。就算實驗性的訊號沒有成功和2I機組員建立聯繫，我們依舊開始動工，士氣大幅提升。這種小小的勝利非慶祝不可。

拉奧雖然抗議，卻第一個睡著。也許從氣閘一路爬下來讓她累壞。也許因為這片黑暗。

詹森來過這裡。她知道這種完全無光的環境能對人造成什麼樣的影響，會讓睡眠和清醒之間的分界變得分外模糊。哪怕你的身體還精力飽滿，你的腦袋無所事事，也會落入某種催眠狀態，至少在幻影和幻覺填滿意識前是如此。

爲了不讓自己胡思亂想，詹森把她的照明燈設定成自動旋轉，掃過黑暗和水邊。掃過霍金斯的臉，讓她看見一抹淺淺的、饒富興味的笑容。這她可完全沒料到。

他想必終究注意到她。他緩緩轉過身，在黑暗中發出窸窣聲響。等燈光再次照到他時，他直直望進她眼底，臉上的笑容依舊。

「妳跟我一直都處不來。」他說。

「你這樣講也沒錯。」

他身子稍微往前傾，雙手擺在膝蓋。「好吧。我們不是朋友，所以我不會裝作什麼都沒發生。我奉派來指揮任務，妳被撤換掉了。」

「你一直在提醒我。」

他舉起雙手求和。他嘆了口氣，那怪異的聲音差點被2I劈啪作響的環境音和喀噠聲淹沒。「妳當太空人好久了。飛過好幾趟任務。」

她聳聳肩。他是要問她搞砸幾次、毀掉多少任務嗎？這問題她被問過好多好多次。但那不是他想問的。他挪動身子，往她湊過去。「我聽人說過總觀效應。是吧？說太空人感覺從太空看地球改變了他們，讓他們覺得——」

「覺得一切都不重要，」詹森說。她點頭。「我們浪費這麼多時間困擾的那些俗事，都不重要。你從上面看下去，看不見國界，看不出我們爲何需要打仗。」

「我在這之前是飛X－37d的，妳知道。」

「是啊。」

「妳看過的我也看過，」他告訴她。「別笑——我知道妳認爲我的經驗不算數，因爲我人在地球上的拖車裡駕駛無人機。但我的任務就跟妳一樣眞實。當我身處虛擬實境，當我在飛行的時候，我的太空船看到的景象就是我所看到的。我感覺到表面有多冷或多熱。引擎變成身體的延伸。」他整個人更往前靠，雙手在空中揮舞。她看得出來這讓他多激動。「而當我往下看地球的時候，我同樣看到了。」

「你看到什麼？」她問。

「看到它有多脆弱。地球外面像玻璃殼般薄薄的大氣層。河流灌入海洋，水流交融、變色的模樣。我看過暴雨的雲聚集在山群，太陽自彎曲的地平線升起——看了上千次。詹森，我從太空看過地球。而我一心只想保護捍衛這個地方。」

她仔細地盯著他，等他說下去。

「妳覺得我是壞人。妳覺得我是個可怕的軍人，想把妳的東西搶走。完全不是。我想保護人們的安全。我想要的就只有這樣，保護人們的安全。」

她躺回地面，閉上眼睛一會。老天啊，她實在太需要睡一覺。

「這就是我同意接手任務指揮的原因。唯一的原因。」

她點頭。

「妳說妳知道佛斯特他們往哪邊走，說他們往某種建築——我記得妳取名爲『結構物』？」

「我想不到更好的說法。」她說。

他點頭。「我們會去妳看到的這個結構物，尋找KSpace的下落。」他說。

她轉頭看向他。「我以爲你認爲他們都死了。」

「他們可能是死了，」他說。「但我們需要找到些什麼，某種跟外星人溝通的方法。我沒別的線索。現階段我們照妳的方法來。」

莎莉・詹森：我好累。累到不行。能有人有精神規劃還挺不錯的。我知道我自己沒辦法——在那個時候，我已經完全靠本能在運作，沒辦法靠理性思考作出判斷。驅使我回到2I的是一種需求、一種迫切的渴望，想救出這些我素未謀面的人。我現在可以承認，那不是很理性。

拉奧側躺著縮起身子，雙手收在頭盔底下。

她闔著雙眼，但沒睡著。她能聽見其他人講話，聽見她的太空裝把空氣打進來的規律嘶嘶聲，還有無線電永無止盡的劈啪響。但她也不完全清醒。她神智有一半因爲疲憊、因爲迷失方向而關上。

她飄離，來到另一個地方。

她很清楚這是哪裡。是她從小生長的德州。時值四〇年代的某個時刻，因爲她人坐在門廊上，往外看是雜草叢生的花圃。那幾年她父親受憂鬱症所苦，沒有工作——這是他接受治療前的事。她媽媽當時做房地產買賣，一週工作九十個小時，他們兩個都沒有足夠注意力來清掃花圃。

草地上厚厚一層月光，宛如一片銀髮。就像奶奶的頭髮。奶奶——她從來都只這樣叫她祖母——坐在門廊的鞦韆上前後搖擺，自己縮在她大腿上。老婦面帶笑容，輕拍她的臉頰。

這不算作夢，比較像是不受拘束的回憶。這眞的有發生過。她記得。她能聽見草坪上成千上萬隻蟬在鳴叫。牠們聽起來很像警鈴，大概吧，或是遠處傳來的汽車警報。牠們的叫聲此起彼落，一下化作寂靜，接著又冒出來，大聲到她耳朵發痛。

奶奶唱著歌哄孫女入睡，在德州夜裡的漆黑中，為那凶猛的蟬鳴合聲。

不是只有她們在這裡。

有人在很附近的地方，看著她們，但沒出聲，動也不動。就只是站在那兒看。她連那人的臉都看不清，也看不出他的表情。她試著坐起來想看，看是誰來跟他們一起坐在門廊上。但奶奶讓她安靜，一隻手擺在她眼睛上，她稍微笑了一下，並繼續唱歌。

帕敏德伸起兩隻小手掰開奶奶的手指，讓老婦笑得更樂。她穿過指縫往外看向一片黑暗中，而他就在那兒——

史蒂芬斯。

這讓她露出笑容，她奶奶被逗得大笑，蟬聲跟著響得瘋狂。帕敏德是多麼開心看到史蒂芬斯坐在那兒，坐在她們一旁的搖椅上，單純看著她倆待在一塊。

她有好多話想跟他說，好多她來不及說的話、尚未表達的想法和感受。但他現在人在這裡，在這舒服溫暖的地方，有的是時間——

史蒂芬斯準備要起身，用雙手將自己從椅子上撐起來，不過只有他的上半身被撐起。他從中間分裂，雙腿跟軀幹分離，「砰」地倒在門廊的木板上。卷鬚宛如派對彩帶，從他身體中間掏空的地方竄出，一邊在空中扭轉，一邊覆蓋住祖孫兩人，擠滿門廊並蠕動著穿過草坪。

拉奧睜大眼睛，渾身顫抖、恐懼驚慌地坐起身。

在黑暗中。

在2I的黑暗中。她還能聽見蟬鳴。不對。

不。

是那時起時落、不曾消逝的劈啪聲。２Ｉ在虛空中拍動磁場翅膀的聲音。就只是這樣。這稱不上夢，亦非回憶。她放任意識隨處漂流。

這不能再發生第二次，她承受不起。

詹森醒來後檢查時鐘，發現睡了將近三小時。感覺好像只把眼睛闔上一秒而已。她吸了吸飲水吸管，轉動手腕——很僵硬，因爲她用手權充枕頭。脖子很痛，因爲穿著太空裝在重力中睡覺，醒來的時候如果脖子沒有硬得跟木板一樣，那就是癡人說夢。

她坐起來，用燈光四處照想找其他人。拉奧還在睡，腹部朝下攤平四肢，臉對著地面。即使她已經關掉太空裝的無線電，詹森仍能聽見她的打呼聲。

霍金斯站在水中，離她約十五公尺外。就只是背對她站在那兒，燈光照的方向看起來是隨機的。詹森小心翼翼移動，不顧膝蓋和臀部的不適，爬著站起來。她走向他，走到水花輕拍她靴子的地方。

「霍金斯？」她問。

「我們有幾個問題要解決，」他告訴她。「妳能拿遠距照明桿給我嗎？」

她走回他們存放物資的地方。遠照桿爲了方便攜帶被拆開，綁在其中一個後背包上。當時她在獵戶座號上翻箱倒櫃尋找任何能發光的物品，她拿的頭幾樣物品裡，其一就是這個。遠照桿本身是一顆內建電池的高功率照明燈，裝在一長串嵌套式鋁管末端——就像單腳的相機三腳架。每節都拉開後可伸長至將近三公尺。它是設計裝在獵戶座號的乘員艙外面，當他們需要在太空進行維修時提供照明。

她把遠照桿拿給他。他在看位於深色湖水水面底下的東西。

「這裡，」他蹲在水裡說。「妳看到沒？」

詹森往水裡端詳。霍金斯蹲著的地方再過去，有整片深色東西在水底攪動。向外分支的蛇狀卷鬚。

「喔靠。」她說完往後跳，一屁股跌在地上。霍金斯沒有動。他離那些存在那麼近，就是那殺了史蒂芬斯——

但是不對；她再看看它們，沒有在動。現在沒有。

「小心點！」她喊道。她往邊緣靠近再看一眼，不確定爲什麼這些怪物還沒想到用活生生、扭來扭去的網鬚抓住霍金斯。

它們布滿水底，如同一張由根莖或觸手或……誰知道是什麼織成的地毯。她上次見到時，卷鬚移動速度驚人。現在彷彿已經在此生根多年，如盆子太小的室內植物底下生出一團盤根。

「這到處都是，」他告訴她。「我往兩邊沿岸走了大概五十公尺，舉目所見都是，長了厚厚一層。除了穿過之外沒別的路。」

拉奧聽見他們在交談。她睡眼惺忪地擤著鼻子，靠近他們。她到水邊蹲下，把她的太空裝頭燈對著那些卷鬚。

「現在沒在動，」霍金斯說。「也許溺死了。」

拉奧專注地繃著臉。「它們在史蒂芬斯體內都活得好好的。這不需要呼吸，或至少——」她聲音漸歇。「這有某個……某個很熟悉之處，」她說。「我兜不起靈感，但——」

小顆小顆的泡泡從那團卷鬚中冒出，一個接一個脫離後浮到水面破裂。「氧氣就是從這裡來的，」她說，調整太空裝正面的微量氣體分析儀，將身子往外靠到水面。「每當那些泡泡破掉，氧氣值就會上升，就那麼一點點。沒錯。沒錯——它們最後是在供氧給史蒂芬斯的大腦。讓他活到能夠……完成他做的那件事。那引起了這些東西的注意。」

她有點走得離水太近，水潑打到她的靴子。詹森抓住她的手臂，將她往後拉。

霍金斯伸長遠照桿的桿子。「我要來試驗。要是我被抓住，準備好將我拖離。」他說。

他要遠照桿，原來是因爲那最接近棍子。他雙手握住，戳向其中一根卷鬚。

詹森屏住呼吸。

他再戳另一根。再一根。沒有反應。沒有動作。他把遠照桿遞回給她。接著他往前踩一步，直接踩在那片由卷鬚織成的毯子上。

「不要！」拉奧說著上前抓住他。

詹森猛地吸了口氣。但他沒事。

卷鬚沒有抓住他，將他拉下水中。僅僅動也不動。她望著霍金斯實驗性地在上面跳來跳去，弄得水花四濺。什麼事都沒發生。

「好，很好，」他說。「不管妳上次來的時候發生了什麼事，現在都穩定下來了。我認爲我們得假設在前往結構物的期間，它們都會處於休眠狀態。」

「這假設可眞大膽，」詹森說。但他們別無選擇。如果想到達目的地，想找到佛斯特等人——他們就得承擔這個風險。

帕敏德．拉奧：我猜，也許一看到那些「卷鬚」的當下，我心裡就有數了。我的理論錯不了。但我是個科學家，我們不會妄下判斷。在我告訴別人想法以前，還需要更多證據。

涉水

他們沒有說話。

說話太耗費力氣。

他們跋涉過深色湖水，舉步維艱，水面很快便淹過膝蓋。詹森得抵著水流的阻力把腳往前推。她得測試每一步是否站穩才敢踩。他們離岸邊越遠，卷鬚就長得愈發肥厚，質地堅硬如木，和樹根一模一樣。好像在紅樹林沼澤中跋涉，她心想。不過不是，完全不是。

詹森把遠照桿裝在背上，伸長一半桿子，照亮四周。她本來以為這會幫助他們看能踩哪裡。她錯了。即使是平靜無波的水面，都會直接把光線吸走，什麼也照不出。不過她每動一下，就會在附近形成一堆堆像魚一樣的光點。這永無止盡的黑暗如今被他們的燈光打破，讓人感覺像在侵犯，彷彿他們打擾了想要待在黑影中的生命。

像這樣走路讓人精疲力盡。她已經睡眠不足地工作了，她也知道不會有機會補眠。太空裝的重量和背包壓在肩上。她在離開獵戶座號前吞了一管食物，現在再度飢腸轆轆。她不確定還能再走多久。

她回頭關心其他人。拉奧小心翼翼地挑著要走哪條路線，張開雙臂與水面平行，努力想維持平衡。霍金斯輕鬆許多，像在水中散步。他比她小十五歲，被太空部隊訓練出數一數二的完美體能，他當然沒事。

想也知道。

然而——他停下來，拉奧跟著停下。詹森意識到自己一直在聽他倆在水中前進，大聲推開湖面的聲音。在這個可怕的地方，這是除了無線電不止歇的劈啪聲外唯一聲響。但那些聲響隱約細微，直到如今消失不見。

她在水中辛苦地轉身，盯著霍金斯。她充滿腦內啡的身體背叛了她，樂得稍作歇息。

「這樣行不通。」他告訴她們。

詹森沒有說話。她喘到沒法講話。

「我們出發時，水位在我們膝蓋。」他告訴她。

水位現在來到他們胸口，愈變愈深。沒理由認爲不會加深。不用多久水就會淹到他們的頭盔。當然，他們的太空裝能保護他們不被漆黑如墨的湖水淹死，但她無法……

她無法承受這個念頭。她甚至無法想像往前走，完全沒入水中，迷失在黑暗、恐懼及樹根般卷鬚的海底國度。這簡直是要她試著想像自己穿過磚牆。

「我們的裝備浮力太強，」他說。「接下來很快就會浮起來。除非我們打算游去妳那個結構物。」他狠狠注視她。好像他預期她會告訴他說沒錯，他們從這裡開始要用游的。

她搖搖頭。

「我們要怎麼辦？」拉奧問。

詹森轉了一圈，期待找到突出的乾燥表面，讓他們能爬上去。也許就讓他們休息一會。沒有這種位置，想也知道。舉目所見都是水，四周都是更多的水，浮滿載浮載沉、尚未融化的冰塊。

她用太空裝的燈光掃過幾塊比較大的浮冰。

「來吧。」她說。

詹森找到一塊將近三公尺寬、比太空裝布料還要潔白的浮冰，在他們的燈光下閃閃發亮，已經開始被溫暖的空氣融化。最薄的地方幾乎能直接看透卡在裡面的氣泡——很難說是氬氣還是氧氣——全顯得一清二楚。

她攀上去的時候，浮冰差點傾覆，片刻間她想像那一大塊冰翻倒在身，把她壓進水底。但她手腳迅速，盡可能在上頭伸長四肢，於是它砰地重摔回水面，形成一道往反方向潑灑的黑色水花。她轉身仰躺在冰上，示意霍金斯和拉奧跟進。

霍金斯第一個上前，嘴裡碎念咒罵，手忙腳亂爬上浮冰。水從他太空裝的皺褶間傾倒，淌過浮冰表面後再流開。拉奧不疾不徐，把雙手放在冰上，小心地爬，最後坐上來交叉雙腿。

詹森花了點時間才站起來。她一動，浮冰就前後搖晃，險些要將她摔回。花了點時間加上耐心及不斷揮手維持平衡後，她成功了。她站起身，接著將遠照桿伸至最長。那樣一來她就有三公尺長的桿子能用。水深不過就一公尺多一點。

她把遠照桿的桿子插進黑色水流。桿子刮到樹根般的卷鬚，在某個看不見的分支或分岔口上卡住不動。她小心翼翼地壓在桿子上，於是整塊浮冰以她施力的反方向往前滑。

她蹣跚的速度不出幾秒就被水的阻力抵消。浮冰開始旋轉，隨即慢下來再度停滯。她把桿子往下推進樹根，奮力再推了一下，浮冰再度動起來。

她有了一艘冰筏，能在漆黑海洋中航行的冰筏。即使是這麼基本的成就、這麼微小的勝利，都讓她想要落淚。

帕敏德・拉奧：我很難思考。我是說，眞的，我很難在腦中組織思緒。黑暗本身就夠糟了。

沒人在說話——要是我們一路聊個不停，可能會好一點，但……我覺得不只是那個原因。也許是2I的磁場。NASA宣稱說，它沒有強到能影響生理，但我人就在那裡面，我沒那麼有把握。我看過有關磁場如何影響人類神經系統的論文。單次承受超過幾特士拉以上的磁力強度，你的大腦就會像關燈一樣停擺。低強度的磁場能讓人頭暈或失去方向感。也許就只是因爲這樣。

接下來換拉奧撐桿前進，桿子永無止盡推著底部。遠距照明桿頂端的燈光以穩定規律照過身上。他們輪流奮力推桿，每次往前一公尺，一旁水花就飛濺起來、汩汩流動。

她注視水面，因爲也沒別的事物能看。有時候清透到能看見底下盤根錯節的網絡。她非常仔細地研究過這幅交織的圖像，彷彿都要刻在腦袋。它們在漫遊者號的牆上刻下一模一樣的紋路，就在它們——就在史蒂芬斯——

她把想法推開。

霍金斯坐在浮冰前面，往前探望黑暗，彷彿他的想法就顯示在上頭。她猜想黑暗的湖水或許是某種螢幕，就像老電視機的黑色玻璃。詹森在冰塊上移動身子面向拉奧。「我們還在正確的路線上嗎？」她問。

她已經把她慣性導航上的數據傳給拉奧，上面有她上次探訪2I的路徑。當時這些水都還凍著。「我們快到妳發現記憶卡的地點了。」拉奧告訴她。

詹森的眉毛好像很癢似地來回扭動。拉奧很能同理——她戴著頭盔時完全無法抓癢。「妳感覺如何？」

「還行。」她說。

「我是說妳會不會累？要不要換我撐桿子？」

「不用，我很好，」拉奧說。「這地方很妙是吧？很不可思議。」

詹森嘆了口氣，雙腳張開在冰塊上伸展。「詭異得很不可思議，是啊。」

「我一直在想上面是怎樣。」她一手鬆開桿子往上指。但上頭除了一片漆黑，沒什麼能指的部分。「上面有另一片海洋，對吧？水和冰和……之類的。在我們頭上。星艦內的重力指著各個方向。我們要是看得到上面，就會看見弧型天頂。我們會看見每一側都是水，正上方也一樣。」

「我有點慶幸自己看不到，」詹森說。「那會像大海要倒在我頭上。」

「我們是在平坦的世界上演化，」拉奧說。「我們在搞懂數學之前，無從得知地球是圓的。任何在此出生的生物都不會有這種餘裕。而這些外星生物可能從小到大認知的世界就是個圓筒狀。他們對星星一無所知。他們不會知道外頭有宇宙的存在。」

「妳覺得那是他們沒有回應我們訊號的原因嗎？我們無法跟他們溝通的原因？」

「因爲他們無法想像外面有任何可以溝通的生命？」拉奧問。「從他們的角度來說嗎？所謂可以溝通的生命幾千年來都不存在，他們也許來自跟這裡同樣黑暗的星群之間？」她將桿子用力往下一推。感覺到自己時而戳在樹根般的結構上，時而碰到平滑表面。「不，」她說。「他們曉得地球在那兒。也許跟我們理解的方式不同。也許對他們來說，行星不是在太空中旋轉的圓形岩塊，也許他們視其爲其他概念……我不曉得。」

「加油站。」詹森提出一個可能性。

「什麼？」

「我也一直在思考。我一直在想他們想從我們身上得到什麼。這地方是個封閉系統。有水和空氣，但在星際穿梭的幾千年間，他們沒辦法取得更多資源。無論他們多會回收利用，最終都會油盡燈枯。我認為2I來地球是為了獲取更多的水，就這樣。」

霍金斯不悅地嘟噥幾聲，那聲音嚇到了拉奧——她差點忘記他的存在。「如果他們想要資源，他們大可好好問，」他說。「他們大可——」

他的話中斷得如此突兀，讓拉奧擔心他是不是從冰筏上跌落，儘管她並沒聽到水聲。但不是，他努力要站起來。他往前望向暗處，太空裝的燈打在前方。

「怎麼了？」詹森問。「什麼事？」

「我看到某個東西。」霍金斯說。

「什麼？你看到什麼？」

他答不上來。就只是一閃而過的反光，他只瞥上一眼的物體。那可能是他自己的光映在浮冰溼滑的表面，或是——

在那裡。他又看見了。那不是浮冰。

那看上去是一團黃灰色，像是一團髒兮兮的肥皂泡泡。從水面冒出來，往上膨脹到黑暗。那物體生長的同時，閃亮表面逐漸轉為暗沉，好像漸漸變乾，也許在凝固。眼見那東西變成塊狀，猛然自水面突出。他試著讓光停在眼前事物——他觀察的同時，物體長出更多，自我推疊，愈來愈高。

他們靠近的同一時刻，一團非常細小且形似樹根的卷鬚爬過乾泡沫的表面抓覆，乍看在提供支撐，因為那團物體生長飛快，不支撐便可能倒塌。

他往後跟拉奧揮手，她明白他的意思。她往旁邊推離他們原本的航線，試圖避開那團⋯⋯泡泡球？卵？完全不曉得眞相。

霍金斯不太想知道。他手往一邊揮，再揮另一邊，指揮著拉奧。他不想靠近那團東西。他們很快就繞過，而它沉回陰影。他最後看一眼，燈光照到二十公尺後的那團物體。它還在長。

「那是機器嗎？」詹森問。「奈米科技？我從沒見過。」

「不。不，它是活的——在某種程度上是活的。好快……」拉奧悄聲說。

「什麼？」霍金斯質問道。

這位天文生物學家抖了抖身子，彷彿剛才恍神了一下。「這裡的東西生長得好快——代謝能力一定很驚人。我看過，那些卷鬚——殺死史蒂芬斯的那些也一樣。它們不是在動，而是生長。速度無比驚人。我猜這說得通。」

「妳到底在講什麼？」

拉奧望著那黑色的汪洋。他無法想像她從中目睹什麼。「我認爲——我們抵達後，之所以沒有在這裡看到任何外星人，是因爲**他們在冬眠**。詹森，妳說這裡是個封閉體系，妳說得沒錯。如果你要在星際間旅行，花上數千年，你不可能帶上足夠的食物和氧氣。你得設法讓你的身體機能、新陳代謝慢下來。你會調慢你的呼吸、你的脈搏，直到你的心臟一年只需要跳一次，直到你單靠一小口空氣就能活下去……」

「但妳說那些泡泡和卷鬚代謝得超級快。」詹森指出。

「對。因爲隨著2I愈來愈接近目標，一切都不同了。現在有事要忙，需要重新加速。你在自然界也能看到同樣模式，比如說將近一世紀沒下雨的地方。像豐年蝦，或水熊蟲。」

「緩步動物？」霍金斯問。

他預期她會很訝異他曉得什麼是水熊蟲，但她似乎連聽都沒聽見。「有些動物會在乾旱時鑽進土裡，把自己埋進跟石頭一樣堅硬的泥土，然後等到雨季再爬出來——那些整個冬天都凍在冰塊裡的魚，解凍後又活蹦亂跳。牠們會讓自己的機能慢下來，慢到近乎停滯，然後等環境條件轉好時——下雨或回暖——牠們會帶著積蓄已久的豐沛精力再活過來。因爲牠們知道好景不常。」

「我們在這裡看到的變化發生得愈來愈快，」霍金斯同意。這他一點也不樂見。「妳覺得這結束了嗎？還是會繼續下去？」

拉奧沒有回答。她不太需要。他知道他們尚未看見2I的全貌，還沒有。他很確定。

「妳呼吸粗重，」詹森說。「妳一定累壞了。」她在和拉奧說話，不是霍金斯。

「我沒事。」那名年輕女子說道。

「妳已經連續工作超過一個小時沒休息了。換我來。」詹森堅持道。

霍金斯坐回浮冰邊緣，小心不讓腳碰到水裡。「所有人保持警戒，確保我們不要再划進那種泡泡裡。」他心裡很清楚這還會有更多。

然而他接下來目睹的事物與預期天差地遠。一塊蒼白物體如海蛇探頭，自深色水面升起。

「停，」他們靠近時他說道。「停！」

詹森將桿子插進水底下的卷鬚裡，他們幾乎立刻停下。

「拿燈照那個東西。」他往前指道。

那棟建物突出水面的部分約四公尺寬，有著平緩弧度，型如橋塔。也許是混凝土這類堅硬材質製成的石柱——若要拿地球上的存在來形容。石柱直接從水面突出十公尺高，微微往左傾。要是他們沒停下來，就會直接從彎曲的區域下穿過。

石柱頂部在冒煙，蒸散出霧氣。霍金斯把他的兩只太空裝照明燈都對準表面，發現上面溼溼滑滑，帶著閃閃發亮、啵啵裂開的泡泡。他甚至能聽見嘶聲。稍微有些液體自泡泡流出，從石柱粗糙不平的那頭滴下。

「那是——」

「這正在生長，」拉奧說。「不管那是什麼。」

石柱變得愈來愈長，在他們眼前繼續彎曲，延伸過水面，持續不斷拉長。速度快到讓霍金斯很不安。

他眼看著石柱持續生長。心中湧升詭異的不祥預感。「把燈往左邊照。」他說。

詹森緩緩轉動照明桿，掃過漆黑的水面。她的燈照到某個東西。

另一座一模一樣的石柱正往右彎曲延伸，好像兩根桅杆要和彼此相會。他覺得那正是它們想做的事。就跟第一根一樣，第二根石柱頂部冒煙，一公分、一公分地生長。兩者相遇後——他很確定會——將形成一座拱橋。一座高約二十公尺、寬約一百公尺的拱橋。

「我們可以繞過去，」詹森表示。「我們可以想辦法繞過去，就不會從底下經過。」

「嗯，」他說。「好主意。」

「我剛有個奇怪的想法，」詹森在他們經過另一堆泡泡時說。「這是不是外星人？」

霍金斯大笑，但拉奧抬起頭，神情嚴肅地看向詹森。「有意思。」她說。

「也許——也許我們一直沒辦法跟他們對話，是因爲他們跟我們實在差異太大，怪到跟我們沒有任何共通點。」詹森提出她的看法。

「那些不是外星人，」霍金斯比著其中一堆泡泡說。「沒有手。連頭都沒有。那種東西是要怎麼建造星艦？」

拉奧一副她也許知道答案的樣子。她坐得直挺挺，詹森差點以爲她要舉手。然而霍金斯不理睬地對她揮手。「別回答。那是反問。」

詹森瞇起眼睛。他們花了大筆稅金，大老遠帶一個天文生物學家過來，現在他卻連聽都不想聽她的意見？

他顯然還有話想說。「不，我們還沒看到外星人。妳說他們在冬眠，拉奧。現在他們在醒來。我們會見到他們，我敢打賭很快就會。」他困難地嚥了口水，那聲音要不是被他太空裝的麥克風收音到，不然不會有人發現。

詹森朝他露出分外冷淡、淺淺的一笑。「你在害怕。」她說。

「沒錯。」他告訴她。

「你怕那些外星人在太空中穿越好幾光年的距離來侵略地球，將我們一舉消滅。」

他搖搖頭。「別蠢了。那哪有道理？花一千年來侵略一個地方？那有什麼意義？如果他們想要我們有的資源，我們的金礦、水、或是什麼資源——他們將之帶回自己星球所需的時間太久了。不。我擔心的不是侵略。」

詹森大笑。「認眞的？那不然你怕什麼？」

「我怕他們是**懷著善意**而來。」他說。

地面調查

「你怕什麼？」拉奧大笑問道。

霍金斯沒急著回答。等他開口時，他的答案晦澀到她完全無法理解。

「尼安德塔人。」他說。

拉奧自認很有耐性。她有足夠的自律和沉靜，能在實驗室裡進行可能要花上好幾個月才能完成的實驗。但當他沉默了將近一分鐘後，她感到胸口逐漸有股難以承受的焦慮，她實在很想對他大叫，要求他給個解釋。但她只是重複了一次他的話。

「尼安德塔人。」

他點頭。「尼安德塔人。大約四千年前，地球上至少有兩種人類。當然，有我們的祖先克羅馬儂人，還有就是尼安德塔人。」

「我有聽過。」拉奧說。她至少有天文生物學學位。他竟然覺得需要跟她解釋什麼是尼安德塔人，這讓她感到微惱。

「尼安德塔人有音樂。有壁畫，還會埋葬屍體。他們跟我們一樣聰明，可能還更強壯。」霍金斯聳肩。「克羅馬儂人有打火石。尼安德塔人沒有。幾千年後——就沒尼安德塔人了。」

「現在我們就是尼安德塔人。」詹森說。

霍金斯嘆了口氣。「我們以前認爲是克羅馬儂人將尼安德塔人趕盡殺絕。現在我們知道不是這樣。這兩族看起來相處和睦。他們甚至彼此通婚。但尼安德塔人沒能撐下來。妳們想聽聽別的例子？想想踏上新世界的哥倫布。看看印地安人的下場。或是英國探險家發現塔斯馬尼亞島的時候。妳們知道那個故事嗎？他們過去是爲了貿易，想帶給塔斯馬尼亞人優異的科技，好的金屬工具和各式各樣現代的玩意兒。妳們知道後來怎麼了？」

拉奧清了清喉嚨。「我知道，」她說。「塔斯馬尼亞人近乎絕種。他們承受過大的文化衝擊，讓他們停止生育。」

「什麼？」詹森問。

拉奧聳聳肩，別過頭。「也許這故事是杜撰的，但我是這麼聽說。他們無法理解這些新來的人，這些白人。英國人想要讓他們現代化、接受文明洗禮，把他們變成優秀基督徒和忠誠的子民。他們把塔斯馬尼亞人從祖傳的狩獵場搬走，安置到一座新的島嶼，而他們因爲太過恐懼，根本還沒準備好要跟其他文化接觸——就這樣停止生育了。」

「當兩個文化相遇，而其中一個文化有科技優勢——它就會贏。不管是帶著善意還是宣戰，它都會贏，」霍金斯說。他沒在看她們兩個，往外望著漆黑無明。「我怕這個。」他說。

霍金斯頭盔裡響了一聲。「機器人傳了訊息過來。」他說，按下胸前的控制器，擴增實境視窗出現在他面前。

「可以跟其他人分享一下嗎？」詹森站起來到他面前說，擋住他看新視窗。

他低聲抱怨了一下，但按了幾個鍵，將傳來的檔案複製到詹森和拉奧的太空裝。拉奧一直在推著冰筏——此刻她停下，眾人一同審視浮在眼前的影像。

那是2I內部的地圖。這是他們第一次對這艘星艦的圓筒形內部有個概念。影像黑白，而且ARCS掃描的物體全都模糊不清，但這是全新資訊。

「這解析度多高？」詹森問道。

霍金斯確認一下資料。「約五十公尺。」比這小的資訊都不會出現在地圖上。ARCS被指示要沿著軸心來回移動，隨著每一趟繪製出更精確的影像。目前只掃描完一趟，過程迅速粗糙。但解析度低不代表這份地圖沒有價值。ARCS想必跑了整體內部距離，靠著那一點加壓空氣，推著自己在軸心上移動，同時利用僅有的光學雷達感應器，一層一層完成掃描。

霍金斯發現的第一件事情是星艦軸心兩端各有一個巨型結構，均爲工整球形。其中一個肯定是他們進來的氣閘。另一個比較小，但位置上跟他們在2I南極船身外看到的縫隙相符。「那一定就是第二個氣閘了。」霍金斯說。

「眞高興知道我們有兩個出口。」詹森告訴他。

對此他不予置評，謹慎地維持毫無動搖的表情。有些事情她不需要知道。還不需要。

好險她沒有細看他的神色——她太忙於審視那張地圖。霍金斯猜想她跟他注意到同樣的事。他們原本預期這個空間內大致會是空的，地面淹滿水，除了偶爾出現的拱橋和泡泡堆以外，地圖上大部分都會是平坦表面。但完全不是那樣。有好幾十個、也許上百個大於五十公尺的物體，四散在星艦內部。其中一個會是他們要去的結構體，但還有大量不同形狀——高塔和脊柱，有些看起來很像船身表層的尖刺，和想必有好幾公里寬的巨型圓丘——它們在地圖上宛如高山。還有幾個複雜、突刺般的形狀，機器人沒能精準繪製。

「老天，」霍金斯說。「這地方塞滿了各式各樣的地形。那可能是整座外星市鎮。而我們還可能從內部一邊划到另一邊，然後完全錯過它們。」

「畢竟我們在伸手不見五指的黑暗中。」詹森說。「這是當然了。」

霍金斯注意到地圖上某個地景——上面有時間標記。向機器人查詢後，傳回一系列不完整的影像，是一路上繪製出的個別畫面。「這裡，」他說，「看這。」他將畫面連成幻燈秀，接著同時瀏覽，變成系列縮時影片。「那些圓丘，」他說。「大的圓丘。妳們看到了嗎？」

拉奧瞥了詹森一眼，彷彿在徵求許可開口。「這變得愈來愈大，全部都是。它們是新的，而且在生長。但這些圓丘膨脹的速度快到難以置信。」

「還有這裡，」霍金斯指出。「水位在下降。速度很慢，但看得出來。」

「我看到了。」詹森說。

他們沒人想要爲背後涵義近一步提出假說。那就是個事實。它們若繼續生長，水位會變低，他們得離開浮冰改以步行。他們會不得不走在那片覆蓋在湖底的厚實卷鬚。

霍金斯不是很期待這個可能性。

他們前進的速度變得艱難緩慢。他們已經無法直直往目的地前進，而得繞大段路，避開愈來愈頻繁從水中冒出的新團塊、新……建物。

眼前所見的事物對詹森來說沒一項說得通，只是讓她害怕。

更多的泡泡堆，還有不少拱橋——他們開始見到成對或成三的拱橋排成一列，而霍金斯每次都拒絕從底下穿過。拱橋和其他所有事物一樣，變得愈來愈大。有幾個弧形石柱浮在水面上的部分寬達二十乃至三十公尺，且仍在冒煙。

現在路上還出現新地景。昏暗的形體自黑暗浮現，宛如雲霧凝固成扎實的形狀，那些形體披著陰影，只在他們的燈光下成形。他們得大老遠繞過一個近一公里寬、貌似坑洞或井的地景，看上去像沙袋或柔軟磚塊所造，不是規則嵌合，比較像彼此變形而堆擠在一塊。這些坑緣比周遭水面略高，靠近便能往裡面窺視。坑裡的液體——像是水，但黏稠遲滯——彷彿從底下被擾亂般旋轉攪動。油膩的浮渣積在表面，被冒泡打亂，卻不曾眞正散開。卷鬚覆滿了坑壁，往內伸進湧動的液體裡。

一條卷鬚從他們筏底經過，把他們嚇得不輕。拉奧像螃蟹一樣從浮冰邊緣急忙退開，迅速撐著手肘移動，努力往重心靠。詹森舉起遠照桿，想當作長矛，刺進蛇狀的卷鬚，但那東西完全不理他們。它太專心要進到那鍋濃稠的液體。等它爬上坑壁，將末端插進液體後，靠微小尖刺狀的附肢將自己固定在坑緣，然後停住不動。詹森將他們推離那座坑，回到黑暗裡。

他們來到一處，那裡有束粗厚的繩纜像辮子般交織，又有如繩子般朝兩邊延伸，超出他們燈光能及的範圍。那些繩纜和卷鬚很像，但更爲巨大——和詹森的腰同寬的粗大樹幹，如沙丘般自深色水面升起。有光線如電力在繩纜上閃爍而過，幾乎不可見。他們得調頭好長一段路，詹森才有辦法帶他們划過那條辮子。即使她找到前進的路，她還是停下來，因爲她看見別的景像。

她在一段距離外看見有點像樹的存在，不過有些分支動起來很像手臂，接在粗圓的關節上。樹枝末端的細枝看起來太像人類手指，讓她感到不適。長達一公尺的人類手指。

她忍不住盯著那些手指緩緩縮緊，虛弱震顫地緊握成凹凸不平的拳頭。

「繼續划。」霍金斯說著，打斷了她的神遊。她插下遠照桿用力一推，他們於是往前移動。他踉蹌越過她，在冰筏前跪下，拿著燈掃過水面。

「怎麼了？」她問。

「別停下動作，」他說。「沒什麼。那是——」

她帶他們從一處巨大低矮的拱橋側邊划過，距離近到能看出質地。和她原先以爲的不同，它沒那麼像混凝土，反倒是有機的生命體。不是木頭——它由緊密編織的纖維組成，緊緊包裹並組織出表面。條紋狀的表面四散著深邃晦暗的凹孔，大如洞穴。她覺得挺有趣的，但霍金斯的表現像是他還看見了別的東西。

他突然往後跌，太空裝的燈光直射進黑暗霧濁的空氣，照到某個東西。在拱橋的弧形頂端，有一個蒼白形體攀附在陰影中。詹森插住桿子一望，努力想看清。「那是什麼？」她問。

「安靜！」霍金斯吼道。

接著那個形體動了。起先像是伸展，分作獨立附肢，像是手和腳和——

「喔我的天啊，」她說。「是——是——」

是人類的外型。

它在動，在燈光下時而閃現時而消失。有顏色自詹森眼前閃過。稍縱即逝的亮橘色。

KSpace的橘色。

「嘿！」她大喊道。「嘿！你，上面的——」

對方雙臂一揮，指著他們來的地方。那意思錯不了。**回去**，對方在告訴他們。**回去**。

詹森搖搖頭。「泰瑞安．霍姆斯？」她大喊。「佛斯特指揮官？」她甚至看不出來對方是男是女。「珊德拉．查納榮？拜託，我們是來幫忙的！」

不管那是誰，他遁入黑暗、消失無蹤，好似未曾出現。

詹森將他們推向拱橋。霍金斯撲過冰筏，想從她那兒抓過桿子，但她伸到他搆不到的位置。他們開始在深色水面上旋轉，而拉奧就僅能抓穩那塊浮冰。水浪狠狠拍在冰筏側邊。好像誤闖進強烈水流，被潮水沖離拱橋，但詹森持續推桿和水流對抗。

「妳有看到，對不對？」詹森逼問說。拉奧抬頭見到詹森盯著她。拉奧單單點了個頭。對，她有看見人影。不過在一片黑暗中，霍金斯的燈到處亂晃，不太說得準。

「那是他們其中一個人，」詹森堅持說。「KSpace的組員。我們得過去！」

「他們在警告我們。」霍金斯說。

詹森似乎連聽都沒聽見他說話。冰筏在她腳下搖動，她用力把桿子往下推，企圖穩定。她好像很吃力。拉奧把燈照在水上，只見白浪拍打水面，道道蒼白水流如爪，在載浮載沉的浮冰間湧動。她先前感覺到水流正在增強。水浪拍在一起，就像有生物在水底游泳。很大的生物。那個人要警告他們的就是這個嗎？它來得迅雷不及掩耳。一道巨浪直接打向他們，足夠將冰筏打翻。

「詹森！」拉奧大喊。「小心！」

離他們很遠的地方傳來類似鯨魚躍出水面、再帶著強大無比的衝擊力重重落下的聲音，接著水流再度湧上，打出遠比上次巨大的浪花。冰筏劇烈晃動，要把他們甩下。

「抓穩了！」她大吼道。不管在黑暗中攪動水面的物體是什麼，都還在移動。她聽見一隻大手用力打在水面，感覺到微弱的衝擊和水波讓冰筏上下跳動。「抓穩了。」她再吼了一次，然後跪在地上，嘗試穩住身子。

霍金斯還挺著上半身。「不管那是什麼——」

一陣巨大洶湧的水聲傳來。四面八方的水浪旋即轉一百八十度，好似新湧的潮水突然間被抽回。不管在黑暗中的存在是什麼，肯定無比巨大——還把湖水翻攪到起泡。

詹森手伸進太空裝口袋裡，拿出一個信號彈。

「妳在做什麼？」霍金斯問。「我們要是被發現——」

信號彈內建握把和點火器。詹森往頭上瞄準，扣下扳機。

在2I無盡的黑暗中待久了，信號彈的光刺眼得令拉奧別過頭。等她敢再次抬頭時，她看見了：一道紅色彗星自他們上空劃過。剎那間，就那麼一個剎那，她見到數公里外的景象，她看見2I弧狀的牆壁。星艦的圓弧牆壁被水面覆蓋，還有零星幾塊冰。她看見所有泡泡堆和手狀樹和拱橋、巨型圓丘和牆壁和她難以形容的事物，清楚看見有多少存在從這座黑暗的湖中甦醒。她在正上方看見圓丘的頂端，看見手狀樹在離她想必幾公里高的地方，細長的手指抽動又縮起。她也目睹數以百計的拱橋正在頭上升起，在彼此身上生長成形，宛如錯視藝術家艾雪畫作中的樓梯。一片不停分支再分支的網絡往返交錯，像極卷鬚分支的模樣。像巨型的蒼白鷹架橫跨內部兩端。

這一切眼熟到令人火大的程度。拉奧的思緒奔馳，仍然努力想理解這個外星世界。就算她的身體大叫著要她壓低，不要抬頭，因爲冰筏持續在彈跳傾斜。

信號彈射至最高點，打開小型降落傘。它開始被人工重力往下拉，穿過2I凝重的空氣。不久，她再也看不見上頭的駭人世界，這讓她鬆了口氣。

可惜好景不常。因爲她反倒注意到翻攪起浪的理由。

拱橋上吊著長長的深色矩形豆莢，好像肥大的鐘乳石，頂部靠著細小的莖梗連接。它們肯定有二十公尺長，而且到處都是，掛在他們頭上，像棲息的蝙蝠垂在拱橋底下。

而且它們在動。在抽動。

碰到水的那幾個抽搐晃動，拍打自身厚重的尾端，將其重摔在水裡。就是這在掀起浪潮——這些豆莢反覆拍打並掉落的舉動。

這些數量極多，全都在動。如此巨大。

信號彈已經要落回水面。在最後一點光照下，拉奧環顧四周，感覺好像看到什麼，她只瞥見一眼，但其中一個長豆莢尾端裂開，有東西從裡頭滑出——

「詹森！」霍金斯大叫，拉奧轉回看他。冰筏正劇烈跳動，被水浪甩來甩去，他人一半在冰筏上，一半掉下去，手指緊抓著冰，努力抓牢卻無從抓起。

拉奧衝上前抓住他兩邊手腕，試著讓他留在冰筏。他臉上眞實流露出恐懼。她盡可能緊抓著他，試著讓膝蓋固定在冰上，將他拉回來。她慢慢有了進展，慢慢感覺自己眞的能救他。

「詹森，」他說，一隻手從她手中抽走，往她身後指。拉奧的頭盔讓她沒辦法回頭。她雙手抓住他的手臂使勁拉，但他沒看她，更別說幫忙。「詹森不見了！」他大吼。

拉奧放開他，翻過身躺著環顧四周，太空裝的燈光掃過冰筏表面，但沒錯，沒錯——詹森不見蹤影。桿子在半空中抖了一下，旋即落回水裡。詹森從浮冰上掉下去了嗎？她是被拖下去的嗎？拉奧慌忙爬過冰塊，遠離詹森剛剛人在的位置。

接著一道巨浪打上冰筏，徹底翻覆，而她整個人飛出去。她和霍金斯被雙雙拋進湍急的水中，被翻攪不止的急流沖走。

「再播一次影片。解析度可能再更高嗎？」

「我很抱歉，長官。我們從微中子槍收到的這點數據不支援高畫質影片。我在盡量——」

麥克艾里斯特挫敗地跟那位工程師揮手。「一直重播就是了。我需要確認。」

影片在控制室的大螢幕上一次又一次播放。就只是一兩秒從帕敏德．拉奧視角拍攝下的影像。它拍到2I內部之字交錯的拱橋，其中一個吊著長豆莢。跟其他豆莢一樣，只不過它在麥克艾里斯特眼前摔在地面——然後裂開。

有東西從豆莢裡掉出來，巨大又難以辨識的存在。那跌進水中，濺起的水花讓人更難看清。但麥克艾里斯特很確定。他明白目睹到，那東西從水中冒出來往前扭動幾公尺。

影片從頭慢動作播放，放大到螢幕上每個像素都跟自己的手掌一樣尺寸。他再看一次。

那東西是自己在動。

是外星人。一定是。也許是2I其中一個機組員，或是——

「長官，」有人喚道。不算是大喊，但對方語帶恐懼。他轉頭看生物醫學工程師烏茨。「長官，獵戶座號的遙測數據亂成一團。看這裡。」

她丟了一支新影片到螢幕，裡面的動作之快，他乍看還以爲被加速處理過。影片從詹森視角拍攝，頃刻間除了旋轉外什麼也沒發生，一瞬間又近乎全黑，頭暈目眩。接著，銀白色的泡沫在畫面冒出，水湧過詹森的面罩。

「他們在水裡，」烏茨說。「長官——他們翻船了。」

「老天爺，」麥克艾里斯特說。

羅伊．麥克艾里斯特：我們完全沒辦法跟他們聯絡，要他們回報狀態。再者，我們事實上跟他們仍然隔著不止半光分的距離，所以我們收到的資訊全都慢了三十秒以上。我看著詹森掉進水裡的同時，自己心裡知道，整個機組員可能已經全數身亡。

會面窗口

詹森只能呼吸。

她彷彿跟水搏鬥數個小時，努力對抗不停變化的水流，拚命別撞上硬到能傷及她太空裝的事物。不是每次都成功——她其中一個太空裝照明燈撞到湖底，發出嚇人的噹啷聲，然後就壞了。她服裝前面的裝備包卡到一座拱橋的側邊，將她絆住，差點要整個扯開才能脫身。

水流圍繞著她猛烈翻騰。浪濤一道接一道打在她身上，把她腫脹漂浮的太空裝甩來甩去。她努力想找個東西抓住但失敗了。水底有一片厚厚的樹根狀卷鬚，她試圖想抓住，但太滑溜了。她試著在一座拱橋停下，但水流過於湍急。

她全程都在找拉奧和霍金斯，喊他們的名字、跟他們呼叫。有一次她看到幾個太空裝的燈，錐形的光線往上穿透浪花的氣泡和白沫。她試著踢水找他們，結果卻遇上新的激流將她拽入黑暗。有一次，她拚了命讓頭抬在水面上的時候，她感覺到一隻人手拍在她手上，感覺到有手指想抓住她的手掌，最後卻被扯開。

至少——她希望那是人手。

水流不停翻湧，不由得她歇息片刻。她被甩進巨大的漩渦中，再跟著一個小型海嘯的捲浪被吐出來。突然一陣水流朝她湧上，四周全是泡泡，將她往下拉，衝向地面。她一陣天旋地轉、暈頭轉向。她伸出手腳試著盡可能抵抗水流的拉力，而那還算有用——緊接著一道巨浪帶著幾百萬公升的水襲來，讓她以前所未有的速度往前飛。

她向前的速度愈來愈快，她的燈光在黑暗中只照出一道湍流的泡沫，和被捲過去的垃圾，接著有某個堅硬的存在在她正前方，朝她衝過來——她甩開雙臂，試圖製造拉力，讓自己慢下來。她被拋到一邊，然後有硬物撞上她的腳，她的膝蓋——

她腦袋出現一道刺眼的白光。她的疼痛轉化成白色慘痛的光，一陣擠壓感竄過她整個人左半邊的骨頭，令人作嘔。

接著水湧上來，把她往前甩，拖過地上一團纏在一塊的卷鬚，取而代之的是——是某個別的事物，某個——

她整個人被沖到一處凹凸不平卻頗爲柔軟的斜坡，削弱她往前的力道。她減速停下。水從她身邊退開、流出，轉眼間讓這裡化爲海岸。

她意識到正面朝下，躺在她選擇稱作海灘的地方。她被沖到一片乾燥的陸地。或許待不了太久。水往下沖刷過傾斜的海灘，回到深暗的海裡，拉扯著她的雙腳。她開始下滑，並將雙手向前推，往海灘上抓。都是徒勞——她抓不到東西，沒辦法穩住自己——她即將被拖回湍急的水中，被拉回去，再一次被甩來甩去，而這次——

有一雙手，無疑是人類的手，抓住她的手腕，將她從洶湧的潮水中拉救出。她聽見拉奧在喊著什麼話，或許是不成字句的聲音，然後她便離開水裡，被拖上了岸。

詹森翻身側躺著，緩慢地深呼吸了好幾次。拉奧在對她大吼，問她是否無恙，但詹森幾乎沒聽進去。她注意力過度集中在她的膝蓋上。要是斷了，要是她走不動，他們要怎麼辦？要是她的髕骨裂開，剩碎骨在她皮膚底下，那麼……然而不痛了。她的膝蓋完全不痛，整個麻痺了。

她一時不曉得這是好事還是壞事，最後知道那必定是壞事。她搖搖頭，並做出一件她理智上知道很糟，但潛意識不斷哀求她做的事。她小心地爬起來站著，重心放在左腳上。

她沒有尖叫，沒有摔倒在地。她的腳撐住了。不管她的膝蓋發生了什麼事，都沒有斷。反正她是不覺得有。

拉奧就在那兒，就在面前。詹森把她拉來抱住，兩人玻璃纖維製的太空裝軀幹撞在一起。然後她從那名年紀較輕的女子身邊搖搖晃晃地退開，真的、真的很需要躺下來，於是她橫躺著倒在還算堅硬的地面。

她身體底下的海灘軟軟的，很有彈性，以至於她的膝蓋和手整個沉進去，形成小小坑洞。她舉起一隻手，表面於是彈回來，感覺就像在巨大的氣球頂端。

拉奧還在跟她說話，大吼著什麼。詹森將頭別開。她需要知道自己人在哪裡。接著她才能處理拉奧發現的問題。

這裡的地面是深褐色的，並不光滑，反而布滿小小的淺灰色結節，讓她想起章魚皮。她環顧四周，判斷自己在某種島嶼——一團橡膠狀、從晦暗淺海中升起的物質——上面。地面好像每隔幾秒就會一陣波動，非常微弱地上下搖晃。或許只是她自己在動。

「詹森，」拉奧。她的聲音終於傳進詹森迷濛的腦海。「是霍金斯，他——」

「霍金斯。」詹森放下雙手撐著起身。「他在這裡？」不過，剛好她頭盔上唯一那盞燈掃過島上，她也就不需要確認了。他側躺在斜坡上方，手腳癱軟地伸在他面前。詹森搖搖晃晃地走過去，然後跪下。

她看不到他的臉。他面罩內側沾滿鮮血。

「他還活著。他所有遙測數據都還在，而且他有呼吸，有心跳，但他沒有反應。」拉奧說。

「他頭一定撞得很嚴重。」

「血很多。」詹森指出。

「頭部受傷會流很多血。他可能腦震盪了。」**或者他可能撞破頭骨**，拉奧暗忖。**他可能快死了**。「我需要檢查他的眼睛，對他頭部進行觸診才能確定。」

「那代表他的頭盔要拿下來。」

拉奧被沖到島上，從深色的海水中爬出來以後，便發現他呈現這般怪異姿勢。他的狀況在過去十五分鐘內毫無變化。「是啊，」她說。「我需要把他的頭盔拿下來。」

兩人彼此互望，那背後的涵義令人心生恐懼。她們完全不曉得讓霍金斯暴露於2I的大氣會有何結果。拉奧低頭檢查她太空裝前面的微量氣體分析儀，現在有不少氧氣，也沒有毒性物質在空氣中亂飄。不過，分析儀無法顯示出空氣中其他成分，懸浮微粒、或黴菌孢子、或是透過空氣傳播的毒素。

「我們可能會害他中毒，」拉奧表示。「而且我的醫療資源非常有限。要是他吸入有毒物質，我完全無法保護他。」

「如果妳不檢查他的話？」詹森問。

「他可能受傷身亡。」她嘆道，戴著手套的手擺在他圓形頭盔上。「或他可能自己復原。」

她們的燈全照著不同方向，她看不太清楚詹森的臉。

「我看到KSpace其中一個人在拱橋上，」最後年紀較長的女性說。「我們看到了。」

「詹森——」

「不，聽著。不管那個人是誰，身上都沒穿太空裝，只穿像保暖衣的服裝。要是那個人暴露在這些物質中還能夠存活，那也許他會沒事。」

「妳百分之百確定妳見到的畫面？」拉奧只看到黑影和一閃而過的橘色。

她能聽到詹森沉重的呼吸聲，聽起來好像她狀況也不太好。

「不，」詹森終於說道。「但我們得決定。來吧。幫幫我。」

一共要開兩個卡榫——以防任何人不小心解開頭盔的保險設計。

接著她倆一同將巨大的頭盔從金屬頸環轉開。她們轉過最後四分之一圈時，發出巨大的喀噠聲響：另一個保險設計。拉奧抽開手，但詹森沒有猶豫。她轉到底，旋即抬起頭盔，小心不要擦到霍金斯的下巴，或碰到他的頭。

微量的空氣——健康的空氣——自他頸環散出，他太空裝的布料因為失壓而塌在雙腿。他動也不動，連聲夢囈也沒，但上唇幾乎立刻就出現小小顆的汗珠。拉奧待在自己的太空裝裡，一直都很涼爽，已經忘了2I內部變得多熱。她祈禱自己的決定是對的。

她們兩個非常小心地觀察他的臉。有那麼一刻，他彷彿已經身亡，停止呼吸。

接著他全身抽搐，張開嘴巴，費勁地深呼吸一口氣。

詹森抬頭看向拉奧。她們倆沒人開口，直到他再次吐氣，讓空氣散出他體內。

「他沒死，」詹森說。「他有呼吸，他沒死。那是好事，對吧？」

拉奧繃起臉。這不代表什麼。「讓開，讓我工作。」她說。

她輕輕地拉下來。他的頭似乎在他們被水流拽來拽去時，撞了好幾次。他下顎左側有一整片深紫頭盔拿下後，她看見他白色的史努比帽被乾掉結塊的血染成棕色。黏著他的臉頰和頭皮，被色的瘀青，前額的皮膚撕裂開來——血就是從這裡流出來的。

拉奧盡力了。她拉出他頭環裡的水管當作噴水器，把他臉上的血盡可能沖乾淨。他前額的傷口又開始流出血。她從急救包拿出繃帶，壓在傷口裂開處。她撥開他的眼皮，發現他的眼球在眼窩裡亂動。瞳孔非常大——也許是適應了2I的黑暗——但至少左右邊同個大小。她將自己其中一個太空裝照明燈對準他的臉，觀察瞳孔收縮。比她期望的稍慢了一點。

「他會沒事嗎？」詹森問。

拉奧不曉得。她繼續按壓傷口，盡量維持樂觀。

帕敏德．拉奧：腦震盪的診斷有多困難是人盡皆知。沒有像樣的工具，我不可能知道他只是頭被用力撞了一下，或者是他的大腦已經出血到軟腦脊膜、會在一小時內身亡。我能留意他是否眼睛充血、失去方向感和噁心反胃……不過，在他醒來以前，沒人曉得他撐不撐得下去。

詹森逐一確認他們的裝備，檢查是否受損。他們很幸運，在水裡被甩來甩去的時候，包包撞壞了，但裝備品質很好。微中子槍能正常使用，更重要的是他們的太空裝無線電也能運作。照明方面就不甚樂觀。遠照桿和燈光已經消失——她從浮冰上摔下來的時候掉的。他們弄丟了大部分的螢光棒，但還有兩個信號彈。她接著檢查求生設備。然後是拉奧的醫療箱，還有兩條急難用鋁箔毯。最後她檢查他們水和氧氣的補給。她發現一個氧氣罐被撞凹得很嚴重。除了插進他們其中一件太空裝啓用外，沒別的方法能判斷是否堪用。他們另外還有幾罐，看起來全都好好的且裝滿氧氣。她算過數量。她嘗試要算。她一直算到一半就忘記算到哪，不得不重新來過。

怎麼回事？她低頭看自己手中的氧氣罐。沒有那麼多呀。一、二、三……

「我們在這裡多久了？」她問。

拉奧嚇了一跳，抬頭看她。

他們的太空裝裡設有時鐘，輕鬆就能確認時間——不過她們得記得何時離開獵戶座號的。詹森緩緩眨眼，努力在腦袋裡想清楚。在2I裡很難思考，想法經常組織到一半就被掃出。她肯定是很累。

「我沒辦法……我不記得我們有沒有……」拉奧一臉困惑。

詹森檢查她的時鐘。扣掉他們抵達氣閘的時間。「我們在這裡待了將近二十四小時。」她計算完後說。

「感覺不太可能，」拉奧告訴她。「但我猜……我是說，我記得我換過氧氣罐。一陣子之前，在我們……哇。我不記得具體是何時換的。不過我一定有換過就是了。」

詹森點頭。氧氣罐每瓶只能用十二小時。但知道自己的腦袋如果壞了，拉奧的也會，讓她有種非理性的喜悅。

「妳太空裝的電池有多少？」她問。在2I裡絕對沒辦法更換電池或充電。

「我的還有百分之六十四。」拉奧回報。

詹森點頭。「我們如果要在這待一會，就得把燈關掉。它們比維生裝備還要耗電。」

「認真的嗎？」拉奧問。「我不確定我有辦法承受黑暗。」

「如果電池沒電了，妳也沒得選。」詹森把幾支螢光棒堆成一座金字塔，好像在生營火一樣。這幾乎無力抵擋黑暗，但總好過什麼都看不見。

她們兩人盡可能讓霍金斯感到舒適。她們拿了一整包塑膠樣本袋，墊起來給他的頭當靠枕。拉奧伸長他的雙腿，接著兩人將他輕輕地翻爲背躺。他還在呼吸，詹森確認了好幾次。

「我們能給他幾小時的時間，」她說。「只要這之間沒東西想殺死我們。」

「妳也能讓妳的腳休息一下，」拉奧說。「可以的話我想幫妳檢查。我稍早看到妳在跛腳，還有——」

「不，不可以，」詹森說。「我他媽好得很。」

拉奧受傷地縮回去，詹森立刻就對自己的語氣感到後悔，她甚至在講話的當下，就知道自己只是被這一路的挫折和困難影響到在出氣。她咒罵自己，暗忖著現在得更小心別發脾氣——他們現在都太需要彼此了。她逼自己收斂一些。

「抱歉，」她說。「我的膝蓋狀況一直不是很好，又在水裡被撞到，但沒事。眞的。」

「妳一直把自己逼得很緊。是軟骨的問題嗎？這在妳這個年紀的女性很常見——」

拉奧停得如此突兀，讓詹森以爲她是不是看到有敵人從黑暗中朝他們過來。她花了半晌才意識到對方被自己的表情嚇著了。

「妳一臉要把我的頭咬斷。」拉奧說。還稍微笑了一下。不是很有說服力的笑容。

「我需要睡覺。」詹森說。她在道歉上最多只能到這個地步。她同時意識到自己是認眞的，千眞萬確。

「去吧，」拉奧和她說。「我來站崗。」

詹森點頭，並盡可能在橡膠狀地面上縮起身子。她感覺地板在她底下每隔幾秒就顫動一次——那種感覺讓她異常安心。像是母親的心跳，她心想，像是——

她沒能在腦袋裡組織完這個念頭。她馬上就睡死了。

是夢。

在2I裡有時很難判斷。外在和內在的黑暗並無明確分野。夢境變得很像白日夢，像是分外鮮明的回憶。幻想。

夢裡詹森隻身一人，繞著地球運行。一望無際的白雲在底下翻湧。視野頂端恰能看出地球的地平線、它的曲線，但她的頭動不了。她聽見嗶一聲，一個模糊的聲音悄悄和她說：

下滑航線確認減速火箭確認衰減時間倒數四三二一

一個龍捲風加速穿過非洲，長條狀的雲在南大西洋上頭呼嘯。她意識到自己不是在太空船裡，而是在軌道上自由飄浮。只不過不是太空漫步完美的慢動作，她完全任氣流擺布，像是在俯衝——她的手腳好像被冷水推著那樣擺動。她聽見嗶一聲。

acs將fpi設爲吹淨預備游標至定點設爲斷路位置

她在——她在變熱嗎？她這是感覺到空氣的動態嗎？那個聲音沒有慌，她也嘗試別慌，但她要是太下去，要是她墜離軌道太遠，要是她要進入大氣層，那她——她——她不在船裡，她只穿著太空裝，那不可能承受得了大氣層增溫。暴風雨聚集在北美洲那側的大西洋，一、二、三、四，一朵一朵從馬尾藻海一個大型颶風分裂出來。她沒有相應的裝備，如果她嘗試這樣進入大氣層，她會——老實說，中西部看起來大多都是下雨的天氣。

嗶。

外部溫度三百度並上升中出發角度良好出發降落傘已備妥出發

她在搖晃。她在劇烈搖晃，肩膀上下蹦跳，頭在頭盔裡移動。地球是這般巨大，大氣層是如此厚實，充滿水氣。大氣層上層的水氣圍繞著灰塵凝結成雨滴，並累積在——

她往下看，看見自己的手套呈桃紅色。發著桃紅色的光。她的手指開始熔化。

光線太刺眼。數道光從四面八方照向他，各種顏色的奪目光暈包圍在眼裡，好刺眼、好刺眼——他頑強抵抗，試圖突破重圍，突破在他腦中翻攪的思緒、喃喃的詞語、細碎的呢喃，他努力——努力組織成條理清晰的想法，但——但——老天爺，耳朵裡好吵，好大聲。好大聲。

「啊啊啊啊。」他呻吟道。他的舌頭卡在牙齒上，乾巴巴的，黏著凹凸並排的輪廓。

霍金斯登時坐起來，用戴著手套的手抹嘴，想把嘴唇和下巴上乾掉結塊的口水擦掉。就在此時他意識到驚恐萬分的事。

他沒戴頭盔。

老天——有人把他的頭盔拿下來。是誰幹的？該死的，是誰？他轉過頭——靠，那讓他頭暈到不行——帕敏德．拉奧躺在地上，一隻手擺在她完好的頭盔下。不可能是她，她是個好孩子。詹森在——她在哪？

他發現她在柔軟的地面上縮成一球。他媽睡死了。除了他以外所有人都在睡。搞什麼鬼？都沒人在乎安全嗎？

他往下碰太空裝前的口袋。從他們離開獵戶座號後，那個口袋就一直被他小心拉緊收著。要是詹森偷走口袋裡的東西，要是她發現祕密，那麼——他會——他不知自己會怎樣——老天爺。他腦袋糊成一團。沒辦法好好思考。他開始妄想，還不是幹這行會有的那種好妄想。詹森沒有偷東西。她不是那種人。她拿下了他的頭盔沒錯。她肯定有好理由。

比如說她想殺了他。

她對於他接下任務指揮一直心懷怨恨。她恨他。也許她——她——

他爬向她，抓住她的肩膀，用力搖晃。

「妳把我的頭盔拿下來。」他說。

她皺著臉，整張臉扭曲變形，滿是恐懼，好像他們拚命想遠離彼此。他不斷搖晃她。

「爲什麼？」他逼問。「妳爲什麼那麼做？」

拉奧突然在和他說話，想吸引他的注意。她用力拉他的肩膀和背上維生裝備，他連抽身的力氣都沒有。他得放開詹森，轉頭面向拉奧。

「妳不懂嗎？」他問。「她拿掉我的頭盔。」

「你腦震盪了，」她說。「我們得拿下來幫你保命。你感覺很迷惑，這症狀很常見——」

「狗屁。我好得很。」他回應，講話動作導致骨頭在他顱內移動。他的頭他媽痛到不行。

他想再抓住詹森，抓住她並對她大吼大叫。她殺了布萊恩．威爾森。她殺了史蒂芬斯。她現在想把他也殺了。等一下他會這麼和她說。等他頭痛一停，讓他有辦法思考之後。天啊，他的頭好痛。痛到不行。他伸手，將拇指頭按在他的太陽穴，緊緊抵著皮膚。

「妳有什麼好解釋？」他問詹森。不太確定自己想表達什麼。她沒有想殺他。不，當然沒有，他只是頭太痛胡思亂想。

那位年長的女子終於轉過來注視他。注視正在和她講話的指揮官。見鬼了，她是在想什麼，竟然把他的頭盔拿下來？這裡不安全，不……這念頭讓他好想大笑。

給我冷靜，他心想。給我冷靜就對了。

詹森舉起一隻戴著手套的手，朝他伸出。

「你有看到這個嗎？」她問。「不是只有我在幻想？」

她手掌上有一片小小的記憶卡。

「我不知道這打哪來的，」詹森說。「我醒來的時候就在手上。我坐起來的時候，它從手裡掉出來，我就撿起來。」她在頭盔裡搖搖頭。「我不懂怎麼回事。妳有睡著嗎？」

「沒有，」拉奧說，不過她聽起來比較像在提問。真的沒有嗎。「如果有也只是一下子而已，我知道我得保持清醒，我得站崗。」

詹森能看見霍金斯坐在她身後，頭埋在手裡。他似乎冷靜點了。

她希望自己也可以冷靜。

詹森深呼吸，環顧四周，讓她的照明燈掃過島嶼波浪狀的表面。外頭空無一物。她沒看到任何東西。她把記憶卡插進通訊面板插槽。跟先前一樣，裡面只有一個檔案。不過，之前的檔案全是像4AC68883.mp7這種英數混合、電腦生成的名稱，這次卻有個可以辨讀的檔名：

你們得離開.mp7

詹森幾乎害怕得不敢播放影片。她伸手按下一個虛擬按鍵。

影片檔逐字稿（三二）

〔和先前的影片檔不同，這支影片沒有受到損毀。它清楚拍出三個俯臥的人影。兩人穿著全套太空裝。第三人穿著大部分太空裝，但頭盔取下。唯一的光源是一小堆螢光棒。鏡頭往人影移動，他們對相機的出現毫無反應。相機觀察他們的表情一段時間。接著，裸露的人手從相機視野外出現，進到畫面中翻看一個後背包。〕

珊德拉．查納榮〔悄聲說〕：你們沒帶任何食物。沒有。當然沒有。

〔畫面劇烈移動，像是相機被轉過來一樣。一名女性的臉——不是先前已出現過的任何一個人的臉——出現，但只看得出剪影。〕

查納榮：你們得回去。調頭，回去獵戶座號。要是待在這裡，你們會死掉。我很抱歉。

〔影片突然結束。〕

升交點

他們沒討論影片的意義。拉奧希望他們能花點時間討論，討論如何回應。不過，看看其他人的表情，她就知道他們已經拿定主意。

對霍金斯來說這是威脅，就這麼明白單純。他回應威脅的方式，便是正面交鋒，拒絕接受要求，對詹森來說，這證明了KSpace的太空人還活著。活著，而且就在附近。

對他們來說，這代表下一步很明確：繼續前進，去搜救——或追捕——KSpace的機組員。至少要查出他們知道什麼。他們從沒考慮要聽從珊德拉．查納榮的意見調頭離開。

她自己也有繼續前進的理由。她需要知道自己是否沒錯。她看到卷鬚從史蒂芬斯體內冒出來，看著它們爬過漫遊者號返回艙牆壁的時候，她就想出一個理論。不過她需要更多資料、更多證據才有辦法確定，才有辦法相信自己能解開2I天大的祕密。

於是他們前進，目前他們徒步跨越柔軟的島嶼。ARCS的地圖顯示他們現在距離詹森初次來訪2I時看到的那個結構物不遠——那裡離他們停下來休息的地方不到兩公里，並不難走。理論上來說。

霍金斯索性不把頭盔戴回去。有什麼意義？他已經吸入2I的空氣，暴露在毒素下。他乾脆將頭盔扣在太空裝其中一個D型環上掛著。他把用了一半的氧氣罐從背上的維生設備取下，交給拉奧。他用不到了。他還多兩個沒用，他拿給詹森放進包包裡。

然後他就出發了，腳步快得拉奧難以跟上。她在這橡膠地面上每踩一步，都得努力才能站穩，不要跌倒。有時候她會失敗，但至少地面很軟。她偶爾會回頭確認詹森的狀況。那名年紀較長的女子是他們三人裡面行動最吃力的。她出了些狀況——也許是他們掉進水底的時候她受傷了。拉奧問過詹森是否沒事，得到的回答是她很好。但她現在很難跟上。拉奧能在無線電上聽見她氣喘吁吁，聽見她因爲踩空或地板在她腳下波動，讓她趴倒在地而低聲咒罵。

然而每次拉奧回頭，詹森都落在後面，還看得到她頭盔僅剩的那盞燈。很難說她還能撐多久，但她顯然不肯拜託任何人爲她放慢腳步。

島嶼表面在前方升起——一道平緩而幾乎令人無法察覺的斜坡，但沒多久拉奧的小腿肌和大腿就變得吃力。她在某個時間點檢查ARCS的地圖，他們正在一座巨型圓丘中央，這裡大部分表面都被這樣的巨型圓丘覆蓋。她無奈地接受自己得往上爬好大一段，並放任大腦自由思考眼前所見的事物，嘗試理解——

她聽見黑暗中傳來某個聲音，血液瞬間降至冰點。

「那是什麼？」她驚呼道。

霍金斯轉向她手指的方向。他的燈掃過這片綿延不斷的平地。什麼都沒有。

「什麼？」他質問說。「妳聽到什麼？」

拉奧逼自己閉上眼睛。再聽一次。如果那只是她大腦裡的——

不。

又出現了。非常像海浪拍打在沙灘上的聲音。只不過海浪是拍打後退開，拍打後退開，這個聲音持續不斷，愈來愈大聲。

「我也有聽到。」詹森悄聲說。

霍金斯往那聲音趨前走了幾步。他調整太空裝的燈光，往各個方向照。拉奧試圖用文字形容，想像什麼東西可能發出那種噪音。一種溼潤撥弄的聲音，像是……像是……

她伸舌頭抵在嘴巴上顎乾燥柔軟的地方。她的舌頭在缺水的皮膚上刮擦，黏住，再抽開來。那製造出一種可怕的摩擦聲響，你如果放大一百萬倍，再從遠處聽的話……

外頭有東西在移動。有個非常巨大的東西把自己拖過圓丘表面，把大得驚人的體積拽過柔軟起伏的地面。

「愈來愈大聲。」詹森來到她旁邊說。拉奧很驚訝，單單有另一個人類離她這麼近，就能讓她感覺如此安心。直到詹森再次開口。

「愈來愈近。」她說。

地面在他們腳下泛起波動。不是他們已逐漸適應的規律脈動，而是軟趴趴的地震，帶有彈性的擺動。拉奧單膝跪地。如果不那麼做，她就會整個人摔在地上。詹森蹲在她旁邊。霍金斯還站在原處，不過他得伸出手臂。

「生長痛，」詹森說。「這地方還在變化。是某個新的怪東西在黑暗中生長出來的聲音。」

霍金斯沉默了許久。他只是望向黑暗。即使透過他太空裝洩氣後鬆垮垮的布料，拉奧仍能看出他肌肉繃緊。要是有東西從黑暗中朝他們衝來，他也不會倒下。但這個景象沒有發生。最後聲音漸弱。不管在外頭的是什麼，都遠離了他們，深入未知疆域。

霍金斯再等了一分鐘，舉著一隻手要大家安靜。拉奧慢慢幫詹森重新站起。

「好了，」霍金斯終於說。「出發。」

一條粗厚的卷鬚從他們面前穿過。好像鑽進柔軟的深處，分支出一條長得更粗、形似肌肉的管子，和詹森的二頭肌差不多粗壯。

「小心。」霍金斯說。

要再往前就只能踩下去，沒別條路。但這沒有移動，沒有爬起來攻擊詹森的腳。

他們遇到的下一條卷鬚跟她大腿同粗，一樣沒有動。他們再過去又發現一堆跟她的腰同樣粗的卷鬚，同樣沒動靜。

「我們得用爬的。」他們看見面前和更遠的景象後，霍金斯說。那些卷鬚——現在已經跟自來水總管一樣粗，數條剖面寬達一公尺——堆在島嶼的斜坡上，從彼此身上爬過去，交織在一塊，在腫脹的節點交會生長出新分支。

拉奧試探性地伸出一隻手，將手掌擺在眼前粗壯顫抖的存在上。霍金斯開口吼出一聲命令，但詹森也踩上前，碰了其中一條巨大卷鬚。

裡面有液體流過，一道間歇的水流。一陣脈動。

拉奧抓住一根卷鬚，把自己往那堆卷鬚上拉。她踩穩後找到立足點。不停往上攀爬。

霍金斯抱怨了幾聲，但跟在她後面，腳步穩健如山羊。

詹森嘆了口氣。也沒別的辦法。她伸手抓了一根卷鬚，把自己往上拉。走路苦不堪言。她膝蓋沒斷，但很顯然不管是怎樣的傷，她都沒辦法再裝沒事。她每踩一步，她受傷那側膝蓋的軟骨彷彿刺進底下的骨頭。每一次抬腿都感到新的劇痛湧過體內。她成功用拖著腳的方式走路，讓膝蓋盡可能保持伸直。可是現在就沒辦法了。

她感覺整隻腳毫無力量，膝關節已經完全陣亡。她甩動她不管用的那條腿，固定在兩根粗厚的卷鬚之間。咕噥了一聲，用雙手把自己往上拉。

沒多久她的呼吸變成喘氣，白光在緊閉的雙眼後面炸開。她靠著感覺往上爬，幾乎沒有意識到身在何處，或爲什麼要做這些事。只知道得往上爬。爬得更遠。

有一刻，她因爲嘗試把重心擺在受傷的那條腿上而腳滑。那側膝蓋實在撐不了，於是她開始往下掉，雙手亂揮著想找東西抓住。一隻強壯的手抓住她的手腕，將她拉起來，拉到她能踩穩腳步、支撐自己爲止。

她張開眼睛，霍金斯往下看著她，臉上完全沒有表情。

「謝謝。」她倒抽一口氣說。

他點頭並放開她。

往上的路沒再多遠。他們來到卷鬚斜坡彼端的半平高原，詹森便意識到他們來到島嶼頂端。山頂。這就是他們的目的地。必須是。

她讓自己喘口氣。接著她往上看。

那座結構物聳立在島嶼頂峰。她好久前看到的，他們一直在找的目標。她很難看清楚，僅依稀目睹黑色形狀，身在更爲深邃的黑暗裡。那是一座巨大高聳的黑塔，在她上頭升起——

接著亮起來。

微弱的紫色光暈掃過表面，昏晦到她以爲眼睛出問題。較爲明亮的光點接著現身在光暈中——緊接著上百道閃電劈啪閃過，伴隨著憤怒的嗡鳴，好像大黃蜂直飛進耳裡。

「靠！」拉奧大吼。過一會，又變回伸手不見五指的黑暗——「抱歉。」

詹森不怪她突然的粗口。這就是她首次探訪2I時目睹的景像。這道光，整艘船內唯一一道光。吸引她到此的那道光。

「快啊，」她悄聲說。「再來一次。」

如高塔的結構物並沒有讓她稱心如意。

她得看得更仔細，她得湊上前。她還剩兩個信號彈，這就是她帶著的原因。

她將信號彈高舉過頭，射進黑暗的空中。嘶一聲射出去，綻放出火光，一邊往2I的深處飛去，飛向遠處那看不見的天花板。光線立刻炸開來，無比熱烈，呈現出一道紅色的強光，投射出長長的影子，讓她看見她千里迢迢才找到的建物，那個應該讓這一切值回票價的高塔。

那座結構物聳立在上方，高達幾百公尺且差不多寬。她在史蒂芬斯被攻擊前迅速瞥的那一眼，沒能讓她建立多少認識。雖然說近距離觀察也沒多大幫助。

它大致呈卵形，表面覆有粗壯的格狀卷鬚，從其表面無數個坑洞冒出來，形成一個粗厚枝幹有如巨籠的路網，垂掛四周。也像一個巨棚，分支往下鑽進島嶼的地面，消失在地底。卷鬚沒有在動，但結構物自身在籠裡不停顫動。每隔幾秒就抽搐一下，不是劇烈痙攣，而是微弱的搖晃，彷彿不太能夠支撐自身的重量。它如此龐大，就連那微微的脈動都足以撼動整座島嶼。這想必就是他們自從被沖上島嶼岸邊後，一直感覺到的那股細微震顫的源頭。然而，在這麼近的距離下，震動使整團卷鬚跟著搖晃，幾乎讓三名太空人滾回去。詹森只能想辦法抓穩。

「喔，靠。」霍金斯說。

她往上爬。她想伸手碰它，證明真的存在。

可是她怕得完全不敢接近。

但她得堅持下去。除此之外她還剩什麼？一路驅使她到這裡的這些事物，一心想找到KSpace機組員的希望、和2I接觸的需要，甚至是她不顧一切地不想讓羅伊．麥可艾里斯特失望、或是被霍金斯看輕、希望保護拉奧安全的需要——這些衝動不會讓她在這裡就停下來。

她奮力往上爬，一手接著一手，直到她幾乎能伸手碰到結構物乍看陳舊的灰色側壁。

他們先前看到從水裡冒出來的地景，像是泡泡堆、手狀樹和拱橋等等，都是新生出來的。詹森看著它們無中生有，身上帶著一種新生滑溜的質地。可是被樹根包覆的這個結構物不同。它看起來很老。非比尋常的老。很古老。

表面是黯淡的藍灰色，上頭滿是裂痕和突起物。靠近頂部——她燈光能及的極限——的地方好像曾經裂開過，一些深色液體從側壁流下來，像是從火山口流出來的岩漿。

「詹森，不要過去。」

她根本聽不見說話。她太專注地研究，等待再次跳動。它跳了，而她全身抽搐，拚了命的想抓牢。一股衝擊力撼動她四周的空氣，企圖將她從山坡側邊甩開，扔進黑暗。

「天啊，」霍金斯說。「天啊，痛死了。」

他沒有戴頭盔——他肯定感覺到那些壓力波打進他的頭顱和耳膜。

他抓住她拉回來。他們一同摔下粗厚卷鬚的斜坡，直到脫離脈搏和脈動的影響範圍。

「這是什麼?它是幹麼的?」詹森問。她得聽到有人把她已經知道的答案大聲說出來。她轉頭找拉奧。這位天文生物學家的太空裝在信號彈逐漸消散的光照下，宛如沾滿鮮血。

他們背後上方的結構物，在巨大卷鬚組成的壁壘保護下，又迎來一陣劇烈的閃電閃過表面，空氣劈啪作響、嗡嗡低鳴，詹森不由自主躲開。

「我覺得它是——我覺得就是它看起來的樣子。」拉奧說。

詹森見不到她在面罩底下的表情。最後一點紅光搖曳其上，閃閃發亮，漸漸散去。

「我覺得這是……**一顆心臟**。」

丹佛斯．卡利沙基斯將軍，美國太空部隊：我們地球這邊——對此很感興趣。

他們三人匆忙下坡，遠離抽動的存在。霍金斯不讓他們停下，直到回到島嶼橡膠狀的地表。他們躲在最大一條卷鬚底下，趴倒在地，他在這裡比較不受空氣震動影響，能夠思考。他需要思考。他需要答案。他抓住拉奧的手臂，讓她轉過來面向他。「妳說心臟是什麼意思？」

拉奧抽開她的手。「那被巨大的卷鬚環繞——就像我們心臟周邊的大型血管和動脈。我們能感覺到脈動——」

「妳的意思是？」詹森激動地插嘴。

拉奧吞了吞口水。在乎聲譽的天文生物學家，不能隨便亂講這種話。「聽著，在我的實驗室裡，你得進行大量實驗、蒐集大量數據，才膽敢考慮提出理論。要是直接大聲講出來人家會笑你。不是因爲不可能，而是因爲你連證明有其可能的基礎工作都沒做。所以，如果我說這只是一個理論，都算是言過其實。這是一個想法，一個直覺。」

她講得好像那個詞是一句髒話。

「告訴我就是了。」霍金斯說。

拉奧兩手往空中一攤。「**2I是活的**。」

「活的？」

詹森往她靠近一步。「妳是指這艘星艦是……生物機械。我們見到的一切，沒錯，那些泡泡堆和手狀樹和……這一切。它不是用金屬和線路製成的，是長出來的。在藏在某處的盆子裡生長。對不對？」

「不是，」拉奧說。「不是那樣。我是指２Ｉ本身就是巨大的有機體。這不是一艘星艦。牠是個……是個活體。動物。」

「鬼扯。」霍金斯說。

「聽她說完，」詹森抗議道。「我們帶她來是有原因的。」

「最大的線索是卷鬚。詹森，妳看見那些卷鬚攻擊史蒂芬斯，因爲那是妳預期會看到的動作——我們全都以爲會發生的動作。我們看見某種野生動物的觸手試圖吞食我們的——我們的朋友。但如果你從另一個角度看，一切就都說得通。如果你實際觀察……因爲它們長得完全就像血管和動脈，只是比我們習慣的尺寸還要巨大。它們生長不是爲了抓史蒂芬斯，而是因爲這東西需要一個血液循環系統。那是單純的血管形成，任何新生的有機體都一樣，血管會第一個長出來。就好比你如果要建造一座城市，你首先要做的就是鋪路和拉電纜。」

「這是一艘星艦，由某個人建造出來的，」霍金斯堅持。她等於在要求他大幅改寫認知，重新思考對２Ｉ的理解。就算她是對的，他也需要時間才能跟上，消化這項資訊背後的涵義。「我無法解釋我們爲什麼還沒看到機組員。但肯定有更簡單的解釋。奧坎剃刀理論說——」

拉奧沒讓他說完。「我知道！這聽起來很扯！但試著從另一個角度來看。你自己也說了——如果有人打造這艘船，那他們現在在哪？他們又何必耗費這麼多資源在這種計畫上，然後就丟著不管？但如果你把２Ｉ看成一個適應了極端異常環境——深空——的有機體，那一切就說得通了。我已經在腦袋裡論證了好幾十次，想找出更精簡的解釋，但我一直回到這個結論。」

詹森緩緩地轉了個圈，盯著四周交錯在地的卷鬚。「那些是……血管？動脈？」

「都是，」拉奧說。「我覺得。你沒辦法在外星生物的生理，和我們所知的任何生物之間找到完美對應，但……那是血液循環系統。一定是用來傳輸氧氣和水，可能還有養分。我認爲那可能也是2I的神經。」

「那都只是鬼扯！」霍金斯咆哮道。他搓揉痠痛的頭，手套卡到他前額的繃帶，他將之取下丟掉——他沒在流血了，繃帶的功能僅剩惹他不爽。

「妳知道妳的問題是什麼嗎，拉奧？」

拉奧伸手要碰他的頭，但被他甩開手臂。

「妳想太多了，」他說。「妳把事情拆開來分析……然後等妳想完，妳什麼都沒搞懂……」

「我是個科學家，」拉奧告訴他。「我的工作就是要想事情。」

這女人就是沒辦法理解。她在自己腦袋裡面拚命兜圈子……迷路了……霍金斯搖搖頭。他晚點再來想個更好的比喻。現在——

「我需要實際的答案，拉奧。我需要一個能據以行動的確切答案。我跟妳保證，妳要是再跟我鬼扯……」

「一直以來，」拉奧說，「我們都在找外星生物。我們從沒停下來想過，外星生物就在我們面前。這個，」她指著他們周遭說，「就是外星生物。」

她轉身和詹森面對面。

「我們現在就在外星生物的體內。」

霍金斯頭暈目眩，試圖理解她所說的。他回頭仰望斜坡，看向頂端被包在籠中的存在。如果那是２Ｉ的心臟，如果她說得沒錯，這可能正是他們一直在找的目標。不是什麼跟外星人溝通的方法——霍金斯一直都當那在作夢。不。要找的是殺死２Ｉ的方法，好在牠抵達地球前阻止。卡利沙基斯將軍需要一個目標。如果他們能用一發擊殺載具射穿這傢伙，一鼓作氣擊斃——

但拉奧就是非得潑大家冷水。

「那東西是牠的心臟。其中一個。」她補充說。

霍金斯閉上眼睛。努力維持鎮定。

「其中一個？」他問。

「這麼巨大的有機體不可能只有一顆心臟——牠巨大到無法只靠這樣供血。會需要整套泵浦網路，就好比一個電網會需要好幾個變電所。」

「幾個？」霍金斯逼問。

「幾十個，」拉奧說。「也許五十，一百？」她雙手一攤。「我不曉得。你一直問我，好像我一定有答案。好像我是研究２Ｉ好幾年的專家。我花的時間就跟你看到的時間一樣——」

霍金斯挫敗地低吼，打斷她說話。他們差那麼一點就可以找到方法解決２Ｉ了。

不，他心想。不可能這麼容易。

「霍金斯，」拉奧說。「霍金斯！」

他抬頭看。他陷入思緒，恍神多久了？

「怎樣？」他質問。

「詹森人呢？」拉奧問。

羅伊・麥克艾里斯特：地球這邊，有些人對拉奧醫生的理論嗤之以鼻，有些人覺得有其道理。我們控制室裡所有人都同意，這有可能改變一切。更具體來說，可能代表我們死定了。如果2I實際上不是一艘星艦，而是一隻超級巨大的生物，不是由智慧生命所打造，而是盲目演化的產物——我們怎麼可能期待跟牠溝通？我們要怎麼希望牠會轉頭遠離地球？我想要有所行動，讓我底下最優秀的人處理這個問題，找出什麼解方。但有鑑於我們完全沒辦法跟太空人聯繫——我們只能旁觀，期待他們自己找到答案。

詹森慢慢往上爬到島嶼頂端，在她有膽靠近的極限下盡可能逼近那顆心臟。但脈搏將她擊退。但詹森繼續爬。她逼自己隻身一人，繼續前進，儘管腿麻痺到像木塊，根本彎不了。每隔幾秒，當下一陣脈搏出現時，她就得抓穩那些卷鬚——那些血管。

她知道霍金斯覺得她瘋了。因爲她爲了找到、爲了救出KSpace的機組員，竟願意做到這種程度。他不懂。

她年輕的時候想要去火星。那是她唯一在乎的事，她唯一的夢想。

接著，她長大了，卻落得要用一輩子的時間悼念一位死去的太空人。布萊恩・威爾森的死帶來的愧疚和哀痛重塑了她，讓她變成另一個人。有好長一段時間，她以爲只能靠懲罰自己、毀掉人生來贖罪。羅伊・麥克艾里斯特改變了那一點。他給了她別的選擇，一條新的路，一個挽救的方法。前往2I的這趟任務會修復她。

找到佛斯特一行人是她需要付出的代價，修復她靈魂的代價。當然，她知道事情沒那麼簡單。她明白沒有道德計算機或一命換一命這種事……沒有什麼是那樣運作的。生命並不是那樣運作的。但那是她手邊最好的選項了。

她差點就要放棄。她已經開始覺得霍金斯是對的，KSpace的人已經死了，而她嘗試搜救的行爲只是愚蠢的徒勞，除了害死史蒂芬斯以外，什麼成果也沒有。

但現在——他們見到了查納榮，就算只是在記憶卡上間接看到她。他們知道她在這裡頭，還活著。這代表其他人可能還活著，她可能找到他們。

她手上有足夠的線索讓她追到這裡。佛斯特宣告自己要往這裡、往心臟的方向前進。他一定有留下線索，某個指標指示他接下來去了哪裡。

她密切留意任何橘色的東西或三角形小旗子的蹤影。她不需要再一片留有訊息的記憶卡。她什麼記號都不需要，只要旗子、只要地上一根用過的螢光棒就好。什麼都好。

那一刻終於到來，她在心臟上繞了兩圈，仍舊一無所獲，她不得不面對無可避免的結論。如果KSpace在這裡，如果他們眞的深入到這麼遠，他們什麼證據都沒留下。又或者——2I內部瞬息萬變，也許那橘色的小旗子在島嶼上的圓丘從融冰裡升起時，已經被吞進去了。

什麼東西都沒有。

她坐在粗壯的卷鬚上。感覺到這在身體底下跳動，感覺到生命自其中流過。她眞的好想哭。

查納榮還活著。他們都看見她留下的訊息，那則隱晦的警告。她人一定就在附近。她爲什麼不留下來跟他們說話？她爲什麼沒有敞開雙臂歡迎這隊前來營救她的人？

爲什麼KSpace團隊的人從不回應她的無線電呼叫？

這完全沒道理。他媽的一點道理也沒有。她從島嶼頂端往黑暗望，望向2I無邊無際的黑暗。她原本有計畫的。她原本有一個計畫，現在失敗了。

她得繼續試。她得做點什麼。

她調整太空裝無線電的設定，設定爲發送模式，將電力調高到極限。

「KSpace，這是獵戶座號的詹森，」她說。「佛斯特。查納榮。霍姆斯。請回答，拜託。請你們回答。」

她把無線電切爲接收模式。有那麼一會兒，她就只是聽著2Ｉ振翅的劈啪聲。她上方的心臟有閃電竄過表面，耳機爆出震耳欲聾又令人生厭的噪音。她往控制面板一拍，將模式設回發送。

「KSpace，」她喚道。「請回答。這是獵戶座號。你們想要我們離開。跟我們說爲什麼就好。給我點回應。KSpace？你們現在肯定已經聽到我的聲音了。你們肯定……」

她講不下去了。她爲什麼要這樣做？根本是徒勞無功。她把無線電切成接收。然後她再打開一次，期盼能收到微弱低聲的叫喚，呼嘯中的幾個字或人聲。

沒有。一片死寂。接著——

「靠！」閃電再次擊中心臟，她哀號出聲，噪音炸進她耳裡，好像一根釘子直穿腦門。

她打開一個虛擬螢幕，檢查無線電系統的程式碼。爲了排除2Ｉ翅膀的聲音，他們設計了相消干涉訊號，也許她能消除閃電劈擊的聲音。她檢查一張載有她無線電最近幾秒接收到的所有波形圖表，動手要輸入程式碼——

然後她看到某個預料之外的影像。有一個訊號藏在2Ｉ翅膀的載波裡，藏在那堆雜亂無章、沙沙作響的放電頻率裡。一個每隔六十秒出現一次的未調變訊號。剛剛好相隔六十秒，一二一點五兆赫的頻率。嗯，是有很多雜散訊號錯落在整個波譜中，那些訊號和光點可能沒有意義，而且這個訊號非常微弱，小聲到被那些噪音蓋過，她根本沒聽見。但引起她的注意。這個訊號本身比隨機的聲音更乾淨、更精確。她往回滑過她的無線電紀錄，發現它就出現在相同一個位置。過去十六個小時裡，每隔六十秒就出現一次。

一二一點五兆赫頻率。那數字好耳熟。她知道她在哪裡見過用這頻率播送的事物——

她倏地起身往下狂奔，穿過斜坡到其他人在的地方。

他們得看看這個。

「我們等她回來。」霍金斯說。他拒絕摸黑找詹森。拉奧憂心忡忡地往斜坡上看。她有聽見詹森在無線電上呼叫KSpace，但接著就……沒了。她試過自己呼叫詹森，叫她回來找他們，但她都沒回應。詹森若是有聽到，而且正在回來的路上，肯定是花了很長一段時間。要是詹森在黑暗中跌落，摔斷腿——要是她不小心闖進致命的陷阱，2I裡頭不爲人知的可怕陷阱——但霍金斯揮手無視她的憂慮。

「她夠聰明，不會跑太遠。我們得擬出個計畫。」他說。

他用擴增實境打開ARCS的地圖，並共享給拉奧的裝置。這幅粗顆粒的黑白影像——現在她真的開始相信自己的假設沒錯——實在太像X光片或核磁共振掃描畫面。

「這邊這個呢？」他問道，指著地圖上相對於他們所在位置的另一側，那裡有個巨型尖刺黑影。「這個地方是幹麼用的？」

「我不知道。」她已經重複同一句話好幾十次。

「那這邊這個長型結構呢？妳看到它連結拱橋和圓丘的樣子沒有？」他的手伸進地圖深處問，就像一名外科醫生在身體腔室裡翻來翻去。

「我一直在告訴你——我的理論不詳實。我們沒有任何理由認爲，這邊有哪個結構和地球生物的器官有可比性。2I演化的環境和地球是天壤之別——我作夢都不敢相信它有跟我們一模一樣的器官和組織。」她深呼吸。「我沒辦法和你解釋這些如何運作。光要理解解剖學構造，就要花上好幾年的時間研究。我會需要解剖2I，才有辦法得到基本概念，理解這一切如何共存。而且它的體型對一把手術刀和兩支鑷子來說有點太大了！」

她從他和地圖那兒走開，手指交扣在她頭盔後面。就是因爲這樣，她才一直憂慮於告訴其他人她的理論。霍金斯不想要模稜兩可的假說，他想要具體建議。他想要的是地陪。

她再次抬頭往上看斜坡。她很確定詹森往上爬回心臟那裡了。上頭那麼危險。

但他不肯放過她。「我需要妳幫忙，拉奧，」他說。「過來看這幅地圖。我們得搞清楚。」

她搖頭。

「我還以爲，」他說，「妳很投入這項任務。」

她的表情在面罩底下糾結起來。

「我以爲妳全心投入在NASA交付給妳的工作。我以爲妳不會像這樣輕言放棄。」

她咬著嘴唇，試圖不聽，試圖無視直接了當的情感勒索。即使她的雙頰發熱，雙手開始顫抖。她很清楚他接下來要說什麼。他會跟她說，他以爲她相信史蒂芬斯犧牲性命來達成的使命。這混蛋接下來就會那樣說，然後她會有兩個選項。她可以衝過去，一拳打在他下巴——這樣一來他就贏了，因爲他成功激怒她。或者——

她走去地圖那邊，作個手勢放大尺寸並縮放視角。「你眞正想知道的是什麼？」她說。

霍金斯點頭。「這是什麼？」

他指向軸心其中一處。整個２Ｉ內部空間在那裡收束成一點，就在他們進來的氣閘另一端。那部分的地圖很難讀，到處是陰影和奇怪質地。不過她能依稀辨識。最末端四分之一的位置，有座長得最厚的拱型支架，全長將近二十公里。它從地面冒出來，形成一座懸在空中的宏偉拱壁，像籠子一樣支撐著某樣事物，那是好幾座塔橋組成的橢圓形圍籠。

某個概念在她眼前一閃而過，然後她意識到——

「那很像胸腔。」她說。

她一直把那些水泥支柱的結構稱作「塔橋」。她早該知道才對。她很肯定那完全就是外表看起來那樣——是骨頭。

「假設妳的理論沒錯，２Ｉ真的只是一隻巨大的生物。」他舉起一隻手表示他只是在假設性地討論，但她從他臉上看得出來他相信她，他接受她的理論——他相信是那樣。她希望自己也能如此相信。「假設那是胸腔，或某個東西好了。裡面裝什麼？」霍金斯問。不管他把地圖放到多大，視角拉得多近，籠裡還是一片模糊形狀和深邃未知的黑影。「我們知道心臟不在裡面。那顆心臟——假設是，抱歉——四散在各角落。所以——在這個籠子裡面是２Ｉ的肺嗎？」

拉奧想了想。２Ｉ勢必會有呼吸系統，勢必有器官來淨化和輸氧，但那跟心臟一樣分散，不會在籠子裡。

「肝臟？腎臟？腺體？」

「想像你是在物競天擇的環境下，一個有演化上的優勢特徵且成功繁衍的生物。」她說。

「什麼？」

「我只是邊想邊講。」她望向他那張大惑不解的臉，無助地嘆氣。「這麼說好了。你是上帝，你在設計一隻生物。你有這些不同的器官得放進牠體內，其中有些比其他的更重要。真正要緊的那幾個要保護在骨頭裡。我的意思是，2 I已經有碎型外部和圓筒狀內殼當作兩層外骨骼，那用來保護心臟和肺顯然是很夠了。那麼有什麼器官如此重要，需要再一層鎧甲來保護？你的生物沒有什麼會活不下去？」

霍金斯的臉色變得無比嚴肅。

「大腦。」他說。

她聳聳肩。「你想知道我覺得最有可能的答案，就是囉。」

「牠的大腦在裡面。」霍金斯說。他雙手伸進地圖裡，放大再放大，直到那具骨架籠子裡灰濛濛的內容物變得跟他的頭一樣大，懸浮在面前。他像是要往擴增實境的畫面咬一口。

「抓到你了，你這混帳。」他說。

詹森拖著受傷的那條腿，跛著腳走下坡。疼痛不算什麼，那已經不重要了。她能聽見那個指路的聲音。每隔六十秒就在頭盔裡響起，一聲哀悽的鳴叫。她只需要對這個訊號做三角測量，然後就會知道他們下一步得去哪。

然而，她看見其他人的燈光時，他們看起來好像已經準備要丟下她前進，想到他們把她丟下來，讓她恐慌了一下。霍金斯正跨大步慢跑著下坡，留意別在橡膠地面上失去平衡。他的頭盔掛在腰間，燈照在他前方跳動。拉奧正拿起幾個裝備——明顯是要跟上他。「他趕時間，」詹森趕過來之後她說。「他看到妳的燈過來，想說該行動了。」

「但他不知道我們要去哪，」詹森說。「我需要進行三角測量，霍金斯！等我一下！」

「我會走慢點，讓妳能跟上。」他往後喊道，連轉頭看她都不看。

「我找到一個東西，」詹森大喊，盡可能快地跑向他。她一直被絆倒，不得不用雙手支撐自己。「我找到一個東西！」

「我們有新的目的地了，」他告訴她。「在妳忙著追那堆鬼影的時候，拉奧醫生實際解決了有助於我們任務的問題。」

「不是，」詹森說。「不是鬼影。其他人還活著。他們活著，他們需要我們的幫助。」

「查納榮看起來挺好的，好到能監視我們。」

她抓住他的手臂，他終於停下來轉頭看她。那表情不甚友善，像在跟一頭惡犬互瞪，都能聽到喉嚨深處發出的低吼。

「不用我再提醒妳一次，現在負責指揮的人是誰。」他告訴她。

詹森懶得安撫他。她打開太空裝正面的外部喇叭，將指路的聲音放給他聽。「你有聽見嗎？你知道那是什麼嗎？」

「2I什麼怪聲都有。」他告訴她。

「不對。那是人類的聲音，」她說。「以一二一點五兆赫的頻率，每隔六十秒發送一次。這個頻率——你是從軍的，你知道代表什麼。」

他瞇起眼睛。他知道。但他不想讓她如意。

「等等，」拉奧趕上前說。「妳找到一個每六十秒重複一次的無線電訊號源？」

「每隔整整六十秒。」詹森點頭說。

「也許，」霍金斯說，「2I裡有什麼部位偶爾會進行放電。也許妳只是收到我們在心臟那邊目睹的閃電。」

詹森搖頭。他不可能忽略背後的意義。

「如果這裡有部位也是以六十秒循環，那可真是天大的巧合，」拉奧搖頭說。「整整六十秒？分鐘是人類的測量單位。你覺得遙遠的星球上會有什麼動物使用分鐘嗎？」

「而且你知道那個頻率。那是遇險呼救。」

她從他表情看得出來他想要反駁，但無法。這是民航飛機用以表示遇難的確切頻率。NASA和軍方使用諧波頻率二四三兆赫。這個訊號只可能是從KSpace的設備發出。

「妳在島嶼頂端接收到這個訊號？」拉奧問。「我們之前都沒聽到。」

「它是低功耗詢答機發出的訊號，」詹森說。「我們之前沒有近到能聽見。霍金斯！聽我說——法律有規定，只要有人發送那個訊號，我們就得盡可能協助。」

他板起臉，但她贏了，他們倆都曉得。片刻過後，霍金斯打開ARCS的地圖，指向2I的末端。「我們要去那裡。妳那該死的訊號在哪？」

她花了點時間三角測量位置。那個訊號在此處更強，代表她離目的地比較近。有霍金斯的訊號在，她有兩個參照點，她能藉由比較兩個點的訊號強度來算出源頭。

不太遠——就在斜坡下面，在他們被沖上岸的島嶼相反一側。「這裡。」她按下地圖，一個紅點標記出詢答機的位置。「霍金斯——就在我們到你的目的地路線上。」

她哀求。詹森向來不擅長懇求，但如果能救活一位KSpace的太空人，那她就會懇求。

「這不是最順的路線，」他抱怨道，但最終聳聳肩。「走吧。我們路上順道去看。」

溫沙．霍金斯：我知道詹森的搜救行動沒有意義。那只是在浪費時間。但她已經走不太動，我也不能讓她拖累我們的速度。如果那樣會讓她有動力，我就隨她去作她的英雄夢吧。

遙測異常

「他想找到大腦？」她們下坡時，詹森如此問道。「也許那是件好事。也許……也許那裡就是我們該去的地方，如果我們想和２Ｉ溝通的話。」

步行的同時，拉奧小心翼翼地盯著年紀比她大的另一名女子。詹森備感痛苦，但是一直拚命強忍。此舉無疑令人欽佩，但拉奧知道不可能永遠這樣。人單靠腦內啡和決心撐不了多久。要是她能說服霍金斯停下來，讓他們休息——但她知道這不可能。雖然方式不同，但他執著的程度就和詹森一樣強烈。

「妳的意思是，等我們找到KSpace的人之後。」拉奧接過話頭說。

「妳認爲這兩個目標彼此不相容的嗎？」詹森問。「我們知道，至少查納榮還活著。她一直待在這裡。這些東西生長的樣子，她一定全看到了，」她虛弱地舉起一隻手揮了揮，示意著這座島嶼、２Ｉ如巨型圓筒的內部和周圍種種。「至少，她可以告訴我們，KSpace是如何嘗試和２Ｉ溝通，以及他們的嘗試奏效或無效的原因。我們可以排除一些可能性。」

這番爭論愈來愈顯得老調重彈。拉奧暗自好奇，這些理由什麼時候會再也站不住腳。他們全在空轉——超過一天以來，沒有人吃過固體食物，霍金斯爲他們設定的行進單調又慘無人道。兩個人的身體狀況也不太妙，詹森的膝蓋受傷，霍金斯則對他嚴重腦震盪的症狀視而不見。

至於她自己——她很好。在生理方面。精神方面，她無法專注，茫然迷失。２Ｉ的黑暗與詭異開始對她產生影響，而且心頭有許多掛慮。

她把對史蒂芬斯的悲傷放進一個小盒，綁了蝴蝶結，塞進櫥櫃深處。她開始將之想成一個禮物、一份獎賞。等我們這裡搞定了，她心想，我就會把那些感受拿出來好好檢視，像看舊照片一樣拿在手裡翻看，然後我終會看見，我終會容許自己去想，我和他原本能夠擁有什麼，我們應該擁有什麼。

在某種扭曲的層面上，她感到期待。因爲體驗那份悲傷，就是與他同在的方式，是她僅剩的方式。因爲那樣就代表她的恐懼結束了。她一直背負著的恐懼，恐懼著2I，恐懼著牠的本質、牠的意涵。

牠正在往地球的方向去。她一度懷有小小幻想，幻想2I會進入地球周圍的軌道，然後從側邊打開一道縫隙，幾個外星生物會從裡面走出來。他們會有奇怪的外表，跟人類一點也不像，但不可怕。他們不會講英語，一開始不會，但他們會學習。然後他們會告訴她，遙遠的繁星之間是什麼樣貌。

2I回應了她的幻想。

但牠並不符合幻想，不符合她對外星生物的既有觀念，想要教給她的知識也不同。在太空深處的遠方，一切都和地球上不同，黑暗寒冷，只能不擇手段求生。就是這樣了——更高遠的志向沒有容身之處。星雲之中沒有自我實現可言。沒有思想交流，沒有溫馨友誼。沒有任何話語。

她窮盡職業生涯來追尋此刻，追尋來自外星的接觸，她現在得到的是自己夢想的陰暗倒影，是來自虛無的凌厲笑聲。

「拉奧！」

但她無法迫使自己恨2I。牠是動物，受到原始衝動的驅策。牠跟她一樣是活生生的，儘管程度或有不同。你不會恨一條得狂犬病的狗，你不會恨獅子，即使你害怕牠們。你會尊重牠們，保持距離。

當然，現在已經沒有保持距離這個選項了……

「拉奧！」

她抬頭四下環顧。她意識到自己看不到其他人，肚子裡傳來作嘔的攪動，只見她自己的光線穿透黑暗，照向島上一成不變的地表……

「拉奧，」詹森說著從陰影中跛行而出。霍金斯跑步跟在後面。「妳走錯方向了。」

「我……是嗎？」

「妳本來在我正後面，突然間就轉了方向走遠了。我不確定妳是要往哪走。」

「我猜我只是跟著我的光源走。」拉奧說。她羞愧得雙頰發熱，把臉轉離詹森。

霍金斯不耐地咕噥。「我們必須繼續前進。」他堅持道。

拉奧點點頭，他們再度起步行走，這次詹森走在她後面一點點，無疑是監看她。

「我真的很抱歉。」拉奧說。

詹森放棄似地舉起手。「沒關係。只是，我們需要專注，對吧？我們需要依循正軌。」

「對，」拉奧說。「對。」

「不過，我問了妳一個問題——妳剛剛有聽見嗎？」

拉奧沒聽見，她自己也嚇壞了。她深深陷入思緒中，完全漏聽。「什麼——問了我什麼？」她問。

「我好奇妳有沒有想過，我們要如何跟牠的腦對話，如果我們找得到位置。」

「溝通，」拉奧說，「不是只有說話這種方式。動物會用五花八門的方式溝通——示威、改變體色、散發費洛蒙。妳知道樹木也會彼此對話嗎？樹木透過將化學物質排入土壤，其他的樹會透過樹根吸收化學物質，就可以收到訊息，講的通常是『我生長在這裡，別煩我』。」

詹森笑出來。在黑暗中，笑聲是怡人的聲音，穿透部分緊繃氣氛，她先前的困窘漸漸消退。

「溝通嘛。」拉奧微笑著，想像海葵群在海底交戰了好幾個世紀。她想著螞蟻留下的化學物質痕跡，還有蜜蜂的蜂舞。然後她皺起眉頭，發現她想到的都是大致上跟人類同一個層次的有機體。2I完全不同。

「牠好巨大。好巨大——所以牠不曾回應過我們的信號，不理會我們使盡全力想引起牠的注意力。跟2I相較，我們不是牠的同類。我們就像微生物。兩者之間大小的差別，就像你和你腸道內的細菌。你能想像自己和細菌交談嗎？」

「但是，總會有辦法。我們要如何跟2I對話？」詹森問。

「就像細菌和宿主對話的方式，」拉奧說著，抬頭朝走在她們前方十步遠的霍金斯點了點。「第一步就是——他們會嘗試殺死對方。」

有一隻手觸摸到霍金斯的手臂，他扭身避開。他齜牙咧嘴怒視著毫無預警跟到背後的拉奧。他強迫自己冷靜。

「我只是想看看你怎麼樣了，」那名年輕女性說道。「我們意識都有點不清楚。你知道嗎？你頭上有一塊腫得滿嚴重的，我想確定——」

「別把我當成小孩子。我頭痛得厲害，就這樣而已，」他告訴她。他沒時間談這個。「沒有視線模糊。沒有反胃。」

「你的消化系統裡沒有食物，反胃感覺上可能不像嘔吐感，而是腸胃痙攣。除此之外還有其他症狀，非生理性的症狀，像是情緒波動、性格變化，或是——」

「我說了，我沒事。」他告訴她。

她退了一步，彷彿對他感到害怕。怕他。他是地球和2I之間的唯一阻隔，而她卻怕他？眞是荒謬。「詹森看起來比我更需要幫忙。如果她惡化到無法行走——」

他聽見了些什麼，於是打住。窸窣聲，距離不近，但音量很大。「那是什麼？」他問道。

她瞪視著他。「妳沒聽見嗎？」他問。她搖頭，他轉身背對她，將自己的光源投向前方。那裡空無一物。也許她是因爲戴著頭盔才沒有聽見，也許——

他的光照到了某樣東西，讓他全身僵住。他伸手探向太空裝的口袋，那個他一直牢牢拉上拉鏈的口袋。但不管他看到什麼，它沒有移動。

他非常小心地走向眼前。看起來像是一棵樹，然後他調整光線往上照。他看見一根中央主幹，不比他的大腿粗，然後是向外開枝散葉的樹冠，像人類的手臂。是棵手狀樹，就像他們稍早從浮冰筏上目睹的，不過小多了，最多約莫十公尺。

這棵手狀樹後面還有一棵，再後面又更多。他將光線來回擺盪，見到上百棵樹，也許上千棵，擋住去路，儼然是整片恐怖森林。

他仔細研究那些樹枝。在審愼觀察中，樹枝和人類的手臂沒有他原本覺得的那麼相似。樹枝節點太多，朝四面八方彎曲。但手的部分——

他想到ARCS的三隻手，雕塑成盡可能接近人類模樣，但實際是人類形體的變異版本。手狀樹枝椏末端的樣貌比人類手掌大，但相似性無可否認。每隻手都有四根手指，又細又長，上面的節點跟人類指節一模一樣，指尖上沒有指甲，但是構造比例的相似度高得毛骨悚然，不可能聯想到除了人類手指以外的事物。

「趨同演化，」拉奧悄聲說。「不一定代表什麼意義。那些……那些樹是演化來因應某個特別目的。我們的手也是為了目的演化，但不必然是同一個目的。兩者相似，只是出於巧合。」

霍金斯瞪視著她。他不記得提問。他不記得有說任何話，他沒有開口。他有沒有——他是不是——有一些事，他必須確保自己沒有開口。一些不能讓其他人聽見的事。他得更小心。

在他旁觀的同時，樹的其中一隻手動了。拉奧往後一跳。那隻手絞扭甩動，然後握成一個小拳頭，手指握緊時顏色泛白。在大約五秒鐘，拳頭一再握得更緊，讓他覺得手指都要綳斷。然後手指鬆了開來，再度向外伸展，拉開四指的距離。

「那些到底什麼鬼？」他質問道。

拉奧沒有回答，直到他轉過身來直視著她。

「不曉得。」她說。

「有危險性嗎？我們有沒有需要找路繞過，或是可以從樹下走過去？」他問。

她張開嘴彷彿準備要回答，但後來只是聳了聳肩。

詹森終於趕上了他們，跛行著來到他們站的位置。她將單盞燈光直直射向森林。「求救訊號從裡面傳來。」她說。然後她再度動身，從其中兩棵樹正中間走過去。

霍金斯旁觀著，完全能夠預期那些樹枝會低下來，用巨大的手掌攫住她，將她抓向空中。他考慮著自己應該如何應對。

幸運的是，他不需要考慮出結果。手狀樹對詹森的存在完全沒有反應。

一段樹幹被詹森的光源照到，在光線下微微發亮。樹幹以半透明物質構成，像蘑菇的內層一樣是白色，呈纖維狀，在某些地方則像粗硬凌亂的頭髮一樣往外生出。她轉身繞離樹幹，光線中又出現另外三棵樹。她走得愈深，手狀樹的距離就愈近，她擔心最後必須側身擠過樹木之間。也許她必須勉強擠過去——也許她不得不碰觸到那些樹。

她從來沒有想到要回頭。

她的腿不再痛了，她只隱約感覺到腿的存在。她可以問拉奧這代表什麼意思，但得到的結果可能很糟。或許還是別知道好，至少等他們回到獵戶座號再說。

雖然地面凹凸不平，不斷害她差點絆倒，她還是使盡全力快步走。卷鬚密布在森林地面，全都生根扎進土地。她的鞋尖一直纏到卷鬚，她嘗試把腳步抬高，但她受傷的那條腿不肯聽命。她與其說是走路，不如說是在踉蹌前進。也許她可以慢一點。但是——不行，她已經這麼接近了。

她聽見上方傳來一陣窸窣聲，不禁屏住氣息。她緩緩舉起燈，將光線照向樹冠。在那裡，樹的手握緊又鬆開，速度很慢，也沒有太多隻手同時動作。她看著其中一隻手伸出去，抓住另一棵樹的枝椏。長長的手指握住手腕——實在沒辦法用其他字眼來形容——然後繞著泛白的關節收緊。那隻手停留了一會兒，然後便鬆開，晃蕩回原本位置。

過了幾秒，被握住的那根樹枝重複了相同的動作，轉而向第三棵樹伸出手，抓住對方幾根突出的手指，緩慢無聲地壓緊，然後鬆開。它們……是在傳遞訊號嗎？交換化學物質？拉奧說過連她自己都不知道，這不是詹森要解答的謎團。

她有自己的難題要解決。

快步下坡跑進森林的途中，求救訊號聽得她快要發瘋。她最終把聲音關掉，讓她的裝備將訊號改成畫面顯示。每隔六十秒，她的太空裝會偵測到求救訊號的脈衝，在她的面罩上顯示成一串鬼影幢幢的聲波圖形。聲波在她面前稍微偏左的點上聚合。

她轉了方向，跟隨訊號，輕鬆通過兩排樹木，像走進一條帶領她找到訊號來源的隧道。她打開無線電呼叫，說她就要來了。那個未知的訊號來源沒有答覆。在她上方，樹木的手朝彼此伸出、抓緊又放開。如果她低著頭，就看不到這些的動作。這樣比較輕鬆。

面罩上的聲波現在更亮了，頻率更密集。這代表她幾乎就在訊號來源的正上方。她隔著面罩大喊，呼喚任何能夠聽見她的人。如果他們可以給她一點指示——

有個鬆鬆的卷鬚從腳底滑開，她失去控制，跌跌撞撞地往前。「該死。」她咒罵道，靴子卡在一團卷鬚裡。她開始蹣跚前進，將手臂往前伸，作爲平衡。起先，她覺得她會沒事，可以止住衝勢，但接著她的後背包往前滑到肩膀，讓她重心不穩。彷彿身在水底、或是處在慢動作狀態，意識到即將面朝下倒地。她的手臂在無意識中伸出去抓住能阻止她跌落的支柱。

唯一符合條件的物體，是她正前方的手狀樹樹幹。她雙膝落地的同時，手臂環住樹幹。

她感覺到，飽滿的樹幹在她的抓握之下扭動，從手中爬開。她抬頭，驚恐地見到那棵樹的每條枝椏都在同一時間動了起來，各自往不同方向伸展。那些手抓住其他棵樹的手腕，攫握、收緊後鬆開，再扭向別處抓新的樹枝。這個動作模式像漣漪一般以她爲中心向外擴散，從一棵樹傳到另一棵。

她屏住氣息，不確定自己做了什麼。

好長一段時間，她就只是站在那裡，盯著樹枝扭動，手掌抓緊又鬆開、抓緊又鬆開。就像一陣強風吹過樹冠，或是像她記憶中年輕時的教堂禮拜，全體會眾轉身和鄰居握手。

終於，她允許恢復呼吸。

她跌坐在一堆卷鬚聚集起來的核心上，從森林地表隆起，像天然的座位。她的傷腿向前伸展到極限，另一條腿蜷縮身旁。她四下環顧，來自她太空裝的光線緩緩晃過林地。她甚至沒有在思考，沒有在理解她看見的事物。她只是讓心跳慢下來、呼吸得輕鬆一點。她受了點驚嚇，但沒發生什麼。沒有問題，她只是休息一下。

就在那時，她的光線落在一個略帶黃色、體積很小、呈圓柱形的物體上，位於卷鬚之間，彷彿從某人的口袋裡掉出。她過一秒才發覺，她會絆倒就是因爲踩到這件物體——這個小小的、顏色如羊皮紙的物體。她在森林裡沒見到類似事物。地上沒有落葉，沒有林下植物——這是她見過最乾淨的森林。但這短短的東西就在這裡，中間偏窄，頭尾偏粗。

現在，她認眞思考一番之後，覺得這看起來就像**人類的手指骨頭**。

「什麼都別碰。」霍金斯說，一隻手臂擋在拉奧面前。她往後退了一步。

「我……沒有要碰。」她說。

他沒有回應，往前輕輕走了幾步，四下張望。他將頭盔從腰部抬起，以手動方式讓光線廣泛照射樹幹。「妳的好夥伴詹森總有不少餿主意——老天，但這個我眞的不喜歡。」

拉奧忍不住同意。

除了上方偶然傳來的窸窣聲，森林幾乎一片寂靜。那就是霍金斯稍早聽到的聲音嗎？她看著那些手抓緊、放開，不禁顫抖。她看到心臟的時候，就已經明白自己看見什麼。她只是無法證明，而身爲科學家，她總是審慎避免跳到結論。但她心中毫無疑問。那就是心臟，就跟她在醫學院時從每一具屍體中剜出的心臟一樣，就跟她在高中生物課解剖的豬胚胎心臟一樣。心臟嚇不倒她。但是這些手狀樹——她不知道眞相，存在目的爲何。這種未知變成生理上的痛覺，她心中無法舒緩的痛點。

霍金斯高高抬起腳步，往樹林更深處去。「小心，」他說，「這裡的地上爬滿了卷鬚。」

她希望他用的不是「爬」。這些卷鬚不會動。她幫史蒂芬斯動手術時看過動的樣子，知道動作有多快速。她沒有陷入極度恐慌的唯一原因，就是她確定這些卷鬚現在牢牢在地。

她非常小心地踏過一團糾結的卷鬚，然後抬起另一隻腳往前跨出下一步。霍金斯在她前面好一段距離，她想加速趕上。她眞心不想在森林裡孤零零一個人，面對著——

「不不不不不……」

前方傳來一聲綿長哀痛的哭嚎。一定是詹森。拉奧確定，發出那聲音的人一定是詹森。如果是其他事物發出來的，她肯定無法承受。她會轉身逃出森林，回到空地。

「不……拜託……」

霍金斯轉身瞥她一眼，然後向前跑，使盡全力快速從樹幹之間跑過。拉奧喊著要他等一等，等她跟上，但她很快就須留著那口氣在他後面衝刺，拚命不讓他離開視線、離開光線範圍。兩側樹幹飛馳而過，蒼白的纖維狀形體在光線中一閃而逝，立刻消失於黑暗。她試圖留意腳步，但她所能做的就只是持續前進、持續奔跑。

然後霍金斯停了下來，停得很突然，害她差點撞上。他彎下腰，撿起他在林地上發現的某件東西。他將之舉到光源前時，拉奧倒抽了一口氣。近端指骨，她想，思緒飛回解剖學課堂上。就像她看到心臟一樣，她立刻就認出了她所見。

但是——那不是2I的一部分。那不是外星生物的指骨。

霍金斯抬起頭，維持蹲姿向前。他撿起另一塊骨頭，一塊碎骨，其中一端破裂且參差不齊。**尺骨**。

「什麼……什麼……」她停不住自己的話。「為什麼？這些——它們是——」她無法組織有條理的思緒，整個人在太空裝裡發抖，眼睛不能聚焦在眼前所見。

他們一起往前，發現了一塊鎖骨，又有一塊肩胛骨的大部分。那是一塊人類肩膀的骨頭，她毫無疑問。那塊人骨被剔得乾乾淨淨、經過漂白，彷彿是等著要和其他骨頭一併組合成人類骨骼模型，吊掛起來。

有什麼東西在她靴子底下壓碎了。她往後一跳，只見踩到一塊下顎骨。和其他骨頭不同，這一塊顎骨並不是自由落在地面，卷鬚纏繞著，從缺了牙齒的空隙鑽出來。她拿起骨頭，想將之從卷鬚中拉出。卷鬚如此抓拿著人類的一部分，讓她內心深處飽受冒犯。

「放著吧。」霍金斯說。他以兩隻手指示意跟上。他一隻手搭在她臂上，她處於驚嚇之中，幾乎沒有感覺到。

前方僅僅幾公尺處，詹森蜷縮著躺在地上，全身發抖。拉奧可以聽見她的啜泣聲。詹森的手裡擁著一根長而直的骨頭——一根股骨。

拉奧仰頭，這片蒼白的森林裡掠過一陣橘色波動。她花一秒才看清楚眼前，理解那是什麼。一件亮橘色的太空裝，鬆垮地掛在一棵手狀樹的樹幹上。應該說是亮橘色太空裝的一部分，從頭盔到一隻袖子都印了六角形圖紋。另一隻袖子消失了，同一側的褲管大半不見蹤影。頭盔面罩粉碎，剩下參差尖銳的殘片。那些碎片間纏著破裂的顱骨——人類的骷髏。

卷鬚越過殘餘的褲管，蜿蜒爬上太空裝的前襟；並在頭盔內部抽芽，從肩部的缺口爆發而出，糾結成團，有些粗如手指，有些細如頭髮。它們從太空裝破損的部位升起，交織著繞住手狀樹的主幹，消失在透明的樹體。

拉奧非常艱困地吸了一口氣，然後吐出一聲像被嗆住的小小尖叫。她太害怕，不敢發出更大的聲音，但她不知道怕的是會被森林裡不知名敵人聽見，或只是不敢打擾詹森的哀慟。她推開霍金斯，跪在詹森身旁，雙臂抱住對方的頭盔，試圖給予慰藉。

「不……」詹森哭嚎道。

霍金斯走過去站在屍體前，用燈光照亮太空裝的橘色部分。光線很強，突然照出的色彩讓拉奧忍不住別開目光。

「是霍姆斯，」霍金斯喘著氣說。他指著太空裝胸前原本印有太空人姓名的地方。「泰瑞安·霍姆斯。」他彷彿不願意觸碰到面前的事物，用腳把頭盔面罩碎片從暴露在外的半個骷髏頭上挪開。「那些卷鬚把人肉剝掉了，」他說。他又補上一句，聲音小了許多：「妳覺得牠爲什麼要那樣做？」

聽到他的話，詹森的身子又蜷緊了。

拉奧的腦袋正中央迸出一陣怒火。當下她眞是恨極了霍金斯。

「混帳，」她啐道。「閉嘴！現在時機不對。」

霍金斯直直回望她，毫無退縮。他對她輕到不能再輕地皺了個眉頭，便轉身從兩棵樹中間走開了。也許他想要留給她們空間。也許他只是受夠她們了。

但當然——他不會罷手。他轉頭越過自己肩頭對詹森說話，眼睛甚至看都沒看她。

「我知道這不是妳想追求的結果。我很遺憾。但這代表我們少了一件事需要擔心。我們可以專心找牠的大腦，完成任務。」

近端操作

影片檔逐字稿（四）

﹝影片中僅呈現出閃掠動態，以及偶然出現的亮光。泰瑞安．霍姆斯的聲音非常微弱模糊，此份逐字稿的精準度因此有待商榷。威廉．佛斯特和珊德拉．查納榮的聲音較爲清晰。﹞

泰瑞安．霍姆斯：沒有光線。我看不見。無法﹝語音不清﹞。我沒有眼睛可用了。

威廉．佛斯特：按住他。把他的手臂——

珊德拉．查納榮：把那些東西從他身上割掉！割掉！它們會害死他！

佛斯特：我在試了。我在試了！只要——只要——

霍姆斯：我好餓。我——好冷，好﹝語音不清﹞一直好冷。好冷，好空洞，好久好久。但是，現在接近了。快要﹝語音不清﹞。

佛斯特：他這是在說什麼？妳聽見了嗎？

查納榮：他快死了！誰還管——快救他啊！

佛斯特：我在試了。但妳有沒有聽見——

霍姆斯：快結束了。它﹝語音不清﹞。這裡很溫暖，靠近太陽。溫暖很好。很好﹝語音不清﹞。

記憶卡原本掛在附近一棵手狀樹，連著位於樹木突出纖維上的鐵絲。找到東西的人是拉奧，但她一言不發就交出來。

他們走路的同時，詹森播放檔案，一遍又一遍。

她以為明白先前發生的事。畢竟，她見識過類似事件。她望著史蒂芬斯陷入卷鬚聚成的網中，掙扎著想要逃脫。她想泰瑞安·霍姆斯應該是在類似狀況下受困——但不知為何，即使佛斯特和查納榮都努力想救他出來，他仍然無法脫身。

她檢視影片的時間標記，泰瑞安·霍姆斯死的時候，她可能正拚命爬上通往氣閘的斜坡，把史蒂芬斯帶到安全的地方。

如果史蒂芬斯沒有遭到攻擊——如果KSpace有回應她的無線電呼叫——

「繼續走，」霍金斯說。他在她前方約莫十二公尺處。她拖著腿前進，重看影片。「我們得把握時間。妳要加快腳步，詹森——」

拉奧說了些話，溫和微弱。詹森沒聽見字詞。她又重播那段影片，顆粒粗糙、鏡頭搖晃的畫面在面罩內側播放。「抓他的手臂。」她聽見佛斯特說。又一次聽見。

某些——某些怪事發生了。佛斯特注意到某些古怪，隱藏在霍姆斯的遺言裡。

詹森又重播一次影片，嘗試聽見佛斯特聽到的資訊。

夏綠蒂·哈利維剃掉的半邊頭上刺青那條龍，正蟄伏在後，鼻孔裡冒出煙，準備要噴火。她臉上的表情跟那條龍很搭，麥克艾里斯特想。她拔掉鼻翼上的通訊裝置，連同一個超小包包丟進塑膠桶，同時，他對她揮了一下手，希望她解讀為善意動作。她沒抬頭，只顧走過安檢掃描的白框，雙手高舉過頭。一名保全人員召喚她上前，將塑膠籃遞給她。

「謝謝。」她說著將通訊裝置貼回臉上，首度轉身盯著麥克艾里斯特。

「副部長，」她說。她稱呼他的全頭銜，他懷疑這不是件好事。「我有一大串問題。也許我們可以從這題開始——您知道私有太空載具的損失賠償金額該是多少嗎？因為我向您保證，NASA肯定要賠償漫遊者號的全額購入價給KSpace。」

他想起他們上次在亞特蘭大「蜂巢」會面時輕鬆歡樂的氣氛。她當時滿臉堆笑、語調溫柔。他猜想那都是他的團隊撞毀她家太空船前的事了。現在他真希望自己帶給她比較好的消息。「女士，這邊請。」他說。這個老派的尊稱讓她抬起一邊眉毛。

她帶她搭一臺位於大樓後方的特別電梯，裡頭面板只有兩個按鈕，一個寫著「地面層」，一個寫著「望遠鏡」。麥克艾里斯特選了後者。

電梯開始下降時，她一臉驚訝。「你們在地下弄的到底是哪種望遠鏡？」

「要避開宇宙射線和表面振動的那種，」他說。「哈利維小姐，我必須告知您，您稍後會看見的景象是……是很敏感的。」

「意思是——可能會讓我昏倒嗎？」

麥克艾里斯特給了她一個微小的笑容。他希望結果不會那樣，但她若真昏倒了，也怪不得她。「意思是，我們必須請您不要對外談論您見到的事物。」

「我以我的榮譽保證。」她說。

「恐怕我需要的保證還得再多一點。」他輕觸他的裝置，傳給她一份保密協定表單。她看了看他，顯然已經接收到表單，然後非常緩慢刻意地眨眼。這個動作等同於簽字。

「謝謝。」他說。

電梯抵達梯井底端——帕薩迪納地下三十公尺——開門迎向一座小型門廳，空間只容得下他們兩人。麥克艾里斯特將自己的重量移向地面時，地板微微搖晃。「這個房間是浮在一窪很深的礦物油上，」他解釋道。「避免振動。」

「那我們還應該講話嗎？」她問。「如果你們的望遠鏡這麼嬌貴？」

「沒關係。望遠鏡本身保存在近乎真空的環境。」他們通過一扇門，踏上一條封閉式走道，面向非常遼闊的球形空間。燈亮了，牆上數以萬計的探測器展現在他們眼前。每個裝在銅質外框裡的探測器都用碘化銫結晶製成，清透純淨到快看不見。「這些是相干性反衝探測器，我們用來追蹤宇宙遠端黑洞排放的微中子——以目前來說，是2I釋出的微中子。」

哈利維悒悒不樂的態度像炎夏人行道上的水珠一樣瞬間消失。「也就是說，你在跟你們的人講話。你可以跟團隊說話。」

「連線是完全單向的。我可以聽到他們聽見的聲音，看到他們目擊的畫面。我無法對他們傳達訊息。」

「你帶我過來是因爲你——你有佛斯特和其他組員的消息了。」她說。聲音變得極其輕柔。

他思考著該說什麼話。他考慮過數種可能，從單純精確地呈現事實，到試圖讓這個消息變得比較容易接受。他找不到任何方式來緩和這種衝擊。

他只是輕觸一下裝置，在球形空間的中央叫出擴增實境顯示畫面。影像色彩的飽和度不足，而且就算隔著一段距離，影像像素顆粒也清晰可見。但不論如何，影像本身已經說明一切，顯示出莎莉・詹森跪在泰瑞安・霍姆斯的遺骸旁邊。

「我非常、非常遺憾。」他說。

她將手指指節抵著嘴唇，一言不發。

「我們覺得妳應該看看這個。撇開國家安全考量，妳有權利。」

她點頭，視線沒有朝向他。

「我不想帶來虛假的希望。我們有……有些資訊顯示珊德拉．查納榮也許還活著。」他清除顯示螢幕上的畫面，準備播放查納榮留給詹森的影片檔。

但在他來得及按播放前，她過來抓住他的胳臂。

「那佛斯特呢？」她問。「告訴我佛斯特的狀況。」她直視他的雙眼。「威廉在阿拉巴馬州有太太和兩個小孩。我……非常希望知道他是平安的。」

「還沒有消息，」他盡可能溫柔地說。「但我向妳保證，霍金斯指揮官和組員正在找他。」

哈利維移開視線。她頭上的龍將頭縮在翅膀下。「拜託，」她說。「給我看你們掌握到的珊德拉動向吧。」

他點開一個名稱叫做「你們得離開.mp7」的檔案，並播放影片。

「在那邊。」

霍金斯指向樹木間像是彎曲小徑的地方。當然，那不是眞正的小徑。樹木間隔著一些空隙，寬度不定，有時候他覺得自己找到路徑，最後卻發現那只是兩棵樹間隔得比平常遠的錯覺。但他仍然留意空隙，這些路線總比樹木緊密生長、不得不跟樹幹擦身而過的地方好太多了。每次擦過樹幹，都會激起樹冠層一波漣漪，樹的手彼此抓來抓去。如果有人在找他們，只要跟著那些漣漪走就行了——每次漣漪出現，效果就跟他們發射信號彈差不多。

頓時，他搖搖頭。誰會在找他們？查納榮嗎？她有機會加入他們——或是趁他們睡夢中痛下殺手——但沒有把握機會。那麼，他爲何無法甩開這裡還有其他人的感覺？

他是理智的人。他知道自己現在思緒混亂，等他有機會好好思考，等腦袋裡的鈍痛消退一點，他就可以利用純粹的意志力，將那些想法拿出來一一檢視，看看哪些值得細想。

他知道，他們發現霍姆斯的屍體時，他的行爲很殘酷。他應該讓詹森有機會哀悼。但他感覺他們快沒有時間了，這不理性——雖然每過一個鐘頭，2I就離地球更近，可是他肯定能等她個十五分鐘。

他卻堅持要繼續前進。他甚至不讓拉奧對那些人骨進行驗屍。

這是個錯誤。他希望不會因此付出代價。

現在無從得知這片手狀樹森林面積、穿越到另一側要多久，或者是否一路延伸到無止境的遠端。他們的前進有了固定的模式，審慎避開那些張牙舞爪、將森林地面化爲迷宮的卷鬚。他們的速度不如霍金斯期望，但即使是他的體力也有極限。他不只一次考慮要把另外兩個人留在後頭，讓她們慢慢休息思考，自己繼續趕路。

不過，他知道不能那樣做。他不能拋下她們獨自前進。

「幫幫她吧。」他說。

拉奧抬起頭。

「讓她靠著妳的肩膀。我願意幫忙，但我懷疑她不想讓我碰到她。」

他原本是說笑的。拉奧並沒有笑，而是轉回頭找再度落後的詹森。他聽到她們在講話，短促熱烈的對話，不需要他專心聽。

她們趕上他的時候，詹森的手臂繞在拉奧的肩上，兩人同步而行，速度也許比詹森先前走得快一點。這老女人甚至看也沒看他。她的眼睛半閉著，臉上汗滴涔涔。她一定處於劇痛，他想著，給了她一點點同情。這一點他還給得起。

雖然他腦中正在計算，如果他們拋下她，速度可以加快多少。

「你有看到這個嗎？」拉奧問。

他吃了一驚，回過神。「抱歉，妳說什麼？」他說。

「你有沒有看到這個——ＡＲＣＳ的活動紀錄。」她開啓一個視窗，文件檔在他面前滑動。

他努力克制衝動，別像趕蒼蠅一樣伸手去揮。

他閱讀她展示的資料，他花了一秒才找到拉奧想強調的重點，但沒錯，機器人的地圖停止更新了。

「可能是撞到障礙物。或被肚子餓的外星人吃了，」他說，又開個漫不經心的玩笑。「我們也沒有期望它無限期保持運作。」

她露出極爲短暫的微笑。「但我們希望運作時間再長一點。它停止回應的時候，地圖進度只完成約百分之六十。在我們和２Ｉ的大腦之間，什麼都有可能出現，根本沒辦法預期。」

「我們會想辦法，」他說。「我們都是聰明人。特別是妳。」

她的頭往側面稍稍一揚。這是她在支撐詹森體重的同時，能做出最接近聳肩的動作。

「我們也得想想補給問題。」她說。

他擠眉弄眼了一下，但沒有說話。

「我們的照明燈一直開著——我的電池只剩百分之三十電量了。我們還有再一天份的氧氣存量，水的存量更久，但我們終究會把消耗品用光。」

「我們無能為力。」他說。

拉奧顯然不同意。「等我們到大腦那邊後要怎樣？我們得走回去。必須考慮這點。」

不，霍金斯心想。他們真的不用考慮。但當然，他不能說出來。「一旦我們到了大腦那邊，就離南極氣閘很近了，」他說。「不用多久就能回到獵戶座號。」

拉奧搖頭。「我們不眞的知道可否接近那個氣閘。從外部目測，它是密封的。聽我說，我們可以把兩件太空裝電量充到另一件裡面。這樣我們至少可以維持一組照明燈恆亮。」

他停下腳步，轉過身面對她。怒氣在腹中翻攪，宛如被異響驚醒的野獸。「別碰我的太空裝。」他說。

「我不是在提議——」

「很好，因為這事不可能發生。」

拉奧垂下視線，不看他的臉。她是不是有點發抖？她在他眼中看見什麼？

他得保持自制力。最少最少，他必須控制自身行為。

「抱歉。」他說。他轉身，再度起步。強迫將腳步放慢一點。

過不到一個小時，他們來到一片空地。

森林就這樣戛然而止。詹森坐倒在地，能夠休息讓她滿心感激，雖然休息時間只夠他們消化一路所見。

他們剛奮力通過一叢長得特別緊密的手狀樹，除了側身擠過之外別無他法。他們每次碰到樹，都激起一陣樹枝手掌互相抓握的瘋狂抽搐，最後他們上方樹冠層持續陷入窸窣搖曳的狀態。然後霍金斯大吼著叫她們暫停，詹森推擠通過最後兩棵樹，接著——

她緊緊抓住背後那棵樹。因爲正前方空無一物。他們站在一座光禿的岩壁頂端，俯瞰著五公尺下一片平坦的地面，沒有斜坡，地形和林木就這麼中斷，只餘虛無的空氣。

霍金斯解開固定扣，將頭盔從軀幹部分取下，高舉過頭，試圖讓光線照得盡可能遠。他咕噥幾聲，但什麼話也沒說。他什麼也不必說。詹森可以看見，二十五公尺左右的凹溝對面又是另一座岩壁，頂端也是一片茂密的手狀樹群集。

他們沒有走到森林的盡頭，這只是一條河或其他某種事物在島嶼中間侵蝕出的溝谷。詹森小心靠在壁緣，將她單盞燈照向底下。那裡沒有水體能反射光線，也沒有樹木或其他突出物，地面平滑而毫無特徵。

這片不連續面的頭尾一直延伸到他們光線所及的範圍之外。

「這混帳東西跟我們要去的方向差不多是垂直的，」霍金斯說。「當然，我們可以繞過去。沿著岩壁的左邊或右邊走，找盡頭在哪裡。但這樣可能要花上幾個小時，或是好幾天，如果距離太遠的話。」

「或者……」詹森說，但他打斷她的話。

「或者我們就直接穿過去。從這一側下去，從對岸爬上來。這樣還是會拖慢我們的速度，但只會慢一個鐘頭左右，」他點了一下頭。「把那個袋子拿給我。」

她知道他指哪一個，還在獵戶座號上的時候，她在那個袋子裡裝滿安全繩和攀爬工具。而且，他們還留著3D列印的爬升器材，就是他們從漫遊者號上拿的電動確保器。

她拿出二十公尺長的安全繩，在好幾個點上拉了幾下，確保繩子牢靠。她將繩子的一端繞在一棵手狀樹的樹幹上。「先確定承受得住你的體重。」她告訴他。

「一定行的。NASA在裝備方面從不馬虎。」

「我不是擔心安全繩斷掉。我是擔心你會把那棵樹連根拔起。」她說。

他點點頭，將安全繩另一端扣住太空裝上一枚D型環。然後他倒退著走，拖著安全繩移動，往後仰並將全身重量放在繩子上。手狀樹顫動發抖，枝椏不斷翻騰，但樹幹堅守原地，被纏繞著樹根的團狀卷鬚穩住。

「好，」他說。「這裡啥也沒有。」然後他往後退一步，爬下岩壁，順著他手套之間握住的安全繩下降。

拉奧抓住岩壁邊緣其中一棵手狀樹的樹幹，往崖壁下望著霍金斯垂降。詹森留意著他用以支撐的那棵樹，還有安全繩末端鉤環，她知道那是整個連接結構最脆弱處。但鉤環支撐得很好。

「下一個換妳，」拉奧說著伸出一隻手拉詹森站起來。「碰到地面時要小心。如果妳落地的方式不對，可能會傷到妳正在發疼的腿。」

「謝囉，老媽。」詹森說。她讓拉奧見到她咧開嘴。她們一起笑了，雖然沒有多久，但在經歷了這麼多事，笑一下讓人意外舒服。

詹森轉身往崖下看。霍金斯在下面招手。她突然有了個想法。

她可以乾脆解開那個鉤環，讓繩子掉落岩壁。或者在他來得及出手去抓以前，把繩子拉上來，這樣更好。

讓他被困在下面。

搞什麼鬼？這個念頭是哪來的？她最不希望的就是再多一個太空人身陷險境。她搖搖頭，往後退並開始垂降。

下降途中，她研究著岩壁。壁面幾乎垂直，但遠不如她想像光滑。表面上有破孔和裂痕，彷彿這條凹谷直接撕裂島嶼，而不是切穿岩石。而且，地形的改變很晚近才發生。她注意到有些地方的卷鬚被攔腰截斷，在壁面上留下圓形切口，看起來像是化學工廠的排水管。有些切口仍在流出黑色液體，代表不久前才斷的。

她順利觸底，輕輕靠著她完好的那隻腳落地，將身上扣環從安全繩上解開，朝崖上揮手，示意拉奧跟上。然後她蹲下，摸了摸腳下，非常平坦且完全乾燥。她用一隻手套拂過表面。

「我也發現了。」霍金斯從她背後冒出來對她說。

她記得第一次造訪2I時，也看到像這裡一樣的多孔地質。她和史蒂芬斯抵達冰層之前，就曾行經相同地表，那是全無雜質、原始狀態的2I內部。

不管什麼切穿島嶼，那一路挖到深處，將這一塊地域往下刨刮得乾乾淨淨。「水不可能辦到，」她說。「在我們來這裡之後的時間內不可能。」

「這裡瞬息萬變，」霍金斯指出。「這些東西，」他說著用手比了比他們周圍的島嶼。「一天之前都還不在這裡。」

「沒錯，我是受過專業訓練的地質學家，」她說。「他們本來要派我去火星的，記得嗎？我知道風化作用長什麼樣子。這一定是用工程設備弄出來的。也許是跟2I一樣大的推土機。」

「沒差。重點是，我們要怎麼爬上另一岸。」他指著遠處崖壁。接著他往前衝過去抓住正在爬下安全繩的拉奧。拉奧的動作沒有失控，沒有出問題。詹森心想，他顯然只是想讓自己乍看有用處。有時候她眞是猜不透他。

「我有個可以拿來當鉤索用的裝備。」拉奧告訴他。她在袋子裡翻找，終於找到了目標物，一個L型的支架，原本是設計來固定獵戶座號艙外的多波長天線。支架約有三十公分長，如果折彎一點點——不難辦到，因爲它的材質是輕質鋁——她可以將之變得像一根巨形魚鉤，再連接到安全繩尾端的扣環上就成了。他們只需要小心測試這撐不撐得住他們的重量。

「妳還滿不錯的嘛，」霍金斯對她說。「在探險這方面。」

「這是我一輩子的生活重心。」她告訴他。

他點點頭，別開視線。另一端崖壁離他們約二十五公尺。他輕鬆踏過這段距離，兩位女隊員抵達時，他已經抓著短短一段繩索在空中繞圓，旋轉末端的鉤子，想在勾住崖頂的手狀樹前熟悉一下重量。

拉奧跑過來要跟詹森一起走，讓她靠著肩膀。但詹森想要憑自己的力量走一段。

「他很努力想對妳好一點。」拉奧說。

詹森皺起眉頭。「他是太空部隊的少校。你要是對領導團隊這回事沒有略知一二，是升不到那個層級的。他只是在提升士氣。」

「妳不信任他，這也有道理，」拉奧說。「他偷走了妳的領導權。」

她轉過身望著比她年輕的女人。拉奧是在測試她嗎？或是在評估她的心理狀態？

「醫生，我來問妳一個問題。如果妳爬下那座斷崖時摔斷了腿，如果妳完全無法行走，妳覺得他會親自扶著妳爬上對岸嗎？還是他會一心想著找到2I的大腦，把妳拋在後頭？」

拉奧的表情變得酸溜溜的。「我們如果想成功，就得一起合作。」

「當然，」詹森說。「一起合作。」

莎莉．詹森：老實說，我覺得自己對霍金斯有所虧欠。我們發現泰瑞安．霍姆斯的時候，我可能整個被打垮。我在無意識中把救援KSpace的組員看得那麼重……霍金斯不讓我耽溺於霍姆斯的死亡。他逼我繼續前進。不然我可能只會躺下來等死。

霍金斯旋轉著安全繩末端的鉤子，愈轉愈快，直到在空氣中發出咻咻聲。接著他手腕一揮，將鉤子拋入空中，讓那靠著動能飛過他頭頂，消失在岩壁頂端的手狀樹林。

這是他第三次嘗試，他知道拋出鉤子後不能立刻拉繩。他傾聽鉤子掉落在枝椏間的聲音，落到定位，才把繩子拉回來，他聽得見手狀樹在上方窸窸窣窣，心想一定又激起一陣眾手互握的風波，彷彿永無止境。

然後他準備好，用兩手握住安全繩，輕輕慢慢地拉。只有一種方法能確定鉤子是否抓住固定物，就是把繩子一拉再拉，同時祈禱鉤子不會從岩壁上飛回來、不偏不倚砸中他的臉。

繩子在他手中扯得緊緊的。「我覺得成功了。」他說。他越過肩膀轉頭看，兩位女隊員正在旁觀，滿懷期盼但沉默不語。他回頭專注於他的任務，愈來愈用力抓緊安全繩。他必須確保鉤子的定位牢固。他可不希望他在岩壁上爬到一半時鉤子移位。

那些該死的樹還是不停窸窸窣窣。要是認眞地說，那聲音現在還更大聲了。霍金斯皺眉，更用力拉繩子。

一條樹手臂突然拍落在眼前地面，末端還長著一公尺長且和人類太過相似的手。指頭抽動一會，被切斷的末稍流出黑色液體。

「該死。」他屏住氣息輕聲說。那條枝幹一定是被鉤子打斷，掉到地面上。他緊拉安全繩，想要讓鉤子脫離障礙物，他要再試一次。

樹指一根接一根從天而降，然後又掉了一條樹臂。岩壁上的窸窣現在化成低沉咆哮。

「霍金斯，」詹森喚道。「霍金斯——回來！」

又有更多樹臂掉落，起初只有幾隻，接著一湧而下，枝幹落地時反彈跳動，被截斷的卷鬚在空中扭曲蜷縮。

霍金斯跳步後退。掉下來的一隻手擦過太空裝前襟，他驚恐哀鳴，以為那隻手會抓住他，手指會環住他的胸膛擠壓，粉碎他的上軀幹硬殼，壓斷他的肋骨，擠扁他的心臟。但那隻手的力氣只夠兀自抽動。樹的手掌和手指更密集如雨而下，他跌跌撞撞退得更遠。他想到要抬頭看看，只見整面岩壁都在搖晃。

像漣漪般波動。一陣一陣的壓力通過質地如同橡膠的地面。緊接著，隨著雷鳴般的巨響，地表裂開，數以噸計的手狀樹屍骸紛紛落下，另一面的岩壁上有什麼東西破碎了。

「要命。」霍金斯說。

在那最初關鍵的一秒，他無法消化眼前目睹的「東西」。他腦中產生的第一印象就是**牙齒**。巨大且不可勝數的牙齒，鑲在足以把獵戶座號整個吞噬的大嘴裡。

恐懼感爬上背脊，肚腹翻攪。他的腦裡只容得下一個想法。

「快跑！」他吼道。

拉奧拖著詹森的手臂，但對方沒有移動，顯然因驚恐而動彈不得。

她往後一瞥，又見那張血盆大口，於是她拉住詹森的手臂，力道強得讓她擔心害肩膀脫臼。

血盆大口——這就是她想到的字眼。比起嘴巴，更像一座黑暗洞窟，裡面的尖牙利齒排列成三層，形成致命的漏斗。呈同心圓狀的三排牙齒瘋狂轉動，中間那排的旋轉方向和裡外兩排相反。手狀樹和島嶼的塊塊殘骸掉進那張血盆大口，被撕成碎片，消失在牙齒後方的漆黑食道。

血盆大口沿著凹溝向前滑動，速度比一般這麼大的物體快了許多，直直朝他們撲來。

詹森終於動了，她拖著傷腿跛行，拉奧將肩膀撐在詹森的腋下，比起攙扶她，更像是在推著她前進，試圖跑步繞開那口利齒前進的路徑。奔跑的同時，她鼓起勇氣回頭一看。她匆匆瞥見那隻長著血盆大口的生物，牠一小部分被燈光照到。她對牠的印象是分節的身體，因爲強行穿過島嶼和手狀樹，身上布滿黑色的濃稠液體，閃閃發亮。她看到無數隻短腳，每隻末端都長著凶狠的三角形爪子，耙抓著光禿地面。她看到的主要還是那一排排旋轉的牙齒。這是活的——雖然牠看起來更接近某種在礦坑裡挖地道的機器，但牠一定是動物。

牠前進時震得地動山搖，她還聽見齒間傳來低沉的轟轟聲，讓她同時聯想到牙醫用的電鑽和正在轉動的大輪。牠直直奔向著霍金斯，從這生物破壁而出之後，他就一直站在同一個位置。

「快閃開！」拉奧吼道，雖然她很懷疑他能否在這生物製造的噪音中聽見呼喊。

但他一定聽見了，因爲他朝她的方向看過來。這時他才開始拔腿狂奔。

她很確定他逃不了，他不可能跑得過那個生物，但在最後關頭的一秒，他往前飛撲，躲過那口牙齒。不，他不是自己往前撲——那生物的無數隻腳中有一隻絆住了他，把他撞向空中。他落地之後就躺著不動。她感覺自己還大聲喊了他的名字。

地面在腳下震動，她絆了一下跌倒了，詹森也滾倒在平坦的地面。詹森翻身——雖然腿受了傷——站起來，拉著拉奧重新站穩。

那生物靠著許許多多的腳拖行身體前進。他們唯一的希望，就是牠會繼續向前，將牙齒咬進另一端岩壁，深深鑽進島嶼的血肉，遠離他們。和牠巨大的質量相比，人類小得微不足道——牠會想從他們身上得到什麼？

接著，她看到牠開始轉身，心往下一沉。牠長著尖牙的大頭彎向一側，爪子在地面喀喀作響，身體一節一節扭轉過去。牠將身軀後半部移出剛剛挖的側溝，每過一秒都有更多節身體、更多隻腳出現。下一刻，牠再度彎頭，面向上方，正對著牠出現時對準的方向。

牠正面逼近。這會兒牠已經再度向前，貼著光禿的地面直接衝向他們。

「噢不，」拉奧說。「不。不！」

「妳聽，」詹森說。「聽我說！」

拉奧逼自己望進詹森的面罩。

「聽我說，」詹森重複一遍。「妳就拚命跑，一直跑，不要回頭。」

「什麼？我不懂，妳需要我幫忙——」

「但妳不需要我。快逃！」詹森叫道。

拉奧雙膝微屈，開始照著她的話做。但是，她回頭望向霍金斯躺著的位置。那生物正在逼近他，體積大得不可思議，就像一艘郵輪朝他疾駛，又像一棟摩天大樓活過來，化身成飢餓巨蟲，以異乎尋常的速度拖著龐大身軀，碩大嘴巴咬在他身上。

或至少咬到他上一刻還在之處。她將照明燈四處轉動，看到他起身，閃避到那生物側邊。

他的手伸進背包裡，拿出某樣東西。拉奧距離太遠，看不到那是什麼，直到他拿著那東西在手裡擠壓。物體末端冒出難以逼視的紅色火焰。是信號彈，他們僅剩的信號彈。他沒有將信號彈瞄向空中，反而拿在手裡點燃，像火把一樣舉著，在那生物前方來回揮動，彷彿想引起牠的注意。像個手拿紅巾面對公牛的鬥牛士。他覺得自己可以把牠引開嗎？

「牠沒有眼睛！」拉奧大聲叫道。

他沒有看她，但也許聽到她的話。那生物朝他滑行，速度沒有減慢也沒有加快，於是他的手臂不再揮舞。他跳步後退，顯然準備要逃。拉奧判定這沒有用，她有看到他奔跑的樣子，那生物動得比他快多了。

「不——不——」拉奧說，牙齒禁不住恐懼發抖。

霍金斯舉起手臂。他將信號彈高舉過頭，又擠壓了一次。這回信號彈發射出去，像飛彈、像火箭般飛向那張利齒森森的血盆大口。拉奧預期信號彈會射進那張嘴裡，也很肯定那生物根本不會察覺。這可是一頭一路上遇到什麼就吃掉的怪物，一點點燃燒的鎂沒辦法引起牠消化不良。

但信號彈反而擊中了牠數百條腿的其中一隻，打在腿部與身體相連的多肉部位。紅色火焰鑽進牠的肉裡，隔著表皮透出光芒。

那張血盆大口狂亂轉動，牙齒在旋轉過程中模糊成一片。那生物沒有發出聲音，沒有痛得哀號，但牠拱起身體，頭部抬離地面，又猛然撞地，腿則扭動痙攣。

霍金斯衝回兩位女隊員站的地點。「妳們幹麼不快跑？」他質問她們。「這樣只拖得住牠一秒鐘！」

沒錯，那生物已經翻身滾到一側，悶熄表皮底下熾烈燃燒的火焰。拉奧很確定牠能夠成功滅火，接著就會回頭來追他們。

「快跑啊！」霍金斯大吼著從她們身邊衝過去。

詹森踉蹌前進，肺部灼痛，慶幸她至少踩著堅實地面，而不是島嶼橡膠般的質地，但這代表每一步對她來說都是劇痛撞擊，像膝蓋下方又刺進一片碎玻璃。

她只有模糊地意識到拉奧在身邊，試圖撐住她的手臂。拉奧爲什麼就是不聽話呢？爲什麼她不趁有機會時快跑，丟下他們兩個？他們每個人都被2I影響了，但拉奧改變程度最小，或說最難以察覺，如果有人——

這個念頭從她腦海飛掠而過，找不到目的地。

她抬起頭，三人所處的凹溝在前方往右彎。她別無選擇，只能跟著這條路走。霍金斯的頭盔一上一下彈動，燈光跟著亂晃，狹長光線一會照在溝壁上，一會投射在多孔地面。她自己的單盞照明燈固定照向她的雙腳，所以她幾乎不見四周。不得不如此，這樣她才看得見自己每一步踩在何處。她很怕跌倒，怕左腿終究會狠狠背叛自己。她知道，如果跌倒了，拉奧會停下腳步幫她起身，她們倆會一起被吞掉。因爲那隻巨蟲一定緊跟在後。她聽得見牠巨輪般的牙齒在轉動，磨擦著石質地面。她想像地面被磨出火花，但她得要拋開這個假想，因爲那樣一來就會產生火光——光在這裡是禁忌，是對於黑暗宇宙的侵擾，冒犯古老神聖的事物。

那生物呼出的一口氣籠罩了他們，氣體濃濁得使光線變得朦朧。她很慶幸她無法聞到味道。她抬頭尋找霍金斯，尋找他的燈光——他一定吸進這恐怖的氣體。她發現一件可怕的事：她完全找不到他。她面前只有黑暗，和一點點地面，還有拉奧亂晃燈光照亮的溝壁。

「他在哪裡？」她倒抽一口氣。

「他往前跑了——他在拐彎那邊。」拉奧告訴她。她聽見對方呼吸又快又淺。拉奧一定累了，她的速度一定慢下來，但後面怪物還在逼近，顯然打算把她們一口吞下肚。爲什麼？比起凹溝的溝壁，比起手狀樹和島嶼的血肉，穿著太空裝的人類有何吸引力可言？這片樂土上有太多好東西可以吞食，他們不過是拿來塞牙縫的，微小卡路里來源。

除非，那隻蟲不是受飢餓驅使。除非他們有食物以外的價值。那會是什麼？燈光嗎？但如同拉奧指出的，那生物沒有眼睛。是他們太空裝上的無線電嗎？

詹森仍然拚命往前跑，將傷腿往前跨，在此同時她冒了個險，看了一眼袖子上的後照鏡。但她什麼都看不見。背後沒有光。她氣自己沒想到這一點，把照明燈轉過來，朝她們正後方照。

那隻蟲還在，拖行著身體朝他們前進，一排排轉動的牙齒刮過地面。

她們來到凹溝的拐彎處。由於他們的燈光只能照亮地上一點範圍，詹森過一下子才明白，但她注意到凹溝愈來愈寬。也許這會讓她們有更多空間。由此，她想到一個策略來面對眼前。她和拉奧要各自往反方向跑，將彼此距離盡可能拉遠。這樣一來，那隻蟲一次只能追一個人。沒有被追的就可以得到一小段時間思考逃脫方法。另一個人則會被吃掉。

這實在算不上什麼計畫。但她就只能想到這種程度的方案。

直到一件怪事奇蹟似地發生，完全預料不到。

前方拓寬的凹溝中間，一盞高懸在她們頭頂上的聚光燈亮了，光線強度刺眼得不可思議，投射出美麗純粹的檸檬黃光芒，在地面上照出一個圓。霍金斯就站在那道光的中心，猶如在臺上準備獨白的演員。他甚至還舉著一隻手，彷彿隨時要發表宣言。

但——不是，他是在向她們招手。召喚她們。

在他背後光線中，一根高大柱子拔地而起。那是座橋塔，構成2I骨架的拱橋。它的基座周圍碎裂剝落——那隻蟲一定曾在這裡大嚼特嚼，卻沒辦法用那排排牙齒把它弄倒。

詹森加快腳步，因爲她對這幅景象有了些理解。她知道霍金斯想提議什麼，雖然她不知道能否成功，但至少是個機會。「妳先。」她對拉奧說，動手把對方往前推。

她以爲會像困難的攀岩，必須在骨架的自然結構中找到手腳支撐點。但當他們接近橋塔，一條繩子在光線中垂落下來，晃動搖擺一會，然後靜止。霍金斯抓住繩子，開始往上拉，並且把繩子繞過大腿固定。很明顯，他不打算等她們。他爬到光線頂端、即將消失在陰影中時，拉奧正好抵達繩尾的所在地。她跑到橋塔的底座，頹然靠向堅硬表面，慶幸有東西能支住她的重量。

「快爬！」詹森說。拉奧浪費了一點時間，對她投來意味深長的眼神——詹森無暇回應。接著，這位天文生物學家便抓著繩子開始攀爬。

詹森花了片刻考量這條繩子是否夠牢靠，能否承受他們三人加太空裝的重量。然後她抬頭看見那隻蟲在後方，距離不過二十公尺。她不再需要別的動機，開始一手接一手往上猛爬。至少這不會用到她的傷腿。她匆匆攀爬，一面爬一面呻吟，一點一點把重量向上拉。

那隻蟲要咬到她了。她盡可能趕快往上。牠拱起身子，用龐大重量衝撞橋塔。橋塔岌岌可危地嘎吱搖晃。那三排牙齒就在身下旋轉，她命懸一線，腳下是座恐怖深淵。那隻蟲龐大的軀體撞擊的同時，她拚命又拉、又抓、又拖，往上再往上。

下一刻，繩子被牠的牙齒捲進去了。

繩子猛然繃緊，她幾乎要飛出去，僅能勉強用一隻手抓住。被扯得愈來愈緊的繩子，一公尺接著一公尺消失在那張血盆大口裡。就算隔著手套，她還是感覺得到繩子緊繃，感覺到纖維拉伸到極限，逐步斷裂。

不，她心想，我已經這麼接近了——

繩子像吉他琴弦一樣嗡嗡響，接著繃斷了，發出槍響般的聲音。詹森尖叫著鬆開手，揮向橋塔的表面，絕望地想要找到任何支點。她的手指勾住骨架中一個天然形成的孔隙，但這還不夠，她沒有足夠的握力。

許多隻手由上而下伸了過來，抓住太空裝袖子的皺摺，抓住前襟的控制板。她用腳踢著骨架，找到支點，靠著雙手幫忙，往上爬到一塊突起處，讓她可以翻成側身。

橋塔在她身下搖搖晃晃、嘎吱作響，但至少沒有掉下去，沒有掉進那口漩渦般的牙齒。

她轉過身，燈光照出她的位置。她身在橋塔裡像是洞穴的地所，也許是骨架生成中形成的一個氣泡。這個洞穴接近球形，約五公尺寬。霍金斯和拉奧半坐半靠在兩面相對的牆上，盡可能遠離洞口。他們和詹森之間隔著一盞眩目的燈，顯然就是引他們來到這個庇護所的光源。

那盞燈動了，她望著提著燈的人。是珊德拉．查納榮。

「噢，天啊，」詹森無法自制地說。「妳遇上了什麼事？」

會合

溫沙．霍金斯：我們知道她還活著，因爲她留了那段威脅的影片給我們。我原本設想我們永遠不會見到她本人，她只會躲在陰影裡，等待我們離開——或等待我們死掉。我從來沒有想過她會出手幫我們，沒有想過她會想這樣做。

詹森安全進到洞穴裡後，查納榮立刻把燈關了。她傾身探出簡陋的出入口，往下一看，接著用拉奧聽不懂的語言咒罵。

橋塔搖晃著傾斜一點，他們全都滾到地上。那隻蟲還在下方又撞又咬，像拿斧頭砍樹的伐木工一點一滴蠶食。過不了多久，橋塔就會整座斷裂。拉奧不知道屆時會發生什麼事——他們會掉下去嗎？這個洞穴會變成他們的墳墓嗎？她不知道這座拱橋是否有和能分攤重量的結構相連。

顯然，珊德拉．查納榮並不想知道這個問題的答案。

「把燈關掉，」她大喊。「還有無線電，所有電力設備。現在就關！牠們爬不高，可是什麼都咬得壞。」

拉奧關掉太空衣的電源。頭盔裡的空氣立刻變得悶臭。她大口喘氣——她太害怕了——她不久就會在自己呼出的二氧化碳中窒息。但她得相信查納榮。詹森和霍金斯也先後關掉照明燈。

突如其來的黑暗難以承受。拉奧的視野裡出現小小閃光，這是她的腦部突然陷入盲目之後的反應。她屏住氣息，努力保持安靜，害怕那隻蟲會聽見她的聲音。她慢慢地、靜靜地吐氣。

橋塔又在身下搖晃，她滾過地面，放聲尖叫，完全忘了要安靜，揮動手臂想抓住任何能摸索到的東西。她好怕自己就這麼滑出洞穴牆壁上的開口。

她身下的地面震動了一下，將她拋入半空，她重重跌回來，努力不要發出哀鳴。

然後震動停止，像開始時一樣突然。震動和搖晃都停了。那隻蟲一定放棄了，她祈禱牠撞得無聊，自己走開。

好一段時間，他們全都在黑暗中縮成一團，沒有人說話。眼前沒有光源，少了太空裝的無線電，拉奧只能聽見隔著頭盔變得遙遠扭曲的聲音。但也沒有多少聲音可聽。她覺得霍金斯似乎在不安亂動。又或許是詹森。

然後，珊德拉．查納榮折了一根螢光棒扔在洞穴。微弱的綠色光芒盈滿球形空間，將洞壁和他們的太空裝染上顏色。查納榮的橘色裝備被照成黑色，由下往上照射著她臉龐的燈光讓她的眼窩圍繞深深陰影。

拉奧見過這個女人的照片，在詹森第一次提議救援任務的時候。在那張照片裡，查納榮身穿太空裝，沒戴頭盔。現在的她全身就只穿一件無袖短連身衣，上面印著代表KSpace的六角形，腳上也沒有鞋襪。她的身材高眺苗條，黑髮剪成短鮑伯頭。在照片裡，她一邊耳朵上有很大的一顆痣，現在不見了。

那整隻耳朵都不見了。

她頭部左側的皮膚坑坑疤疤，被壞疽侵蝕。傷口一路往下延伸到肩膀，和手肘以下殘缺的左臂。那隻殘肢上包紮著克難的繃帶，條狀的破布在截肢處繞了好幾圈。殘餘的前臂上還用電力膠帶綁了一把看起來很厲害的大型手電筒。

她一定發現到拉奧盯著她。她轉了個方向遮住大部分傷處，在洞口附近蹲下，往外瞭望，望進黑暗。她不可能看得見東西，但在某個時間點，她瑟縮一下——也許她聽見了什麼。

沒有人說話。也許其他人擔心要是聲音太大，會把那隻蟲引回來。也許他們只是尊重查納榮的沉默。

「你們早該離開的，」查納榮終於說。「我叫你們離開了。」她嘆口氣，肩膀垂低。

「我們有很多問題，」霍金斯說。「別誤會。我們很感謝妳救了——」

「我本來不應該跟你們說話的，」她說，並沒有轉過頭來看他們。「我不應該和你們接觸。我叫你們離開就已經是違規了，但你們還是不聽。」她動了一下，但只是移身坐在洞口，雙腿懸在半空。

「我明白，」霍金斯對她說。「我是軍人，行動安全守則這回事我懂。但我們需要確認幾項基本事實。」

查納榮搖了搖頭。「佛斯特後來改變心意了。他要我來找詹森指揮官。他有訊息要給她。」

「佛斯特還活著？」詹森問道。她坐挺起來往前靠，雙手支撐體重。「他在哪裡？我們能不能——」

霍金斯清清喉嚨，用自己的話蓋過她。「詹森女士已經不負責指揮。我是溫沙・霍金斯少校，獵戶座號現在的任務指揮官。」

查納榮終於轉過來望向他們，她沉重的凝視甚至讓霍金斯也閉上了嘴。

「我應該把佛斯特的訊息交給詹森指揮官。」她彷彿根本沒聽見他的話。

霍金斯直接走到她面前。她試圖移到一旁看著詹森，但霍金斯跟著她一起動。他再試著說一次，努力逼自己拿出耐心。

「我是獵戶座號的任務指揮官，詹森被解職了。妳看看她，她幾乎連路都沒辦法走——只能勉強維持清醒。不管佛斯特打算跟她說什麼，妳都可以告訴我。」

查納榮彎下身，看了看他的周圍。詹森正在粗重喘氣，沒有看任何人，但勉強點點頭。

「我們找個地方私下談。」過了片刻，查納榮如此說。她起身抓住洞口邊緣，一條腿晃出去，將重量撐在拉奧看不到的支點上，應該是地面凹凸不平處，就在洞口外面。一秒內，她就不見了，身影被黑暗吞沒。

霍金斯低頭注視拉奧和詹森。

「在這裡等著，」他說。「我馬上回來。」

拉奧到洞穴開口旁，外面的黑暗密實——就像一堵由虛無築成的堅固高牆。她感覺就算只是向外伸出一隻手，也會被吞噬殆盡、永遠消失。

就像珊德拉．查納榮的手。這個念頭讓她打了個寒顫，她根本無法想像對方經歷。史蒂芬斯描述中的她個性開朗，過分聒噪，那是在他認識她的時候，他跟她交往的時候，可是現在——

拉奧聽見了某種聲音，連忙轉身。不是那隻蟲又回來了，也不是2I製造出的恐怖效果，反而帶有更多人性。她聽見詹森的呻吟。

「長官？」她說。

詹森的臉色變得死白，眼球在眼窩中翻轉，全身顫抖。

「長官？莎莉？」拉奧說著趕到她身邊。她抓住太空裝的肩部，試著穩住對方。

「好痛。」詹森喃喃低語。她快要失去意識。

「是腿在痛嗎？」拉奧驚愕地問。她低頭審視詹森左腿。她無法不卸除太空裝就做目視檢查。她伸手往下，小心翼翼抓住詹森的膝蓋。「比之前更嚴重了嗎？」她觸診，輕到不能再輕地壓了一下。

詹森尖叫出來。

霍金斯跟著查納榮爬到拱橋側邊一處小小簷棚，那裡稱不上是個洞穴，只是淺淺凹陷，讓他們能夠坐下來說話。

「食物。」她說。

「什麼？」

「食物。你一定有點東西吃吧。NASA什麼都會準備好，比我們好多了。他們派你們過來，一定幫你們準備了食物。」

霍金斯喘得沒辦法認眞回答她。

「這是你欠我的。我救了你們的命。我已經三天沒吃東西了。」感覺她一直在等著說出這段話，彷彿她早已在腦裡寫好劇本。他猜想她救他們逃出蟲口時，腦子裡根本沒多少其他想法。

「只有……一點糖水，」他告訴她。「有一包糖水，在我領圈裡面。我很樂意分享，但是——」她抓住他的太空裝前襟，低頭往頭部看。她的臉靠得極近，但他只看到壞疽凹洞中灰白的腐肉，還有她耳朵原本位置剩下的壞死皮膚。

她找到輸送糖水的那根小導管，裝設在頭盔內側，讓他不用動手就能飲取。她得將鼻子靠在他的喉結上才搆得到管子。

她大口痛飲，喝完後放開他，退了一步，用手背抹抹嘴。

「謝啦。」她齜牙咧嘴，彷彿因爲自己的猴急而憎恨起他。

不過，比起她的情緒，他還有其他更重要的事得擔心。

「佛斯特在哪裡？」他一面問，重重坐在地面凸起處。「我們看過他幾個影片檔了，但檔案損壞得很嚴重。你們三個到底怎麼了？」

他覺得自己可以從簡單的問題開始問。她卻只是別開臉。

「聽著，我需要資訊，如果我們要幫忙——」

她伸手進口袋，拿出某樣東西，體積小且顏色深暗。她把那丟過去給他，他一個弓步上前，在空中抓住。

「這是什麼？」他問。不過，他可以感覺到，握在手中的又是一片該死的記憶卡。

「佛斯特錄的，」她說。「給你們的訊息。他想談個條件。」

當然了。KSpace是個商業組織，不管什麼事情都不會免費送人。他咬緊牙關，將記憶卡插進太空裝，等著聽聽佛斯特的要求。和之前一樣，記憶卡裡只有一個檔案。

影片檔逐字稿（五）

威廉．佛斯特：我們得搞清楚。妳懂吧？妳懂我們爲什麼要這麼做吧。

珊德拉．查納榮：我懂。只是……我們可以快一點嗎？我快嚇死了，老大。我知道，我知道這很重要，但是——

佛斯特：我只會放上去一秒鐘就扒下來。會沒事的。珊蒂，我會保護妳。準備好了嗎？

佛斯特：我要來設定計時器。現在……將觸手放置於左臂。該死，這東西在蠕動。好了。泰瑞安沒多久就建立聯繫了。牠想跟我們說話，我很確定。這條動得很慢，也許是件好事，但……很好，附著住了。

查納榮：喔靠。喔，感覺不太對……哇，開始痛了。我們能不能……

查納榮：老大，我不確定這行不行得通，而且——這在往外長。老大！老大！

佛斯特：再幾秒就好。珊蒂，我們得搞清楚。

查納榮：我感覺到了，我感覺到……噢天啊。牠好古老，好古老。牠等待了好久。牠來自一個好冷的地方，牠……牠……我不行……

佛斯特：牠想要什麼？妳能告訴我嗎？牠想從地球得到什麼？

查納榮：牠——噢天啊，好痛——牠——牠想要——

〔錄影中斷，時間顯示有二分十四秒的影片被剪輯掉。錄影恢復時，查納榮正在尖叫。〕

佛斯特：噢，天啊。

查納榮：拿掉！快拿掉！

他聆聽錄音時，查納榮審慎地望著他的臉。播放完後，她伸出手。「那是我的，」她說。「我的財產。」他退出記憶卡遞還給她。

「你有無線電，」她說。「可以跟地球通話。別騙我——我看過你使用，但我完全不知道怎麼運作。」

「沒錯。」他說。

「佛斯特需要和KSpace聯絡。他需要把我們的發現告訴『蜂巢』。他現在人在南極，在這鬼東西的大腦附近。我要帶你過去，你想知道什麼，他都會告訴你——但他要用你的無線電。」

他指著她的手臂。「這是佛斯特拿妳——當實驗品嗎？」

她點頭。「而且成功了。他可以跟『天體』對話。他現在就在跟牠說話。」

霍金斯不敢置信地盯著她。他以爲不可能和2I建立通訊。如果佛斯特找到辦法……那麼一切都將改變。

都將變得更加複雜。

她在等他的回答。「告訴我，我們成交了嗎？」

他還是一言不發。

她等著他的回應，眉毛抬到額頭。他太沾沾自喜，捨不得放過這一刻。

但最後，他還是回答了。

「**免談**。」他說。

溫沙・霍金斯：我可以想像你們在帕薩迪納那頭從椅上彈起。別擔心。我自有計畫。

「很明顯，佛斯特覺得他是在和NASA談條件，」霍金斯對查納榮說。「情況不再是這樣了。現在這個任務是太空部隊的，太空部隊不會跟人談判。妳對妳的國家有責任，必須將妳所知全告訴我。」

查納榮皺起眉頭。「KSpace是跨國企業，」她指出。「股東大部分是韓國人。」

霍金斯聳聳肩。

佛斯特一定自以爲拿到終極談判籌碼。他有辦法和2I溝通——或至少他如此宣稱。也許他掌握的資訊正確，經得起驗證。但霍金斯其實不在乎。

非得把2I摧毀不可。在裡面待兩天，霍金斯感到前所未有的篤定。不管這個有機體想要什麼、打算如何得到，都無關緊要。一定要在牠接近地球軌道前，把牠炸飛到九霄雲外。霍金斯一找到牠的大腦，卡利沙基斯將軍就可以鎖定目標，發動致命武器，就這麼辦。

他知道麥克艾里斯特還是會想知道2I對地球有什麼打算——或許總統會想知道，就算這個問題已經不再重要。但他還是盡可能不想對查納榮和佛斯特透露任何資訊。他們是平民。

「妳說佛斯特在大腦的位置。我也要去那裡。我會找到他，把需要的東西弄到手，不管用什麼方法。」

查納榮點了點頭。但他看得出來，她還沒放棄討價還價。「你自便吧，」她說。「當然，你不可能活著離開那裡的。」

現在輪到他耐心等待她深入說明。

「從這邊到那裡，至少還有五隻蟲在啃食地表。如果沒有我，你遇到第一隻的時候就要送命了。我知道路線，知道如何通過——」

「等等，」霍金斯說。「等一下。」

他從拱橋邊緣向外俯瞰。他的燈光從這麼高的地方照不到地面，但他還是仔細觀察，心想那隻想吃掉他們的蟲會留下蛛絲馬跡。

「那不只有一隻?」

查納榮給他一個冰冷微笑。「目前大概有三十隻吧,」她說。「你看到的是比較大的,但牠們一直在吃,一直在長。」

「三十隻。」霍金斯皺著眉頭。這就有影響了。

查納榮走過來站在他身邊,然後舉起左臂,就是綁著手電筒的那邊。手電筒的光比他太空裝的照明燈強,照射距離更遠。她舉起手電筒,讓光線緩緩掃過他們頭頂上方一段骨架拱橋,約三百公尺長。

橋下掛著數十個橢圓形物體,皮革質地的囊狀物,以細絲懸吊拱橋。他們觀望的同時,其中一個囊狀物劇烈抽動,彷彿被光線驚擾——雖然只是巧合。

霍金斯毫無疑問知道她展示的意義。每個繭裡面都包著一隻蟲,正在經歷變態。每一個繭都跟市內公車一樣大。

她移動手臂,照亮另一座拱橋。那裡懸掛著更多繭囊。還有更多。第三座拱橋完全被繭囊包圍,而這還只是2I內部拱橋中的小部分。他不得不想像每一座橋都掛著差不多數量的蟲繭。

他讀過ARCS的地圖。他知道總共多少拱橋,這片廣大的拱橋網絡延伸覆蓋2I大部分空域。他在腦中迅速計算。可能幾百萬吧,他想。可能有幾百萬隻——

「還會有更多,而且很快就會有。」她說。

＊　＊　＊

「噢，該死，」拉奧用氣音說。詹森在頭盔裡拚命喘氣，汗水淌下臉頰。「妳要休克了。」

她已經感覺到關節腫得多嚴重，肯定已經腫成兩倍。詹森一直都在這個狀況下行走。「妳之前說是軟骨問題。我以爲可能是滑囊炎。但這像是脫臼了。」

「我不能……」詹森說，痛得咬緊牙關。「我不能這麼做。我不值得……」

「值得什麼？跟我說，莎莉，我需要知道——」

她打住，因爲詹森的嘴唇在動，吐出細不可聞的字句。

「第二次機會。我不值得……我沒辦法救他。帕敏德——我沒辦法……」

該死。該死該死該死。詹森顯然因爲痛楚陷入譫妄，這是糟糕的跡象。如果不處理膝蓋，詹森可能再也無法走路，在2I裡面，這就等於被判死刑。但她穿著太空裝，拉奧要怎麼幫她？她伸手挖背包，裡面有個醫藥箱。東西不多，只有一些急救用品，像是她幫霍金斯包紮頭的繃帶，一些殺菌噴霧，幾種藥丸。她拿出一排泡殼包裝的非類固醇抗發炎藥。

詹森在失去意識的邊緣徘徊。她仍然汗如雨下，雙眼翻白。

除了幫詹森脫下太空裝之外，別無他法。先從頭盔開始。她抓住側邊卡榫打開，接著轉動頭盔，面罩被轉到背面時，詹森的臉就看不見了。

「沒辦法救他。」詹森胡言亂語地說。

「誰？」拉奧問。她希望對話能讓詹森保持清醒。「妳沒辦法救誰？霍姆斯？桑尼？」

「布萊恩。」詹森說。

她的頭圈咯嚓一響，頭盔拿了下來，裡面的空氣逸出。拉奧將詹森翻成側躺，開啓太空裝背後接口。「那是很久以前的事了，莎莉。妳無能爲力。那不是妳的錯。」

詹森對於自己身在何處、身邊發生了什麼事，大概只有模糊概念。拉奧不斷說話，試圖讓她清醒。「我知道這麼多年來，這件事一直在蠶食妳，發生在威爾森身上的事，」拉奧說。「但是妳得原諒自己。」

「布萊恩，」詹森笑了一聲，雖然她已經沒有多少氣息，那陣笑聲聽起來十分苦澀。「布萊恩那個王八蛋。我討厭那傢伙。」

拉奧驚訝得要將手從詹森身上抽開。她甩了甩頭，繼續進行複雜的流程，幫詹森脫下太空裝。詹森至少還幫得上一點忙，她扭動肩膀，將雙臂和軀幹從太空裝背後開口脫出。

「我不覺得妳是認眞的，」拉奧說。「好，現在是困難的部分了，腿部。妳的膝蓋脫臼，所以我們幫妳把腿拉出來的時候——會很痛。」

突然之間，詹森轉過頭瞪著拉奧，雙眼亮光炯炯、充滿狂熱。

「我只是想去火星！我爲了這個目標如此努力。我眞的很努力啊！然後布萊恩毀了我的夢想。都被他毀了。我就衝著這點恨他。我永遠不會大聲說出這種話，但有時候……有時候我很高興他死了。」

拉奧將太空裝往下脫，脫到詹森的腿上。

這動作讓詹森再度尖叫——尖叫聲沒有停歇。詹森的身體開始抽搐，雙臂拍打著拉奧的太空裝。拉奧抓著她的手，試圖幫詹森穩住，但顫抖沒有停止。

「詹森！詹森，聽我說！我要幫妳髖骨復位，」拉奧嘗試讓她固定不動，以免她對自己造成更大傷害。「我要把妳的膝蓋扳回原位。徒手進行。」

「那是什麼鬼？」霍金斯問。「妳聽見了嗎？」

「有人在尖叫。」查納榮說。她表現得彷彿他只是問問天氣如何。

他搖搖頭，爬下骨架拱橋的側邊，回到跟其他人分開的洞穴。

拉奧俯在詹森身上——後者的太空裝脫了下來。拉奧抓著詹森一條腿的膝蓋上下兩段。而詹森的膝蓋——

整個扭轉到側邊，以不對勁的角度突出，不像身體的正常部位，反而像顆腫瘤。

「這什麼鬼？」霍金斯問。

「她的膝蓋脫臼了。已經發生了好一段時間，最後導致她休克。聽我說，我除了非類固醇消炎藥之外，就沒有別的止痛藥了，」拉奧說。「這本來應該要麻醉才能進行。」

「妳這是什麼意思？」

「我必須扳回原位，」拉奧示意他過去。「你能幫我嗎？」

「我該做什麼？」霍金斯問。

「按住她。按著肩膀。你有什麼讓她咬住的東西嗎？傳統上都是用皮革或子彈。」

他看了她一眼。她這是什麼意思，問他有沒有——

不，現在沒時間煩惱她知道或不知道什麼。他在自己的裝備裡搜尋，從醫藥箱裡找到一塊紗布，對摺幾次，塞進詹森的牙齒中間。

「電影裡面都演得像這樣可以幫他們減輕痛苦，」拉奧對他說。「其實這只是爲了避免她意外咬斷舌頭。你準備好了嗎？」

她沒等霍金斯回答。

動作很簡單，很快就結束。拉奧將詹森的整條腿推至彎曲，接著重新拉直——同時猛力把膝蓋推回定位，發出一聲清晰可聞的「啪」。

詹森發出一聲尖叫，大概在2I的頭尾兩端都聽得見。霍金斯想摀住耳朵，但知道最好不要——詹森在他手臂下掙扎，他得壓住並穩住她。

霍金斯感覺自己的腸胃因爲這不對勁的畫面而翻攪。他不敢想像那會多痛。但她的尖叫和亂踢終究停止，持續時間不久。詹森臉色發白，雙眼顫動著閉上。她連續吸數口氣，又長又深。

拉奧盡可能將詹森擺成舒適的姿勢，將太空裝上柔軟的部分堆成枕頭。

「我不知道她怎麼撐著那樣的膝蓋走這麼久，」拉奧說。她在詹森旁邊躺下，滿臉是汗。「我猜純粹是靠她的頑固吧。」

霍金斯搖搖頭。「有妳在這裡，她眞是該死的走運。」如果他們隊上沒有醫生，如果詹森發生休克時只有他在——他要怎麼辦？他根本不知道會變成何種局面。

詹森可能會沒命，他想。她原本可能會死在這裡，他只能把她的屍體留下。

他思考的同時，努力讓神色冷靜。

查納榮過來靠近詹森，瞇著眼睛看她。「她要多久才能走路？我們得出發了。」

「什麼？走路？」拉奧問。「去哪？」

「查納榮要帶我們找佛斯特，」霍金斯說。「找2I的大腦。」

帕敏德·拉奧：詹森稍後問我說她在休克中講了什麼話。她說她不記得了，但我覺得她說謊。有些事我們不能對彼此說，不該讓任何人聽見。她針對布萊恩·威爾森說的話……我跟她說，她都在胡言亂語，我一個字也聽不懂。她聽了鬆一口氣。

航道校正

他們幫詹森綁上安全繩，但在拉奧看來，髖骨復位術是成功的。他們讓詹森睡了快要四個小時，她一醒過來，腿就能承受重量了。通常，拉奧會要求膝蓋打石膏，可能還會要求病人拄拐杖六週，但在2I裡面這個選項不成立。詹森開始靠自己的力量移動之後會發生什麼事，讓她光想就害怕極了，但現在她顯然比之前行動方便。她能夠同時用左右兩腿攀爬，而且在他們抵達骨架拱橋的頂端時，幾乎大氣不喘。

拉奧成年後的人生，大多是在一個接一個研究學程中渡過——其中並不常牽涉到攀岩，她現在快羨慕起詹森的強韌堅忍。她癱在堅硬的骨架表面上，慢慢習慣地面不再是橡膠質地，也不再緩緩搏動。2I的心跳已經深深傳進她體內，現在切斷這層連結，感覺有些怪異。

「從這裡走過去的距離很遠，」查納榮告訴他們。「這些拱橋多半是相連的，所以我們可以遠離地表，避開那些蟲。有幾個地方需要用爬的，也有幾個地方需要攀繩通過。」

霍金斯往南邊指，指向南極點和大腦。查納榮點了點頭。顯然，有了這點確認，對霍金斯來說就夠了，他快步出發，緊緊沿著拱橋的中線走。

拉奧發現，骨架頂層並不是完全平坦，而有著些微彎曲，如果你走得離邊緣太近，就隨時有墜落危險。但中間走起來就很穩，纖維狀的材質爲他們的太空靴提供良好的附著摩擦力。他們在拱橋上，應該會比在島嶼上舒服。

詹森彎腰幫拉奧站穩，兩人一起出發，查納榮殿後。拉奧轉過身，倒退著走了幾步，好面對這位KSpace的太空人。

「要我幫妳看一看嗎？」她問道，指著查納榮的斷臂。

對方皺起眉頭、加快腳步，兩人變成並肩而行。

「沒關係的，我是醫生。」

「我知道，」查納榮說。「在『蜂巢』的時候，整個訓練基地都有妳的照片。妳是敵人，是我們的競爭對手。」

「這個地方太危險了，容不下那種念頭。」拉奧提出她的想法。

查納榮聽了甚至懶得嗤之以鼻。「跟他說啊，」她一面將頭撇向霍金斯的位置一面說。「他眞是混帳。還有她，」查納榮補一句，眼神朝詹森斜睨，「那個差點登上火星的女人。我眞不敢相信他們讓她來指揮。不過看來她這次也搞砸了。」

「他們解除她的指揮權，是因爲她太熱中解救妳和佛斯特，以至於忽視我們的正式任務。」拉奧說。這不淨然是實情，但她覺得有必要爲詹森辯護，儘管她也不知道理由。

「也就是說，她在這件任務中摻入私情了，」查納榮聳聳肩。「我對妳了解最少。妳應該是那種超厲害的科學家吧。泰瑞安也很聰明，超級。這種人在這裡撐不久。他們總認爲可以理解這個地方。他們大錯特錯——這東西根本不照人類的規則走。」

拉奧吞回原本想說的話，那些話很殘忍，又起不了實際幫助。她還有其他的事想正面問。

「妳都沒問到史蒂芬斯。問他爲什麼沒跟我們在一起。」

查納榮的肩膀垂下來。拉奧本來以爲她臉上那副皺眉表情萬年不變，但這會兒她的眉頭鬆開，有那麼一秒，拉奧窺見查納榮離開地球前的模樣、她在KSpace官方照片上的模樣。掛著親和微笑的女子，眼睛旁邊圍繞著笑紋。拉奧想，她一定是回憶起了他，想起過去美好時光。

但這一刻變化維持不久。查納榮的臉又垮下。

「我知道他死了。」

她怎麼知道的？但現在並不是問她從何獲得資訊的時機。「我很遺憾。」拉奧改口。

查納榮聳聳肩。「他一直都是個白癡。他總是會想到一些怪點子，誰都沒辦法說服他那些點子很蠢、行不通。他就是我們現在在這裡的原因。」她朝骨架拱橋的側邊吐了一口唾沫，「這都是他的錯。」

然後她加快腳步趕上霍金斯，好用她綁著手電筒的胳臂照出路線和下一座拱橋交會的位置。拉奧明白了。在查納榮面前，她不該再提起史蒂芬斯。他們沒餘裕感情用事，這種情緒在2I裡沒有容身之處。

「我們可以繞路，」查納榮說。「但會增加兩公里路程。直接越過去比較好。」

在他們前方，拱橋大幅向左彎，偏離原本路線。在他們光線照射範圍的邊緣，有另一座拱橋約二十公尺遠，兩者間除了黑暗中的空氣之外，別無他物。

查納榮腰間圍著一條亮橘色長繩索，她解下繩子。「你們的爪鉤還在嗎？」她問。詹森將鉤子以身上其中一個D型環掛住。她解下鉤子遞出。

在膽量允許的範圍內，詹森盡可能往邊緣靠近。先前她發現一件事，在漫長步行途中沒有多想，但現在就顯得要緊。「我們爬得很高，」她說。「這裡的重力感不太一樣，比較弱，空氣也變稀薄了。」

查納榮微微一笑。「不管如何，我們越過去的時候，別往下看就是了。」然後，她像擲鐵餅選手一樣旋身，將鉤子拋出，它劃出的拋物線比地球上更高，隨著一聲鈍響打在遠方拱橋。查納榮拉動繩索時，鉤子在一支骨架上卡了一下，接著就鬆開。她咒罵一聲，把繩子拉回來再拋一次，又試一次。終於，鉤子卡住對面圓形洞孔，繩子成功拉緊。

「一次一個，」她說。「我們一次一個人過去。」

霍金斯第一個上場。他一開始抗議說如果能用電力確保器就容易多了，但最後還是雙腿交叉盤住繩子，一點一點徒手爬越。拉奧排下一個，用同樣技巧順利抵達。

「妳先。」查納榮說。

詹森深呼吸，沿著繩索爬。比她想像得簡單——可能因爲重力較弱。她想都沒想就已經爬到半途，然後她聽到下方傳來微弱聲響。

那不是好聽的聲音，碎裂聲，接著是一連串軟趴趴的啵啵聲。接著是她認得的聲音——一排排旋轉摻有牙齒發出的呼咻聲。她在蟲子追著他們的時候聽過。她懷疑永遠忘不掉。

她抵達了對面，手腳並用爬下繩子，一秒都不想耽擱。查納榮跟在她後面，靠雙腿前進多過於用剩下的單手。她在拱橋站穩後抓住繩子，猛力來回搖晃，把固定的繩結扯鬆並將繩子拉回，纏在腰際。

然後她走到他們剛剛跨越的深淵邊緣。「你們確定想看嗎？」

詹森點了點頭。

查納榮將手電筒指向地面。距離很遠，光線只夠讓詹森模糊見到下方。但這就夠了。之前在浮冰筏上時，他們目睹大量油膩泡泡從水裡冒上。現在這一定就是這個成長進程的最終階段——數以百萬計的泡泡堆成無數大金字塔。從這個位置來看每座都像是海灘球。透明表面爬滿蠕動的卷鬚。

下面有十幾隻蟲子，吞食著那些泡泡和其中內容物。牠們瘋狂進攻金字塔，巨大牙齒撕裂泡泡。其中特別大的蟲子在混亂群集中推擠前進，用爪子推開同類，一路嚼咬爬到蟲堆頂端。

「佛斯特認爲那些泡泡是某種超級先進的氫燃料電池，」查納榮說。「那是一座發電廠。」

「有意思，」拉奧說。「眞好奇蟲子能不能直接利用電力，還是泡泡單純含有豐富熱量。」

「沒差。蟲子就是對那東西貪得無厭，」查納榮繼續將手電筒對準地面。有一隻蟲抬高長滿牙齒的頭，彷彿不知怎麼地感應到光線。「我們認爲這就是爲什麼牠們會追著任何使用電力的人跑，也是爲什麼我們必須脫掉太空裝。電燈都足以引起牠們注意。」

「妳這麼快就學會如何在這裡求生，太了不起了。」詹森說。

查納榮將手電筒照向詹森。「問妳一件事，」她說。「妳首次進來時，就是想救我們。」

詹森在光線下眨了眨眼。「對。」她說。

「妳覺得妳是要救我們脫離**什麼**？妳那時還不曉得有這些蟲子，甚至不知道有這些卷鬚。妳覺得我們會遇上什麼事？」

這問題的答案太明顯，詹森不禁訝異得張口結舌。她笑一聲，將視線從強光下別開。她試著審愼斟酌答案，試著想出最好的方式來解釋她在KSpace遇險時的感覺，她的直覺。

但到頭來她想不出任何話好說，沒有什麼好答案。

她站在原地想了很久。拉奧和查納榮都走開了，也許只爲了離拱橋邊緣遠一點。

最後，詹森跟上了她們腳步。

他們爬上一道斜坡，接上另一座更寬更長的拱橋。橋面在面前微微隆起，升向２Ｉ一片黑暗虛空。查納榮將手電筒往上照時，霍金斯不得不承認這幅景象使他屏息。

一條一條的骨架在空中交叉，一座座拱橋彼此堆疊成巨大螺旋，向遠方伸展扭轉，這就像艾雪樓梯錯視畫更混沌的版本——拱橋互相連接和支撐的方式，讓他覺得他們在往不符現實世界的角度走，尤其下一座拱橋明明就在視覺上比較低的位置。這感覺有點像是他們離開獵戶座號、在太空中飄向２Ｉ的時候，「上面」和「下面」不再具有意義，如果他墜落，他會永遠漂流在骨架拱橋築成的無邊天際。唯一能判斷他們往哪個方向走的方式，就是看看懸掛在每座拱橋下方無所不在的蟲繭。

現在許多蟲繭是空的，鬆弛乾燥地垂懸，無風吹動。有在動的蟲繭則在準備羽化。他很高興他沒有從地面觀察那些大量聚集的蟲子。在他前方，查納榮吃力地爬上一座拱橋側邊，盡量爬高好讓手電筒照得更遠，將他們的路線照得更清楚。

他們須稍作休息，連霍金斯也不得不承認。原因之一是拉奧想要檢查詹森的腿。「我也該看一下你的頭。」她說。

「我的頭很好。」他對她喝斥。

「不痛嗎？我注意到你在揉太陽穴，而且——」

他挫敗地朝她擺擺手。「去找個洞穴。」他對查納榮說。她點點頭，大步往前，不久後她的手電筒往回照過來他們這邊，亮了三次。她找到骨架裡一個球形空洞，足夠他們全擠進去。拉奧知道這個空間提供的庇護，主要發揮在心理層面。這裡沒有風雨需要躲避，洞穴內部跟外面一樣燥熱。但如果她拿一支螢光棒出來用，洞穴就會變成黑暗中的小小光球，這對他們都有好處。

她幫助詹森爬進洞穴。但進去後，她愣住了。霍金斯和查納榮站在靠近圓形洞口處，擋在她面前。他們好像看見令人擔憂的景象——查納榮蹲低身子，彷彿隨時轉身奔逃，霍金斯站得直挺，下巴抬高。

「怎麼回事？」他逼問。

查納榮的手電筒照向對面穴壁，有東西正在閃閃發亮。

拉奧移動位置，好看得清楚。那看似一顆玻璃球，小得可以收容在她掌心。她抬頭發現更多，在陰影中反射著亮光。洞穴深處到處都點綴著這些玻璃球，總共約十二顆。

球裡的東西動了，她往後一縮，差點一屁股跌在地。球體沒有立刻朝她跳出，於是她大膽再看一眼。

一隻極小的生物在球體裡游來游去，迅速繞著圈，瘦長而肌肉結實的身體前後搖擺，小凸點似的手腳不斷抽動。牠全身最大的是頭，呈現腫大環形，上面有著細小尖利的牙齒，排成同心圓旋轉。

「是蟲卵，」拉奧說，她退了一步望向其他人，舉起手擋住查納榮的光線以免直射雙眼。

「牠們一定是在這些泡泡裡孵化的，再遷徙到——」

她倒抽一口氣，霍金斯將那些蟲卵從牆上拔出扔地，用沉重靴子踩踩。卵內液體和蟲胚胎的碎片濺到拉奧的太空衣。

他將蟲卵一顆接一顆拔下來銷毀。那些蟲卵原本被極細的卷鬚固定在牆上，他扯斷卷鬚時，深色液體沿著壁面緩緩流下。

「老天，」詹森說。「那是什麼味道？碘，還有——肉桂？丁香？」

拉奧意識到，在場只有她穿戴完整太空衣和頭盔，只有她呼吸著從地球帶來的空氣。「住手，」她在霍金斯又抓下一顆蟲卵要捏扁時說。卵裡的蟲扭來扭去，彷彿等著要咬他的手指。

「牠們可能有毒，你不會想碰到的。住手！」

但他沒有住手，不踩碎每一顆卵絕不罷休。最後，他重重喘著氣，轉身看向其他人，逡巡著她們臉孔。他莫非是在期待她們嘉許他的行爲嗎？

「我們去外頭休息，」他說著在太空裝後臀擦擦手套。「裡面臭死了。」

終端軌道

霍金斯不再作夢了。他不確定自己有沒有睡，比起睡著，他感覺比較像死了。暫時地死了。但他設法休息。他翻身避開光源，雙手壓在眼皮。他試圖讓腦子運作的速度慢下來，思考舒緩的念頭。他的身體發疼，全身痠痛，他知道不會改善。他臭得要命——身上從頭到腳都是汗水和污垢，手套還碰過那些外星生物的蛋。那氣味害他睡不著，太難聞了。

自從他在那座島上醒來、頭盔不翼而飛，就沒半件好事。是詹森把他的頭盔拿下來。

因爲她想害死他，他現在很確定這點。她找的理由不錯——甚至連拉奧都幫她背書，說那是必要的。拉奧必須幫他檢查，確認沒有腦震盪。眞是個完美的藉口。詹森覺得2I內的空氣會致他於死、感染他，或許就像史蒂芬斯被感染那樣。

她算盤打得眞精。她一定把這個任務當成她自己的，他卻奪走指揮權。只要除掉他，她就可以再次掌權。這是基本的軍事策略——殺蛇先斬頭。他不確定她進一步計畫。也許是破壞他找到大腦、摧毀2I的行動吧。又或許她只是想要下令致命一擊，享有那份榮耀。他實在不太懂她的思維，不需要懂。他只知道她犯了關鍵錯誤：她的計畫沒有成功，他還活著。

他不知道她會不會再試一次，不知道她是不是眞的有膽殺他。嗯，就讓她試試吧。他拍了拍太空裝前襟口袋。如果她輕舉妄動，他口袋裡有個驚喜給她，他有能力保護自己。

連閉眼都讓他痛苦，但他還是努力一試。他需要睡眠，儘管這感覺好像他要自己送死。他不會死的。不管發生什麼事，他會靠意志力活下去。他不會讓她心滿意足看著他死掉。

外頭很暗。他腦袋裡的世界也很陰暗。

「擊殺載具已經就位，射擊角度優異，」卡利沙基斯將軍憑空出現的聲音，正朝向對麥克艾里斯特。他們身處在太空望遠鏡的虛擬投射影像中。即使經過放大，太空飛機所在的高軌道仍然讓地球顯得渺小模糊。景觀變化時，太陽通過太空飛機後方，麥克艾里斯特望著機上的機器手臂將武器伸出，像螳螂舉著棍子。「總統親自打給我，授權行動。一等霍金斯指明目標，我們就可以發射。只要一發，我們就能炸爛那東西的腦袋。羅伊，我有很好的預感，這是正確的決定。」

麥克艾里斯特倒沒那麼確定。「如果還有更多呢？」他問。

這個問題已經讓他掛心好一段時間了。

「抱歉，你的意思是？」

「類似這種跟我們狹路相逢的生命，這不是第一個。三十八年前，我們觀測到斥候星通過太陽系。現在2I直直朝我們來。也許我們可以摧毀，很好。但我們知道，不是只有這一個，後面可能會有更多。我們現在立下先例，下一個抵達的天體就會知道我們抱有敵意。」

「他們就會知道不該來惹我們。」卡利沙基斯說。

「嗯。你發射之前會等我同意，對吧？」

卡利沙基斯挫敗地嘆口氣。「當然。這是聯合決策。扣扳機前，你我必須取得共識。」

這是美國總統的命令，卡利沙基斯每個字都會言聽計從，這點麥克艾里斯特知道。

總統也對麥克艾里斯特下了一道命令。一旦麥克艾里斯特判斷不可能與2I溝通，他就必須放手讓卡利沙基斯去做，授權軍事攻擊。麥克艾里斯特確信他做得到。不論代價如何——不論這樣做在理論上的未來會產生何種後果。

「我會等待，」他說。「等時機來臨……將軍，你確定這會成功嗎？」他問。

「我從骨子裡確定。」卡利沙基斯告訴他。「數據顯示，一擊命中的機率超過百分之四十。」

「四十？我還以爲是七十。」

「我們拿到２Ｉ內部更清楚的地圖，據此更新運算模型。內部有許多複雜結構，我們無法簡單代入公式，但……羅伊，我們在太空部隊常說：只要沒發射，就一定是錯過。我們現在有的機會就是這樣。我們最好的機會不過如此。」

除非佛斯特眞的在跟那生命對話，麥克艾里斯特心想。除非我們能說服牠轉向。

他沒有嘗試計算機率數字。

麥克艾里斯特輕觸通訊裝置，結束通話。他立刻從虛擬的太空掉回自己身體，此刻他正在一部電梯，下降到噴射推進實驗室的地底。

電梯抵達目的樓層，他出來走向微中子望遠鏡區的小型前廳，穿過封閉走道。室內中央顯示的畫面和他昨晚離開時一樣——著太空衣的人影走過單調蒼白的大地。

夏綠蒂．哈利維躺在地上，大衣捲起來當枕頭墊著。他進來的時候，她動了一下，接著坐起身將衣服和頭髮撫平。「麥克艾里斯特，」她說。「眞抱歉，」她笑道，「沒想到我睡著了。」

他微笑說沒有關係。自從他向她展示泰瑞安．霍姆斯的遺體，她就沒有離開過這個房間，他懷疑如果他沒有開口要求，她就不會走了。他也不打算這麼要求。她爲KSpace做的事，就和他在ＮＡＳＡ的職務一樣，除非他們的太空人安全了，否則兩人都不可能輕鬆。他們必須盡快確保太空人的安全。帕敏德．拉奧的太空裝只剩百分之七的電量。雖然霍金斯和詹森都關掉維生系統省電，但電量亦所剩無幾。也許還夠他們跟佛斯特見面再從次要氣閘逃生，也許還有機會。

他輕觸通訊裝置，請助理送兩人份早餐下來。問題解決前，他哪也不去。

她在一個擴增實境視窗中開啓2I內部地圖。「他們離南極點愈來愈近，」她告訴他。「再過一個小時左右，他們就會抵達佛斯特的所在地。」

他點點頭。佛斯特。就看他有什麼話要說，如果他眞的找到跟外星生物溝通的方法——不然就得靠百分之四十的機率。

麥克艾里斯特從大衣口袋拿出一排制酸劑，眼神鎖定正在播放但不具重點的影像。

「拜託了，霍金斯。」他輕聲說。然而——在他腦海中，他託付的不是溫沙．霍金斯。在他心中，在他非理性的區域中，他是在對莎莉．詹森祈求。或許她已不負責指揮任務，但如果有誰能辦到這件事……拜託，莎莉。請證明我這些年來想得沒錯。給我比百分之四十更好的機會。

在夏綠蒂．哈利維的頭側，那條刺青龍從鼻孔吐出兩道悠長漆黑的煙。

「路差不多就到此爲止，」查納榮說。「就在前方一點。」

走在骨架拱橋頂端盯著自己雙腳，拉奧迷失在催眠般的恍惚中。足足好幾個小時都沒人說話，或者就算有人說了，她也沒聽見。

這該死的地方，這黑暗怪異的空間會影響人的腦子……她四下張望，試圖辨認身在何處。骨架拱橋在前方形成共構的交叉處。共有三條不同路徑交會於眼前自地面升起的支柱。還有一條橘色繩索從上方的黑暗垂落，提供往上的攀爬方向。一定是查納榮上次到這裡時留下的。

骨籠——以及裡面的大腦——就在上面，也許隔了一公里，眼前離2I的核心還有一公里。就只剩這麼一段距離。

不過，在他們爬上去前，拉奧必須確認事情。她聽見下方傳來黏軟潮溼的聲音。她明白那是什麼——她會見到何種情景，但她還是傾身越過橋邊往下探。

「查——查納榮小姐？妳可以把光照過來一下嗎？」查納榮過去站在她旁邊，將大型手電筒指向陰影。

地面上每一吋都被蟲子覆蓋，牠們充斥舉目所見的空間。數不清的蟲子——有些體積不超過大象，牠們蜂擁攀爬在一隻可能跟遠洋郵輪一樣大的蟲身上。查納榮的光線無法一次照亮那隻大蟲全身。牠們不斷爬著，蟲腳像百萬個活塞上下移動，牙齒漫無目的地旋轉。有些蟲在齧咬支架。許多只是跑來跑去，彷彿急著找東西吃。

這就像一口將生命煮沸的大釜，古怪動態構成的海洋。感覺如此不對勁，如此迥異於他們來這裡的路上所跨越的、廣大荒涼的寂靜地帶。這之中有一種急切的動態，由一股萌動、難以饜足的需求驅使，拉奧即使站在高處也能感覺得到。

「牠們想要某種東西。想要骨籠裡的東西。」霍金斯說。他抬頭看拉奧，眼中帶著疑問。

她差點縮了一下。趁還沒滑下橋邊掉進那片蟲腳和尖牙構成的汪洋，她趕緊穩住自己。「大腦——」她搖了搖頭。「牠們要的是——不。不，我不想妄加揣測——」

霍金斯一下跳到她面前，俯視著她，彷彿想抓著她的肩膀搖晃。「告訴我們。」他斷聲說。

「沒關係，」詹森說。「妳是在場唯一理解我們眼前狀況的人。妳就儘管說吧，拉奧。」

這位天文生物學家的肩膀頹然垂下，但她別無選擇。如果她猜對了，那麼這段話他們非聽不可。他們必須理解。「我認爲……骨籠不是用來防止撞擊或小行星墜落等等，不是用來防禦外來威脅，而是用來讓那些蟲子遠離大腦。它不可能永遠屹立不搖，牠們會咬穿支柱，抵達目標，但是……我們知道蟲子不會吃掉骨架，而骨籠就是爲了保護籠裡的東西撐到最後才被吃掉。如果裡面的東西是大腦，那就說得通了，你一定會想讓它盡量運作到最後一秒。」

「那些蟲子，」詹森說。「牠們正在把2I生吞活剝。牠們是什麼，某種寄生蟲嗎？」

「噢不，」拉奧說。「不，完全不是。寄生蟲是演化來利用特定有機體的弱點、針對宿主無力自衛的地方。不，這就是2I演化的目的。我們都看到牠生長得多快——牠不斷長出新的組織、新的血肉餵食這些蟲子。」

「牠想被吃掉？」詹森問。

「當然。牠想要牠的子孫成長茁壯。」她能看見詹森臉上爆發的怖懼，一股緩緩爬動擴散的噁心感。她懂了。

霍金斯需要更詳細的解釋。「妳在說什麼？」

「**噬母現象**，」拉奧說。「這在地球的蜘蛛和線蟲身上很常見。如果你只在乎把基因流傳下去，這是個好策略。而且這裡也沒有別的食物可以餵給子代，」她給他冷冷的微笑。她突然感到暈眩，將雙手放在頭盔兩側。「牠們是幼蟲。」她說。

霍金斯蹲下來，面對面瞪著她。「我們看到了牠們的卵、還有繭——」

「牠們是幼蟲。牠們是2I的幼體。牠生下牠們，現在牠提供自己的血肉給他們進食。不管2I想要什麼，牠都沒有打算在有生之年看到目標達成。但那些蟲子會看到。2I會死去，但牠的下一代數量眾多且強大。牠會死去，牠的幼體會將牠的屍體蠶食殆盡。」

這座支柱不同於拉奧先前在其他骨架橋塔所見到的。它同樣由長而堅韌的纖維所構成，但交織得更緊密，她可以在平滑表面上見到自己的倒影。牆面上沒有凹洞也沒有突起——沒有任何可供手抓腳踏的支點。他們必仰賴攀岩裝備，就是爬進2I內部時使用的電動上升器。

上升器順利地拉著她往上，緩緩靠近頂端，她踢離橋塔側邊，但踢得太用力——忘了考慮到低重力的影響，她掛在繩子上往外飛出去。數了三十秒後她盪了回來，用雙腳固定住位置。來到這裡，他們已經和核心非常接近。她想到ARCS沿著幾乎沒有重力的假想軸線，飛越大半個2I的距離。她知道它已經停止回傳資料一陣子了。是不是籠子裡的某個東西像捕捉空中的飛鳥一樣抓住了它？

靠近頂端的時候，她發現原本無色均質的骨架，轉變成類似大理石的質地，蒼白的表面上爬著暗色血管——那些血管其實是卷鬚，2I的循環系統。大腦需要大量的血流供給和氧氣。她深信不疑，殺死史蒂芬斯和霍姆斯的那些卷鬚、覆蓋著地面每一平方公分的卷鬚，一定盤繞著整座骨籠。

她在接近頂端處啓動上升器的煞車，燈光照出骨架的平滑曲面，除此之外只有一片黑暗。她徒手爬過最後幾公尺，將自己往上拉並不是問題——她甚至得要刻意放慢動作，以免錯過攀住塔頂的時機、整個人飛出去。她抵達繩索末端時，發現繩子是綁在一枚KSpace的岩釘上。這讓她想起他們第一次進入2I時，沿著橘色繩索滑下、穿過黑色污泥。從那之後，他們已經走了將近八十公里，其實並不是很長，卻讓她感覺彷彿一輩子都生活在黑暗中。她知道自己改變了，變得更自信、更堅強——但這也在其他層面影響了她，她很確定。要到她重見光明、回到地球開闊的大氣，她才會明白到底哪些層面受影響。經過一段這樣的旅程，怎麼可能不變得判若兩人？

霍金斯出手幫她，她不需要，但沒有揮開。詹森和查納榮就在旁邊——拉奧是最後一個攀繩上來的。其他人都站著望向南方，沒有看她。她感覺得到他們的不耐和焦慮，她有同感。

但在他們往前行進之前，她需要仔細觀察這地方。站在其他星球的生物顱骨裡面，這樣的機會往後不會再有。

查納榮的燈光在她走路的同時一顛一簸，只能間歇照亮周圍，但拉奧慢慢在心中拼湊出畫面。籠子寬度不到一公里，由許多圈同心圓狀的骨架構成——那些骨架堆積在面前，和牆一樣厚，其間只有一點點陰暗的空氣。

他們腳下有類似地板的構造，大約十公尺寬的骨架平面形成一條向前的筆直走道。她抬頭四顧，圓周上每隔六十度就有一座類似平臺——所以總共有六座。顯然這些平臺並不是爲了方便她行動而存在的，它們單純是縱向支撐物，固定骨籠的同心圓骨架。

在正前方、面對南極點的方向，有個巨大的器官，顏色是混濁的藍，一條肥厚的血肉繞著軸心形成圓環，攀附著骨籠支架。她很確定這就是2I的大腦。不管從理論、假設、推測上看，都不可能有其他解釋。她突然迫切地想看清楚，便衝到其他人前面——然後她的靴子踩碎某樣東西，害她踉蹌前跌，以喜劇式的慢動作試圖用手平衡住自己。

她回頭一看，原來是一片記憶卡，再觀察四周，還有其他記憶卡散落地面，總數應該上百片，就這樣被拋棄在地。查納榮上前撿起記憶卡，她拿在手中。將記憶卡拿進燈光，拉奧見到外殼碎裂，但裡面的銀色玻璃記憶體仍然完整。

詹森將記憶卡拿過去，插進太空裝前面插槽，將內容播放出來給所有人聽。

音檔逐字稿（一）

威廉．佛斯特：在黑暗中，牠過著安靜的生活，一段冰冷緩慢的時光，每一個意念的長度都延伸到以光年爲單位。每次呼吸都長達十億年。

音檔就結束在這裡，只有幾秒鐘。佛斯特的聲音輕如羽毛，搔弄著她的耳朵，聽起來差不多像悄悄話，接近人耳可辨識範圍的底限，但在錄音完後把音量調大。母音幾乎消失，每個齒擦音都像眼鏡蛇一樣縮起然後彈出。

拉奧發現另一片記憶卡，將它從地上撿起，放進插槽，裡面只有一個很小的音檔。

音檔逐字稿（二）

威廉．佛斯特：牠曾經認識另一個世界，有著深深的凹谷、鹹水池和橘色的太陽。當然，牠不理解橘色這個概念。牠感受到的太陽是磁通量，是灼燒牠皮膚的輻射。現在，那個世界已經消失了。我不知道它的距離有多遠，但它……消失了。

拉奧的燈光直直往前猛照，照向巨大肥厚的環狀大腦，但她只能辨識出模糊的動態，彷彿正在微微震顫，波動來回通過組織。現在動作變快了，就像月球上的阿姆斯壯，每一步都往前躍出五到六公尺，她必須努力維持平衡。

在她背後，詹森又從地上撿起一片記憶卡，放進插槽播放檔案。

音檔逐字稿（三）

威廉．佛斯特：我們不是在說話。我們之間沒有界線，沒有自己，沒有我，沒有自我。我們融入對方，密不可分。

拉奧只能勉強聽到那些字句。她現在離大腦很近，近到能聽見沙沙輕響。那是一種恆常、繁忙、輕顫般的聲響，她知道她在別的地方也曾聽過，當時比較小聲、比較沒那麼密集，但這就跟她在手狀樹森林裡聽見的聲音一模一樣。然而當時的沙沙聲是森林樹頂葉片的輕微顫動，現在這是樹被風暴襲擊的聲音。連續不斷的動態，音量大如咆哮的白噪音。

他們在2I心臟附近看到的手狀樹森林，算是某種腱鞘，神經細胞的群集。這裡則是2I中樞神經系統的核心，牠的基礎動力、牠的智慧所在。

音檔逐字稿（四）

威廉．佛斯特：牠感覺到地球重力的吸引，就如同我們感覺到愛。如同我們奔向愛人的懷抱。牠在通過翅膀的風中感覺到太陽，鼓勵著牠前進。經過黑暗深淵中漫長冰冷的歲月，牠現在感覺到的一切都是如此突然、如此巨大、如此強烈。如果牠有眼睛，牠會淚流不止。

腦由許多隻手組成，只比拉奧自己的手大一點，有無數隻，和手狀樹上結的果實一模一樣，但數量好多好多——而且不是從枝椏生出，而是從其他手掌、手腕、手背上長出——如此茂盛、如此繁多。它們不斷地動，彼此交握、抓緊、鬆開，伸長的手指又被其他隻手抓住。動作毫無休止，快得眼花撩亂。當她的燈光照過大腦表面，就好像看著一條自我循環的河流，不可思議地起源於自身、回流於自身。一整圈的手，抓緊又鬆開、抓緊又鬆開，無止盡互觸，短暫相牽、碰觸、拉緊、抓握——

「夠了！」

音檔逐字稿（五）

威廉・佛斯特：牠以粉塵和氫維生。牠的孩子們需要肉。

「夠了，」霍金斯大吼。「我不想再聽這些錄音了！佛斯特死去哪了？他在這裡嗎？」

「對。」查納榮說。

「佛斯特？快給我出來，」霍金斯在大腦的沙沙聲中大吼道。「出來給我看看。」

查納榮將她的燈光轉向，往前直照，照向他們所站的平面和那圈肥厚大腦的交會處。佛斯特坐在那裡，他一直都在那裡。

夏綠蒂・哈利維，KSpace載人運行部副部長：噢不。天啊，不。

失去訊號

珊德拉．查納榮到他身旁，從腰帶拿下水壺放在腳邊，替他將身上的連身衣拉直。此舉徒勞無功，佛斯特瘦削身軀掛著的衣物帶著深深皺褶。他瘦得不成人形——手臂和雙腿剩皮包骨。

他半坐半靠在一堆背包和捲起來的毯子。他的頭往後仰，臉朝上面對著核心，嘴巴微微張開。詹森可以見到他乾燥發黑的舌頭，看著看著，舌頭動了。他還活著。

他伸出一隻手拿水壺，緩慢吃力地舉到唇邊，啜了一口水，在嘴裡漱一漱。

儘管心裡不情願，詹森還是往前一步。她太空裝上的單點光源照亮他的臉、他銳利的顴骨。她不想直視，她不想看見。

卷鬚從他背後的地面探出，蛇狀動脈連接著腦組織。它們爬上被枝條固定在原地的睡袋和背包，爬到他的頭側，爬過太陽穴，變得愈來愈粗、愈來愈肥。

其中兩根粗卷鬚鑽進他的眼窩，些許乾掉的血液凝結在周圍。第三根比較細的卷鬚扭動著穿進他的右鼻孔，她看到飽含生命力的搏動。

他的眼睛。他的眼睛被——

被換成了別的東西。

詹森在他旁邊跪下，查納榮在另一側。她用手按著嘴巴，唯有如此才不至於哭喊出聲。

佛斯特謹慎放下水壺，彷彿怕把水灑出。然後他拿起另一樣東西——一臺錄音機，一個短短的圓筒狀裝置，一頭有麥克風，一頭有記憶卡插槽。他將錄音機靠著他薄薄的嘴唇，開始喃喃低語。在背後大腦的沙沙聲中，詹森聽不見他的話。

他說完就按下裝置側邊一個按鈕，他的話被重播，放大到他人可以聽見的音量。

「珊蒂？他們帶無線電來了嗎？」

「在這裡，」詹森說著拍了拍掛在腰間的微中子槍。「他們在地球上可以聽見你說的話。不管你有什麼話要說，我相信NASA都會轉達給KSpace。」

「很好。」

「怎麼會這樣？」她問。「怎麼發生的？是這些——這些卷鬚在這裡攻擊你嗎？所以你才——」她打住，因爲他又開始透過手持式錄音機說話。

「攻擊？不，當然不是。這是我選擇的。」

「我不懂。」

「妳當然懂了。我知道你們看了我的影片。你們一定看到泰瑞安身上發生的事。你們聽到他跟『天體』血管相連時說的話。那不是胡言亂語：他感覺到『天體』的感受，哪怕只有在他死前短短幾秒。珊蒂和我透過她的實驗確認了這一點，雖然經過一些試誤過程，但我們搞懂了，該如何完成我們的任務。我們奉命來與『天體』接觸，所以我們現在在這裡。我在這裡。」

記憶卡從錄音機後方彈出，查納榮拿下並拋進黑暗。佛斯特旁邊還有一堆全新記憶卡，她拿了一片插到定位。

「你透過這些卷鬚，在跟2I對話。」詹森說，她需要搞清楚，她需要確切理解現況。

「我將自己的神經系統直接與『天體』神經系統相連。對，2I，你們是這樣稱呼牠的。」

詹森將一隻手放在他臂上。他的手臂就像乾燥樹枝，用力一抓就會折斷。

拉奧在詹森背後坐立難安，走上前蹲在佛斯特面前。「抱歉——我是帕敏德．拉奧，獵戶座號的醫官。先生，我很擔心您的身體狀況，您看起來有嚴重的營養不良，像是好幾個月沒進食了。」拉奧抬頭望著查納榮。「我猜測這是你們離開漫遊者號之後才開始的，對嗎？」

查納榮只點了點頭。

「牠取之於我，我也取之於牠。別擔心，我甚至不覺得餓。牠提供了我生存所需。牠不太了解人類生理構造，不過牠正在學習，牠會讓我活著，只要我們還保持連結。」

「聽我說，我們可以幫你……幫你擺脫這些卷鬚，」詹森承諾。「我們可以帶你離開這裡。獵戶座號上還有很多空間，我們可以帶你和查納榮回家。我保證會送你們安全回家。」

他對著錄音機輕聲細語，按下播放鍵。

「不用了，謝謝。」

「也許你失神了，」詹森說。「也許你還在迷惑，但我們得幫你脫離，我們要——」

「詹森。」

霍金斯的身影籠罩著她，他就在她身後。她沒有轉頭。

「詹森，我才是任務指揮官。」

她對著佛斯特說，「我走好長一段路才找到你，我不會把你丟下來。查納榮，」她說，「幫幫我，我們要把這些東西從他身上弄掉。」

查納榮瞪著她，像對著陽光眨眼的家貓一樣沉默且不懷好意。

「詹森，」霍金斯低吼。「別擋路。」他彎下身，抓著她的肩膀將她推離佛斯特。她張口結舌地抗議，但他的力氣更強。他壓著腳跟蹲下，正對著KSpace的指揮官。

「我們談好條件了，」霍金斯說。「我帶微中子槍給你，你告訴我們2I對地球的打算。」佛斯特頭動也不動，也許是卡住了。但他舉起左手，做出不以為然的手勢，誰都不會看錯。「這不是很明顯嗎？」他問。「牠要餵飽牠的孩子。」

羅伊・麥克艾里斯特：獵戶座七號發射的目標就是這個，就是為了查明這個外星生物對我們有何盤算。我們以為，不管答案為何，我們都有辦法處理。而現在……我們知道這遠比想像中任何情況都糟。

錄音檔逐字稿（六）

牠們長得好快。牠們好好地長胖了。但母親的肉不夠餵。

在那段安靜的歲月——牠在恆星之間的歲月——牠盡可能保存養分，主要是氫，但也有水，還一些有機化合物。牠囤積這些養分，渡過好多個匱乏的世紀，足以讓牠以冬眠狀態活下去。但還有一些元素、一些基本化合物，牠無法在太空中找到。維生素——就想像成維生素吧，牠的孩子需要的營養，牠無法自己提供。

牠需要找富含那種維生素的地方。牠旅行好久好久才找到。

最後幾天，牠會將自己的速度盡可能減到最慢，將翅膀張到最寬。牠會化為一團火球，進入地球的大氣層。外殼可以作為有效的防熱護盾，但無法保護牠免於落地時的衝擊，牠會因此而死。就連這個骨架籠子都保護不了牠的大腦。牠會滅亡……但牠大部分的孩子會在牠體內得到保護，活下來。

當那一刻來臨、當牠死去，孩子們會知道。牠們會瘋狂吞噬任何找得到的食物，甚至包括牠們母親的骨骼、牠的外殼。牠們會將牠吃乾抹淨，但那樣還不夠。牠們會鑽入地球的土壤，深深挖進地底，只要牠們夠餓，什麼都吃得下去。牠們的代謝如此快速激烈。在我們的城市變成的廢墟之下，牠們會吃掉土地，大啖地殼深處半熔的岩石，挖得比任何人類都更深。

進食的同時，牠們會變化。愈變愈大，那是當然，有些會跟牠現在一樣大，或是猶有過之。牠們的皮膚會增厚、變成結晶狀。牠們會長出翅膀。

接著，在地球上吃夠之後，牠們會張開翅膀起飛，乘著太陽風飛往每個可能的方向。牠們會抵達我們太陽系的冰凍外圍，到了那時，牠們才會安靜。牠們會像牠一樣進入休眠，直到發現新的恆星，還有屬於他們自己的新行星。

這就是牠們的生命循環，牠們繁殖的方式。牠這個物種已經這樣做了……嗯，牠並沒有我們的時間概念。但遠在我們兩腳直立前就開始了，早於恐龍，甚至早於三葉蟲。牠的族類就這樣橫越銀河，從一顆恆星到下一顆，時間跨度長到我們不可能理解。在我們消失很久、很久以後，牠們依舊會這樣在群星之間旅行。

拉奧閉上眼睛。暈眩虛弱。她想把頭盔拿下來喘口氣。她好想吐。

她抬頭注視著其他人，看誰會一翻白眼或大笑出聲，讓她知道這不是真的。

外星人造訪地球。這是她從小就幻想的事，而現在——現在這件事真正的意義顯現了。

詹森雙眼空洞地盯著地板。霍金斯站了起來，皮膚驚恐得竄起雞皮疙瘩。

「爲什麼是地球？」他質問。「爲什麼不去別的行星，要來這裡？」

「牠沒有選擇我們，就像蒲公英籽沒有選擇要落在哪塊地上。我們並不特別，我們也不是牠們到訪的第一顆星球——甚至連前一百萬顆都排不上。牠們會擴散到整個銀河系，直到再也沒有新的星球。這是個簡單得令人讚嘆的系統，永無止盡的生命迴圈。」

查納榮將水壺從地上拾起，放進佛斯特摸索的手中。他沾溼嘴唇，漱了漱乾燥的口腔。

「你聽起像在同情牠們，」拉奧說，細如耳語。「像是你接受這一切。」

佛斯特笑了，從錄音機裡傳出來的聲音非常怪異。

「不。雖然有時候……這很難。牠不會思考，你們知道的。不像我們思考的方式，不用文字，不用圖像。牠的感官和我們不同。這是我們唯一的溝通方式。但這是非常深沉的連結，非常親密。我不曾和任何人類有這樣的體驗，連愛人都沒有。我有時會忘記牠跟我的界線在哪裡。」

記憶卡彈出插槽。查納榮換了一片，將舊的記憶卡往後一丟。

「你得想辦法說服……牠，」拉奧說。「讓牠轉向離開地球。不然就太遲了。」

「我在嘗試。」

「他媽的更努力一點。」詹森爬了起來。

「你們無法理解。怎麼可能理解？我第一次和牠連結時，牠立刻就想吞食我，就像牠對泰瑞安做的一樣。光是說服我不是牠的一部分，說服牠讓我活下去——就已經是很大的成就了。我們沒有共通的語言，也沒有多少共通的基本概念。我每天都學到一些新東西，學了好多，牠也從我身上學習。」

「什麼？」霍金斯問。「你告訴了牠什麼？」

「一切。我在這裡無法保守祕密，不可能。」

「這不可以，」霍金斯說。「你不能——」

詹森大吼蓋過他的聲音。「史蒂芬斯就做到了。」她說。

佛斯特一言不發，乾裂的嘴唇擰了一下。

「史蒂芬斯和牠連結了。他當時在垂死邊緣，他——他腦死了，」詹森說。「他早就無法進行有條理的溝通。他甚至沒和牠的大腦接上線，但出於某種原因——他讓牠移動了，改變動向。」

拉奧記得史蒂芬斯在最後發出的聲音，就在2I撞上漫遊者號之前。

「史蒂芬斯。我聽見他……我聽見他最後的片刻。牠聽得見無線電波，當然。牠聽得見妳呼叫我，詹森，每次都聽得見。但牠只聽從史蒂芬斯。他跟牠以神經系統相連，就像我現在一樣。其實——也可以說有一部分的他在這裡，跟我們在一起。」

啪。啪。啪。

那只是無意義的聲音，但是已經足夠了。對——對，是有可能的，就是——

不。不，不，不。她拒絕相信懸在她心頭的想法，這個不請自來的念頭。

那個聲音，那不斷重複的恐怖聲音，毫無意義。她之前沒有聯想到，因爲她不願意想，因爲如果她接受，那代表的意涵會讓她更加痛苦——

「牠不用文字思考，甚至不用圖像。牠擁有的是欲望，是本能。我們能夠在這個層面上進行溝通。眞有意思。妳說史蒂芬斯當時是彌留狀態，衰竭到只剩本我最基本、反射性的衝動。那就是牠接受到的訊息。給我時間，」佛斯特說。「我可以利用這一點。再給我幾週，我就會找到方法。我們兩個可以達成某種協議。」

「幾週？」霍金斯問。

拉奧聽見他在背後拉下太空裝口袋的拉鏈。

「我們沒有幾週的時間。」

「我無法加快程序。」

「我聽夠了。」霍金斯對他說。

拉奧隱約意識到他在背後，意識到他舉起一隻手臂。她目睹查納榮臉上籠罩的驚愕，見到對方向皮帶伸出手。

下一刻，槍聲緊貼著拉奧的頭邊爆響。

即使經過頭盔的阻隔，槍響還是震聾了她，令她不斷耳鳴。一時之間，她什麼也看不見。她眨眨眼，視線恢復清晰後，佛斯特的前額中央多了個圓形黑洞。

錄音機從手中掉落，鏗鏘墜地。

拉奧旋身見到霍金斯站在她面前，握著一把短管手槍。槍管裡冒出煙，在低重力環境下形成一朵胖雲。

「不！」查納榮尖叫。她也有武器——從口袋掏出的多功能工具。她將三吋長的刀刃推出定位，高高舉起，朝霍金斯跑去，整張臉都被怒火扭曲。

他的手腕抽動一下，再度開槍，她便癱倒在佛斯特身邊。

在地球上，夏綠蒂·哈利維跳了起來，抓住走道扶手，全身僵硬緊繃。羅伊·麥克艾里斯特望向她，但她的眼睛緊盯著面前粗顆粒影像。他想扶住她，不確定是表達安慰或單純宣示團結。

她沒有握他的手。她嚇癱了，當場呆住。

「你做了什麼？」詹森問。她不顧膝蓋的抗議，手腳並用爬到威廉・佛斯特的屍體旁。

她仰起頭，熱淚盈滿眼角。

「爲什麼？」她質問道。

「我必須這麼做。」他說。

他沒有把槍放低或是拿開。

「這難道——難道是你們一直以來的計畫嗎？」她驚駭地問。「太空部隊叫你這麼做嗎？」

「當然不是！卡利沙基斯絕不會下這樣的命令。但當你身爲任務指揮官，有時候……必須做出艱難的決定。」

「身爲指揮官應該要確保他的組員存活。」詹森堅稱。

「他們不是我的組員。總之妳聽到佛斯特說的了，他將我們的機密分享給2I。他在——」

「他在跟牠**對話**，」詹森哀號。「還有查納榮——你也殺了她！」

「她拿著刀朝我衝過來啊！聽著，聽我說，詹森。這事非做不可，非做不可。他根本已經不是人類了，他發生**變異**。2I同化了他，占據了他。」

詹森猛力搖頭。「我們可以把那東西從他身上弄下來。我們可以救他。他們兩個都是——我們可以送他們安全回家。就只差這麼一點。」

「回家？」他問。他低頭審視自己的傑作，臉上疑惑消失殆盡，取而代之的是一股可怕的肯定。相信自己做對的事的信心。「他們根本不可能回去。」

他舉起手槍，直直指著詹森的頭。「我很遺憾，」他說。「但妳應該懂的，比起其他人，妳更應該懂。」

「什麼？」她問。她不在意那把槍，訝異發現完全不害怕，即使心裡明白死神就在眼前。她只是需要了解他為什麼做出這樣的事。

「你在說什麼？」

「他們被感染了。妳看到查納榮脖子上的壞疽了，妳知道那代表什麼。妳看過那種壞疽——就跟史蒂芬斯身上的一模一樣。我們不能把那種東西帶回地球。我的天啊，妳怎麼會想做這種事？我們看到了那些場面，知道2I是怎麼回事，知道牠能對人體產生什麼影響。這種死法，已經是我給他們的慈悲了，詹森。我讓他們免於悲慘命運。」

「你這該死的白癡。」她說。

現在一切對他而言都清清楚楚，如此清晰。從他在島嶼上帶著腦震盪甦醒，他就一直有奇怪的感覺。他的思緒像污泥流在阻塞的管線裡。但是，現在啊現在，他耳裡的鳴響、槍聲的回音，就像一道清風吹散黑暗。他終於看得清晰，終於知道該怎麼做。

他必須保護地球。他必須拯救世界。

「卡利沙基斯將軍，」他大吼著蓋過那幾個女人的聲音。「將軍！我找到了。牠的大腦。您隨時可以開火，長官。開火宰了這他媽的怪物！」

他抬眼望向黑暗，將軍一定有聽到他的話吧，聽到他完成了任務——他找到了2I的弱點。只要致命一擊，就全都結束了。只要動力撞擊器往大腦一擊，2I就剩等死的份。

「霍金斯。」有人喚道。他片刻恍神，以為那是卡利沙基斯在呼喚他，要告訴他任務完成，他可以休息了。

但那不是卡利沙基斯，是詹森。她抓住他的一條腿，用乞求的眼神往上盯著他。好吧，這也合理。他是任務指揮官，由他負責決定。他知道她想要什麼。

太可惜了，他給不了。但身爲領導者的意義，有時候就在於採取其他人不願面對的選項。

「我很抱歉，莎莉，」他說。「我很抱歉。但他們回不了家。我們也是。」

他舉起手臂，將燙熱的槍管抵在她的額頭側邊。

「我們也被感染了，」他說。「妳拿下我頭盔的那一刻，就判了我死刑。妳也拿下了妳自己的頭盔，讓我不得不這麼做。」

他開始在扳機上施壓，但隨即——

他的邊緣視野裡有東西在動。新的怪物朝他衝來，要置他於死地。如果他多思考片刻，就不會輕易接受這個想法，但現在沒有時間發揮理性。有東西朝他衝來，迅速且暴力。

他扭轉身軀，開了一槍。

「這樣比較好，」霍金斯說。「我知道妳現在不會這樣看，但這樣比較好……她去了更好的地方。」

詹森閉上眼睛，但還是再度目睹那畫面，一次又一次。

拉奧衝向霍金斯，也許覺得她可以奪下他的槍。也許她別無選擇。

然後霍金斯開了槍，拉奧的面罩正中央出現小小的洞，面罩內面濺上鮮血。

詹森張開雙眼。拉奧面朝下倒地，一隻手臂扭曲地壓在身下，另一隻往外伸出，手指抓著地面。拉奧一動也不動。

「你這混帳，」她說。「你這混帳。」她無法呼吸，胸口堆滿窒息的嗚咽。她只是想要——

她想要的就只是——

「妳恨我。嗯，我保證，我會讓過程盡量迅速。然後我會對自己開槍。剩的子彈還夠我們兩個用。我也會死在這裡。」

她深吸一口氣，身體迫切需要輸氧。靠近核心這裡的空氣非常稀薄。她清清喉嚨，直視他的雙眼。

「那何不由你先走一步？」她說。

他笑了。這個混帳竟然被她逗笑。短短幾分之一秒間，他的槍口偏了方向，不再指著她。

詹森一躍而起，她感覺膝蓋某個部分終於撐不住，感覺到筋腱撕裂，但它支持得夠久，讓她彎下來用肩膀撞向霍金斯的軀幹。雖然很痛——痛到不行——但她把全身每一盎司的力量都集中在這一次撞擊。

他的雙腳踉蹌跌撞，試圖保持平衡。在地球的重力下，他也許能成功。但這裡重力和月球比較接近，於是他的腳滑開，頹然倒地，手臂往後甩，墜落地面的過程似乎花了異常久的時間。

他的右手先落地，手指張開，槍旋轉著滑出觸手可及的範圍。

她倒在他身上。兩人都望向黑暗，尋找落入陰影中不見蹤影的武器。

這樣夠了。詹森往後縮，一拳揍向他的下顎，打得他頭歪一邊、嘴巴張開。她再打一拳，然後收回手臂準備揮第三拳——但他的雙手忽然閃現，抓住她的手腕，將她往後拉。

詹森齜牙咧嘴地扭開，拚命站穩。但他已經爬起來，擺出戰鬥蹲姿，不等她起身就出擊。他猛力朝她的臉毆打，她的眼睛後方出現爆閃的光線。他接著躍入空中，用力往下踩，落地速度因爲低重力而減慢，但沒關係。

他左右腳的靴子同時踩在她的左腿上，踩住她受傷的膝蓋。

這股痛楚並不像被刀捅。反而像一波作嘔的海嘯席捲過她。一股徹底的、無力回天的不對勁感。她知道她的腿再也好不了，她的膝蓋化爲片片銳利的碎骨。接著一陣黑暗波浪沖過腦海，然後——然後她就這麼不見了，她的意識奔進一個深深的洞穴，躲避恐懼與痛苦。一切陷入黑暗。

霍金斯抓著她的手臂，拖著她橫越骨架構成的平臺。在低重力環境下，這個動作應該很簡單，但她癱軟身軀的重量和摩擦力讓他拖得又累又喘，一公分接著一公分前進，往高臺邊緣而去。他得承認，她是有幾下打得滿漂亮——他的下巴感覺被打得錯位了。

沒關係。再過幾秒，她就要死了，剩他一個人。他會找到槍，然後……不。

不。

他決定他理應得到一點點獎勵。他不會飲彈自盡。他要等卡利沙基斯將軍發動撞擊器，直攻2I的大腦。他要坐在第一排欣賞這個外星生物的死亡。

對於可能出現的場面，他大概有點概念。他研究過那款攻擊系統，知道如何運作——跟反戰車武器類似。撞擊器會以高速衝擊2I，大約每秒幾十公里，依那個速度，它的外殼和內部會像溼衛生紙般不堪一擊。撞擊器會毫不費力地切穿這兩層結構，過程中會使溫度升到極高，耗乏鈾核心會液化，變成一道高熱的金屬噴射流，燒穿2I大腦，直到貫穿另一側的外殼後才會停止。

撞擊器的進出口會湧入颶風強度的氣流，那些蟲子會窒息而死，因爲牠們呼吸的空氣會硬生生從牠們該死的喉嚨裡被奪走。2Ｉ的生命系統會停擺，最後會像暴露於太空的寒冷眞空，整個凍結。

霍金斯會坐在那裡旁觀一切。也許他會戴回頭盔，用掉剩餘氧氣筒。也許等結束後，他會靜坐一會，回顧自己的作爲、自己摧毀的怪物。他會坐著見證這段垂死掙扎，以及隨後的冰冷靜寂。等他的電池耗盡、光源熄滅——他會再度取下頭盔，呼吸最後一口空氣，然後就……放手。

這是他應得的。這小小的榮耀是他應得的。

他抵達了邊緣。他左右兩邊各有一根龐大的肋骨升向陰影，自己就像站在一座陽臺，高高俯瞰著下方蜂擁成群的蟲子。一位元帥站在城堡牆垛上看著兵臨城下的軍隊。他把詹森一路拖到邊緣，放好位置，只要踢一腳，就能把她送進那些殷殷期盼的大嘴裡。

然而，在最後一刻，他退縮了。他低頭注視著詹森失去意識的臉龐，納悶著羅伊．麥克艾里斯特究竟在這老女人身上看到什麼價值。她失敗了。她的火星任務失敗了——她以一人之力害美國輸掉第二場太空競賽。她害死了布萊恩．威爾森和桑尼．史蒂芬斯。他接下任務指揮權之後，每走一步她都要跟他吵。

但她依然是個人。她不該這樣死掉，被外星蠕蟲旋轉的牙齒碾成碎片。

他轉身環視，查納榮的手電筒投射出一個黃色的大三角形。他自己太空裝的燈光也照亮一塊比較小且黯淡的空間。他尋找著他的武器，過了一會兒看到了，方形的槍托正好落在查納榮的燈光邊緣。他走過去，準備彎腰撿拾。跟他擁有過、使用過的其他手槍相比，這把槍相當小。槍管幾乎被磨短到底，扳機的保險也拿掉了，好讓他即使戴著太空裝的厚手套也能操作。爲了減輕重量，槍的握把只有空殼，形狀跟一般手槍握把一樣，只不過是中空的。這把槍是專門設計來讓他藏在太空裝的口袋裡，連NASA也渾然不覺。羅伊．麥克艾里斯特堅持獵戶座七號不能載運武器——他覺得這樣會傳達給外星人錯誤的印象。眞是個蠢貨。太空部隊不會派毫無武裝的人進入敵營，這把小小的武器算是他們的妥協。

他的手指包覆住握把。彈匣局部暴露出來，裡面還有兩顆子彈。已經多於他現在需要的了。

他站起來，膝蓋稍微發出了摩擦聲。他突然非常疲累痠痛。他也要變成像詹森那樣的老骨頭了。這個想法讓他輕輕笑了。嗯，他完全不用擔心自己的老年問題。

就一顆子彈，他會確保詹森死得乾脆迅速，毫無痛苦。她至少該獲得這樣的待遇。他起步往邊緣走，她仍躺在那裡，動也不動。他穿過查納榮掉落的手電筒投射出的光線，走回陰影。

有人在那裡等他。

他只辨別得出太空衣的輪廓，頭盔面罩中間有個洞，像顆充滿血絲的眼睛。恐懼在他的血液中沸騰——不，不是恐懼，他只是吃了一驚。「拉奧？」他說。「對不起。我不是故意要殺妳。那是個意外。妳沒有暴露於2I的感染風險，也許妳本來回得去的。」

是鬼魂。他在跟鬼魂說話。他心裡「哼」了一聲，也許他發瘋了，他好奇著該怎麼確定自己有沒有瘋。

下一刻，那個鬼魂舉起查納榮的多功能工具，上面安著一支三吋長的刀刃，然後深深劃開他的喉嚨。

隔著面罩內側的血跡，拉奧幾乎看不見。出手攻擊前，她勉強見到霍金斯一眼。這輩子頭一遭，她沒有先思考再行動，她就這麼——

突然之間，她迫切地覺得非把頭盔拿下來不可。她試圖將頭盔扭下，但它不肯鬆動，直到她想起還有兩個固定卡榫。卡榫一鬆，頭盔就順利轉下，她拿下之後拋得遠遠的，一時被上面的血跡嚇壞。

她雙膝跪地，拚命想嘔，但胃空空如也，所以她只能乾嘔。她所做的事情，她做出的事——實在是——

她用袖子背面的布料擦抹臉龐和嘴巴。袖子上也有一面鏡子，她小心翼翼將之舉起，彷彿看到自己的臉會成爲置她於死的最後一根稻草，彷彿她是已經死去卻仍有動作的行屍走肉，看到自身倒影的那刻才會證實她的死亡。

在微弱的光線下，倒影中的她大致完好無損。一邊臉頰上有道深深傷痕，子彈沿著她顴骨曲線擦過所留下的擦傷。她謹慎地輕觸傷口，雖然表面血肉模糊，但沒有造成嚴重傷害，似乎連神經也沒有傷到。

霍金斯開的那一槍正中她的臉。他這個人——現在是死人了——槍法神準，本來無疑會讓她命喪槍下。但厚實的面罩在子彈射向她的鼻梁時，改變了彈道方向，正好救了她一命。

她會平安無事。她會——她——

她第一次呼吸著2I內部的空氣。她想起詹森提過空氣裡的奇怪味道，現在她得以親身體驗了。那味道讓她想起中學時代在臥室水族箱裡養的寄居蟹。寄居蟹生病死掉的時候，水族箱的味道就像這樣。有一點像。

「長官？」她蹲伏在詹森無意識的軀體上方說。「莎莉？」

詹森的臉上刻畫著痛苦的痕跡，短短的金髮被汗水浸溼。但拉奧幫她翻過身、遠離邊緣時，她的眼皮眨動著睜開。她發出細細一聲痛苦呻吟，那是破碎顫抖的哭喊，不似人聲。

「霍金斯？」她勉強擠出沙啞的話語。

「不用擔心他了。」拉奧回答。她的聲音連聽在耳裡都顯得非常遙遠。她逼自己專注在病人身上，檢查詹森傷勢有多嚴重。

「瞳孔沒問題，呼吸狀況……不太妙，但我覺得妳活得下來。妳要再吃一點醫藥箱裡的止痛藥嗎？止痛的效果恐怕不大，但是妳舊傷的發炎一直沒有完全消，我想這可能是個好主意——」

「拉奧。」詹森耳語道。

「是的，長官？」

「安靜，」她的眼皮顫動，彷彿又要昏過去。「好，藥給我。還有——」

拉奧靠近過去聽詹森還要說什麼。

「謝謝妳。」

破壞性重返

羅伊．麥克艾里斯特：這一切過程，我目不轉睛。就算外面的世界毀滅了，我也不肯離開微中子望遠鏡。一直過了很久，我才發現卡利沙基斯將軍傳了一則訊息給我。內容簡短，但一看就懂。上頭只寫著：百分之十七。

骨架平臺搖晃了。僅是微微顫動，卻讓詹森感覺從腳到臀部一陣疼痛。她四處張望，但沒看到任何線索。「那是什麼？」她問。

拉奧剛剛都在檢查佛斯特和查納榮，或許是想判斷他們是否眞的死了。這動作本身沒有意義，但能給她點事情忙。現在她衝回詹森身邊。「我不確定，」她說。「我稍早感覺地板在震，但我以爲那只是我怕到發抖。」

詹森握住年輕女子的手臂。「不是只有妳。妳能幫我坐起來嗎？然後——」

下一波震動更劇烈。骨架底下好像有人在踹，非常用力。

「噢，」拉奧說。「噢，我覺得——天啊。」

詹森深呼吸一口氣。她察覺拉奧在看哪兒，於是把頭盔從腰帶拿下，把剩下那盞燈往那個方向照，照向牠的腦。那裡乍看與她的印象無異：無邊無際的手掌和細長詭譎的手指，顏色偏藍。她過了好久——都怪她的腳痛——才認出哪裡不同。

沒有一隻手在動。沒在抓著彼此手腕，連手指都沒握起，大腦全然地靜止無聲。

骨架平臺移動了大半公尺，旋即晃回原位。但毫無疑問在晃動，而詹森有種不好的預感——她曉得原因。

「那混帳王八，」她說。她不太確定自己在講誰。霍金斯或佛斯特。「他說他跟牠連結，彼此毫無分界。他們合而為一。他死的時候——」

「**2I肯定也覺得自己要死了**。」拉奧說。

「那就是訊號，那些蟲在等的訊號。牠們會把骨頭吃了。」她說。整座平臺猛力一晃，讓她伸手想找任何能抓的東西，但什麼都沒有。底下骨架如象牙般光滑。

她不需要往邊緣下看，就知道底下怎麼回事。那些蟲子同一時間全陷入瘋狂。也許那訊號是種費洛蒙，又或是無線電脈動——不重要了。

牠們把橋塔啃穿要花多久時間？距離整具骨架崩塌進牠們嘴裡還剩多少時間？也許就快了。

「我們要怎麼辦？」拉奧問。「詹森？」

詹森盯著眼前一片黑暗，試圖思考。

「指揮官？」

「我們他媽要離開這裡，」她說。「扶我起來。」

晃動不止。拉奧試著扶詹森起身，但很明顯這位年長的太空人已經走不動了。拉奧心想在軸心附近的低重力環境下，她也許能揹她——如果詹森爬到她背上——

「第二個氣閘，」詹森說。「它在附近。一定就在上面。」她指向骨架另一頭，在靜止大腦另一側。「可能一公里，或更近。如果我們在這裡崩塌前抵達就還有機會。」

「我們連那氣閘能不能用都不知道，」拉奧說，旋即閉上眼睛，點點頭。「沒錯。我沒必要把這件事說出來。」

詹森沒反駁。「我們有空氣，還有一點點電力。也許剛好夠我們回到獵戶座號。把妳的頭盔燈關掉。用我的就好。會有點吃力，但……但……」

拉奧皺眉。「怎麼了？怎麼回事？」但問題自然再明顯不過。

「妳的頭盔。妳的頭盔呢？」

拉奧舉起一隻手碰她的頭髮。「我丟掉了。它裂開來，面罩裂開來，而且……」

沒有頭盔的話，她們離開2I後走不了多遠——她走不了多遠。她差點忘記她們人在深空，在宇宙的冰冷真空中。詹森在原地轉身，燈光掃過骨架平臺。「沒關係。」她說。

「指揮官——」

「沒關係！我們會想辦法補起來。我其中一個包包應該還有大力膠帶。幫我找到就是了。」

詹森的燈甩來甩去，終於照到那頂頭盔，就落在邊緣約莫二十公尺的位置。損壞的面罩與她倆相望，上頭沾著鮮血，碎了開來。面罩被子彈射穿時，只留下一個小小的洞，但破洞附近有蜘蛛網般的裂痕。裂痕擴散開來，現在整個面罩好似一張滿口利牙、鮮血淋漓的嘴。

只能將就。拉奧衝向頭盔——接著腳下劇烈晃動，迫使她停下，雙手舉在身側，搖來搖去。

她嚇得魂飛魄散。整座骨架開始往一側傾斜，她張開嘴放聲大叫。臺面沒有傾斜太多，不過就一兩度，但加上持續不斷的震動就慘了。頭盔從身邊滾開，衝向邊緣後消失無蹤。

詹森對她大吼了什麼。拉奧轉頭看，然後詹森再吼了一次，這次拉奧聽到了。

「霍金斯！去拿霍金斯的頭盔！」

但當下一切都在動，所有物品都從她旁邊滾過滑下。珊德拉．查納榮的手電筒彈來彈去，然後有那麼一刻從邊緣飛出去，讓她看到——

無數的牙齒和樹枝，數百萬隻蟲子撲向骨架，將旋轉的嘴啃進骨頭。她看見扶牆碎裂，到處有長長閃電狀的裂縫出現在平滑表面，卷鬚自骨頭裂縫露出，噴出黑色膿汁——

接著燈光消失，她越過一根根骨架，再過去只見一片黑暗。

她望向癱在地上的詹森，她張開雙臂，努力單靠摩擦力撐在原地。詹森神情激動，五官因純然的堅定而扭曲變形。

就連她也開始下滑，從陡峭的骨架滑下。

拉奧衝過去抓住她的手臂，她靴子提供的摩擦力恰好夠她撐住。她猛地又拽又拉，不知怎麼竟成功阻止詹森滑走。霍金斯的頭盔是救不回來了，他的屍體肯定已經和其他東西一樣滾落，拉奧很肯定。這代表她們兩人只有一只頭盔。

「我覺得，」她邊說邊努力鼓起勇氣把話講出口，「我覺得——」

「聽著，」詹森說。她在拉奧身後不知道對什麼東西點了點頭。「聽著！」

大腦又動了起來。

不太明顯。詹森看見一隻手伸出來，孱弱地抓住一隻手腕。她靠著她們僅存的光源上下打量大腦外緣，在她目光所及之處有一根手指抽動了一下，一顆拳頭在那兒握起。

牠還活著。這顆腦袋還有一小部分在死命求生。但那些蟲不在乎，搖晃強度愈發猛烈。訊號已經送出去了。也許還有辦法能讓蟲子恢復冷靜，不要把骨架支柱啃光，但大腦還沒成功。

就算有方法能阻止蟲子，幫助也不大。2I仍舊在和地球相撞的路徑上。無論是生是死，牠都會和地球相撞，撞擊力大到足以終結地表上一切生命。

但只要有生命的地方就有希望。是吧？

一定是的。

一定有什麼她們還能做的。

這個嘛。詹森是能想到一個方法。一個她所能想像最駭人的方法。

「佛斯特跟這傢伙說過話，」她說。「別人也能。」

拉奧的臉瞬間刷白。

「不，」她說。「不、不、不、不。」

「佛斯特花了好幾天的時間和2I溝通都沒能成功了，」拉奧點出。「他能讀取牠的記憶，但他沒辦法讓牠移動。」

「沒錯，」詹森同意道。「但史蒂芬斯辦到了。他當時死了，徹底死透。但他找到方法。」

「別……別……」

「快點，」詹森說。「妳很聰明，拉奧。大概是我見過最聰明的女人，而我是在NASA工作的，要讓我那樣想可不容易。妳能想通這東西不是星艦而是動物，妳現在腦袋裡一定有什麼想法。史蒂芬斯知道什麼佛斯特不知道的事情？」

拉奧瞇起眼睛、抿住雙唇，好像她剛咬到一顆檸檬。她不想說出來，但詹森知道事有蹊蹺。拉奧想通了什麼——

「老天爺，告訴我就是了，」詹森大吼。

拉奧瞪大眼。「也許——只是也許，好嗎？我也許有個概念，但……但……妳最後有聽到史蒂芬斯說話。妳聽到他說的話。」

啪。啪。啪。

詹森搖頭。「我以爲那只是他喉嚨肌肉的反射功能，從他失去功能的肺部跑出來的空氣。」

骨架再度移位，她們所在的平面變得更加傾斜。拉奧加倍用力抓住詹森的手臂。好痛。

「佛斯特之前有說，他說史蒂芬斯在……在垂死時能跟2I對話。史蒂芬斯連個字都沒辦法說。他只能夠呼喚他最需要的事物。」

拉奧搖頭，無法理解——或是拒絕理解。

「他在叫妳的名字，」詹森說。「他在呼喚妳。」對。

「不對，」拉奧說。「不對。」她戴著手套的雙手按住眼睛。「不對。」

但詹森現在敢肯定了。「他想跟妳在一起。佛斯特說，當你和2I連接上，思緒之間是沒有分界的。牠的想法和你的會合而爲一。史蒂芬斯想接近妳，所以2I往獵戶座號靠近。妳沒辦法和動物講理，牠們不能有意識思考，牠們沒有語言，牠們只有衝動、需求。佛斯特想和2I交朋友、得知牠的祕密，但史蒂芬斯——他只想靠近某個人，某個能給他些許慰藉的人。」

「不對，」拉奧又說。「閉嘴！不對！」

「他想要妳。」詹森說。

拉奧哭了起來。她別過頭，想在太空裝的肩膀上擦眼睛。「我知道。」她說。

拉奧站在大腦面前。那些手扭動起來，組成新的連結。離她最近的那幾隻手——在她正前方的神經——似乎扭得最厲害，好似在回應她的靠近。

卷鬚纏繞在手掌間，有兩根舉至空中，細細的末梢前後擺盪，好像在尋找什麼。

史蒂芬斯還在那裡頭。

佛斯特也說過——史蒂芬斯有一部分留在大腦裡。他死前最迫切掙扎的那一部分，渴望靠近她的那一部分，和2I接觸過的那部分還在裡面，還在渴望她。

她可以就這樣走上前。脫下太空裝，走入那叢渴求的手裡，讓它們抱住她。史蒂芬斯未曾那樣擁抱過她。他們可以在一起，那樣她或許能跟2I說話，她或許有方法說服牠再度改變航線，或許遠離地球。但最少最少，她和史蒂芬斯會在一起。

這念頭眞是……無比誘人。她費了這番工夫搞懂史蒂芬斯發生了什麼事，他爲何得死。現在她明白了。他的死是爲了帶她來到這裡，到這個終點。

「我想讓妳知道我非常榮幸，長官，」拉奧說。「還有等妳回地球之後，我希望——」

「拉奧。」

「我希望妳能說我在這裡有所貢獻。無論結果如何。我是說，要是我失敗了，2I撞上地球，然後沒有……沒有一個人活下來……」

「拉奧。不要選在這種時間點耍笨。」

她閉上嘴。她很清楚詹森下一句。她最不想聽到的話。不能這樣結束。她們失去這麼多，躲過這麼多生死關頭，不能就這樣結束。不能。

「要這麼做的不是妳，」詹森說。「是我。」

拉奧轉身注視她。「他在裡面，長官。一小部分的他。」

「我們手上有一頂頭盔。我們其中一個人還能走，」詹森說。「給我出去。」

接著詹森伸手到腰帶，解開扣在D型環上的頭盔，並塞給拉奧。

「長官，妳有這番心意我很感激。」

「我們沒時間玩這遊戲了！」詹森大吼。她試著抓住拉奧雙腳，不讓她過去。但詹森的手在她身體經歷那一連串苦難後變得很虛弱，拉奧隨便就能掙脫，詹森沒辦法阻止。

她轉身再望向大腦。史蒂芬斯在裡面等她。

但是……

有種感受湧上她心頭，讓她突然畏縮起來大哭不已。她點頭，儘管她哭到看不見詹森。

她只需要脫下太空裝往前走，走進大腦緊握的手中，步入懷抱中。但是……

不。

這個地方，2I，她現在懂了。這片黑暗，死寂和恐懼。待在外星環境中無止盡的緊繃張力。她以爲那會改變他們，讓他們變了個人。但沒有。牠只是放大他們內心的黑暗。牠讓詹森執迷於找出KSpace的太空人——她本來就非常渴望贖罪，而她的渴望被放大到極致。霍金斯一直以來都只想保衛地球。這被牠扭曲成偏執妄想。

至於她自己？牠將失去史蒂芬斯的悲傷，和這悲慘的一刻扭曲揉雜，化作無比差勁的決定。牠舉起一面陰暗的鏡子，讓他們看到自己最糟糕的一面。但拉奧若是停下，哪怕只有一秒，她若是思考——她就會明白，她明白這是錯的。

她不會把自己奉上。她不會接受這顆大腦的提議，不會是爲了史蒂芬斯。

她跟史蒂芬斯從來不是一對。不眞的是。他們有曖昧，有情愫，但不曾有機會發展眞正的關係。因爲她深受後來的事態演變影響，才會這樣難以釋懷。是倖存者的內疚，她想。

該承認這個事實了：史蒂芬斯離開了。他死了。

卷鬚在她面前搖晃，往外延伸，彷彿在朝她伸手。那不是他，不是她在乎過的那個男人，只是餘音迴盪。

「我很抱歉。」她說。拉奧拿走詹森給她的頭盔，她舉到頭上，將它戴上。乾淨的空氣刷過她臉龐，讓她降溫。感覺眞棒。她的臉燙到好像火在燒。

「走！別回頭。」詹森說。

拉奧轉身爬上大腦，那些手試圖抓住她的雙腳，卷鬚撲上她的太空裝。它們很虛弱，輕輕鬆鬆就被她推開，沒機會固定在她身上。那感覺糟透了，光是想到自己摸著那些手就糟糕透頂，但這不算什麼，跟她所做的、拋下的事情相比不算什麼。

「走啊！」

這想起來其實很符合邏輯。

詹森用下巴戳弄她頭環內的把手。她的太空裝在剩最後一點電力的情況下，問她是否確定要打開維生裝置。她回答是。她再戳了一次把手，她太空裝背後的彈簧扣應聲彈開。

她失敗了。

她沒能拯救布萊恩．威爾森。她沒能拯救桑尼．史蒂芬斯。她沒能拯救任何一位KSpace的太空人。甚至連霍金斯她都認爲是自己的錯。她如果是個更稱職的任務指揮官——如果她能堅持到底——

她見證這片黑暗陌生的異域對人產生什麼影響，牠將他固有的偏執扭曲成暴力絕望的事物。也許，如果她有表示些什麼，就能救他一命。

但她沒有。

她失敗了。她失敗那麼多次。但失敗就是這麼一回事。人一旦失足，一旦徹底搞砸所有事情，是沒資格倒下投降的。不。布萊恩．威爾森死的時候她就明白了這一點。你得補救，這是你欠所有人的——不只是被你辜負的人，也包括仍然活著的那些人。她把獵戶座六號帶回地球。她確保茱莉亞．歐布拉多和阿里．丁瓦里回到他們家人身邊。現在她則是確保帕敏德．拉奧也有回家的機會。

可惜她的責任還沒完。

羅伊．麥克艾里斯特選中她，因爲他認爲她能當個眞正的太空人，曉得一切隨之而來的必然——曉得你一旦上了太空，就等於置自己於險境。接受可能回不了家的事實。更甚者，就連在情況最危急、毫無存活機會的時刻，太空人都要繼續思考及工作。她要盡其所能搶救一切。

她大叫一聲——她允許自己稍微放縱——並將她受傷的那條腿抽出太空裝。腳抽搐了一下，每下抽動都讓她感覺刺骨的劇痛竄過全身，蔓延到她的四肢，讓她的腦袋痛苦得宛如爆炸。

她推開太空裝。

裡面不到全黑，太空裝正面有幾個狀態指示燈，爲她四周提供了那麼一點照明，足以讓她看到那些圍著大腦的手。神經，是吧？想必是某種巨型的神經、軸突和樹突，只不過是2 I這樣壯觀的尺寸。

就算知道這一點，這看上去還是跟人手一樣。

她看見那些手騷動不止，看見孱弱緩慢的動靜，起先只有幾隻，但後來有更多同時動起來。

它們伸向彼此，想要連在一起，重新奪回掌控。

也許那是有幫助的。也許趁大腦還昏迷的時候，她會比較容易爬進去牠裡頭陰暗的空間，把自己推進牠的外星腦袋，讓牠聽見她。

也許。

她緩緩深呼吸。吸氣，將氣呼出來。吐氣。

她完全不知道佛斯特是怎麼說服這傢伙把卷鬚插進他的大腦，連上他的中樞神經系統。

她手往上伸，抓住一雙手掌。2I也伸向她，讓卷鬚爬過她的手腕，經過她手臂到她臉上。

「好了，你這混帳，」她說，同時努力不要尖叫。「該來聊聊了。」

她屏住呼吸，彷佛要潛回佛羅里達外海溫暖的海水。她閉上眼睛，好似在等待那突然的一躍，還有湧上來的銀白色泡泡，以及再次體會那不總能媲美，但像是宇宙失重的感覺。她撲上前，跳進那片手掌之海。

拉奧頭也不回地跑。

不回頭讓她有強烈的愧疚和羞恥，因爲她拋下桑尼，因爲她沒有陪詹森面對接下來要發生的事。她同時知道自己哪怕只是考慮要回頭，都會被詹森痛罵一頓。

所以她跑啊跑。

她跑著，腳下平面往一邊傾。她滑三公尺才穩住，試圖靠搖擺臂部來抵銷劇烈的顫動。

她的頭盔只剩一盞燈能用，全世界就剩最後這一道光。她讓這維持往前面照，照出她要前進的方向。因此，當原本平滑的骨架表面裂開時，她差點絆倒在地。陰暗的裂縫自她腳下以之字形延伸，將平臺一分爲二。片刻，她的腳就跨在那道縫隙上。接著她意識到自己得選一邊，否則將墜入底下的黑暗深淵。

決定後，她往左一跳，裂縫已經裂開好大一道，骨架部分已崩塌，變成長度跟她同高的碎片，還有能流過她指縫的小碎屑。原本嵌在骨頭裡的卷鬚在空中揮打，尋找能抓牢的支點。她得稍微往旁邊跳，避開伸過來要抓她靴子的卷鬚。

一條條的骨架往上延伸到她頭上，好像高聳弧形的拱橋。它們在她的燈光照射下成了靶心，一圈圈的同心圓標示出她的路徑。骨架往南逐漸縮小，縮進另一個圓錐體裡，和她進入2Ｉ時經過的空間長得一模一樣。

骨架平臺逐漸傾斜。她不得不留意到重力愈來愈弱，地面估計沒辦法再撐多久——

一陣比霍金斯的槍響還要劇烈、但同樣乍然的聲響傳來，肯定有一座支柱在蟲子持續不斷的攻擊下崩塌。整座骨架轟隆搖晃，接著幾條閃電狀的新裂縫在腳下四散。

她險些來不及在整個塌下去前跳開。

那些手抓住詹森的腳，緊捏她受傷的膝蓋，讓她大叫。長長的手指裹住她的手臂和喉嚨。卷鬚爬過她皮膚，在她身上探尋著，把小小的鉤子刺進去好固定在那兒，讓她刺痛不已。它們怎樣都不會放她走了。

但她沒有被疼痛淹沒。她的決定不再讓她感到驚駭。卷鬚輕撫過她耳垂，鑽入她體內，和她的血流、神經相接——她被——她被——

銀白色的泡泡湧上來將她包圍。在你下沉時，水面從底下看就是面搖曳波動的鏡子，轉瞬便遁入黑暗。而她沉得飛快。浮力消失殆盡，不再有任何的光。不再有光明存在的可能。

詹森聽過一個對生命的詩意譬喻，描繪一隻鳥飛過黑暗寒冬的風暴，純屬意外地飛過一扇窗戶，進到一處正舉行晚宴的明亮廳堂——房間裡燈火通明，滿是溫暖和樂音，濃郁的氣息和芬芳的煙霧——但就只有那麼一刻。那隻鳥連這是哪兒都還沒來得及搞清，就從另一扇窗飛了出去，回到風暴中，再也不曾見到那道光亮，或感覺到那股溫熱。

這……這跟那全然相反。詹森短短五十六年的生命全部消逝。她見過的一切，從隔壁房間傳來的每個笑聲，攝影機的每次閃光，情人的手指在她腰窩的每次撫觸，每次微笑，每次心照不宣、洋洋得意的臉孔，藍莓的味道——

全被一陣幽暗的風吹走，那陣風在沒有圍牆、無邊無際的空間裡咆哮。她是如此渺小，如此地微不足道，她的經驗和思想和終極目標都是不重要的細微末節。僅僅是沒有意義的雜訊。皮膚上紅潤的傷口褪作蒼白，再褪作一絲空虛的呼吸。漫遊者號軟牆上的污穢塗鴉。煤坑底下沒有人會看到的一閃而過的光。

但她不是獨自一人。

有人跟她坐在一塊，比她大上好多好多，在各方面都更強大的人。牠的腦海浩瀚如月，只有無可阻擋的本能、鏗鏘有力的目標，以及在難以想像的條件下孕育出來，難以言喻的純粹。

她與之對抗，試圖要開口，和2I說話，甚至是讓牠意識到她在場，她在那裡。

牠早就知道。牠只是不在乎。牠瀏覽過她的一切，她所有的回憶和信仰和恐懼，而牠一概不能理解。牠否定那一切擁有任何意義，或任何用處。接著換2I讓她經驗牠的一切知識，牠的一切本質。她被一道黑暗的浪潮沖過，感官和印象和慾望組成的海嘯將她淹沒，而她就好像張著雙臂想擋下洪水。

平臺在拉奧腳下崩毀。在正常的重力下，她應該已經跌下去十幾次了，但這裡哪怕是極小力地跳一下，都會讓她高飛在空中。她往左衝，接著往右，接著——當平臺崩毀的同時——伸手抓住一根直直往上，像肋骨一樣彎過她旁邊的骨架。

她在微重力下跳來跳去，想辦法跳到一塊大抵完好的平面上。等她抵達時地面已經在崩解，但就快抵達尾端了。平面上的空間像胸骨一樣愈收愈窄，根根骨頭閃過她左右兩側。自己現在重量不出十公斤——她再過多久會變得毫無重量？等她在軸心上自由飄浮，到時候她又要怎麼辦？如果飄在半空中的話，她要像鳥一樣拍動雙臂好前進嗎？那眞的行得通嗎？

骨架在她身下轟隆作響，讓她不再擔心。眼前空無一物，她就抓著一根從黑暗中突出來、破碎的骨頭底座。

她來到骨架末端了，再過去就只有漆黑一片。她花一秒喘口氣，把燈往四處照，想找出下一步。燈光輕鬆照到她底下的地面，她預期自己會看到蟲子在底下喧鬧地準備要吃她。

但反而是一片空蕩——到處沾滿黑色黏液。跟他們好久以前在另一端北極點看到的黏液一樣。那腐蝕性的黑色黏液，把KSpace的高科技繩索給蝕穿。

那東西又厚、又長滿了爆開前會鼓到好大的泡泡。每次有泡泡破掉，就會濺出一堆小水珠，在空中懸浮好幾秒才掉回去。拉奧突然明白這些黏液是做什麼用的——那是用來不讓蟲子接近氣閘，不讓牠們不小心把自己扔進太空裡。

這代表——她很確定——南極那邊就是個氣閘，而她能夠打開。她能逃出去，只要她能到那裡就好了。眼前只有一個問題——她和那個氣閘間除了幾百公尺的強酸黏液外，什麼也沒有。

她絕望無助地哭喊出來。

她就差那麼一點就能出去了——都已經到這一步卻死在這裡——

最終她打起足夠的精神繼續思考。一定有什麼東西能讓她用來爬上氣閘，她絕望地把照明燈左甩右甩，尋找工具。接著她找到了。她看到一個好像石頭一樣，從錐體牆壁上凸出來的支點。那些大如房舍的巨石又破又舊，狀似——狀似——

狀似牙齒。她找到２Ｉ的牙齒。於是她再次意識到，自己又試圖把人類概念和度量強加在２Ｉ上，把牠想成星艦，而非動物或有機體。牠是一個有牙齒的生物。而南極的氣閘壓根不是氣閘，那是２Ｉ的嘴。

一切僅剩運轉。

行星、星星、銀河系——永遠在轉動、旋轉、輪轉。隕石在宇宙間滾動，彗星尾巴被恆星風吹得變形、交織在一起。帶電粒子的電流在無窮的宇宙呼嘯而過。星群永無止盡的呼嘯，一束束冰冷又恆常傾落的宇宙射線。還有漩渦、渦旋系、電流，就這樣。一切隨著時間轉變，每秒、每小時、每世紀、每千年都不停蛻變、突變，就算用每十億年作單位，也沒有任何事物是靜止不變，一直都是如此。

詹森小的時候有一次躺在一座滿是青草的山丘頂上，太陽照在她閉起的角膜上，紅通通的，長著脈紋。她試著感覺地球轉動，然後——儘管她父親跟她說那不可能——有有有她感覺到了，她感覺到轉動起來強大的能量，感覺到山丘和城鎮和城市和道路，人車和一座座宏偉的海洋自她身邊流過，感覺地球永遠在轉到背面，一次又一次，永遠、永遠——

２Ｉ在冰冷死寂的星際間，感覺到宇宙時間綿延低吼的質地。牠感覺到宇宙擴張。

詹森的自我怎麼能與之相比？在這頭比她還要巨大、古老那麼多的巨獸之下，她要怎麼堅守自己的存在？她感覺自己彷彿是爬上女巨人的肩膀，像在無光的洞穴中，在她的耳道裡探索。

但佛斯特在她之前來過這裡，而佛斯特有找到方法——堅守自己存在的方法。他能拿錄音機到嘴邊，喃喃道出他的見聞，他瞥見的東西是如此巨大，不可能一眼看盡，他的自我擴張到那麼遠。他是覺得2I能讓他發財嗎？他是覺得要是他成功拯救地球，KSpace就會升他官嗎？

地球——她得記得危在旦夕的事物是什麼。她得爲了底下那顆行星奮鬥。

要是過去，你會死掉！

她大叫，感覺到自己嘴唇抽動了那麼一下下，感覺話語在她喉嚨但沒能出聲。

死亡？

死亡是變化。萬事都會變化。

但底下的人——詹森所知的每一個人，她喜愛的人，她討厭的人，她所愛的人：羅伊・麥克艾里斯特和邱伊和艾絲梅和赫克特，還有瑪莉那滿是同情的眼神和帕敏德・拉奧……要是2I不調頭離開地球，他們全都會消失，他們所有的過往、他們一切可能的未來，都會消失不見——

詹森被一道颶風盛起，回到過去，拋擲於星群之間。她看見2I看見的，冰冷寂靜的時間。她看見一個連宇宙時間都攤平成虛無的地方。一個沒有重力，完全沒有東西在拉扯她的地方/時間（多麼沒有意義的區隔）。無熱無光，粒粒塵土四散在每立方公里之中。

牠活過這漫長寂靜的時光。感覺牠千年才跳動一次的心臟，將緩慢如瀝青的液體推送過牠殘存破爛的老舊血管。她感覺到時間的摩擦，搓磨再搓磨直到靜止，牠勢必要靜止，卻未曾靜止。

她感覺到2I所經歷的苦難折磨，數以光年計的遠大計畫，牠那麼努力堅持，耐心得好似呼嘯吹打在峽谷峭壁上的風，經年累月地挖鑿出優雅彎曲的石面。

人類稍縱即逝的生命有得比嗎？比得上嗎？

這不是在爭論。2I沒想和她講理。牠只是呈現給她看赤裸裸的現實。這樣的現實，充斥著憂慮、情結、精神官能症和志向的人類心智終將無法參透。這些是法則。你打破不了法則。你打破不了熱力學，你無法阻止蟲子生長，將你吞噬殆盡。要多蠢才會覺得有可能啊！

2I太大，而詹森太小。

她感覺自己逐漸流逝。她知道自己贏不了，她不過是落在汪洋大海中的一滴雨水。在空中搖曳片刻，然後——然後——撞上去，激起最爲輕巧的一陣漣漪，然後她會消失。

她發出最後一聲哀號。

然後消失。

這很不容易。

牙齒離拉奧將近一百公尺遠，她跟牙齒間有大量的黑色黏液，她敢肯定要是跌進去，她還來不及爬出去，太空裝就會被侵蝕。那還是假設她撞到地板時沒摔斷腿或脖子或撞破頭的情況。身爲醫生，她很清楚人體有多脆弱，這有時很不方便。

在地球的重力下，這一跳肯定會失敗。但在這裡也許、只是也許，有可能成功。如果她讓自己跳過軸心，她感覺那應該能延長她懸空的時間。

也許。

她實在也沒多少時間能計算。最後一塊骨架平臺崩落下去，像是被鑽碎一樣裂成好幾塊，彷佛先天設計上就是要在蟲子攻擊時崩毀。有可能，拉奧知道2I沒打算在撞上地球後存活，牠就是要在最後損毀的，所以骨籠的崩裂可能就在計畫中。

她發現自己在拖延，裹足不前。但現在錯過就沒機會了。

她腳下的那圈骨架已開始崩裂。她盡可能助跑，縱身躍入空無一物的空中。

她旋即整個人翻滾過來，大叫著穿過漆黑的空中。她在旋轉，雙腳發瘋似地繞圈，她的血液衝上腦門。要是不小心可能會暈過去，而她如果失去意識，會很難抓住牙齒。

她盡可能伸直雙臂，像溜冰時失控轉圈，嘗試讓自己穩下來一樣。這樣有用，她暗忖，一點點，大概吧。她的燈照過錐體黑暗的牆面，速度快得宛如閃光燈。

接著她穿過軸心。

在片刻之間，非常非常短暫的片刻，她沒有重量。至少她的腹部沒有。她的頭和腳仍受重力影響（不多，但還是……），而她軀幹中央質量和末端肢體的潮差則是……是……

胃酸湧上她喉頭。她緊閉嘴巴，逼自己吞下去，張開眼睛看，看她會不會成功。

或者她就要死了。

她看見巨大渾圓的牙齒就聳立在面前，隨著時間過去愈變愈大。她感到頭暈目眩，腦袋嘗試要判斷自己正朝它們跌下去，還是飛上去。沒辦法理解這兩者其實無異——她的腦袋想知道答案，該死的。

妳正在跌進黑色黏液裡，她自我傾訴。她很確定結果就是如此，她不會跳躍成功。

差了一點，也許幾公尺，或是更短。她差點就跳成了，這是多麼殘忍可笑。她走投無路地發射太空裝的火箭，企圖把自己往前推，但強度在2I裡甚至不足以抵抗空氣阻力。她雙手繃直前推，努力想再伸長。她無比希望能在最近的牙齒上找到粗糙支點，某種外凸保護層，她也許能在最後一秒抓住它。

但她什麼都沒找到。她的燈光亂蹦亂跳，就只照出牙齒上的小凸點，整顆牙齒看上去跟石牆一樣平滑又單調。

妳抓不到的，她心想。**妳抓不到。**

經歷了這一切，妳就要死在這裡。

最糟糕的是，她現在速度如此緩慢，墜落得如此優雅，她有好幾秒時間思考這一切將如何結束，想像無比慘烈的死法。

我很抱歉，詹森指揮官，她暗忖。我很抱歉我浪費了妳給我的這個機會。我很抱歉，麥克艾里斯特先生。你相信我到讓我成爲一名太空人，結果我在最後一刻辜負了你的期望。我很抱歉，桑尼。我很抱歉我得放你走。我很抱歉，媽。我眞的好抱歉，奶奶。我愛你們每個人。

她手抓向牙齒，手指彎起來，手臂盡可能往前伸，像鉗子一樣緊緊抓住——

——什麼都沒有，只有漆黑的空氣。

莎莉．詹森的身體深陷在一片手掌中抽搐。卷鬚爬過臉龐和胸膛，拉扯她的手腳。她被禁錮在外星生物的肉體，動彈不得。她的嘴唇還動得了，但無法組織言語。卷鬚探入肺部和喉嚨組織，使她發不出聲。她張著眼睛但眼前虛無，沒有光影，沒有事物。然而——

這稱不上是「看見」，那些迸發在她腦中的圖像並非影像，而是數學算式、粒子互動的圖表。但那樣說也不對，因爲這不是數字的數學，是本能的數學。她拚命想找到正確的名字來稱呼這種新感知，但失敗了。找不到。就稱其爲洞見吧，象徵的洞見。她用以觀看的眼睛不是眼睛。

她看到——

太陽，不是一種光和熱，而是上兆束往四面八方噴發的射氣網路，還有盈滿牠的翅膀，使其得以飛躍的粒子。

她看見——

底下的世界，不是一顆岩石，而是鉻、鐳、鎳、鉉、大量的碳和氮、水和游離氧等各種元素的組合。光年之間，沙漠中的一座綠洲。

最完美的育嬰所。

已經這麼近了，她能感覺到重力在拉扯她，把她往下拉。她飄浮如此漫長時光，現在她往下墜，往內旋墜到那最後交會的一刻。她的生命近乎終結，而她是如此期盼這條算式裡最後一道運算：等於死亡，證明完畢。結論。

莎莉．詹森曾有過一個夢想，一個未曾實現的夢想。她能理解，喔，是啊，她非常能理解想要抵達終點、完成某件事情的感覺。

但她喪失了這個機會，讓她的人生從此一去不復返。她就和2I一樣嘗試過旅行到另一個世界。就差那麼一點點，然後她就喪失了這個機會。

她到現在都還不能釋懷，永遠都不能。她學會怎麼在傷口上構築她的生活，好比在一張凹凸不平的床上鋪一條絨被，但她至今仍每晚都睡在那張床上。

現在，在她被同化的意識、揉合爲一的兩個意識中，只剩那份悲愴、那份遺憾還沒被抹去。這是她僅存唯一能稱之爲自己擁有的東西。

無法融入的這一點差異帶有力量。不是她選擇要延伸那股能量。她不是像人類所說的那樣意識清醒，她沒有在表達自己。那就是佛斯特不對的地方，他認為人的意志力在此能發揮功用。莎莉．詹森不再是理性的行爲者。不是她自己決定要專注在自身具備的出眾之處。單純是那東西本身難以忽視。

牡蠣吐不出那抹沙子，於是孕育出珍珠，因爲牠別無他法。

她的嘴唇動了。她沒有講出完整字詞，她辦不到。但嘴唇還是動了，就跟史蒂芬斯一樣。

她的嘴唇往中間壓。她體內若有空氣，便會吐出一聲低沉空洞的聲響。

她——更大的那個她，與其相比，莎莉．詹森不過是煩人的一小部分——被挫敗和不可實現的慾望淹沒。憑什麼牠花了那麼、那麼多時間走到這一步，只因爲巨大靈魂中的一小部分不肯聽話，就得改變牠的遠大計畫？沒道理讓那個微不足道，名爲莎莉．詹森的部分，主宰這個穿梭過宇宙的心智，牠活過如此漫長的生命，忍受過冰冷和空虛，才來到這個地方——

不。牠不能讓這無足輕重的部分否決了全體的意志。

但莎莉．詹森的嘴唇繼續在動。

再怎麼敏銳的錄音機都無法接收她發出的聲音。那只存在她自己的腦海中。

它在裡頭迴響如雷。

唔。**唔**。**唔**。

拉奧墜落下來。

速度如此之慢。

她閉上眼。有何不可？她看了這麼多、見證這麼多駭人聽聞的事，她何不舒服點，別目睹自己送死？她努力不思考。她努力什麼都不要想，努力要將腦海放空。

接著有東西碰她的手臂，讓她驚恐不已，放聲尖叫。她撞上一個堅硬的表面，呼出體內的空氣，陷入沉默。她好像鐘擺末端的擺錘一樣劇烈轉動。

非人的手指握住她手腕，將她抓緊。

她緩緩睜開眼，困惑到只能注意自己心跳有多快。她抬頭一看。

一隻白皙發亮的手掌握著她手臂。另外兩隻一模一樣的手緊抓著牙齒牆面，輕鬆撐起她。是機器人ＡＲＣＳ！它抓住了她，沒讓她掉下去。

她發出一個半是大笑，半是純然驚呼的聲音。

「拉奧醫生？您需要協助嗎？」機器人問道。

她伸手抓住另外三隻手的其中一隻。在微乎其微的重力下，她輕鬆就能將自己拉到牙齒上方裂開的表面。

「謝謝你，」她說著重新將空氣吸回肺裡。「謝謝你。」

「完全不用客氣。」機器人被派到沒有重力的２Ｉ軸心，好繪製內部地圖。最後它當機、停止回報進度，他們以爲撞壞了，但顯然沒有。

「來吧。」她說。她伸出一隻手，ＡＲＣＳ像猴子一樣跳上她肩膀。她移動燈光照出前方的路。共有三排牙齒——就跟那些蟲子一樣——以同心圓排列。她輕到能直接跳到第二排，再到第三排。南極的氣閘就在第三排中央，看起來跟他們用來進入2I的北極氣閘很像，只不過比較小，圓頂不超過二十公尺寬。

她記得詹森跟她講過閘門運作方式。在圓頂上施以任何一點壓力，都會使其向內旋轉。她一手拍在圓頂上，感覺它在手掌下轉動。它立刻動起來，很快就出現一個粗糙不平的開口朝她滑來。它轉到正對內部的方向，接著停下。她爬進去，燈光跟著晃過球形內部。

她突然間極高速地轉動。不，她在這裡的期間一直都在轉動，只是旋轉的角動量被她吸收了。另一方面，氣閘完全沒在轉動。她伸手到牆面，利用摩擦力減緩、抵銷她旋轉的速度。

她聽見一連串巨大的斷裂聲。她知道那是支撐2I大腦骨籠的扶牆斷開。她走到開孔往外瞄，想看骨架是否終於被蟲子摧毀到崩塌下來。然而，她還來不及看到個影子，氣閘便再度轉動，2I內部完全消失在她的視野中。

呼吸在頭盔裡聽起來好大聲。即使在這寬敞空蕩的空間裡，她仍有種奇異的幽閉恐懼感。

「拉奧醫生，」機器人說，「我有點擔心您的生命徵象。您的心跳和呼吸顯示出極高強度的壓力。」

「哈，」她說。「可不是嘛。」

氣閘停止轉動。開孔外不是開闊的宇宙，而是一片單純被宇宙輻射染成暗紅色的岩石表面。岩石上有一道約十公尺寬的裂縫——她記得自己從外頭看過。

她推動、用雙手拍打。但緊閉不動。2I的嘴閉著多久了？有幾千年了？

她沒有工具，沒辦法撬開。她焦急地咬著下唇，感覺到自己睜大眼睛在研究這個新的難題、這個要害死她的新東西。她要是打不開這個裂縫——

她聽見石頭裂開，空氣吹過她身邊，擾亂她太空裝布料的聲音，那聲音變大成嚇人的怒吼呼嘯而過，緊接著，緊接著化爲一片死寂。嘴巴張開了，她往外看，看見星星。

看起來跟她在2I裡關掉太空裝照明後，出現在幻覺裡的光影一模一樣。她不敢相信那些遙遠的星火。她往下看太空裝的裝備，發現自己在近乎眞空的環境。她按下袖子的鍵盤，發射她太空裝的火箭。沒有空氣阻力，強度足夠將她從張開的嘴巴推出，推到太空。

星星們幾乎立刻熄滅，從空中消失直到她眼前剩虛無黑暗。她哭了起來，因爲她知道，她很確定這一切來得太容易，她不可能有辦法逃出去。

接著有幅景像出現在她眼前，於是她抬起視線，一道圓弧狀的白光出現在2I後面，亮得不可思議，把表層那些尖塔照得僅剩平平的剪影。

她哭到熱淚盈眶，直到眼中只剩那道光，那道從後方升起的太陽。

「帕薩迪納，這裡是獵戶座號。這裡是……這裡是帕敏德．拉奧。我出來了。」

羅伊．麥克艾里斯特將臉埋在手裡。他從指間往外看，往上看大螢幕。

他回到控制室裡，底下的人聚集在四周。夏綠蒂．哈利維坐在他旁邊的旋轉椅上。她深吸一口氣。麥克艾里斯特這才意識到自己也屛住氣息。

「收到，獵戶座號，」他說。「拉奧。只有妳一個人？」

微中子望遠鏡已經收不到2I內傳來的訊號。微中子槍是綁在詹森的太空裝上，她進到2I大腦裡後就停止傳輸。這是麥克艾里斯特在那之後，首次收到他團隊中任何一人的消息。

他都忘了跟獵戶座號通話有多花時間。他將近十五秒後才收到回覆。

「是的，帕薩迪納。」

他在螢幕上看到拉奧頭盔相機的畫面。他看見2I的上層結構經過她腳下，看見獵戶座號飄浮在她前方不遠。

他耳朵上的通訊裝置發出震動。按下裝置後，注意到一則卡利沙基斯傳來的訊息。

停火/開火？

他盯著浮在眼角的訊息。卡利沙基斯上次提問感覺已經是上輩子的事了，但他接著就發現那其實只過幾分鐘。他沒有立刻回覆。「拉奧醫生，」他喚道。「詹森有成功進行接觸嗎？」

答案等了好久好久才傳來。

「我無法確認，但——應該有。」拉奧告訴他。

麥克艾里斯特垂下頭。他好想哭。

「長官？」拉奧喚道。「長官——我的電池快歸零了。」

他好想賞自己一巴掌。「收到，拉奧醫生。請回到獵戶座號，並準備返回地球。」

大螢幕上一切如舊，沒有絲毫不同。

他按下他的裝置，連上卡利沙基斯。他動手打出**逕行開火**，但在發送前猶豫了一下。

他面前打開一個小螢幕，顯示出2I的磁場。牠在變大。

「阮博士？」他問。

那位物理學家從她的座位上跳起來。

「那是什麼意思？」麥克艾里斯特問。

「牠——牠在張開翅膀，」她告訴他。「牠在加速。」她彎腰確認她控制臺上的訊息。麥克艾里斯特咬牙切齒，等阮博士試圖搞清楚，接著她抬頭看他，幾乎是悄悄開口。

「牠在加速離開地球，」她說。「以牠目前的航道來說，牠至少會偏離我們三千公里。」

屋內歡聲雷動。麥克艾里斯特刪除他原先要送出的訊息，寫了新的。**停火並待命**。

但有一個問題，接下來會在他們看著2I繞過地球、踏上新航線，困擾他數日。

見鬼了，牠現在會前往哪裡？

近火點

帕敏德・拉奧：我們——應該說只有我——回來後，NASA決定解除我們任務的保密規定，於是全世界都知道2I的存在。我無法斷言這項資訊對人類造成多少影響，或是其他人對我們作爲與見聞有何想法。我看過關於當時事件廣爲人知的說法，也就是《最後的太空人》這本串流書裡所寫的版本，而我不以爲然。即使是奠基於我們實際錄製的資料、寫得比較好的那些部分……也有許多揣測。這是當然。沒有人知道詹森在最後的那段時刻做了什麼、感覺到什麼。身爲一個科學家，我對如此仰賴純粹臆測之事極爲反感。在我發表負評、引起相當……廣泛的矚目之後，該書作者與我聯繫，問我能否跟他談談，釐清他究竟是什麼部分搞錯了。他想根據更精確的資訊寫一個新版本。我希望我接受他的訪談之後，能夠端正視聽。如果說有什麼事是我希望他能寫進書中的，那就是：莎莉・詹森是個英雄。她沒有害死布萊恩・威爾森。她用唯一可行的方式救了獵户座六號上的三個人。她沒有害死桑尼・史蒂芬斯。在她第一次探訪期間，她不可能預先知道2I是什麼。而且最後，她拯救了世界。我要作者確切地講好她的故事——鉅細靡遺，包括她對所有人隱瞞的悲傷，還有她的挫敗感。而且他最好把她寫得正面一些。

三個月後，羅伊・麥克艾里斯特出了他的辦公室，沿著綠樹夾道的一條街走向噴射推進實驗室的另一棟建築物，過去用來舉辦教育性展覽，如今已改爲其他用途。門邊站著滿臉無聊的警衛，只朝他點了一下頭，看都沒看一眼他的識別證。

麥克艾里斯特踏進樓房裡，通過積滿灰塵的消毒氣閘門。氣閘門彼端是一間小型的接待廳——讓他想起微中子望遠鏡的入口。接待廳的牆面以厚實玻璃製成，透過牆可以看見一間閃閃發亮的實驗室。他得拿出太陽眼鏡戴上——實驗室的牆壁、天花板和地面都漆成明亮光滑的白，裡面的燈不分日夜都開到最亮。

實驗室裡只有一個人。帕敏德．拉奧坐在一張大型的白色工作檯前，身邊圍繞著十幾架顯示醫學造影資料的螢幕。她本人穿得一身白，握著一支手持式核磁共振掃描器的手把。此刻，她拿著掃描器，非常緩慢地掃過她臉頰上一道幾乎已經癒合的傷痕。

「羅伊！太好了，你來了。我快餓死了。」

他微笑著舉起帶給她的那袋食物。素食燉咖哩配酸薄餅，來自全市最棒的衣索比亞料理餐廳。她的實驗室裡有間功能良好的廚房和庫存充足的食物櫃，但如果她想吃點什麼特別的東西，他會親自送來。

玻璃牆上有一道比較小型的氣閘。他將袋子推進去，看著它傳到她那邊。她拿過袋子，翻翻裡面，但手上的掃描器一直沒放下來，她一邊嚼著一塊酸薄餅，一邊用掃描器再度掃過臉頰。

「我跟妳的醫生們談過了，」他說。「他們告訴我，沒有任何壞死或異物入侵的跡象。」他一隻手放在玻璃上。「他們說一等妳準備好出關，隔離就可以結束了。」

拉奧望向他，沒有停下掃描。「我在外星環境下暴露過。我們不能冒險，如果那些卷鬚跑到我的傷口裡，哪怕只有一點點——」

「我知道，我知道。」他的手從玻璃上拿了下來。

「我才是專家。地球上唯有我有資格決定，我什麼時候離開這個房間才是安全。」

「我知道。」

她低頭看著眼前的螢幕，良久才再度開口。

「羅伊，我殺了人。」

麥克艾里斯特瑟縮一下。這和她的隔離有何關係？

但他知道該如何回應。很簡單的。「很多人都會說妳是別無選擇。霍金斯瘋了。」

「是嗎？」她直視著他的眼睛。「如果詹森救了佛斯特和查納榮，如果她試著把他們帶回地球，儘管他們在2I的環境中高度暴露——你會讓她這樣做嗎？你**應該**讓她這樣做嗎？」

麥克艾里斯特嘆氣。他非常高興他不需要回答這個問題。「他們說當時的黑暗影響了你們，在心理層面上。任務的壓力、嚴苛的環境——」

「我人在那裡。我感覺到了。」

「他被逼到超過了極限。他崩潰了。而妳沒有。」他搔搔下巴。「帕敏德……外面有很多人想感謝妳，想和妳握手——」

他看到她小小的身子打了個哆嗦。

「——讓妳知道妳的所作所爲是有意義的。我希望……我希望妳不久就會願意到外面來，見見他們。」

她點了點頭，回到工作。就算她在這裡面感到孤獨，她也沒有對他表示過。她有很多事能做。她當然有觀察自己的健康狀態，此外也在撰寫一本關於2I和該物種生命循環的學術專書，必定會成爲天文生物學領域有史以來最重要的著作，足以奠定她一輩子的學術聲譽。她跟他說，等她寫好了之後他就可以看了，等她蒐集並統整好足夠的資料。

他會不遺餘力地幫助她。也許等她完成這部著作，她就會走出這間玻璃屋。

「我有別的東西要給妳，」他說。「一些望遠鏡得到的數據，我覺得妳會想看看。也許對妳的書有幫助。」他輕觸通訊裝置，傳送一個影片檔給她。她立刻下載，跟他一起觀看。

影片中出現紅色的沙子和褐色的岩石，一幅半被飛塵遮蔽的沙漠景觀。天空呈現暗黃色——拍攝的時間應該剛好在黃昏前。

「這是什麼？」拉奧問。

「2I在今天凌晨沉落了，當地時間大約是兩點。影片裡是之後出現的景象。至於這代表什麼意義，就只能期待妳告訴我了。」

攝影機掃過一道寬闊的谷地，左右兩邊各是一座凹坑的外緣。最初影片只呈現出一些散落的殘骸——岩石碎片，紅色比周圍土地更深。2I外殼結構的碎片。接著，視野中出現更大的物體。絕大部分落地後都仍完整，但已半被掩埋在沙塵。

外殼上有一道裂口，大約裂到全長一半處，在他們觀看的同時，裂口愈來愈寬，其中流出淺色液體，起初只是一道涓涓細流，接著變成穩定流量，最後一湧而出，噴濺在行星的地表上。

望遠鏡的鏡頭拉近，畫面隨之變動，那股洪流根本不是液體，拉奧倒抽一口氣。從那道裂口裡流出上百萬隻蟲子，擠成一團急著要逃出母親的屍體。牠們從墜毀地點往各個方向散布，其中許多已經開始往土裡挖。

「噢，哇，」拉奧說。「羅伊——」

「等等，」他說。「還有，嗯，做好準備。」

望遠鏡的鏡頭拉得更近，聚焦在外殼上的那道裂縫。蟲子繼續從陰暗內部流出時，視野中有別的東西出現了，不是蟲子。很難看得清楚——攝影機的解析度已經到了極限——那像是穿著白色太空裝的人類身影。

頭盔面罩已經粉碎，碎片被濃密的卷鬚固定在原位，完全擋住了那個人影的臉部。

拉奧倒抽一口氣。羅伊．麥克艾里斯特已經看過一次這段影片，不過他的心臟仍然驚慌得在胸中怦怦躍動。

那個人影似乎環視了一下周遭，然後沿著殘骸的側邊爬下來，爬到紅色的土地上。她不管用的左腿僅能在身下晃動，但走動時仍舊帶著矯健的優雅姿態。

身影還沒爬到地面，影片就結束了，望遠鏡失去來自那顆紅色行星的訊號。

火星。莎莉．詹森一直想要去的，就是火星。

H+W 17／最後的太空人

原著書名／The Last Astronaut
作　　者／David Wellington
翻　　譯／葉旻臻
責任編輯／詹凱婷
行　　銷／陳玟璘、徐慧芬
編輯總監／劉麗真
總 經 理／陳逸瑛
榮譽社長／詹宏志
發 行 人／涂玉雲
出 版 社／獨步文化
城邦文化事業股份有限公司
104台北市中山區民生東路二段141號5樓
電話：(02) 2500-7696　傳真：(02) 2500-1967
發　　行／英屬蓋曼群島商家庭傳媒股份有限公司
城邦分公司
104台北市中山區民生東路二段141號2樓
網址／www.cite.com.tw
讀者服務專線／(02) 2500-7718；2500-7719
服務時間／週一至週五：09：30～12：00　13：30～17：00
24小時傳真服務／(02) 2500-1900；2500-1991
讀者服務信箱E-mail／service@readingclub.com.tw
劃撥帳號／19863813
戶名／書虫股份有限公司
香港發行所／城邦（香港）出版集團有限公司
香港灣仔駱克道193號東超商業中心1樓
電話／(852) 2508-6231　傳真／(852) 2578-9337
E-mail／hkcite@biznetvigator.com
馬新發行所／城邦（馬新）出版集團
Cite (M) Sdn Bhd
41, Jalan Radin Anum, Bandar Baru Sri Petaling,
57000 Kuala Lumpur, Malaysia.
Tel: (603) 90578822
Fax:(603) 90576622
email:cite@cite.com.my
封面設計／高偉哲
插　　畫／山米
校稿協力／許瀞云
排　　版／游淑萍
印　　刷／中原造像股份有限公司
●2021（民110）7月初版
售價420元

ISBN 9789865580759（平裝）
ISBN 9789865580728（EPUB）

國家圖書館出版品預行編目資料

最後的太空人／David Wellington著；葉旻臻譯. –初版. – 台北市：獨步文化，城邦文化出版：家庭傳媒城邦分公司發行，民110.07
面；公分. --（H+W；17）
譯自：The Last Astronaut
ISBN 9789865580759（平裝）
ISBN 9789865580728（EPUB）

861.57　　　　107008913